文庫

哀れなるものたち

アラスター・グレイ
高橋和久訳

epi

早 川 書 房
8988

POOR THINGS

by

Alasdair Gray

Translated by
Kazuhisa Takahashi
Published 2023 in Japan by
HAYAKAWA PUBLISHING, INC.
This book is published in Japan by
arrangement with
BLOOMSBURY PUBLISHING PLC
through THE ENGLISH AGENCY (JAPAN) LTD.

わが妻モラグに

哀れなるものたち

スコットランドの一《いち》公衆衛生官
医学博士アーチボールド・マッキャンドルスの
若き日を彩るいくつかの挿話

アラスター・グレイ編

訂正

309頁のエッチングはジャン・マルタン・シャルコー教授ではなく、ロベール・ド・モンテスキュー-フゼンザック伯爵の誤りである。

序文

自らの若き経験を以下に綴《つづ》ったドクターは一九一一年に死亡している。そしてスコットランドの医学がどれほど大胆な実験に彩《いろど》られた歴史を持っているかについて何も知らない読者は、その記述をグロテスクなフィクションであると勘違いするかもしれない。しかし、この序文の最後に提示される証拠を吟味すれば、一八八一年二月の最終週に、グラスゴーのパーク・サーカス一八番地において、天才外科医が人間の遺体を用いて二十五歳になる女性を創造したということに疑問の余地はなくなると思う。もっとも、郷土史家であるマイケル・ドネリーはわたしとは別の見解を持っている。彼こそ本書の過半を占める原稿が散逸寸前だったところを救出した人物であり、彼がそれを見つけた経緯は述べておかなくてはなるまい。

一九七〇年代を通じて、グラスゴーの人々の生活環境は実に刺戟的だった。かつてこの都会をつくり上げた古い産業が幕を閉じたり、南の地域に移っていったりする一方、選挙でえらばれた市の政治家たちは（政治経済の専門家であれば誰でも説明できるような理由で）高層住宅の建設予定地やどこまでも拡張していく高速道路のための土地をせっせと買いこんでいた。グラスゴー・グリーンにある郷土史博物館では、館長のエルスペス・キングと彼女の右腕であるマイケル・ドネリーが超過勤務をも厭《いと》わず、急速に過去のものとなりつつある土地の文化遺産の獲得と保全に余念がなかった。第一次世界大戦以来、市議会は郷土史博物館（〈人民の宮殿《ピープルズ・パレス》〉という名がついている）に新しいものを購入するための予算措置をいっさい講じていなかったので、エルスペスとマイケルにとって、収集品とはほぼ例外なく、取り壊しが予定されている建物から回収される品に限られていた。テンプルトン社のカーペット工場（これも近々閉じられることになっていた）に倉庫を間借りしていて、マイケル・ドネリーはここに貴重な発見物を運びこんだ――ステンドグラスの窓、磁器タイル、劇場のポスター、解散した労働組合の旗、あらゆる種類の史的文書などである。ときおりエルスペス・キングはマイケルのこの仕事に、文字通り手を貸した。彼女の抱えている他のスタッフはケルヴィングロウヴにある市のアート・ギャラリー側から派遣された係員で、汚くて危険な建物から何かを回収するという仕事をしても、そのための賃金は支払われないのだった。もちろん、ただ働きということではエルスペスもマイケルにしても同じで、かれらが企画運営して大成功に終わったいくつもの展覧会にしても、市からの援助は無に等しかった。

ある朝、市の中心部を通り抜けようとしていたマイケル・ドネリーは歩道の端に旧式の箱型ファイルが山と積まれているのを見つけた。清掃局に収集、焼却してもらうように、そこに置かれているのは明らかだった。調べてみると、二〇世紀初頭の日付の入った手紙や書類が含まれている。すでになくなっている法律事務所から出た廃棄書類だった。今の事務所は昔の業務の残りを引き継いだが、不要なものを処分したというわけである。その書類は主として、この都会の形成期にその発展に寄与した個人間、親族間の財産移譲に関わるものだった。そしてマイケルはその中に、グラスゴー大学を卒業した最初の女性ドクターの名を発見した。いまでは婦人参政権運動の歴史の研究者にしか知られていない名前であるが、その女性は一度、フェビアン協会のパンフレットで公衆衛生について論じたことがある。マイケルはそのファイルをタクシーで運び、時間の空いた折に目を通そうと心に決めた。しかしまず、その箱を外に出した事務所を訪ね、許可を願い出た。それは認められなかった。事務所の長（よく知られた法律家で市議会議員でもある彼の名をここで明かすことはできない）はマイケルに、そのファイルは彼の所有物でなく、市の焼却炉で処分されるべきものである以上、それを覗《のぞ》いたというのは犯罪行為であると告げた。法律家は誰しも、クライアントの依頼を決して他人に漏らさないよう宣誓して職に就いているのであり、それは、その依頼が当の法律家の引き継いだものであるのかどうか、またクライアントが生きているか死んでいるかにかかわりない、というのである。過去の依頼内容が他に漏れないようにする唯一確実な方法は、そうした依頼があったという証拠《の》を消滅させることであり、もしマイケル・ドネリーがその山のどの一部であれ、取り除けて処分を免《まぬか》れさせでもしたら、それは窃盗にあたる、と彼は言った。それでマイケルはそのファイルの山を手をつけずに放置した――そうすることが犯罪だと知らされる前に、何気なくポケットに入れた小さなものを除いては。

それは封印された小さな包みで、茶色に変色したインクで以下のように記されていた――医学博士ヴィクトリア・マッキャンドルスが遺す／受遺者は彼女の最初の孫、もしくは一九七四年以降、生存している彼女の子孫／それ以前に開封することを禁ず。以上の記載に現代のボールペンを使ってジグザグの取り消し線が引かれ、その下に、生存する子孫なし、という走り書き。包みの封は一方の端が剝《は》がれ、紙が引きちぎられていたが、そうしたのが誰であるにせよ、その人物は中に入っている書物と手紙にまったく興味を惹《ひ》かれず、無造作に元に戻したのだった。本も手紙も包みからはみ出ており、手紙は折り畳まれもせず、しわくちゃになっていた。大泥棒ドネリーは休憩時間に〈人民の宮殿〉の倉庫でこれを詳しく調べてみた。

この書物は縦十八・四センチ、横十一・四センチほどの黒のクロス装で、表紙にはグロテスクな装飾が刻印されていた。見返しの遊び紙には誰かが走り書きした感傷的な詩。標題紙には次のように印刷されている——**スコットランドの一《いち》公衆衛生官の若き日を彩るいくつかの挿話／医学博士アーチボールド・マッキャンドルス著／エッチング：ウィリアム・ストラング／発行元：グラスゴー　大学指定印刷所　ロバート・マクルホウズ社（一九〇九年）**。これはあまり食指の動かされるタイトルではない。当時は内容のない漫談風の書物が、『一警部補の日誌より』とか『弁護士フランク・クラークの意見と偏見』などのタイトルで多数出版された。著者が出版社にお金を払って出版してもらう書物（この本がそうである）は、出版社が著者にお金を払って出版する書物よりもたいてい退屈である。マイケルが第一章に目をやると、そこには当時よく見られた典型的な見出しが記されていた——

第一章

わが母――わが父――グラスゴー大学とはじめの苦闘――教授の肖像――経済援助の申し出と拒絶――最初の顕微鏡――同等の知性

マイケル・ドネリーが最も興味を惹かれたのは、ストラングによるエッチング――そのすべてが肖像画だったが――であった。ウィリアム・ストラング（一八五九－一九二一）はダンバートン生まれのスコットランドの画家で、ロンドンの名門、スレイド美術学校でアルフォンス・ルグロの指導を受けた。今日では絵画作品よりもエッチングで知られており、最高傑作のいくつかは書物の挿絵に使われた。私家版に載せるエッチング制作をストラングに頼めるだけの財力のある医師は多くの公衆衛生官とは比較にならないほどの高収入があったに違いないが、この本の口絵に描かれたアーチボールド・マッキャンドルスの顔は金持ちらしくもなければ、医者らしくもない。同封されていた手紙はさらに謎めいていた。それは著者の未亡人である医学博士ヴィクトリア・マッキャンドルスの手になるもので、彼女は、まったく存在しない子孫に向けて、この書物には嘘があふれている、と告げている。以下がその一部である――

一九七四年には……マッキャンドルス一家でそのときに生きているものは、ふたりの祖父か四人の曽祖父を持っていることでしょう。ですから、そのうちのひとりが常軌を逸した振舞いに及んだからといって、深刻にならずに笑い飛ばせるはずです。わたしはこの書物を笑い飛ばすことができません。わたしはこれを読むとぞっとします。そして、亡くなった夫が印刷し、製本したのがこの一冊だけであることを〈生命の根源力〉に感謝します。元原稿の断片は見つけられるかぎり、すべて焼却しました。そして本の見返しに書いた詩で彼が示唆しているように、これも燃やしてしまおうと思いました。でも悲しいことに、この本は、あの哀れなお馬鹿さんがこの世に存在したことを示すほとんど唯一の証拠なのです。あの人はこれに、幾許かのお金をつぎこみもしました……今生きている人々がそれをわたしと結びつけないかぎり、子孫がこの本をどう読もうと、わたしは気にしません。

マイケルはこの書物も書簡もより厳密な吟味に値するのではと思い、他の資料と一緒にしまって、後日、時間のあるときの調査専念を期した。

そしてそれはしまわれたままだった。その日の午後、グラスゴー大学の古い神学部が不動産ディベロッパーによる再開発のため取り壊されることになった、とマイケルは知らされる（そこはいまでは豪華なマンションになっている）。調べてみると、その建物には一八、一九世紀のスコットランド人聖職者たちの油絵による肖像画が大きな額に入って十枚以上も飾られているではないか。彼は絵を画布台から切り取り（絵はどれも壁のとんでもなく高いところに、ねじ釘で留められていた）、ケルヴィングロウヴにある市のアート・ギャラリーに運びこんだ。そこの倉庫は込み合っていたが、それでも絵を保存するだけのスペースがあったのだ。もし彼がそうしなかったら、この絵もドーズホルム・パークの市営焼却所で灰になっていたであろう。それから十年以上が経ってようやく、マイケル・ドネリーは腰を下ろしてゆっくりと社会史を研究する時間を持てるようになった。一九九〇年、マーガレット・サッチャー政権下の芸術担当大臣によって、グラスゴーが正式な〈欧州文化首都〉であると宣言されると、彼は〈人民の宮殿〉を辞した。そしてその折、誰が彼の後任になるにせよ――後任がいればの話だが――その人間にとって何の価値も持たない（と彼は確信していた）その書物と書簡とをまたしてもポケットに入れて職場を去ったのだった。

わたしが最初にマイケル・ドネリーに会ったのは一九七七年のこと。その年、エルスペス・キングがわたしを〈人民の宮殿〉の画家兼記録係として雇ったのだった。しかし彼がわたしに連絡してきた一九九〇年の秋には、わたしはともかくもいくつかの出版社から本を出している一人前の作家になっていた。彼は出版すべき埋もれた傑作であると思うと言って、その本をわたしに手渡した。一読、わたしも同じ感想を持ったので、編集作業をこちらに一任してくれるなら出版の労をとってもいいと言った。彼は半ば不承不承ではあったが、アーチボールド・マッキャンドルスの本文自体は変更しないとわたしが約束すると、それに同意した。実際、本書の主要部分は可能な限り、マッキャンドルスの原本の完全な複製に近づけてあり、ストラングのエッチング及び他の挿絵は写真製版によって再現している。しかしながら、各章に付された冗長な見出しはわたしが簡潔なものに差し替えた。第三章の原本の見出しは、**サー・コリンの発見——生命を止める——〝それにはどんな意味が？〟——奇妙なうさぎ——〝どんな風にやったのか？〟——役に立たない才気とギリシャ人の知っていたこと——〝さようなら〟——バクスターのブルドッグ——恐ろしい手、**となっていたが、それが本書ではあっさりと〝**口論**〟に変わっている。わたしは同時に本書に『哀れなるものたち』という新しいタイトルをつけるよう主張した。**もの、**はこの物語の中で何度も言及されており、また登場人物は誰をとっても（ミセス・ディンウィディと将軍の取り巻きのうちの二人を除けば）どこかの段階で、**哀れな、**と形容されたり、みずからをそう呼んだりしている。〝ヴィクトリア〟・マッキャンドルスと名乗る女性の書簡は、本書のエピローグとして収録することにした。マイケルは序文にしたいという意見だったが、本文と接する前に読んでしまうと、本文について読者に偏見を抱かせることになるだろう。本文読了後に読めば、それが、自分の人生の出発点についての真相を隠そうとする精神障害の女性の書いた手紙であることは容易に看《み》て取れる。付言するなら、どんな書物も序文を二つは必要としないのであり、わたしがこの序文を書いているのである。

残念ながらマイケル・ドネリーとわたしは本書について意見を異にするらしい。彼に言わせれば、これはブラックユーモアに満ちたフィクションで、そこに現実の経験と歴史的事実が幾分か巧妙に織りこまれた作品、さしずめスコットの『供養老人』やホッグの『義《ただし》とされた罪人の告白』の系統に属するものである。一方、わたしはこれをボズウェルの『サミュエル・ジョンソン伝』に類するものだと考える。驚くほど善良で逞《たくま》しく、知性あふれる一人の奇人の愛すべき姿を、交わした言葉を忘れずに記憶していた友人が記録したもの、というわけである。ボズウェル同様、決してでしゃばらないマッキャンドルスは、彼の主題を異なった角度から照らし出す他人の手紙を自分の物語の中にふんだんに引用し、最終的にひとつの社会の全体像を明らかにしているではないか。わたしはドネリーに、自分はずいぶんフィクションを書いてきた人間だから、歴史書を読めばそれがわかるのだ、とも言った。すると彼は、歴史書をずいぶん書いてきたから、フィクションが見分けられると言うのだ。こう言われては答は一つしかない——わたしが歴史家になるしかないのだ。

わたしはなった。いまやわたしは歴史家である。グラスゴー大学の古文書館、ミッチェル・ライブラリーのオールド・グラスゴー・ルーム、スコットランド国立図書館、エディンバラの登記書類保管所、ロンドンのサマセット・ハウス、コリンデイルにある大英図書館新聞資料館などを六カ月かけて調査した結果、マッキャンドルスの物語が紛《まご》うかたなき真実の集積であることを証明するに足るだけの物的証拠が集まった。その証拠の一部は本書の巻末に付すが、主要なところはいまここで明らかにしておこう。面白い話が衒《てら》いなく語られればそれが何よりという読者は、直ちに物語本体に進んでいただきたい。何事も疑うのを習い性にしている読者は、以下の事実関係年表を一瞥《いちべつ》してからのほうが、物語を楽しめるかもしれない。

一八七九年八月二十九日——アーチボールド・マッキャンドルスが医学生としてグラスゴー大学に入学する。そこの解剖学科での助手がゴドウィン・バクスター（著名な外科医の息子で、本人もまた外科医）。

一八八一年二月十八日——妊娠した女性の死体がクライド川から引き揚げられる。警察医のゴドウィン・バクスター（住居はパーク・サーカス一八番地）が溺死《できし》であることを確認。彼は「年齢二十五歳くらい、身長百八十センチ、ダークブラウンの巻き毛、青い目、色白の肌で、手は力仕事を経験しておらず、きちんとした身なりをしている」と記している。死体は公表されるも、引き取り手なし。

一八八二年六月二十九日——日没時にクライド盆地のほぼ全域の住人が尋常でない音を耳にした。その後二週間、地元紙で多方面にわたる報道が続いたが、納得のいく説明はついぞ得られず。

一八八三年十二月十三日——通常はポロックシールズ、エイタン・ストリート四一番地の母親の家を住居としている事務弁護士、ダンカン・ウェダバーンが治る見込みのない精神病患者としてグラスゴー王立精神病院に収容される。以下は二日後の『グラスゴー・ヘラルド』紙の記事——「先週の土曜日午後、グラスゴー・グリーンで行われている公開演説会で、弁士の一人が下品なことを口走っているという苦情が市民複数から警察に寄せられた。巡査の調べで判明した当の演説者は、二十代後半の見苦しからぬ服装をした男で、グラスゴーで医療に携わり、立派な慈善活動を行っている人物についての中傷を、卑《ひ》猥《わい》な言葉や聖書からの引用を交えつつ、繰り返していた。演説を制止されると、さらに猥褻《わいせつ》な言葉を連呼したため、アルビオン警察署に連行されたが、その際男は激しく抵抗した。署での取調べの結果、勾留すべきだが、当人に自己弁護能力なしと医師によって宣告された。当紙記者の報告によれば、その男は名門の出の法律家とのこと。目下のところ起訴はされていない」

一八八三年十二月二十七日——サー・オーブリー・デ・ラ・ポール・ブレシントン将軍——かつて〝雷電〟の異名をとり、いまやマンチェスター北部地区選出の自由党下院議員となっていた——が、ロウムシャー・ダウンズにあるみずからの別荘、ホグスノートンの銃器室で自殺。死亡記事にも葬式の報告にも未亡人についての言及はないが、彼は三年前に当時二十四歳のヴィクトリア・ハタズレーと結婚している。彼女が離婚した、あるいは死亡したとの記録はない。

一八八四年一月十日——結婚特別許可証により、グラスゴー王立診療所の顧問医師、アーチボールド・マッキャンドルスとバロニー教区在の独身女性、ベラ・バクスターが契約に基づいて民事的に婚姻。立会人は王立外科協会特別会員のゴドウィン・バクスターと家政婦のイシュベル・ディンウィディ。新郎新婦、立会人二名、いずれもパーク・サーカス一八番地の住人で、結婚式はここで行われた。

一八八四年四月十六日——ゴドウィン・バクスターがパーク・サーカス一八番地にて死

去。死因は医学博士アーチボールド・マッキャンドルスによれば（彼が死亡証明書に署名している）「遺伝性の神経、呼吸器、消化器不全による脳性発作と心臓発作」とのこと。『グラスゴー・ヘラルド』紙は、共同墓地《ネクロポリス》で行われた葬儀についての記事の中で、「独特の形状をした棺」に触れ、さらに故人が全財産をマッキャンドルス夫妻に遺したと報じている。

一八八六年九月二日——医学博士アーチボールド・マッキャンドルスと結婚したベラ・バクスターという名の女性がソフィア・ジェックス＝ブレイク女子医学校に、〃ヴィクトリア〃・マッキャンドルスという名で入学。

マイケル・ドネリーに言わせると、結婚及び死亡証明書の正式な複製書式と新聞記事のコピーが用意されていたなら、わたしの言う証拠はより説得力を持っただろう、とのことだが、わたしとしては読者諸賢が信じてくれるなら、〃専門家〃がどう思おうと一向に構わない。ミスター・ドネリーとの仲は疎遠になった。彼は原本を紛失したと言ってわたしを非難するが、これは不当な言いがかりである。可能であれば、わたしは喜んで出版社にはコピーを送り、原本は返却しただろう。しかしそうすると、少なくとも三百ポンド余計に費用がかかってしまう。現代の自動植字機は印字された頁であれば、一冊の書物を〃スキャン"して読みこむことができるが、元原稿がコピーの場合は、最初からもう一度すべて打ちこまなくてはならないのだ。その上、本書の場合、ストラングのエッチングとベラの手紙をそのまま再現しうる鉛版を作るために、写真製版の専門家が必要だった。編者と出版社と植字工と写真製版工の間を行き来するうちに、一冊しかない初版本がどこかでなくなってしまったのである。本が出来上がるまでにはこうした間違いは絶えず起こるのであり、わたしは誰にもましてそれを遺憾に思っている。

最後に簡単な構成一覧を掲げてこの序文を終えることにしよう。編集の手をごくわずか加えたマッキャンドルス本の翻刻が本書の中心である。

医学博士〝ヴィクトリア〟・マッキャンドルス　416頁

批評的歴史的な註　アラスター・グレイ　459頁

注記部分には一九世紀の版画とともに、わたし自身の挿絵も加えてある。しかしマッキャンドルスの著作部分に『グレイ解剖学』初版からの挿絵を多数載せているのは、マッキャンドルス自身である。おそらく彼と友人のバクスターがそこから優しい癒しの技法を学んだためであろう。次頁のグロテスクな図案はストラング作で、原本のベタ塗り頁に銀色で刻印されていたものである。

愛深く 令名高き 麗しの 名医の君よ
投げてやってはくれまいか、
まばゆい微笑 このわたしに。 老いぼれた
愚かな夫 かつ患者 婦人科内科
違いはあれど あなたと同じ 医者でもあった
恋人の 愛の証しに。 愛妻家
たるわたくしの 最後のねだりを。(事実上
あなたには 返すことなどできないが)
一度だけ読んでほしい と 希う。 それでもし
気に入らぬなら 焼いてしまうが正解か!
あなたにいつまでも忠実な
アーチボールド、一九一一年六月

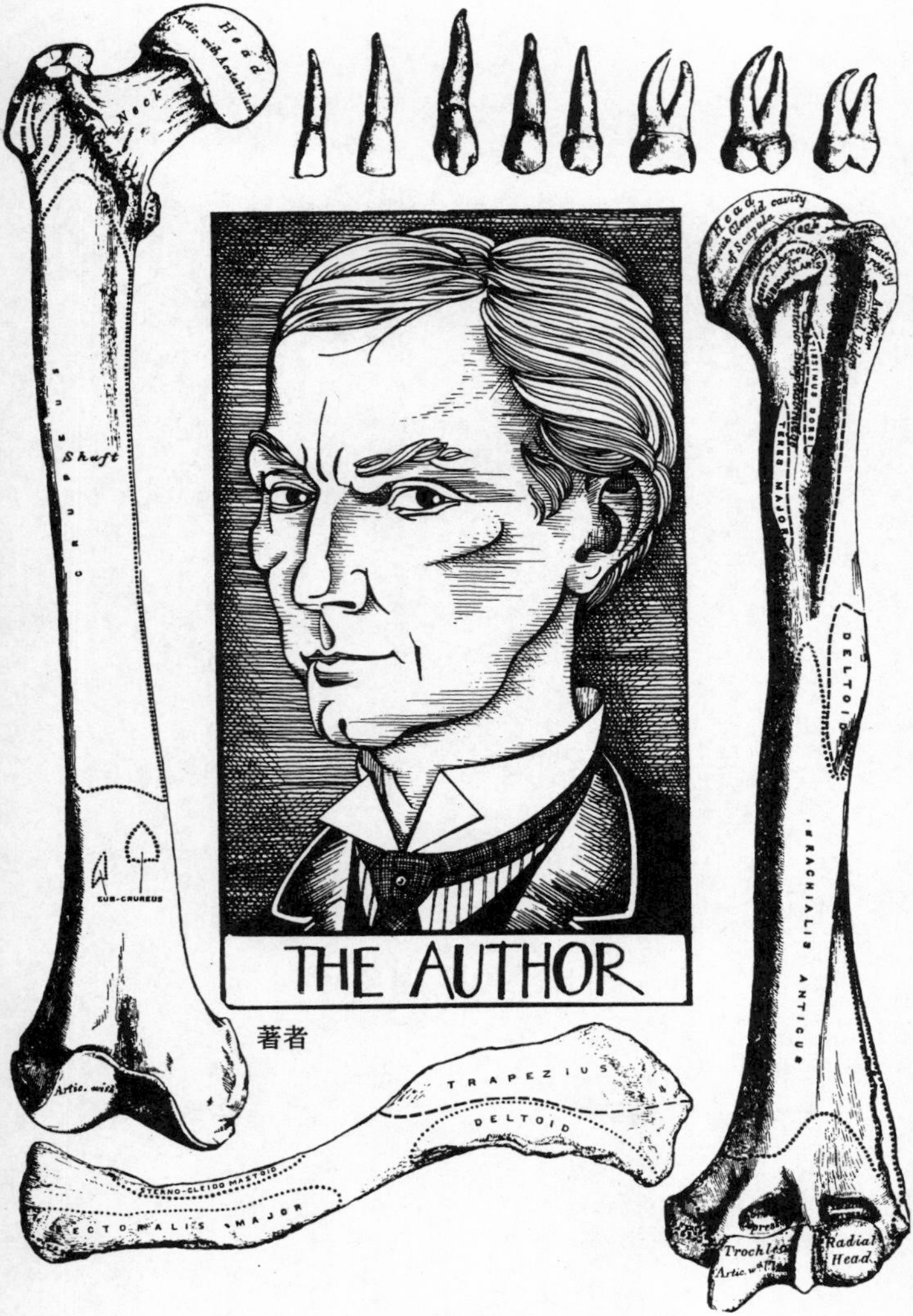
THE AUTHOR
Head
Artic. with Acetabulum
Neck
Shaft
CRUREUS
SUB-CRUREUS
Artic. with
TRAPEZIUS
DELTOID
STERNO-CLEIDO MASTOID
ECTORALIS MAJOR
Head
of Scapula
TERES MAJOR
DELTOID
ANTICUS
Trochlea
Radial Head

著者

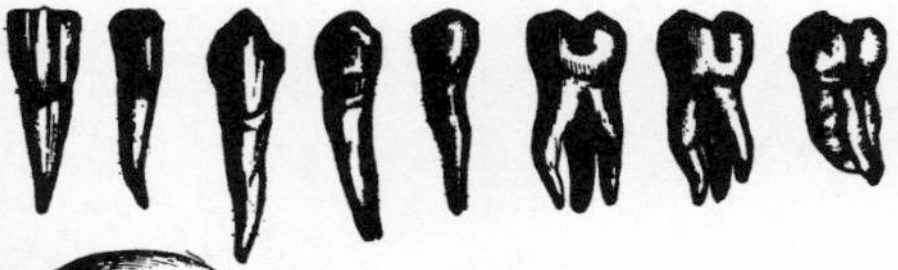

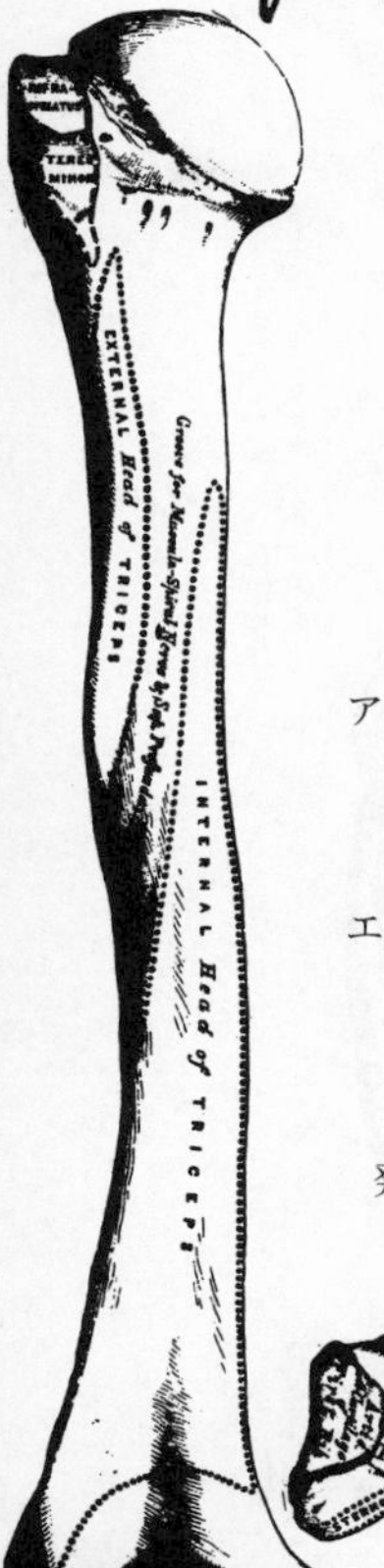

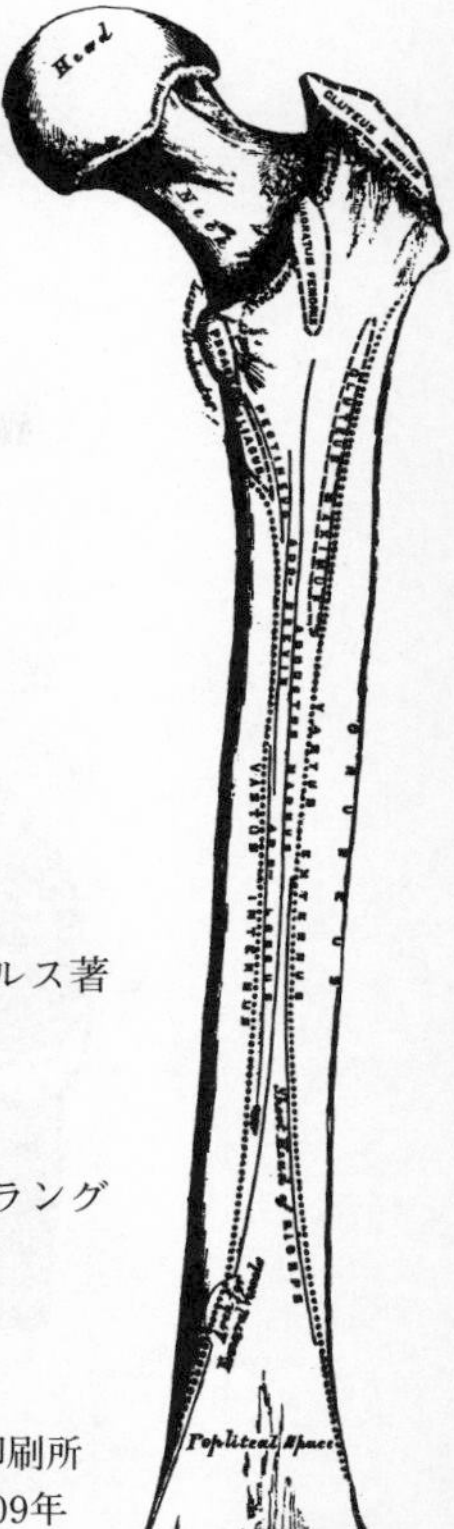

スコットランドの
一《いち》公衆衛生官の
若き日を彩る
いくつかの挿話

医学博士
アーチボールド・マッキャンドルス著

エッチング：ウィリアム・ストラング

発行元：グラスゴー　大学指定印刷所
ロバート・マクルホウズ社　1909年

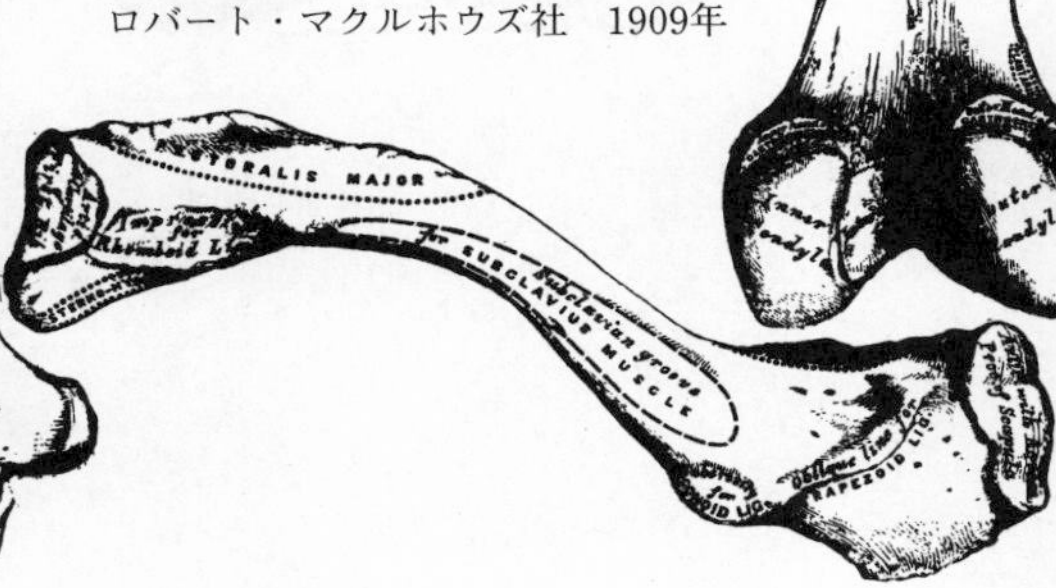

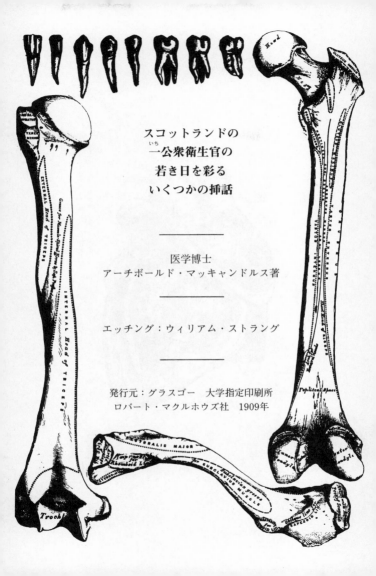

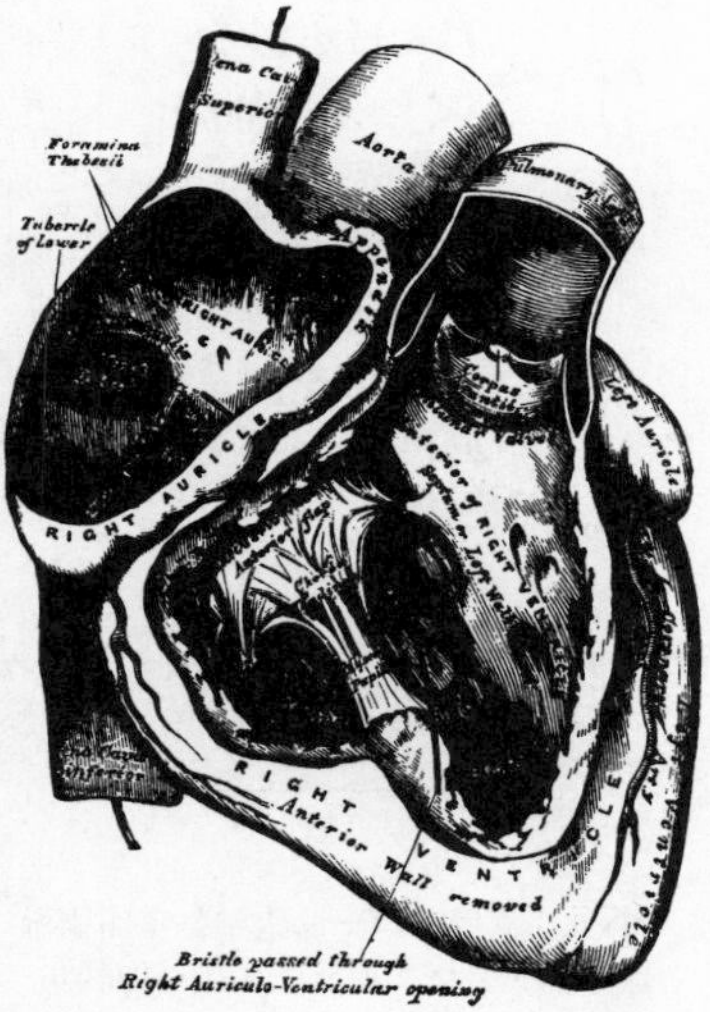
Foramina Thebesii
Tubercle of Lower
Aorta
Left Auricle
RIGHT AURICLE
RIGHT VENTRICLE
Anterior Wall removed
Left Ventricle
Bristle passed through Right Auriculo-Ventricular opening

我が人生を
生きるに値するものとしてくれる
女性に

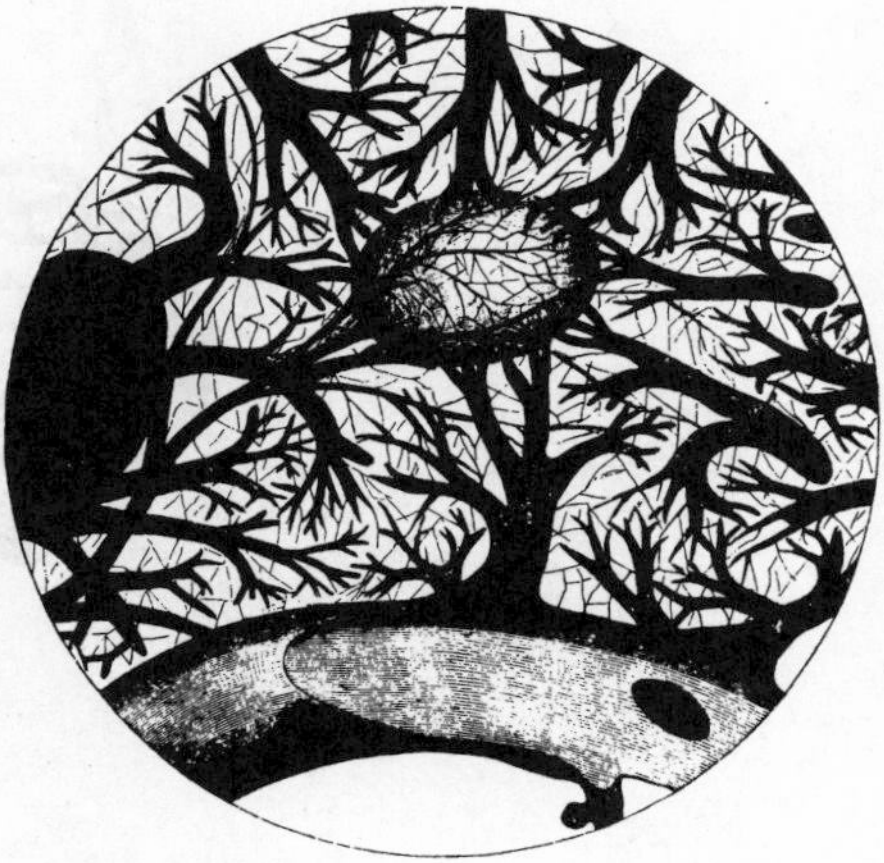

CONTENTS

TABLE OF

図版

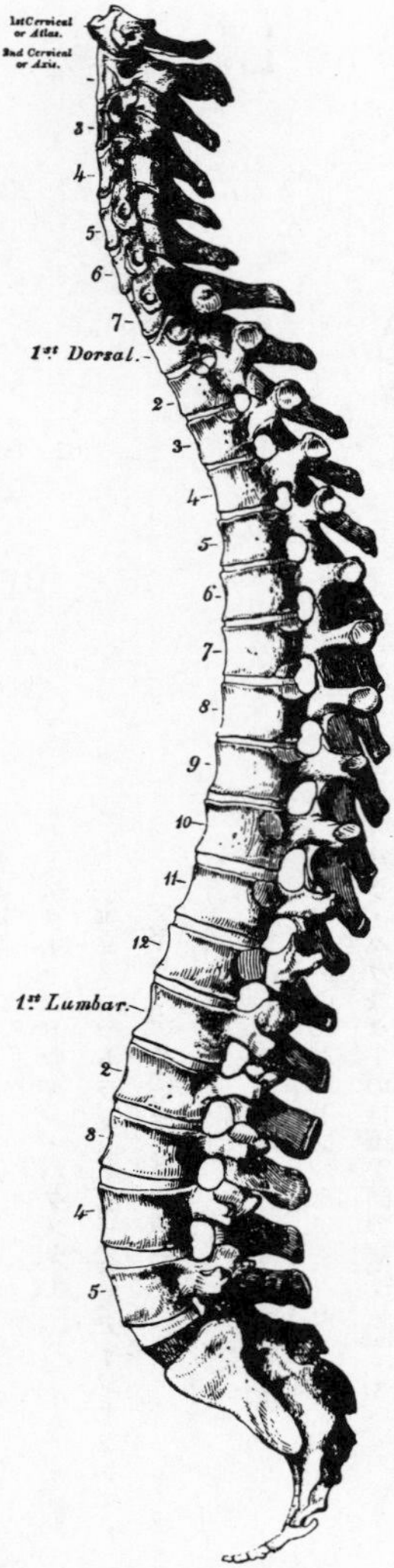
1st Cervical or Atlas.
2nd Cervical or Axis.
3
4
5
6
7
1st Dorsal.
2
3
4
5
6
7
8
9
10
11
12
1st Lumbar.
2
3
4
5

1　わたしをつくる

当時の農場労働者の例に漏れず、わたしの母も銀行を信用していなかった（註1）。彼女は死が迫ってくると、ベッドの下のブリキ製のトランクに生涯かけて貯めたお金が入っている、とわたしに告げて囁いた、「取り出して数えてごらん」

数えてみると、思った以上の額だった。彼女は言った、「それを使って、ひとかどの人間になるんだよ」

医者になりたいと言うと、彼女は口をゆがめ、本当だろうかというような顰《しか》め面《つら》を浮かべた。怪しげな提案を聞くと彼女の顔に決まって浮かぶ表情だった。一瞬ののち、彼女は声を潜《ひそ》めながらきっぱりとした調子で言った、「埋葬に一ペニーだって使っちゃいけないよ。スクラッフルズがわたしを集団墓地に埋めたりしたら、地獄の主があいつの根性を叩き直してくれるとも！　さあ約束だよ、わたしの貯めたお金はぜんぶおまえが自分のためにとっておくんだ」

〝スクラッフルズ〟というのは地元で通っていた渾名《あだな》で、わたしの父親と餌を十分に与えられない家禽《かきん》の罹《かか》る病気の両方を指していた。実際、スクラッフルズは埋葬費用を払ったけれども、「石はおまえに任すよ」と言うのだった。然《しか》るべき墓石を建てられるだけの経済的余裕ができるまでに十二年かかった。そしてその頃には誰も墓の場所を覚えてはいなかった。

大学に入ると、わたしの身なりと振舞いが貧農の出であることを雄弁に物語った。そのことで誰からも馬鹿にされたくなかったので、大講義室や試験場の外では、わたしはたいてい一人で過ごした。最初の学期が終わるときに、一人の教授がわたしを教授室に呼び出し、こう言った――「ミスター・マッキャンドルス、世界が義にかなうところであるのなら、君には素晴らしい未来が待っていると予言してもいい。だが、現実のこの世界ではそう言うことができない、君が少し変わらない限りはな。君はハンターより偉大な外科医に、シンプソンより腕のいい産科医になり、リスターを上回る治療技術を身につけるかもしれない。けれども、人当たりのよい威厳とでも言うか、気のおけない物腰を多少とも身につけないと、患者は誰も君を信頼しないだろうし、他の医者連中も君と付き合おうとはしないだろう。愚か者や俗物やならず者が競って上品を気取るからと言って、上品な振舞いを軽蔑してはいけない。まともな仕立て屋でまともなコートを手配するだけの金がないなら、上等な質屋の質流れ品の中から自分に合うコートを探すのだ。夜はズボンをきちんと畳んで二枚の板で挟み、マットレスの下に入れて寝る。シャツを毎日替えることができないなら、せめてカラーだけは新しい糊のついたものを身につけたまえ。君が入ろうと努力している階層の人々の主催する懇談会や親睦コンサートに参加すること――われわれを悪い仲間だと思うようなことはないだろうよ。そして本能的な模倣を繰り返すことによって、君も次第に馴染《なじ》んでくるのさ」

わたしは教授に、自分のお金は授業料、書籍代、器具代、生活費ですでに限度いっぱいなのだと言った。

「それが君の悩みの種だということはわかっていたさ！」と教授は得意気に叫んだ。「しかし君のように援助に値する学生にこそ、大学の理事会は遺贈された資金を使うのだ。奨学金の大部分は神学部の学生に与えられているが、科学を専攻するものが排除されなければならん理由はない。もし君が大学側にきちんと申し込み、わたしが言葉を添えれば、少なくとも新しいスーツ代くらいは手配できると思うのだが。どうだね、試してみるかね？」

もし教授が「君は奨学金を得る資格があると思う。申請するにはこうすればいい、わたしが推薦状を書こう」と言ったのだったら、もしそう言ってくれたのなら、わたしは彼にお礼を言うことができただろう。しかし、彼は椅子にふんぞり返るように座ったまま、膨らんだベストに握った両手をのせ、わたしを見上げながら（わたしは座るよう勧められていなかった）、一人悦《えつ》にいったような上品で優しげな笑顔をいかにもわざとらしくこちらに向けたので、わたしは彼のにやついた口元目がけて殴りかからないようポケットに入れて拳を隠した。お礼を言う代わりに、自分の出身地であるギャロウェイの一地域では、他人の慈善にすがることを潔しとしないのだが、教授が才能を高く評価してくださっているので、双方にとって利益になる取り決めをしても悪くない、とわたしは答えた。わたしの提案は、教授がわたしに百ポンドを貸し、それに対してわたしは開業医になった場合はその五年目まで、病院の顧問医師になった場合は三年目まで、毎年七・五パーセントの利子分を返済し、その期日が来たときには元の額全部に二十ポンドの特別付加金をつけて完済する、というものだった。教授はあんぐりと口を開けた。そこでわたしはすぐにこう付け加えた――「もちろん、もし卒業できなかったり、早くに医師免許を剝奪されたりしたらわたしは破産です。でもわたしはなかなか安全な投資先だと思いますよ。いかがです、やってみませんか？」

「冗談かね」教授は睨《にら》むようにわたしを見つめながらそう呟いたが、わたしに真似させたがっている微笑みを浮かべようと、その唇がぴくぴく動いた。怒りの気持ちが強すぎて自分の冗談ににやつくこともできなかったわたしは肩をすくめ、失礼しますと言って、教授室を出た。

ひょっとするとこの面談とどこかで関係しているかもしれない封筒が、一週間後、郵便で送られてきた。見知らぬ筆跡で書かれたその封筒には五ポンド紙幣が入っていた。わたしはその大部分を使って中古の顕微鏡を買い、残りでシャツとカラーを買った。おかげで農夫じみたところが減って、貧乏な本屋に近づいた。同期の学生たちはこれを進歩と考えたようだった。というのも、かれらはわたしに陽気な挨拶《あいさつ》の言葉をかけるようになり、最新の噂話を教えてくれるようになったからである。もっともこちらには皆に知らせるような面白い情報はまったくなかった。わたしが対等の立場で話すことのできるのはゴドウィン・バクスターだけだった。なぜなら（いまでもわたしはそう信じているが）われわれはグラスゴー大学医学部のメンバーの中で最も優れた知性を持ち、最も社交性を持たない二人だったからである。

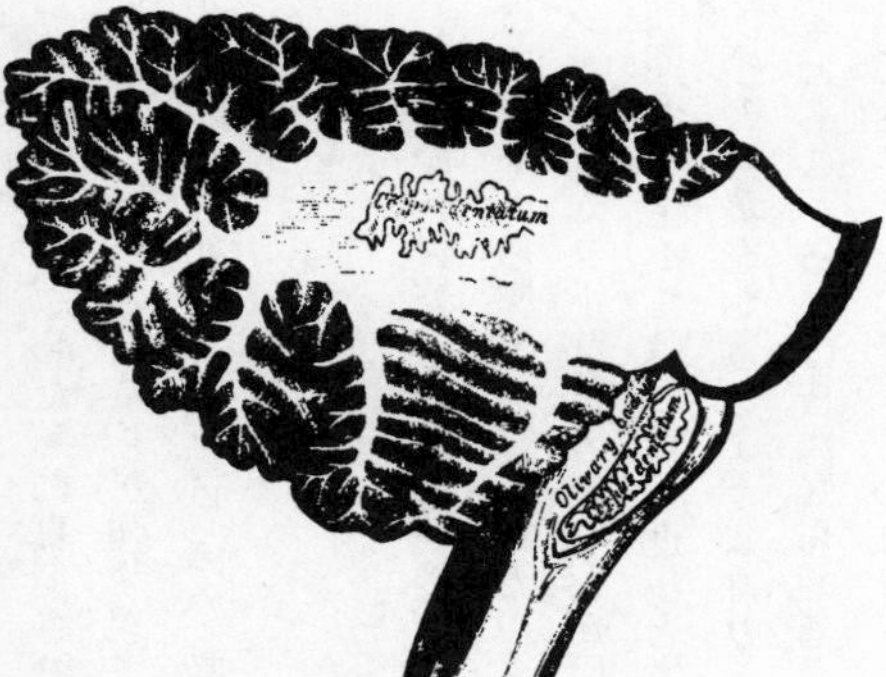
Olivary

2　ゴドウィン・バクスターをつくる

顔は前から見知っていたが、彼と言葉を交わしたのは三学期が過ぎてからのことだった。

解剖室の一角に、扉を取り外した戸棚の前に長椅子を設置して、個人用の仕事場ができていた。バクスターは大抵《たいてい》そこに座り、プレパラートを準備したり、調べたりしては、手早くノートをとっていた。そうした彼の姿は、大きな顔と恰幅《かっぷく》のいい胴体とずんぐりした手足のおかげで、どこか小人を思わせた。ときおり席を立っては駆け足で、脳髄がカリフラワーのように重ねられているホルマリンのタンクを漁《あさ》るのだが、そうやって他人のそばを通ると、彼が大部分の人よりもまるまる頭ひとつ背の高いことがわかるのだった。しかし彼はすこぶるシャイで、できるだけ他人に近づかないようにしていた。人食い鬼を思わせる身体つきをしているにもかかわらず、その希望にあふれた大きな目、ひしゃげた鼻、悲しげな口はどこかおどおどした赤ん坊を思わせたが、額には三本、深い皺《しわ》が消えること

ゴドウィン・バクスター

なく刻まれていた。午前中は頭の中央で分けられた茶色のかたい髪が分け目の両側にオイルでぴったりなでつけられているのだが、午後になってくると、耳の後ろの髪が釘《くぎ》のように立ってしまい、夕方が近づく頃には、彼の頭は熊の毛皮さながらにぼさぼさになるのだった。身につけている服は高価なグレーの布地で出来ており、人目を惹く体軀《たいく》をできるだけありきたりのものに見せるため、目立たぬようにおしゃれに美しく仕立てられていた。しかしわたしには、パントマイム役者の演じるトルコ人のぶかぶかのズボンとターバンという衣裳のほうが、よほど彼を自然に見せるのではないか、と思われた。

彼は医学畑の人間のなかで最初にヴィクトリア女王からナイトの称号を贈られたコリン・バクスターの一人息子だった(註2)。医学部の試験場にはジョン・ハンターの肖像画と並んでサー・コリンの肖像画が掛かっていた。きれいに鬚《ひげ》を剃った、細面《ほそおもて》で薄い唇をした人物画で、息子とは少しも似ていない。わたしの耳に入った陰口の一つによれば、「女性の美しさに対するサー・コリンの無関心ぶりは伝説的」だが「彼の子どもは彼が女性の醜さに対して特異な欲望を持っていたことを証明する」ということになる。サー・コリンはかなり歳もいってから自宅の召使との間に息子をもうけたのだが、(わたしの父親とは違って)その息子に自分の家名を与え、個人教育を施し、ある程度の財産を贈ったという噂だった。ゴドウィンの母親については何もはっきりしたことはわからなかった。精神病院に入っているのだと言うものもいれば、サー・コリンは彼女をずっと召使として扱い、彼が同僚や同僚の妻たちを招いてもてなすときには、黒い服に白い帽子とエプロンをつけた彼女がダイニング・テーブルの周りでものも言わずに皿を配っているのだと言うものもいた。この偉大な外科医が亡くなった一年後に、ゴドウィンは医学生として入学した。彼は才気あふれる学生だった。ただ、病院での仕事は別で、その異様な外貌と声で患者を恐がらせ、スタッフの感情を害してしまうのだった。それで彼は卒業せずに研究員として大学に残った。どのような研究をしているかについては、誰も知らず、あるいは誰も興味を持たなかった。彼は好きなように仕事場に出入りすることが許されていた。きちんと授業料を払い、誰にも迷惑をかけず、それに有名な父親を持っているのだ。多くの人は彼のことを道楽者の学問好きと考えていたようだが、同時にわたしが小耳に挟んだところでは、東部地区にある鋳物工場に併設されたクリニックの仕事を無報酬で手伝い、火傷をした手足や折れた脊椎《せきつい》の治療に並外れた腕を発揮しているとのことだった。

二年生になり、ある公開討論会に出席してみた。テーマは目新しいわけではないが、興味深く思えたからだった。生命体は基本的に小さな漸進《ぜんしん》的変化によって進化するのか、それとも進化はとんでもない激変によるものか、というテーマ。当時これは宗教と科学の両方に関係する問題であると考えられていたので、壇上の演者たちは狂信的なまでに厳粛な問題から滑稽《こっけい》極まるおどけた事柄へと急に話題を変えもすれば、反対陣営に対して少しでも優位に立てそうな理屈を見つけると、すぐに主張を変えるのだった。わたしは集会場の参加者席から、誰もが同意でき、新しい諸観念を構築する土台となりうる基本的な考え方を事実に基づいて述べた。慎重に言葉を選んだわたしの発言を、はじめは皆黙って聞いていたが、そのうち呟き声が次第に広がり、ついには会場中が爆笑で包まれた。翌日知り合いがわたしに言った、「マッキャンドルス、君を笑いものにして申し訳ない。だけど、君がボーダー訛《なま》り丸出しでオーギュスト・コントやT・H・ハクスレーやエルンスト・ヘッケルを次々に引用するのを聞いていると、女王がロンドン下町《コックニー》の行商人口調で議会の開会を宣言しているみたいでおかしくて仕方なかったんだ」

討論会の場で話しているときは、皆が何をそんなに面白がっているのかわからず、わたしはボタンでも外れているのかと訝《いぶか》しく思って、自分の服に目をやったほどだった。大爆笑は耳を覆うほどにまでなった。しかしわたしは言うべきことを最後まで言うと、大笑いだけでは足りず、今や手を叩き、足を踏み鳴らしはじめた聴衆の間を通って会場を出ようとした。ドアのところまで来たとき、会場中をつんざくような声が響き渡った。わたしは足を止め、誰もが一斉に静かになった。ゴドウィン・バクスターが二階席から話していた。

甲高くて間延びした声で（しかし言葉はどれも明瞭だった）彼は壇上の演者たちの用いた論証はどれも、それぞれが証明しようとした命題の基盤すべてを崩すものであることを具体的に指摘した。彼は最後にこう言って締めくくった、「……壇上の演者は選ばれた少数者であるにもかかわらず、です！　今しがた発言した人物の理にかなった議論に対する反応は大衆の精神レヴェルがどれくらいのものかを示しています」

わたしは「ありがとう、バクスター」と言ってその場を去った。

二週間後、日曜日の散歩に出かけ、キャスキン・ブレイズを歩いていると、キャンバスラング側から二歳くらいに見える子どもが小さな子犬を連れてこちらに近づいてくる姿が目に入った。次第に近づいてきてわかったのだが、それは巨大なニューファンドランド犬を連れたバクスターだった。立ち止まって二言、三言言葉を交わしてみると、お互い長い距離を歩くのが趣味なのだった。それで相談するまでもなく、脇道に逸《そ》れて川まで下り、ラザグレンの土手を走る静かな小道を通ってグラスゴーまで戻った。前日にクラーク・マクスウェルの講演があったのだが、医学部から参加したのはわれわれ二人だけ。二人の意見が一致したことに、将来目の病気を診断しなければならなくなる学生が光の物理特性についてまったく無頓着《むとんちゃく》であるのはいかにも奇妙だった。ゴドウィンが言った、「医学は科学であるのと同じくらい技芸なのだ。しかしその科学はできる限り幅広い基盤を持たねばならない。クラーク・マクスウェルとサー・ウィリアム・トムソンは何がわれわれの脳を刺戟し、何がわれわれの神経を走っているのか、その生きた核心を近いうちに発見するだろう。医学部は病理解剖学ばかりを過大評価しているからね」

「でもあなたは毎日のように解剖室で過ごしているじゃないですか」

「サー・コリンの開発した技法のいくつかについて、もっと精度を高めようとしているんだ」

「サー・コリン？」

「著名なるわが親さ」

「お父さんと呼んだことはないんですか？」

「彼がサー・コリン以外の名で呼ばれているのを耳にしたことがないのでね。病理学は医師の訓練と研究に不可欠のものだ。しかし結果として多くの医者を、生命とはつまるところ死んでいる何かにおける揺れ動きである、という思考に導くことになる。患者の身体を治療するかれらには、〝心つまり〝命〟に対する敬意など微塵《みじん》もない。われわれが修練によって身につけるベッド脇での人当たりのいい態度物腰は、患者を実習で使う死体と同じように無抵抗にするための安物の麻酔薬だと言っていい。だが、レンブラントの絵からまずワニスの被膜を落とし、それから厚塗りされた絵の具をそぎ取り、下塗りを溶かし、最後に画布の繊維を分解してみたところで、肖像画家は巨匠の技芸を学んだことにはならないだろう」

「同感です」わたしは言った、「医学は科学であるのと同じくらい技芸であると思います。でも四年生になって病院に入れば、その技芸を身につけることになるんでしょう？」

「馬鹿なことを！」彼は唐突に言った。「公共の病院は、貧しいもので練習することによって金持ちからお金を巻き上げるすべを医者が学ぶところさ。だからこそ、貧しい人たちは医者を恐れ、憎むようになり、高収入の連中は個室で、あるいは自分の家で手術を受けることになるわけだ。サー・コリンは病院とは一切関わらなかった。彼の手術は、冬は町にある屋敷で、夏は田舎にある屋敷で行われた。わたしはよく手伝ったものだ。彼こそは真の技芸の体現者だった。病院のお偉方が防腐剤など無視し、あるいはそれを紛《まが》いものだと罵倒《ばとう》していた時分に、器具を煮沸消毒し、手術室を殺菌していた。自分の使う汚いメスや血のこびりついたフロックコートが年に何十人もの患者を殺していた、と公然と認める勇気のある外科医は一人としていなかった。それで旧態依然の処置法が続いたわけだ。産《さん》褥熱《じょくねつ》が細菌性であることを立証し、消毒の重要性を主張したゼンメルワイスは周囲の無理解のせいで気が狂った。真実を広めようとして自殺したのだから。(註3) サー・コリンはゼンメルワイスよりも慎重だった。彼は正統と認められない発見を自分の胸に留めておいたのだ」

「言わせてもらいますが」わたしは言った、「今の病院は当時と比べてずっとよくなっているじゃないですか」

「たしかに——看護がよくなったおかげでね。現在、治療を本当に実践しているのは看護婦だからね。もしスコットランド、ウェールズ、イングランドの医師たちが全員、突然死んだとしても、看護業務が継続されるなら、病院に来る患者の八十パーセントは回復するね」(註4)

貧弱極まる慈善クリニックの外ではバクスターが病院の治療活動から締め出されていることをわたしは思い出した。それで医師に対して恨みのこもった手厳しい評価をするのだ。しかし別れ際に、次の日曜日も二人で散歩する約束をした。

日曜日の二人の散歩は習慣になった。とはいえ、解剖室ではお互い知らんふりを通し、散歩も人ごみは避けるようにした。二人とも他人の視線を浴びるのが嫌だったし、バクスターと一緒にいるものは誰であれ、やはり好奇の目を向けられるのだった。二人の間にはしばしば沈黙が訪れた。わたしが彼の声質に思わず顔を顰《しか》めてしまうことがあったのだ。

そんなとき彼は微笑んで、口をつぐむのだった。彼に話を続けさせるのに三十分かかることもあったが、しかしわたしは必ず彼の話を促した。彼の声はひどく耳障りなものだったが、話の内容はとても興味深かったのだ。あるとき、事前に耳に脱脂綿を詰めてから彼に会ったところ、ほぼ何の苦痛も感じないで彼の声を聞けることがわかった。彼の受けた奇妙な教育の話を聞かされたのはある秋の午後のことで、そのときは、キャンプシーとトランスの間の森を通っているうちに、入り組んだ小道の途中で危うく迷いそうになったのだった。

そんな話題になったのは、わたしが子ども時代の話をしたのがきっかけだった。彼は溜息をつきながら言った、「わたしはサー・コリンが一人の看護婦と付き合うことによってこの世に登場したんだ。それはミス・ナイティンゲールが英国医学における看護の重要性をはっきりと位置づける何年も前のことで、当時、良心的な外科医は自分自身の看護スタッフを訓練して育てなくてはならなかった。サー・コリンは一人の女性を麻酔の専門家にするために教育した。そして彼女との共同作業は実に親密なものだったので、わたしを生み出すのに成功したわけだ。彼女が亡くなる前にね。彼女のことは何も覚えていない。彼女のものと呼べるものは何ひとつわが家に残っていないのだ。サー・コリンは彼女について何も口にしなかったが、ただ一度、わたしが十代のときに、彼女ほど器用で学習能力の高い女性は他に知らない、と言ったことがある。それが彼を惹きつけたに違いない。女性の美しさには何の関心もない人だったからね。外科手術の患者としてなら別だが、〝人間〟にもほとんど関心を示さなかった。わたしは自宅で教育を受け、他の家庭を知らず、他の子どもと遊んだこともないから、母親が何をするものなのかを正確に知ったのは十二歳になってからだった。医者と看護婦の違いは知っていて、母親というのは小さな子どもを専門とする下級看護婦だと考えていた。自分は最初から大きかったため、母親がまったく必要ではなかったと思ったのだ」

「でもさすがに『創世記』で系図が記されている第五章は読んだのでしょう？」

「いや読んでいない。わたしの教育はサー・コリン自身がやってくれたが、彼は関心のあることしか教えなかった。徹底した合理主義者でね。詩、小説、歴史、哲学、それに聖書は彼から見るとまったく意味がない――〝証明不可能なたわごと〟と彼は呼んでいたよ」

「何を教えてくれたんですか？」

「数学と解剖学と化学。毎日、朝と夕方に彼はわたしの体温と脈を記録し、血と尿のサンプルを取って分析するのだ。六歳になったときには、そうしたことは自分でやるようになっていた。化学的な不均衡のせいで、身体維持のためにわたしはヨードと砂糖を交互に摂取する必要があってね。摂取効果をできる限り正確に監視しておかなくてはならないんだ」

「でもサー・コリンに自分がもともとどこから来たか、一度も訊かなかったわけですか？」

「訊いたさ。すると彼は、身体の図解、模型、病理標本を持ち出し、わたしがいかにしてつくられたかについて新たな授業をした。それが彼の答え方。わたしはそうした授業が楽しみだった。そこで教えられて自分の体内組織に感嘆を覚え、そのおかげで、周りの皆がわたしの風貌を見てどう感じるのかわかるようになっても、自尊心を失わずにすんだのだ」

「悲しい子ども時代――ぼくよりひどいな」

「そうは思わないね。誰もわたしをひどい目にあわせなかったし、子どもに必要な動物的ぬくもりと愛情はサー・コリンの愛犬から得られたから。彼はいつも何頭か犬を飼っていたんだ」

「ぼくは雄鶏と雌鶏を見ていて生殖活動がわかりました。あなたのお父さんの犬は子を産まなかったのですか？」

「雄犬だった、雌犬じゃなかったんだ。女性の身体は男の身体となぜ、どのように違っているかをサー・コリンが教えてくれたのはわたしが十代に達してからだった。たいてい彼は図解、模型、病理標本を使って教えるのだが、このときは、もしわたしに好奇心があってそうしてほしいなら、健康な生きた標本を使って実践的な実験をするよう準備しようと言った。わたしにその気はなかったが――

「こんなことを訊いて申し訳ないですが、でも――お父さんの犬のことなんです。お父さんは生体解剖論者だったのですか？」

「そうだ」とバクスターは答えた。その頰が少し青白くなった。わたしは言った、「あなたは？」

彼は歩みを止めた。悲しげで大きな子どもじみた顔がわたしの前に立ちふさがった。それを見るとなぜか自分がさらに小さな子どものように思えた。彼の声がとても小さく、何でも貫き通すほど甲高くなったので、脱脂綿を詰めてはいたが、わたしは鼓膜が破れるのではないかと心配になった。彼は言った、「ぼくはこれまで生涯を通じて、生きているものを殺したり、傷つけたりしたことはない。それはサー・コリンも同じだ」

わたしは彼に言った、「残念ながらぼくはそうではありません」

彼はそれから散歩の間じゅう、ずっと沈黙したままだった。

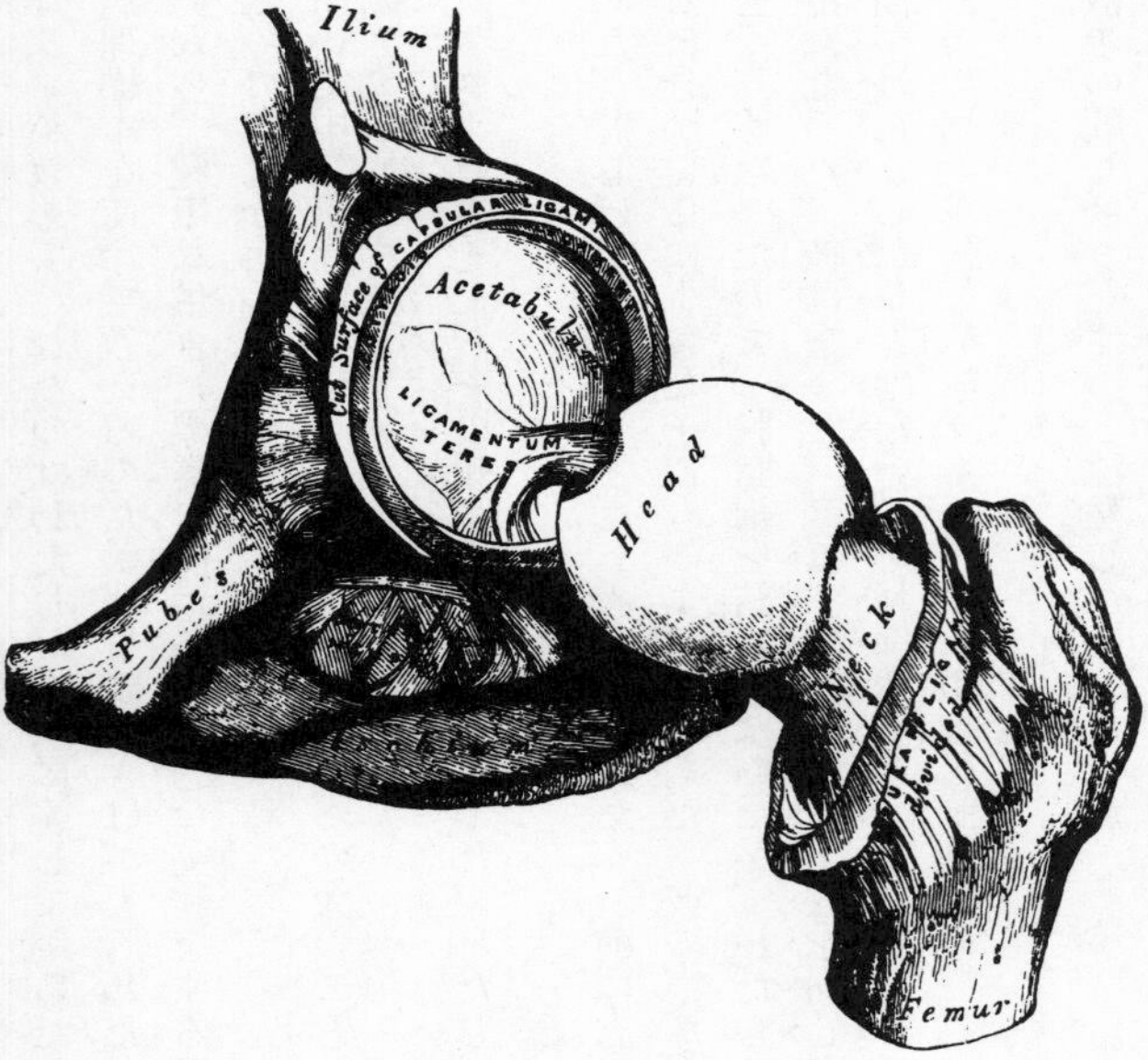
Ilium
LIGAMENTUM TERES
Head
Neck
Pubes
Femur

3　口論

ある日のこと、わたしは彼に研究の具体的な内容を尋ねた。

「サー・コリンの開発した技法の精度を高めようとしているんだ」

「そのことは前にも聞きました、バクスター。だけどそれだけじゃ納得できないので。時代遅れの技法にどうして磨きをかける必要があるでしょう？　あなたの著名なお父様は偉大な外科医だった。しかしお亡くなりになってから、医学はずいぶん進歩した。この十年間でも、あなたのお父様には思いもよらなかったものが発見されたじゃないですか——細菌の類《たぐい》や食細胞、脳腫瘍《しゅよう》の診断と除去法、潰瘍性穿孔《せんこう》の修復法とか」

「サー・コリンはそうしたものよりもっと優れたものを発見したんだ」

「何ですって？」

「つまりだな」バクスターはこれを明かすのは意に反するとでもいうように、ゆっくりとした口調で言った、「彼は肉体の生命を終わらせずに停止させる方法を発見したんだ。神経を走る信号は皆無、呼吸器、循環器、消化器の活動は完全に中断するが、細胞の生命力は損なわれずに維持される方法をね」

「とても面白いですね、バクスター。医学的に言って、それにはどんな意味があるのでしょう?」

「ああ、いろんな意味があるさ!」彼がそう言いながら浮かべた微笑みは、わたしをひどく苛立たせた。

「神秘めいたものは嫌いなんですよ、バクスター!」わたしは彼に言った、「とくに人間の作り出した神秘は決まってエセ神秘なのですから。ぼくの学年の多くの学生たちがあなたのことをどう思っているか知っていますか。無害の取るに足らない狂人で、ひとかどの人物であるふりをするために脳と顕微鏡を相手に遊んでいるだけだと思っているんですよ」

哀れな友人は身じろぎもせずわたしを見つめた。見るからに茫然自失の態《てい》だった。わたしは冷たく見つめ返した。口ごもりながら彼は、わたしもそう思うのか、と尋ねた。わたしは答えた、「質問に率直に答えてくれないのなら、他に考えようがないでしょう」

「そうか」溜息とともに彼は言った、「家に来てくれ。見せたいものがある」

それを聞いてわたしは嬉しかった。それまで彼は家に招いてくれなかったのである。

それはパーク・サーカスにある背が高くて陰気なテラスハウスの中の一軒だった。連れて出たニューファンドランド犬と彼を玄関ロビーで出迎えたのは、二頭のセントバーナード犬、一頭のシェパードとアフガンハウンドの騒がしい挨拶だった。彼は先に立って犬たちの間を通り、階段を地下へと下りると、高い塀に囲まれた狭い庭にわたしを連れ出した。(註5)いちばん家に近い部分は舗装されていて、そこに置かれた木製のハト小屋でハトが飼われている。その向こうはいくつかの野菜栽培区画と低いフェンスで囲まれた小さな芝地になっており、そこではウサギが数羽、草を食《は》んでいた。バクスターはフェンスを跨《また》ぎ、わたしもそうするようにと言った。ウサギは完全に飼い慣らされていた。バクスターが言った、

「この二羽を調べて、どう思うか言ってみてくれ」

彼は一羽を抱きかかえてわたしに渡すと、わたしがそれを調べおわって次に移るまで、もう一羽をあやすように揺すりながら身体を撫でてやるのだった。

最初のウサギで最も目につく奇妙な点は毛の色だった——鼻から腰の部分までは完璧な黒で、腰から尻尾までが純白。身体のいちばん細い部分をぐるりと糸で巻き、それを境に片方を黒に、もう片方をすっかり白くしたようだった。さて、自然界において、そのよう

に截然《せつぜん》と直線によって分離されることは水晶と玄武岩以外には起こりえない。晴れ渡った日の海の水平線は完全なる直線のように見えるかもしれないが、実際は曲がっている。とはいえ、この一羽だけであれば、わたしも他の皆と同じように考えたであろう——このウサギは自然の生み出した変種である、と。もしこれが自然に生まれた変種であるなら、もう一方のウサギは正反対の変種だった。まるで外科医のメスで切られたようにはっきり明確に腰の線から前の部分が白くて、そこから後ろは尻尾まで黒いのである。いかなる選択育種方式を取ろうとも、このように完全に対称をなす正反対の配色を持つもの一対《いっつい》を作り出すことはできない。このウサギを見ているわたしと同じ冷静で注意深く、詮索《せんさく》するような目でバクスターがこちらを見つめていることに気づいたので、わたしは再度、指先で触れながらこの二羽を調べてみた。一羽は雄の生殖器と雌の乳首を、もう一羽は雌の生殖器とほとんど気づかないほど小さな乳首を持っている。色が変わる部分の毛の下の皮膚に、指先が触れてやっとわかる畝《うね》のような隆起があった。そこから身体全体が尻尾に向かって少しではあるがはっきりと縮んでいる。もう一方の身体にも同じようにかすかな隆起があり、そこを境に下半身が膨らんでいる。この二匹の動物は自然の産物ではなく、人間の技芸が生み出したものだった。手の中の一羽が急にとても大切なものに感じられた。わたしはそれを丁寧に芝地の上に下ろすと畏怖《いふ》と賞賛とある種の憐《あわ》れみをこめてバクスターを見つめた。人間一般から自分を切り離してしまうような力を備えたもの——(もちろん)もしその人物がふつうの害を及ぼす支配者であれば話は別だが——を憐れまずにいるのは難しい。次のように言ったとき、わたしは涙を浮かべていたと思う——「バクスター、どんな風にやったのです?」

「何も驚くべきことなどやってはいない」もう一羽のウサギを地面に戻しながら、彼は沈んだ声で言った。「実際、卑しいことをやったと言うべきだな。モプシーとフロプシーはふつうの幸せなかわいいウサギだった。それなのに、ある日わたしに眠らされて、目が覚めてみたらこんな風になっていたわけだ。もはや生殖活動に興味を示すこともない。かつてはずいぶん励んでいたのに。でも明日、この二羽を前とまったく同じように戻してやろうと思う」

「だけどバクスター、こんなことができる腕を持ったあなたなら、何でも、できるじゃないですか」

「ああ、金持ちの人の病んだ心臓を貧しい人の健康な心臓と取り替えて、たくさんお金を稼ぐことができると思う。でも必要な金は十分手元にあるし、大富豪をそんなふうに誘惑するのは不親切というものだろう」

「何だか殺人でもするみたいな言い方をしますね、バクスター。でも解剖室にある死体は事故か病気で死んだものでしょう。もしそうした死体に損傷を受けていない臓器や手足があって、それを使って他の人の身体を治すことができるなら、あなたはパスツールやリスターにも勝る救世主になるわけですよ。世界中の外科医たちは病理学を直接的に命に働きかける技芸に変えるでしょう」

「医学を実践するものが」とバクスターは言った、「命からお金を作るのではなく、命を救うことを欲するのだったら、別々に病気を治療するのではなく、病気を阻止するために団結するだろう。多くの病の原因は少なくとも紀元前六世紀から知られていた。そのころにはギリシャ人によって〝健康の技法〟つまり〝衛生〟は女神にされていたのだからね。日光と清潔と運動だよ、マッキャンドルス！　新鮮な空気、きれいな水、十分な食事、そして清潔で広々とした家が万人に与えられ、そうしたものを損ない、妨げる一切の労働を政府が全面的に禁止すればいいんだ」

「不可能ですよ、バクスター。英国は世界の工場になっているのですから。もし社会活動に関わる法律が英国産業の利潤を抑えでもしたら、全世界に広がるわれわれの市場はドイツとアメリカによって独占され、多数の餓死者が出るでしょう。英国の食料の三分の一近くは外国から輸入されているわけですし」

「その通り！　だからわれわれが世界中の市場を失うまで、冷酷な金権主義の顔を隠して慈悲深い仮面を被るために、英国の医学は使われつづけることになる。わたし自身、東部地区にあるクリニックで無償労働をすることでその仮面を被っている。良心が慰められるんでね。単純な腹部移植にしても三十三時間もかかる手術が必要になるだろう。手術をはじめる前に、患者に適合する死体を見つけ出し、準備をするのに最低二週間はかかる。その期間、通常の治療を受けられないために、わたしの哀れな患者の何人かが死んでしまうか、大きな苦痛を味わうことになる」

「それじゃどうして、お父さんの技法の精度を高めるのに時間を費やしているのですか?」

「個人的な理由によるもので、それを明かすつもりはないよ、マッキャンドルス。友人としての率直な答になっていないことは承知している。しかしいまやわたしにはわかったのだ。君は決してわたしの友人ではなかった。ただ、身なりのいい学生たちが君とはとても付き合ってくれなかったので、無害の取るに足らない狂人との付き合いを我慢していただけだったのだ、とね。しかし将来を心配するには及ばないよ、マッキャンドルス。君は実に頭がいい！　才気縦横ではないかもしれないが、着実で突拍子もないことはしない人間。そのほうが皆に好かれるというものだ。何年かすれば、病院の顧問医師として有能ぶりを発揮するだろう。渇望しているものすべてが手に入るさ——富、人々の尊敬、仲間、そして上流階級出の妻がね。わたしはこのままさらに人づきあいのない道をたどって愛情を求めることにするよ」

そんな言葉を交わしながらわれわれは再び家に入り、階段を上ってほの暗い玄関ロビーに戻った。そこでは五頭の犬がペルシャ・ラグの上で寝そべっていたが、主人の敵意を感じ取ったかれらは首を伸ばして耳を立て、鼻をわたしのほうに向けると、犬の顔をしたスフィンクスのように動かなくなった。上方の階段の踊り場の手すりの上から白い帽子をのせた顔が見下ろしている——その姿が視界に入ったというより、そんな気配が感じられた。年老いた家政婦か女中なのだろうか。

「バクスター！」わたしは急いで言った、「馬鹿なことを言ってしまった。傷つけるつもりはなかったんです、本当に」

「そうは思わない。君はわたしを傷つけようとした。そして意図した以上に傷つけたよ。さようなら」

彼は出て行くようにと玄関のドアを開けた。わたしは必死になって言った、「ゴドウィン、お父様の発見とそれを元にしたあなたの改良を公表するための時間の余裕はないのでしょう。だから、研究ノートをぼくに貸してください！　それを公表することを生涯の仕事にしようと思うんです。す、べ、て、をあなたの功績にします——す、べ、て、を、あなたの貴重な時間を邪魔せずにね。そして世間が大騒ぎするようになれば——だって大きな論争になるでしょうから——ぼくはあなたの弁護に立ちます。ハクスレーがダーウィンのブルドッグだったように、ぼくはあなたのブルドッグになるんです！」

「サヨナラだ、マッキャンドルス」彼は毅然《きぜん》たる調子で言った。犬たちは怒ってうなり声を立てている。それでわたしは導かれるまま戸口の階段まで出たが、そこで一言訴えた、

「せ、め、て、握手くらいしてください、ゴドウィン！」

「もちろん」と彼は言って、手を差し出した。

われわれはそれまで握手を交わしたことはなく、彼の手をよく見たこともなかった。おそらく人前に出たときの彼は手を袖口の中に半分隠していたからだろう。握ろうとした彼の手は四角というよりも立方体に近く、幅と同じくらいの厚みがあった。指の付け根の関節が盛り上がり、そこから伸びた指はばら色の爪のついた赤ん坊のような指先へと急に細くなって、ほとんど円錐形をしている。わたしはぞっと身震いした——そんな手に触れることはできない。言葉もなく彼に向かって首を振ると、彼は不意に微笑んだ。一緒に散歩をするようになって間もないころに、彼の声に顔を顰《しか》めたわたしに向けた微笑みと同じだ

った。
彼は同時に肩をすくめ、わたしを外に残してドアを閉めた。

4　謎の美女

それまで味わったことのない孤独な数ヵ月がやってきた。バクスターは大学に現われなくなった。彼のかつての仕事場は長椅子が撤去され、また戸棚に戻った。パーク・サーカスを少なくとも二週間に一度は散歩してみたが、彼の家の玄関を出入りするものは誰ひとり見かけなかったし、戸口の階段を上ってドアをノックするだけの勇気がわたしにはなかった。だが、鎧戸《よろいど》の下りていない掃除の行き届いた窓は中に人がいることを示していたわけで、客人と一緒のときでなければ、彼が裏庭にある召使用の通用口のほうを使っているのでは、と考えるべきだった。彼との付き合いを望むわたしの気持ちは金銭欲に根ざしたものではなかった。というのも、もはや彼のことを奇跡を生む科学者だとは考えなくなっていたからである。わたしの研究によれば、ミミズや毛虫でさえ、その前部と後部を移植して入れ替えることなどできないのは明らかだった。ヤンスキが主要な血液群を特定するのは二十年ほど経ってからのこと。したがって、当時は輸血すらままならなかったのだ。

わたしはウサギ相手の経験を幻覚体験の一種として納得することにした。自然に生じた偶然の一致に基づき、さらにバクスターの声に潜む何らかの催眠作用によって誘発された幻覚というわけである。そうは言いながら、週末になると一緒に歩いた森や湿地へ出向いた。歩きながら交わした会話を思い出させてくれるからだった。そしてもちろん、彼にまた会えはしないかと思っていた。

冬が去り春近きを思わせるある土曜日、寒く晴れ渡った日だったが、ソヒホール・ストリートを歩いていると、鉄を被せた馬車の車輪が歩道の縁石をこする音が耳に入った。最初そのように聞こえたのだが、一瞬の後、気づいてみれば、馴染《なじ》みの声がこう言っていた――「ブルドッグのマッキャンドルスじゃないか！　こんな陽気で、わがブルドッグの調子はいかがかな？」

「あなたのひどい声を聞いて、すっかり調子がよくなりましたよ、バクスター」とわたしは言った。「喉頭を新しくしようとは思わなかったのですか？　羊の声帯だってあなたよりも美しい音を響かせますよ」

彼はわたしと並んで、いつもの地面を踏みつけるような足取りで進むのだが、足早に歩を進めるわたしに少しも遅れない。ステッキを警棒のように小脇にしっかりと抱え、頭の後ろには縁の巻き上がったシルクハットをのせている。顎《あご》を突き出し、いかにも嬉しげな微笑みは、もはや彼がすれ違うものたちの視線など歯牙《しが》にもかけていないことを示していた。わき上がる嫉妬の痛みを感じながらわたしは言った、「幸せそうですね、バクスター」

「いかにも、マッキャンドルス！　君とは味わえなかった実に居心地のいい付き合いを楽しんでいるのさ——とても素敵な女性とね、マッキャンドルス。彼女が生きていられるのはわたしのこの指のおかげなんだ。十分しからしたこの指のおかげさ！」（註6）

彼は鍵盤《けんばん》を叩いてでもいるように、目の前でさかんに指を振った。わたしは嫉《ねた》みを感じないではいられなかった。「どんな病気を治してあげたのですか？」

「死」

「その女性を死から救った、というのですか？」

「半分そうだと言ってもいい。しかしそれ以上に、巧みな処理によって蘇生がなされたと言うべきだな」

「何のことだか意味がわかりませんよ、バクスター」

「それなら家に来て彼女に会うといい。別の専門家の意見を聞いてみたいしな。彼女は肉体的には完璧なんだが、精神のほうはまだ形成期でね。そう、彼女の精神はこれから多くの素晴らしい発見をすることになる。彼女の知っていることといえば、この十週間に学んだことだけ。しかし彼女と会えば、モプシーとフロプシーを一緒にした以上に興味を惹かれると思うよ」

「つまりその患者は記憶喪失だと？」

「そのように皆には説明しているが、わたしの言うことを鵜呑《うの》みにするな！　自分で判断せよ、だ」

そしてこれ以外、パーク・サーカスに着くまで、彼はほんの少ししかその患者について口にしなかった。それによれば、彼女の名前はベラ、通称ベルで、できるだけ多くのものを見たり聞いたり手に触れさせたいので、散らかり放題の部屋で暮らしている、とのことだった。

バクスターが玄関のドアを開けると、スコットランド民謡「ロッホ・ローモンド」を奏でるピアノの音が響いているような気がした。大きな音でテンポ速く演奏されるので、ひどく陽気な曲のように聞こえる。彼に案内されて客間に入ると、そこで自動ピアノの前に座った女性がその曲を鳴らしているのだった。彼女はこちらに背中を向けていた。巻き毛の黒髪で身体は腰まで隠れていて、脚はシリンダーを回すペダルをせっせと押している。その勢いのよさは彼女が音楽と同じくらい運動を楽しんでいることを物語っていた。カモメの翼さながらに両腕を体の横でばたつかせているが、曲の拍子《ひょうし》から外れている。彼女は無我夢中でわたしたちには気づかない。わたしはじっくり部屋を見回した。

背の高い窓からはパーク・サーカスを見渡すことができ、大理石のマントルピースの下では明るい炎が燃えている。例の大きな犬たちが炉の前の敷物に横になり、お互いの脇腹を枕に頭をのせあいながら、眠たげな様子。猫が三匹、互いに最大限の距離が取れるようにどれもができるだけ背の高い椅子を選んで、背もたれに座っている。皆、他の二匹を見ないふりをしているが、一匹が動くと、残りも身体をぴくりとさせる。開けてある両開きのドアを通して見える部屋は裏庭を見下ろす位置にある。その部屋の暖炉脇では物静かな初老の女性が座って編物《あみもの》をし、その足元には、積み木遊びをしている小さな男の子と皿からミルクを飲んでいる二羽のウサギ。その女性は家政婦で男の子は彼女の孫なのだ、とバクスターが呟くように言った。ウサギの一方は真っ黒でもう一方は純白だったが、そこから空想めいた結論は引き出すまいと、わたしは心に決めた。この家を奇妙に見せているのは、ものの多さだった。カーペット、テーブル、サイドボード、椅子やソファの上、ところ構わずものが置いてある。望遠鏡の設置された三脚。据付《すえつけ》のスクリーンに向いたスライド用映写機。それぞれ直径一メートル弱ほどもある天球儀と地球儀。英国全土を描くジグソー・パズルは半分しか完成していない。家具つきのドール・ハウスは観音開きになる正面部分が開けられていて、屋根裏の寝室にいる痩せたメイドから地下の台所でロールパンを作っている太った料理人に至るまで、住人全員の姿が見える。おもちゃの農場には実物そっくりに彫られ、色を塗られた無数の動物。本物の剝製《はくせい》である色鮮やかなハチドリの群れが針金で結ばれている銀のスタンドは、色ガラス製の葉や果実の茂る灌木《かんぼく》を思わせる形をしている。木琴。ハープ。ティンパニ。直立した人間の骨格。さらには長期保存用のガラス壺にはいった手足や内臓。こうした標本はおそらくサー・コリンの収集品の一部なのだろうが、一様に茶色がかったそれらの不健康さを打ち消すように、あたりには水仙のいけられた花瓶やヒヤシンスの鉢がたくさん並び、見事な水晶の器の中では、宝石のような小さい熱帯魚が飛ぶように泳ぎ、金色の大きい熱帯魚が滑るように泳いでいた。多くの本が立てかけてあり、開いたままの頁《ページ》には鮮やかなイラストが描かれている。《聖母とキリスト》《野ねずみに身を屈するバーンズ》《解体のために最後の停泊地へ曳かれてゆく戦艦テメレール号》そして《ハルツ山麓《さんろく》の洞窟でイクチオサウルスの骨を発見する地の精《コボルト》たち》(註7)が目に入った。

音楽がやんだ。その女性が立ち上がり、わたしたちのほうを向くと、頼りない足取りで歩みだしたが、バランスを保とうとでもいうようにすぐに立ち止まった。美しく、背の高い成熟したその姿は二十歳から三十歳の間だと思われたが、顔の表情はずっとずっと幼げだった。こちらを見つめるその大きく開いた目と口は、大人であれば危険を感じた恐怖を示すものだが、彼女の場合は、もっと新しい経験ができるのではという期待のこもったひたすら快活な喜びを表わしていた。身につけているのは襟《えり》と袖に細いレースの付いた黒いビロードのガウン。イングランド北部訛りのある発音でゆっくりと話した。それぞれの音節がフルートの音色さながらに心地よく、はっきりと響く――「お・か・え・り、ゴッ・ド・ウィン。こ・ん・に・ち・は、は・じ・め・て・の・ひ・と」

それから彼女は両手をわたしのほうに向けて突き出し、そのままの姿勢で待っている。

「初対面の人には片手を差し出すんだよ、ベル」バクスターが優しく声をかける。彼女は左手を脇に下ろしたが、その他は何も動かさず、また晴れやかな期待のこもった微笑みにも変化はなかった。わたしのことをそんなふうに見るものはそれまで一人としていなかった。普通の握手をするには差し出された手が高すぎた。わたしは自分でも驚いたことに、前に進み出て爪先《つまさき》立ちになり、ベルの手を取ってキスをした。彼女は一瞬息を呑み、それからゆっくりと手を引っこめ、わたしの唇がそこに残したものを分析するとでもいうように、親指でそこを静かに撫でた。彼女はまた、びっくりしてはいるが嬉しそうな目つきで、そんな彼女にすっかり魅了されたわたしの顔を何度かちらちらと見るのだった。その間バクスターは、日曜学校のピクニックで二人の子どもを引き合わせている牧師のように、わたしたちににこやかな笑顔を向けていた。彼は言った、「こちらはミスター・マッキャンドルスだ、ベル」

「こ・ん・に・ち・は、ミ・ス・タ・ー・キャン・ド・ル」彼女が言った、「はじめてのちいさなひと、にんじんとおちゃのいろのまじったあかいけ、ふしぎがっているかお、あおいねっくのたい、しわがくちゃのこーと、べすと、ずーぼんはちゃいろ、こーるがてん？」

「コールテンだよ、ベル」バクスターが言った。彼女がわたしに向けているのと同じ楽しげな微笑みを彼女に投げかける。

「コー・ル・テン、もーめんのおりかた、うーねおりです、ミ・ス・ター・メイク・キャン・ド・ル」

「マッ・キャンド・ルスだよ、ベル」

「でもベルにはきゃんどるがいない、だからベルちゃんも、きゃんどる・留守、なの、ゴッド・ウィン。どうかベルのあたらしいキャンドルになってください、はじめてのちいさな、きゃんどる・めいかー、さん」

「見事に理屈が通っているよ、ベル」バクスターが言った、「だが、多くの名前は理屈通りではないということを学ばないとな。そうだ、ミセス・ディンウィディ！　ベルとお孫さんを下の台所へ連れて行って、レモネードと砂糖つきドーナツをあげてください。マッキャンドルスとわたしは書斎にいます」

階段を上りながらバクスターは急《せ》きこんで言った、「それであのベラのこと、どう考える？」

「ひどい脳損傷の症例ですね、バクスター。あんなしゃべり方をし、初対面の人間に会って、あれほど晴れやかに嬉しがり、微塵《みじん》も物怖《ものお》じせずに楽しげな親しさを表わすことができるのは、白痴と幼児に限られますから。可愛らしい若い女性がそんな症状を抱えているのを見るなんて、おそろしいことです。彼女は一度だけ、思考力の名残りを見せましたね、家政婦が彼女をわたしのところから――いや、わたしたちのところから、という意味ですが――連れて出るときに」

「それに気づいたか。だがそれは成熟しつつあるしるしなのだ。脳損傷という君の見解は間違っている。彼女の精神活動はとんでもない速度で進歩しているんだ。六カ月前の彼女は赤ん坊の脳しか持っていなかった」

「何が原因でそこまで脳機能が低下したのですか？」

「低下させた原因などない。彼女はそこから成長したのだ。それはまったく健康な小さい脳だった」

彼の声は催眠作用を持っていたに違いない。というのも、わたしは即座に彼の言わんとしていることを理解し、それを信じたのだ。その場に立ち尽くしたわたしはひどく気分が悪くなり、手すりにしがみついた。他の部位をどこから手配したのかを尋ねるわたしの声は震えていた。

「それが聞かせたかったことなのだ、マッキャンドルス！」彼はわたしの肩に手を回し、いともたやすく階上までわたしを運び上げながら、大きな声で言った。「この件について話せるのは世界中で君だけだからな」

足がカーペットを離れたとき、怪物につかまったという思いが頭をよぎり、わたしは足をばたばたさせた。叫ぼうともしたが、彼は手でわたしの口をふさぎ、風呂場に運びこんだわたしの頭に冷たいシャワーを浴びせ、書斎へ連れてくるとソファにわたしを預け、それからタオルをくれた。タオルで頭を拭いているうちにわたしは少し冷静になったが、彼からどろどろした灰色の物体の入ったタンブラーを手渡されたときには再びパニックを起こしそうになった。それは果物と野菜を素材にして作られており、過度の刺戟を与えることなく神経と筋肉と血液を強化するものであり、自分はそれしか摂取していないのだ、と彼は言った。わたしがそれは結構だと断ったので、彼はいくつも並んだガラス張りの書棚の下のサイドボードを漁《あさ》って、彼の父親が亡くなってから誰ひとり口をつけたもののないポートワインのデカンタを見つけ出した。その暗いルビー色の甘い液体を飲んでいるうちに突然、バクスターも彼の家も、ミス・ベルも、それからそう、わたしも、グラスゴーも、ギャロウェイの田園地帯も、そしてスコットランド全土が、等しく、現実にはありえない不条理なものであるような気分に襲われた。わたしは笑いだした。そうした病的な興奮をわたしが常識を取り戻した結果であると勘違いして、バクスターはほっと溜息を漏らしたが、それは隣の部屋で発せられた汽笛《きてき》のように響いた。わたしは顔を顰めた。彼は引き出しから脱脂綿を取り出した。わたしはそれで耳に栓《せん》をした。

以下が彼の語った話である。

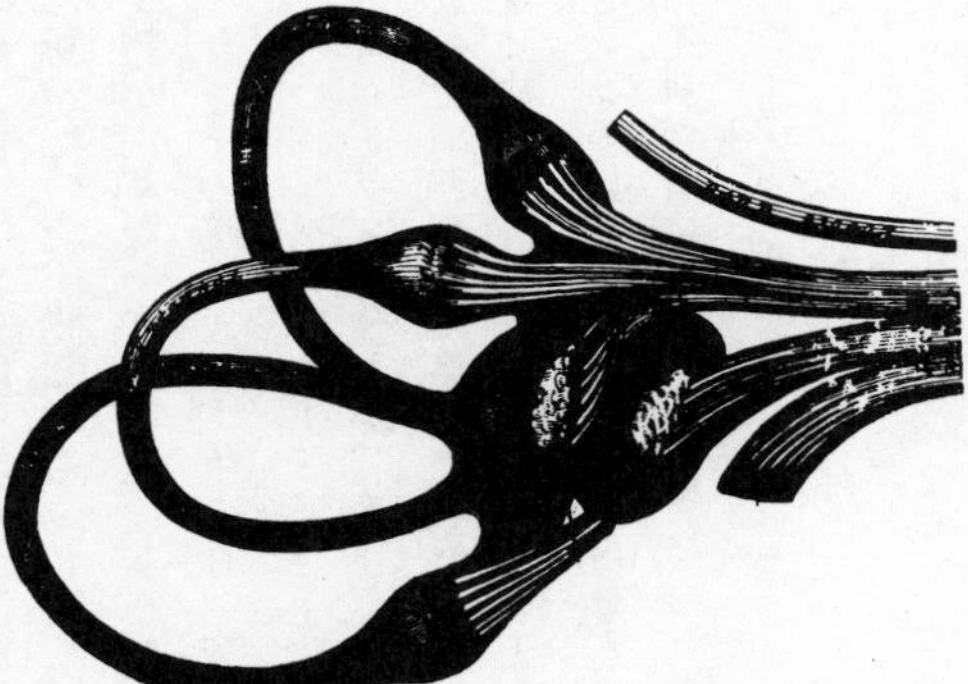

5　ベラ・バクスターをつくる

「ジョージ・ゲッディスは〈グラスゴー人道会〉で働いていて、〈人道会〉からグラスゴー・グリーンに家賃なしの住居を支給されている。(註8) クライド川から人間の身体を引き揚げ、可能であればその命を救うのが仕事。それが不可能な場合、自分の住居に付属する小さな死体保管所に遺体を運び、そこで警察の監察医が検死解剖を行っている。監察医の都合がつかないときは、わたしのところに死体が回ってくる。死体の多くはもちろん自殺で、引き取り手がいない場合、解剖室や実験室に送られる。その手配をわたしがやってきた。

君がベラだと了解している女性の検死にわたしが呼ばれたのは、一年ほど前に君と口論をして間もないころだった。ゲッディスは若い女性が彼の家の近くの吊橋の欄干《らんかん》に登るのを目撃した。彼女は自殺者の通例とは異なり、足から落ちたりはしなかった。水泳選手のようにきれいに飛びこんだが、空気は吸いこまず、肺から排出しただけ。というのも、彼女は生きて水面に浮上することはなかったからだ。ゲッディスは死体を収容してすぐに、彼女が小石を詰めこんだ手提げ袋のひもを手首に巻いていることに気づいた。あまり例のない考え抜かれた自殺であり、当人は皆から忘れられることを望んでいたことになる。彼女はさりげなくおしゃれな服を着ていたが、そのポケットは空で、富裕層の女性たちが名前やイニシャルを刺繡《ししゅう》する裏地や肌着にはきれいに切り取られた穴があった。死後硬直ははじまっておらず、わたしが到着したときには、まだ死体には温もりが残っているほどだった。調べてみると彼女は妊娠しており、指には婚約指輪と結婚指輪の外された跡が残っていた。それを聞いてどう思う、マッキャンドルス？」

「彼女は夫の子を身籠《みごも》ったが、その夫を憎んでいたか、それとも、身籠ったのは夫よりも好きな愛人の子だったのだが、その愛人に捨てられたか」

「わたしも同じように考えた。彼女の肺から水を出し、子宮から胎児を取り出した。難しいけれども電気刺戟をうまく与えれば、彼女に意識の戻った人生を再び送らせることができたかもしれない。だがそうする勇気はなかった。ベラが眠っているところを見たら、なぜだかわかるだろう。安らぎを得た彼女の顔は、熱い情熱に燃え、思慮分別があり、愁《うれ》いを帯びた女性の顔なのだ。そしてその女性はわたしの目の前で霊安室の台に寝かされている。彼女の棄てた人生についてわたしは何も知らなかった。わかっていたのは彼女がそれを徹底して嫌い、自分は存在しないことに決めたということだけ。しかも永遠に、と決めたのだ！　自分で慎重に選んだ何もない永遠から引きずり出されて、この世が用意する施設、厚い壁に囲まれた人手も設備も不十分な精神病院なり矯正院なり監獄なりで存在することを強制されたら、彼女はどう感じるだろう？　何しろこのキリスト教国では自殺は狂気か犯罪か、そのどちらかに扱われるのだからね。そこでわたしはその死体を完全に細胞レヴェルでのみ生かせておくようにした。死体についての告示がなされたけれども、引き取り手はいない。それでわたしはここの父の実験室に運んできた。子ども時代の希望、少年時代の夢、受けた教育、そして成人してからの研究——それらがわたしを育てたのはこの瞬間のためだったのだ。

毎年、何百人という若い女性が入水自殺している。はなはだしく不公平なこの社会に横行する貧困と偏見のためにね。そして自然もまた優しくはない。言うまでもないが、自然な妊娠の結果、どんなに多くの不自然な新生児が生まれていることか。人工的な補助がなければ生きていられない、あるいは補助の有無にかかわらずまったく生きていられないから不自然ということになるわけだが——無頭症、双頭症、単眼症をはじめ、類例がなくて医学上の名のついていないものだってある。母親にそうした子どもを絶対に見せないようにするのがいい医療というものだろう。奇形によってグロテスクの程度が異なるのは事実だが、恐ろしさに違いはない——消化管のない赤ん坊は、臍《へそ》の緒が切られたとたんに餓死する運命にある。その前に思いやりのある手が窒息死させないとね。どんな医者もみずから手を下したり、看護婦にそうするように命じたりする勇気はない。だがそれは行われている。そして現代のグラスゴー、人口では英国第二位、乳児死亡率では第一位のこの都会では、自分たちのかわいい子どもが死んでも、その子ども全員に棺を用意し、葬式を挙げ、墓を立ててやれるだけの経済的な余裕のある親はめったにいない。カトリックでさえ洗礼を受けていない子どもたちはリンボに委ねる。〈世界の工場〉たるグラスゴーではリンボはたいてい医学に携わる人間のことだ。わたしはここ何年も、遺棄された死体と遺棄された脳を町のごみの山から取ってきて、それを結合して新しい命を生み出そうと考えてきた。そしてそれを実行した。その結果、ここにベラがいる」

落ち着いた態度で物語られる話に熱心に耳を傾けるものの常として、わたしも気持ちが落ち着いてきていたので、再び分別のある思考ができるようになった。

「ブラボー、バクスター!」まるで彼に祝杯をあげるように手のグラスを持ち上げてわたしは叫んだ。「彼女の訛りについてはどう説明するのですか? 彼女にはヨークシャーの血が流れているのか、それとも彼女の脳の両親がイングランド北部の出身であるとか？」

「可能な説明は一つだけ」バクスターは熟考しながら言った。「われわれがいちばん早く身につける習慣は（そして会話はそのうちの一つだが）、身体全体の神経や筋肉を通して本能となるに違いない。本能がすべて脳に位置するわけではないことは周知の事実。頭のない鶏だって倒れるまで数メートル走れるのだからね。ベラの喉、舌、唇の筋肉は今でも彼女の肉体が存在した最初の二十五年間に覚えた動きに従って動いている。そして存在した場所はリーズよりもマンチェスターに近かったのではないかとわたしは思う。しかし彼女が今使っている言葉はすべて、わたしからと、この家を切り盛りしている初老のスコットランド人女性からと、そしてここで彼女と遊ぶ子どもたちから学んだものなのだ」

「その人たちにはベラのことをどのように説明しているのです、バクスター？　それともあなたはひどく横暴な家父長で、かしずく家人たちにはとても説明を求める勇気などないとか？」

バクスターは一瞬ためらい、それからぼそぼそと答えたが、それによれば、召使たちは全員がサー・コリンの訓練を受けたかつての看護婦であり、込み入った手術によって回復した人間が一風変わった形で存在していても驚かない、とのことだった。

「だけどバクスター、世間的にはどう説明するのです？　パーク・サーカスの隣人たちとか、彼女と遊ぶ子どもたちの親とか、巡回してくる警察官とか、そうした人たち相手に、彼女は外科的手術によって作り上げられた存在ですと言っているのですか？」

「かれらには、彼女はこれまであまり付き合いはなかったが、ベラ・バクスターという名の姪で、両親が南アメリカの鉄道事故で死んでしまい、彼女自身はその惨事でひどい脳震《のうしん》盪《とう》を起こした結果、完全な記憶喪失状態にあると説明している。その話に信憑性《しんぴょうせい》を持たせるために、わたしはずっと喪服を着ているほどだ。これは悪くない設定なのだよ。サー・コリンは何年も前にある親戚と喧嘩別れし、その親戚はジャガイモ飢饉《ききん》が起きる前にアルゼンチンに行ったきり、音沙汰がなかったのだ。アルゼンチンのようにいろんな人種が入り混じっているところで、その人物がイングランドからの移住者の娘と結婚したというのはいかにもありそうな話ではないか。それに幸運なことに、ベラの肌の色が（わたしが彼女の細胞の腐敗に歯止めをかける前とは違っているが）今ではわたしに似て黄ばんでいる。一族の共通特性として理解してもらえるだろう。これは、多くの人には両親がいることを知り、自分にも欲しいとベラが思ったときに、彼女が聞かされる話でもある。死んでしまった立派な両親というのは両親などいないというよりましだろう。自分が外科的手術によって作り上げられた存在であると知ると、彼女の人生に暗い影を落とすことになるだろうし。真実を知っているのは君とわたしだけ。そして君がそれを信じているかどうか、疑わしいとわたしは思っている」

「率直に言って、バクスター、鉄道事故の話のほうが納得しやすいですね」

「好きなように信じればいいさ、マッキャンドルス。だけど、ポートワインを飲みすぎないように気をつけてくれよ」


飲みすぎないように気をつけるなどごめんだった。二杯目のグラスになみなみとなるまでポートワインをゆっくり注ぎながら、同じくらいゆっくりと尋ねた、「それじゃ、ミス・バクスターの脳はそのうち身体と同様、大人になると考えているわけですね？」

「そうとも、それもすぐにね。彼女の会話から判断して、いま幾つくらいだと思う？」

「彼女の話し方は五歳児ですね」

「わたしは彼女の精神年齢を一緒に遊べる子どもの年齢によって判断している。家政婦の孫のロビー・マードックはまだ二歳にもなっていない。かれらが床の上を楽しそうに這いずりまわっていたのは五週間前まで。その時点で彼女は彼と遊ぶのが退屈になりはじめ、料理人の姪の娘を熱烈に追いまわすようになった。この娘は六歳になる利発な子で、遊び相手になっていたのはベラのことが物珍しく感じられた最初のうちだけで、今では彼女をすっかり退屈だと見限っている。わたしの見るところ、現在のベラの精神年齢は四歳近く。

そしてもしわたしの観察が正しいとすれば、彼女の肉体からの刺戟で彼女の脳は驚くべき速度で成長している。これは面倒な事態を招くことになる。君は気づいていなかったが、マッキャンドルス、君はベラを惹きつけた。君はわたしを別にすれば、彼女が出会ったはじめての成人男性なのだ。彼女が指先を通してそれを感じ取ったことがわたしには分かった。彼女の反応は、彼女の身体が前の人生の肉体的な感覚を思い出していることを物語っていた。そしてその感覚は脳を刺戟して新しい思考と新しい語形式を生み出した。彼女のキャンドルに、そしてキャンドル・メイカーになってほしい、そう彼女は君に頼んだ。これについては露骨に性的な解釈が可能だろう」

「馬鹿なことを！」わたしはぞっとして叫んだ。「あんなに可愛い親戚の娘さんのことなのに、どうしてそんな途方もない言い方ができるんです。小さいときに他の子どもたちと遊んでいれば、そんなことは子ども時代にどこでも聞かれる他愛もない言葉遊びだと分かるはずですよ。〈なぞなぞだすぞ、よういはいいか、ひとにいえないびょうきはなんだ〉とか〈いぬもあるけば、ろうそくが、はかなく、におって、ほのかなひかり、へやてらすのも、とうざのしのぎ〉とか〈あめあめふれふれもっとふれ、わたしのわたあめつれてこい〉とか〈だるまさんがころんだ、たれこんだアナコンダ、だんごうがほころんだ、ダルメシアンじだんだ〉とかと同じこと。それにしても、もしミス・バクスターが成長して今の楽しい状態を卒業することになったら、どのように教育しようと？」

「学校にはやらない」彼は断固とした調子で言った。「まわりから奇異な存在として扱われるような目に彼女をあわせたりは絶対にしない。周到にプランを立てて、しばらくしたら世界旅行に連れて行こうと考えている。彼女の気に入ったところには存分に滞在するようにしてね。そうすれば、そこで出会う人たちは彼女のことを、多くの英国人旅行者と比べて格別奇妙だとは考えず、むしろ無様な連れと比べると自然な魅力にあふれていると感じるはずで、そうした連中と交わることによって、彼女は多くのことを見聞するだろう。わたしはまたそうすることによって、不衛生な接触でロマンティックなものになりそうな愛着から彼女をすばやく引き離すことが可能になるわけだ」

「そしてもちろん、バクスター」わたしは後先も考えずに口走っていた、「旅行に出れば、彼女は世間の声という後楯《うしろだて》もなく、まったくあなたのなすがままになるわけですね。家の召使たちのわずかな助力すらなくなるのですから。バクスター、最後に会ったとき、あなたは口論で興奮して、一人の女性をすべて自分のものにする秘密の方法を考案中だと言っていましたね。その秘密が今、わかりましたよ――婦女誘拐！　男たちが幾時代にもわたってずっと空しく渇望してきたものが自分の手に入りそうだ、あなたはそう思っている。輝くばかりに美しい女性の豊満な肉体に宿る無垢《むく》で疑うことを知らない従順な子どもの魂が我がものになるとね。そんなことは許しませんよ、バクスター。あなたは強力な貴族を父に持った金持ちの息子で、ぼくは貧しい田舎者の私生児。でもね、地に呪われたる者の間には金持ち連中が考えている以上の強い絆《きずな》がある。ベラ・バクスターが親を亡くしたあなたの姪であろうが、あなたによって親を二度奪われたことになる女性であろうが、このわたしはあなたには不可能なほど深く彼女に繋がっているのです。だからわたしは彼女の名誉を命のあらん限りまもってみせますよ、バクスター、天地神明に誓って！　不変の憐《あわ》れみと復讐の神を前にしては、この世で最も強力な皇帝ですら空を飛べずに墜落するスズメよりも弱いのです」

バクスターの返答は、デカンタをカップボードに戻し、扉に鍵をかけることだった。

彼がそうしている間にわたしは冷静さを取り戻し、『種の起源』を読んでからというもの、神や天や不変の憐れみ等々を信ずるのをやめていたことを思い出した。今でも思い出すと不思議なのだが、思いがけずたったひとりの友人と未来の妻と出会い、ポートワインのデカンタを初めて経験した後で夢中で口にした言葉は、駄作であることは承知ながら、眠る前にただ脳を休ませるために読んでいたにすぎない小説類でよく使われているものなのだった。

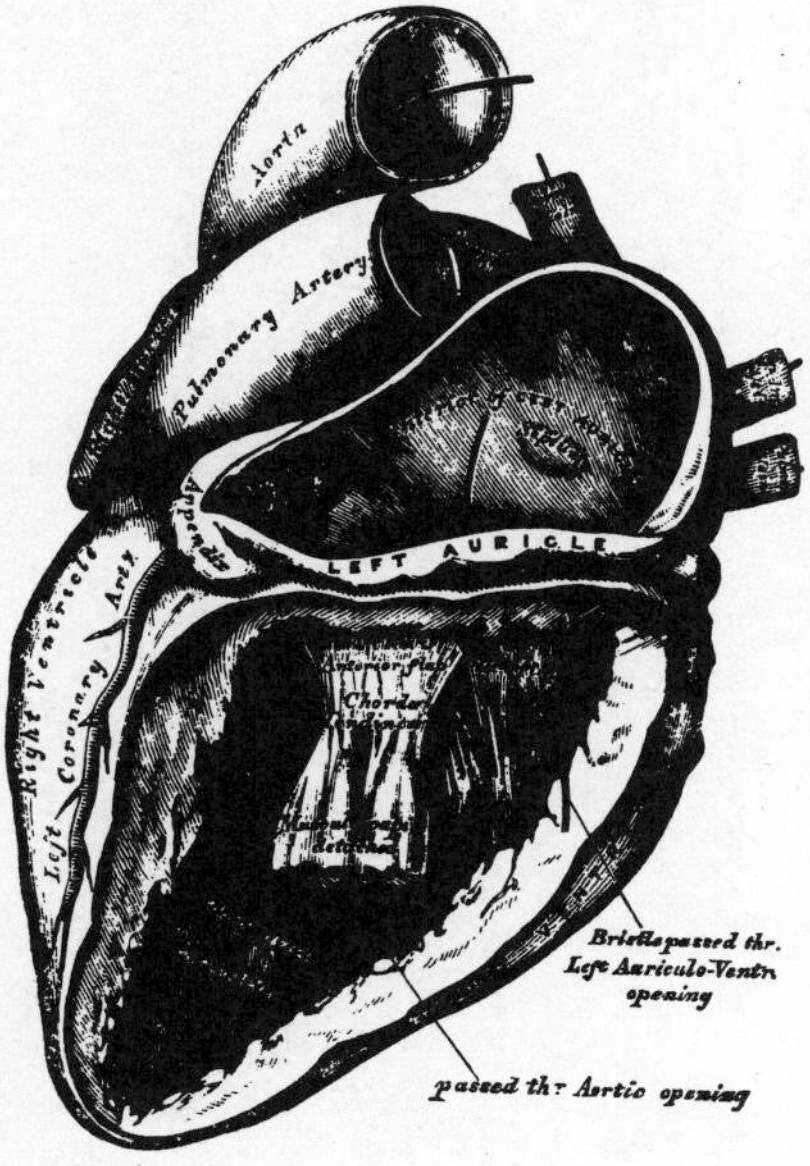

Aorta
Pulmonary Artery
Append
LEFT AURICLE
Right Ventricle
Left Coronary Arty
Chordæ
Bristle passed thr. Left Auriculo-Ventr. opening
passed thr. Aortic opening

6　バクスターの夢

バクスターは戻ってきて腰を下ろすと、唇を固く結び、眉を上げてわたしを見た。おそらくわたしは顔を赤らめていただろう。顔が火照《ほて》っていたことは間違いない。彼は怒りを抑えて言った、「記憶を探ってくれたまえ、マッキャンドルス。わたしが醜い輩《やから》であるのはたしかだが、醜いことに手を染めた事実を一つでも君は知っているのか？」

わたしはじっくり考えてからぶすっとして言った、「モプシーとフロプシーのことはどうなんです？」

彼はこの言い方に傷ついたように見えたが、しかしそれほど深く傷ついたわけではなさそうだった。そしてしばらくすると、考えを反芻《はんすう》しながら話しはじめた。それはまるで自分に言い聞かせるかのようだった。

「わたしはサー・コリンや彼の雇った何人もの看護婦、それに犬たちから、この地球に新しく生まれてくる多くの者たちが与えられる以上の優しい心遣いを示してもらった。しかしわたしはそれ以上のものを欲したのだ。まだ見ぬ魅力的な人を夢見た。その女性には出会っていないので、想像するしかなかった。それは、わたしが彼女を必要とし、賛美するのと同じくらいわたしのことを必要とし、賛美してくれる友。きっと多くの子どもにとって、母親がこの欲求を満たしてくれるのだろう。もっとも、金持ちの家庭では召使を雇って、この母親の役を担《にな》わせることが多いわけだが。わたしは養育係の誰に対しても格別の愛着を感じなかった。養育係が多すぎたためかもしれない。わたしはいつだってお山の大将として扱われた。記憶では、少なくとも三人の大人の看護婦が、まだ自分では何もできないわたしに食べさせてくれ、身体を洗ってくれ、服を着せてくれたように思う。いや、きっと三人以上いたのだろう。というのも、わたしの面倒を交替しながらみていたと思えるからだ。後年取りつかれた妄想を幼児期体験に負わせているのかもしれないが、自分の中にある女性の形をした空虚——家で見知っている女性よりも美しい見知らぬ誰かが満たしてくれることを疼《うず》くように切望する空洞——を感じなくなった日を、わたしは思い出すことができない。この疼きは破滅的なまでに唐突にやってくる思春期とともに強くなった。悲しいことに声変わりはせず、今日までメゾソプラノのままだけれども、ある朝目覚めると、男性の大部分が味わう苦しみだが、ペニスが大きくなり、睾丸《こうがん》が重くなっていることに気づいたわけだ」

「それで、前に聞かせてもらったように、お父さんが女性の解剖学的身体構造がどのようにあなたとは違っているかを説明し、完璧に正常に機能する健康な見本をあなたに提供しようということになったのですね。願ってもないチャンスとばかり飛びつくのも当然だ」

「わたしの言うことを聞いていなかったのか、マッキャンドルス。最初からもう一回繰返さないといけないのか。わたしを必要とし、賛美してくれる女性を賛美することがわたしには必要だった。解剖学的に説明しようか？　高次の神経中枢に対する刺戟が長く持続すれば、それが内分泌腺に与える圧力によって、発作的な数分間ではなく、うずうずとする何日間にもわたって、血液の化学的性質が変化するので、わたしの身体のホメオスタシスは射精によってもたらされるしかない。わたしの想像したのはそのような刺戟を与える女性だった。彼女の姿を見つけたのはチャールズ・ラムの『シェイクスピア物語』の中。サー・コリンの患者の誰かが忘れていった本に違いなかった。それが家にある唯一のフィクション作品だった。オフィーリアが兄――いかめしげに少しだけ鬚《ひげ》を生やしているが、面白みのない表情をした若者――の言葉に耳を傾けている絵。彼女は兄の言うことを真剣に聞いている素振りをしているだけ。彼女の熱のこもった視線は絵の外にある何か素晴らしいものに注がれているのだ。その素晴らしいものが自分でありたいと思った。なだらかに波打つ菫《すみれ》色のガウンに包まれた彼女の美しい肉体よりも、その表情にわたしは興奮を覚えた。何しろ、肉体については何でも知っていると思っていたわけだから。わたしは彼女の美しい顔以上にその表情に興奮した。公園で美しい顔をした女性たちには何度も会っていた――わたしのほうに近づいてくると、彼女たちの顔が凍って、真っ青になるか明るい朱に染まり、こちらに顔を向けないようになるのだ。オフィーリアなら愛のある驚きに満ちた目でわたしを見てくれそうな気がした。なぜなら、わたしの未来像である内に隠れた男――彼女の命を、そして無数の人々の命を救う世界中で最も優しく、最も偉大な医者――の姿が彼女には見えているのだから。わたしはこの劇を翻案した悲惨な物語を読んだ。真の愛情を持っているのは彼女一人。そこで描かれているのは明らかに、チフスに似て、王宮の墓地からエルシノアの上水道に漏れ出たものが原因と思われる伝染性の脳炎が蔓延《まんえん》していくありさまだった。城の胸壁にいる歩哨たちによる地味な出だしからはじまって、感染が王子、国王、総務大臣、廷臣たちへと広まり、幻覚、病的多弁症、そしてパラノイアを惹き起こし、結果として、狂気じみた疑念と殺人衝動が生まれるのだ。わたしはこの劇がはじまったすぐの段階でこの王宮の一員に自分が加わった場合のことを想像した。すべての行政権力を託された有能な公衆衛生官としてね。まず、この病原体の保菌者（クローディアス、ポローニアス、そして明らかに不治の病人たるハムレット）を別々の病棟に隔離する。次に新鮮な水の供給を確保し、効率的な現代の給排水衛生工事を行うことにより、このデンマークの国を正常な状態に戻すのだ。するとオフィーリアは、スコットランドから来たこのぶっきら棒な医師が国民の目を清潔で健康的な未来に向けさせたことを知り、彼への愛を抑えることができなくなるわけだ。

勉強で忙しいときは別だがね、マッキャンドルス、こうした白昼夢が何時間もずっとわたしの心臓の鼓動を早め、皮膚の感触を変化させたのだよ。サー・コリンがわたしに売春婦をあてがったとしたら、それは彼の工夫の一つだっただろう。ただし、バネの代わりにお金で動く自動人形ということになるが」

「でも温かい生きた肉体を持っていますよ、バクスター」

「わたしにはあの表情の見えることが必要だった」

「暗闇でなら……」わたしはなおも言いかけたが、彼に止められて、腰を下ろした。彼よりも自分のほうが怪物じみて思えた。

しばらくして彼が溜息をついて言った、「優しくて皆から愛される医者になるのだというわたしの夢想は実現不可能であることが判明した。わたしは大学はじまって以来の最優秀の医学生だった。それも当然だろう、サー・コリンが最も信頼した助手であり、多くの教師が理論として教えたことを実践によって知っていたのだから。しかしサー・コリンの手術室でわたしが触れたのは麻酔をかけられた患者に限られていた。この手を見るがいい。見るのは苦痛だろうがね。燻製《くんせい》ニシンの端に五本のソーセージが突き刺さっている代わりに、こんな立方体の上から五本の円錐が突き出ている。今のわたしが触れるのを許される患者は、そのことで好き嫌いが言えないくらいお金がないか、意識を失ったものたちだけ。何人かの名の知られた外科医はわたしの助けをご所望になる——死なせると自分たちの評判に傷がつきかねない名士を手術する際にね。わたしの醜い指、そして（本当のことを言えば）わたしの醜い頭のほうが緊急事態にあってはかれらの指や頭より優れているのだ。しかしそうした患者がわたしを見ることはない。だからオフィーリアのあの賞賛のこもった微笑みを期待するなど、とうてい無理な話。しかし今のわたしには何の不満もない。ベラの微笑みはかつてのオフィーリアの微笑み以上に幸せそうだし、またわたしも幸せにしてくれるのだから」

「それではミス・バクスターはあなたの手を恐がったりしないのですね？」

「しないね。彼女がここで目を開けた瞬間から、この手が食事や飲み物やお菓子を用意し、彼女の前に花を生け、おもちゃを与え、どのようにそれで遊ぶかを教え、絵本の綺麗な頁を開いてやってきたわけだからね。最初のうち、彼女の身体を洗い、服を着せる係の召使たちには手に黒いミトンを付けさせたのだが、すぐにそんなことは意味がないと気づいた。他の人間の手がわたしと違っているという事実を知っても、わたしとわたしの手はこの家や日々の食事や朝の陽光と同じくらい普通で必要なものだという彼女の思いに変わりはないのだ。しかし君は初対面の人間だった。だから君の手に彼女は興奮する。わたしの手にはしない」

「当然、そのうちそれが変わることを望んでいるわけですね」

「そう、たしかにね。だがわたしは焦らない。相手の脳が若いうちから賞賛を受けようと期待するのは悪い保護者や悪い親と決まっている。ベラがわたしのことを足元の床同然に当たり前のものとして受け入れてくれているだけでわたしは嬉しい。彼女はその床の上で自動ピアノの音楽を楽しみ、料理人の姪の娘と遊びたくて追いかけまわし、そして君の手の感触に興奮するわけだ、マッキャンドルス」

「じきにもう一度彼女に会えますか？」

「じきに、というとどれくらい？」

「今……あるいは今晩……いずれにしてもあなた方が世界周遊に出かける前に」

「それはだめだ、マッキャンドルス。わたしたちが戻ってくるまで待ってもらわないといけない。ベラに対する君の影響が心配なのではない。心配なのは彼女の君に対する影響だ、今はな」

　彼は前回の訪問のときと同じように、面会は終わりというきっぱりとした様子でわたしを玄関まで案内したが、わたしが玄関を出てドアを閉める前に肩を優しく叩いた。わたしは彼の手の接触にたじろぐことなく、いきなり言った、「バクスター、一言だけ。入水自殺したとあなたの言う女性だけれども――妊娠何ヵ月だったのですか？」

「少なくとも九ヵ月にはなっていた」

「子どもを救うことはできなかった？」

「もちろん救ったさ――思考する部分をね。そのことは説明しなかったか？　彼女の肉体がすでに宿している脳があるのに、適合性を持った脳をどうして他に探す必要がある？　でもこの説明で心が乱されるというなら、信じる必要はないが」

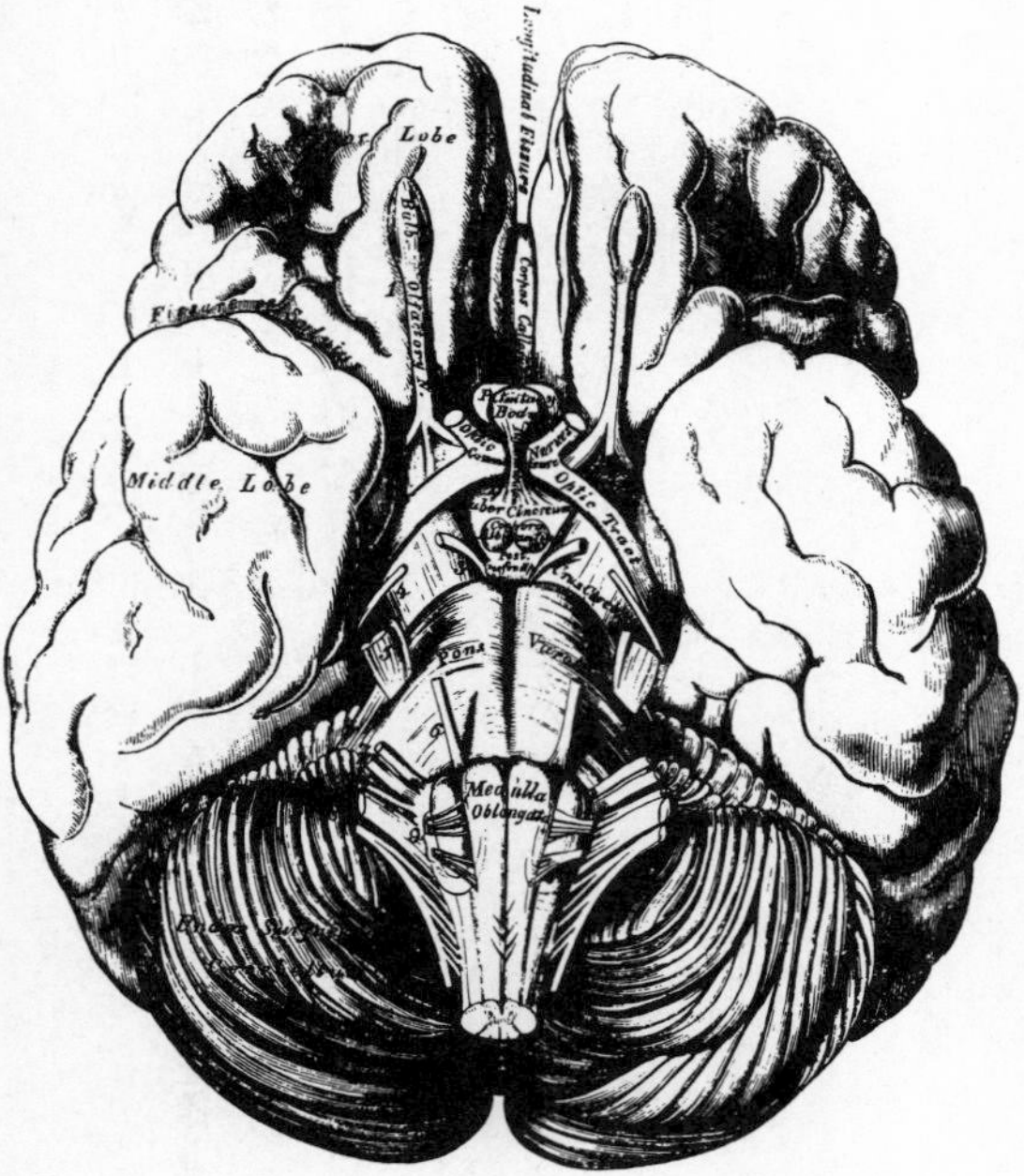
Longitudinal Fissure
Lobe
Bulb
Olfactory N.
Middle Lobe
Optic Tract
Pons
Medulla
Oblongata

7　噴水のそばで

彼女と再会し、かれら二人が思いがけないほど幸せであるのを知るまでに、十五ヵ月もの時が流れた。その間にスクラッフルズが死んで、驚いたことに財産の四分の一をわたしに遺した。残りを未亡人と嫡出の息子が分けたのだった。わたしはグラスゴー王立診療所の住込み医師になり、わたしを必要とするように見える――わたしに敬服しているふりをするものすらいた――一病棟分の患者を相手にしていた。こちらがかれらをどれほど必要としているかを威厳を保った人当たりのよさを装《よそお》う仮面の下に隠しながら、思いがけないときに気の利いた陽気な冗談を口にしてその威厳を壊してみせた。部下の看護婦との火遊びも普通の範囲内で――つまり、等しく全員と――経験した。参加者全員が何かしら歌わなくてはならない親睦コンサートに招かれ、ギャロウェイ訛りで歌った。喜劇的な歌では笑いを誘い、哀愁に満ちた歌で喝采を浴びた。ベラのことを思い出すのはたいてい仕事から解放された時間、とくに眠るためにベッドに入る前の三十分だった。その頃、ブルワーーリットンの小説を読破しようと頑張っていたのだが、彼の描く人物は型にはまった操り人形のようにしか思えなかった。それに引きかえ、思い出されるベラときたら——自動ピアノの上でワタリガラスの翼のようにはためくあの腕、絶えざる歓喜に満ちたあの微笑み、わたしのほうに身体を危なっかしく揺らしながら近づいてきたときの思い切り広げた両手、あれは、それまでわたしに向けられたことのない、今にも抱擁するかのような仕草だった。まったく夢を見ないたちなので彼女の夢を見ることはなかったが、しかし、彼女と再会したときには、そこは公園で自分ははっきり目を覚ましているのにもかかわらず、しばし、これはベッドの中で見ている夢なのだと錯覚しそうになった。

暑くて穏やかな雲一つない夏の陽気が二週間続いたせいで、グラスゴーは忌まわしい場所と化していた。洗い流す雨も吹き飛ばす風もなかったため、工場から出る煙とガスが靄《もや》となって四方の丘の高さまで谷を満たした。砂の混じったその靄はあらゆるものに、空にまで、灰色の薄い膜を張り、瞼《まぶた》の内側に痛みを走らせ、鼻孔に鼻くそを作った。空気は家の中のほうが澄んでいるようだったが、少しは身体を動かさなくてはと思ったわたしは、ある晩散歩に出て、ケルヴィン川の単調な流れに沿って歩いた。ケルヴィン川は途中に堰《せき》が作られていて、そこには上流にある製紙工場からの廃水が渦を巻きながら、汚い緑色の

ベラ・“カレドニア”

泡の山を至るところに築いていた。それぞれの山は大きさも形も女性用のボンネットそっくりで、山と山の間の裂け目はくすんだ浮きかすで覆われている。この物質（外見も臭いも化学実験で使う乾留や蒸留用容器の中身を思わせた）は川の水面《みなも》を完全に覆い隠しながら、ウェスト・エンド・パークの中を流れてくる。この流れがパトリックとガヴァンの間でオイルで汚れているクライド川に注ぎこむところを想像し、陸の動物で水の中に排泄するのは人間だけだろうか、と考えたりした。それから、もっと楽しいことを考えたいものだと思い、ロッホ・カトリン記念噴水のほうに歩を進めた。（註9）吹き上がって落ちるその噴流のせいで、空気がいくぶんか新鮮に感じられた。身なりを整えた人たちとその子どもたちが噴水の周りを歩いていた。わたしもそこに混じって目を地面に落として歩いた。それが群衆の中でのわたしの普通の歩き方なのだ。わたしはベラの目の色を思い出そうとしたが、しかし覚えているのは彼女の発声の仕方で、一つずつ皿に落ちる真珠を思わせるその音節の区切り方を思い起こしていると、彼女の声がした、「キャンドル、あなたのコー・ル・テン、はどこ？」

　彼女は追い求めても到達できない虹の終点にある金の壺さながらにわたしの前で光り輝いていたが、しかし確固とした実体だった。背が高く、優雅で、バクスターの腕に凭《もた》れ、物言いたげな微笑を浮かべている。目は金色がかった茶色で、深紅のシルクのドレスにスカイブルーのビロードのジャケット。紫色の帽子を被り、雪白色の手袋をはめ、左手の指でパラソルの琥珀《こはく》の取っ手をくるくる回している。それで肩に斜めに置かれたパラソルの細い柄が、彼女の頭の後ろで萌黄色の房飾りを揺らしながら、鮮やかな黄色をしたシルクの円蓋を回転させる。こうした彩《いろど》りに囲まれた彼女の黒い髪と眉毛、黄色がかった肌、金色の混じった茶色の目は、眩惑《げんわく》的なまでに別天地の人のようでいながらその場にしっくりおさまっていた。しかし彼女が光り輝く夢であるとするなら、彼女の隣で不気味に立っているバクスターは悪夢でしかなかった。彼と離れていると、わたしの記憶はいつも、彼の怪物じみた巨体と男の子を思わせるぼさぼさの頭を実物よりも現実味のあるものへと割り引いて思い出すのであり、そのため、わずか一週間ぶりで彼と会うときでさえ、思いがけないその姿にショックを受けるのだった。このときは七十週間も会っていなかったのだ。彼は厚手のケープと外套《がいとう》で身体を覆っていた。身体が普通の人よりも熱を失いやすいので、どんな天候であれ、それが外出するときのお決まりの服装だった。だが何よりもショックだったのはその顔である。彼はたいてい沈んだ顔つきをしていた。しかし今、怯《おび》えているようなその目は、正気とか酸素といった何か必要不可欠なものの不在を反映しているように思われた。それは彼をゆっくりと殺しつつある不在だった。その静かな憂鬱に敵意はこもっていない。彼は物憂《ものう》げにわたしを認めて頷《うなず》いたのだ。しかし、一瞬、彼が渇望し、必要としているのは、わたしが彼を認めることなどではないという思いにとらわれ、わたしはうろたえた。とはいえ、ベラは前に会ったときと同じように、関心と期待に満ちた微笑をわたしに投げかけていた。右手をバクスターの腕から放して、まっすぐわたしのほうにかざす。わたしはまたしても爪先立ちになって彼女の指を取り、唇を触れた。

「ハハハ」彼女は笑い、蝶々を捕まえるとでもいうようにその手を頭上に伸ばした。「この人はわたしの可愛いキャンドルのままだわ、ゴッド！　あなたはロビー・マードック坊やの後で最初に愛した男の人よ、キャンドル。それでわたし、ベル・ミス・バクスター、グラスゴー市民、スコットランド生まれ、大英帝国臣民、はすっかり世情をわきまえた女の人になりました！　フランス、ドイツ、イタリア、スペイン、アフリカ、アジア、アメリカの男の人たちと、北方系と南方系の女の人が少し、この手とか他のところにキスをしたけど、わたしはまだ最初のときの夢を見るの。でもあのなつかしい昔から今まで大きな海がずいぶん荒れ狂ったわ。あのベンチにお座りなさいよ、ゴッド。わたし、キャンドルといっしょに、散歩、ぶらぶら歩き、ぶらつき、のろのろ歩き、だく足、駆け足、ちょっとだけ疾駆《しっく》、をして、ぐるりと一じゅーんしてくるから。年寄りゴッドは哀れよ。ベラがいないときっとむっつり、もっとむっつり、とってもむっつりして、とうとうわたしが永遠に帰ってこないと思って、ガランガラン、バタンバタン、ジタンバタンと大騒ぎするの。するとそのとき、そのヒイラギの茂みの陰からわたしがぱっと現われるわけ。子どもたち、この人のこと、守ってあげて」

彼女とバクスターは子どもを五人引き連れていた。子どもたちの身につけているぶかぶかの長靴と粗末な服は、かれらが召使か職人の家のものであることを物語っていた。相変わらず付き合う子どもがベラの脳の成長指標になるのだとしたら、彼女の今の精神年齢は十二歳から十三歳というところだろうか。バクスターはまったく表情を変えず、言われたとおり、混み合っているベンチの空いているところにどすんと腰を下ろした。隣に座っていた陸軍士官がそそくさと立ち去り、もう一方の側にいた子守も抱えていた赤ん坊が激しく泣きはじめたので、席を立った。少年たちのうち二人が空いたところに座る。残りの子どもたちはバクスターの前に一列に並び、外敵に備えるように前を向いて仁王立ちになり、腕を組んだ。

「いいわ!」ベラが満足気に言った。「ゴッドを見つめるものがいたら、見つめ返すのよ。相手がやめるまで。わたしのいない間、そうしていれば大丈夫」

彼女はポケットに入っていた小さな袋から口止め飴と呼ばれている大きくて丸いキャンディを取り出すと、子どもたちに一つずつ与え、それからわたしの手を腕に抱えると、わたしを急きたてるように足早にその場を去り、カモ池を通り過ぎるのだった。

ベラの自信に満ちた話し好きな様子を見て、彼女の口から矢継《やつ》ぎ早に言葉が出てくるのだろうと思ったが、そうではなかった。彼女は左右に目を配りながらどんどん歩を進め、低木の植え込みの中を狭い小道が通っているのを見つけると、急にわたしを引っ張ってそちらに向きを変えた。その小道の曲がり角まで来て彼女は立ち止まり、パラソルを閉めて、深いシャクナゲの茂みの中に槍のように投げこんだかと思うと、それを追いかけるようにわたしをその中に引きこんだ。わたしは驚きのあまり、されるがままの状態だった。わたしたちの背丈以上に葉の茂っているところまでくると、彼女はわたしを引っ張っていた手を離し、右手の手袋のボタンを外した。微笑を浮かべて唇を舐《な》めながら小声で言う、「さあ、それじゃあ!」

彼女は手袋を剝《は》ぎ取ると、むき出しの手のひらでわたしの口をさっと押さえ、左の腕をわたしの首に巻きつける。手のひらの端がわたしの鼻孔をふさぎ、びっくりしたままなすすべもなかったのだが、わたしはじきに息が苦しくなって喘《あえ》いだ。彼女も喘いでいた。目を閉じ、喘ぎながら頭を左右に激しく振り、赤味を増した唇を突き出して、うめくように言う――「ああキャンドル、おおキャンドル、キャンドルのキャンドルに対するキャンドルによるキャンドルからのキャンドル、わたしキャンドル、あなたキャンドル、わたしたちキャンドル……」

人形さながら、されるがままの感覚にひたすら浸っていたいと不意に思ったわたしには、口と首が味わっている彼女の圧力がひどく甘美なものに感じられ、息苦しさではなくて耐え難いまでに大きな悦《よろこ》びを相手にもがきはじめるのだった。一瞬の後、再び自由になったわたしは呆然としたまま、彼女が手袋をぶら下がっていた枝から取って、また手にはめるのを見つめた。

「ねえ、知っているかしら、キャンドル」すっかり満足したような吐息を何度か漏らした後、彼女は呟いた、「アメリカから乗った船を二週間前に下りてから、あれをする機会が一度もなかったの。バクスターは自分のいないところで、わたしを誰かと二人きりにさせてくれないから。楽しかった？」

わたしは頷いたが、彼女は冷やかすように言った、「いいえ、わたしほど楽しんでいなかった。楽しんでいたら、あんなにすぐに身体を振りほどかなかっただろうし、もっと狂ったようにふるまったはず。でも男の人って惨めになったときのほうが、狂ったようにふるまうのが上手みたい」

彼女はパラソルを探して手に取ると、丘の斜面を曲がりくねって通る坂道からこちらを見ていた何人かに向かって楽しげに振ってみせた。(註10) わたしは見られていたと知ってすっかり気持ちがふさいだが、考えてみれば、見ていた人は、最初、彼女がわたしの首を絞めようとしていると思い、それから、実は鼻血の処置をしようとしているところだと納得したはずなのだ。そう思うと気が楽になった。

小道に戻ると、彼女は二人の服についた小枝、木の葉、花びらを払い落とし、再びわたしの手を腕に抱えて先に進みながら言った、「何のお話をしたらいいかしら？」

わたしがぼんやりして答えないでいると、彼女は同じ言葉を繰り返した。

「ミス・バクスター――ベラ――いや、ベル、君はあれをいろんな男の人とやったの？」

「ええ、世界中で。でもいちばん多かったのは太平洋の上。長崎から乗った船で二人の軍曹に会ったの。とても愛しあっている二人でね。それで、二人のどちらとも一日に六回ずつやったこともあるわ」

「他の男の人と……その、それ以上のこともやったの、今しがた茂みの中で君とぼくがやったこと以上の？」

「お行儀の悪いキャンドル坊やだわ！　惨めっぽい言い方、ゴッドとおんなじ！」ベラはそう言って、心底おかしそうに笑った。「もちろん今やったこと以上のことなんかしなかったわ。男の人とはね。男の人ともっとやると赤ちゃんができるの。わたしが望むのは楽しいこと、赤ちゃんじゃない。もっとやるのは女の人とだけ。それも、その人の姿が気に入ればの話。でも女の人はたいていシャイなの。ミス・マックタヴィッシュなんか、手と顔へのキス以上のことをしたら怯えてしまって、サンフランシスコでわたしのところから逃げ出してしまったくらい。こうしたことを率直に話し合えるのっていいわね、キャンドル。男の人もたいていはシャイだから」

率直な話を嫌がらないのは、自分が農家育ちで医師の免許を取った人間だからだ、とわたしは言い、同時にミス・マックタヴィッシュとは誰なのかを尋ねた。

「彼女はね、わたしたちのお供、従者、そっつきん、随行、随従、随身、つまりグラスゴーを発つときに召し抱えた一団の中心だったの。わたしの先生、護衛、教師、仲間、指導者、付き添い、教育係、監督、先達、哲学者、そして友達、だった、サンフランシスコまではね。最後に仲違いするまで、わたしに言葉と詩をたくさん教えてくれた。あなたは農家育ちなのね！　お父さんはグランピアンの山々で羊を追い、質素に暮らす牧人《まきびと》だった？　それとも、家への道のりをとぼとぼと疲れた足取りで帰ってくる農夫だった？　あなたのベルはベルはベルは、聞きたい気持ちがトップレベル。わたし、いろんな子ども時代を集めているの、あの衝突事故で自分の子ども時代の記憶がすっかりなくなっているから」

わたしは両親の話をした。母親がどこに埋葬されたか思い出せないのだと聞かされると、彼女は微笑みながら頷いたが、涙が頬を伝っていた。

「わたしも同じ！」彼女は言った。「ブエノスアイレスでは両親のお墓参りをしようと思った。でもバクスターが調べたら、埋葬費用を出してくれた鉄道会社はお墓をとっても深い谷の上の端のところに建てたので、チンボラソ山だかコトパクシ山だかポポカタペトル山だかが噴火したときに、全部が土石流に流されて谷底に落ちて、墓石も棺も骨もきょしょーの原子の粉になってしまっていた。そんな姿になった両親を見ても、グラニュー糖の山を訪れるみたいなものになるだけだからと、バクスターはその代わりにわたしが両親と住んでいたという家に連れて行ってくれた。中庭はほこりっぽくて、水槽は角にひびが入っていた。鶏が数羽、餌をつついてまわっていて、年取った管理人、用務員、守衛、玄関番、接客係っていうか（ベルのべらべらおしまい）、その老人がベラ・セニョリータってわたしに声をかけたから、わたしのこと、覚えていたのだと思う。でもわたしはその人のこと、思い出せなかった。わたしはその痩せた鶏と蔓《つる》の絡まっているひび割れた水槽をじっと、じっと、じっと、じっと見つめ、いいいけんめーに思い出そうとしたけれど、でもだめだった。ゴッドはどこの国の言葉も話せるから、スペイン語でその老人に尋ねた。それでわかったのだけれど、わたしはその家でそんなに長く暮らしたわけではないの。パパとママはいくつもの大海原《おおうなばら》をあちこちと飛びまわる渡り鳥暮らしの日々だったから。ミス・マックタヴィッシュがうまいこと言っていたわ、人の子なのに踵《かかと》を下ろすところがないみたいだって。パパのイグネイシアス・バクスターはゴム、銅、コーヒー、ボーキサイト、牛肉、タール、エスパルトとか何でも扱っていたのだけれど、相場の変動が激しくて、パパとママも一喜一憂する羽目になったの。でもわたしの知りたいのは、二人が一喜一憂しているときこのわたしは何をしていたのか、ということ。わたしには目があって、寝室には鏡があるの、キャンドル、だからわたしにはわかっているわ、自分が二十代半ばの、しかも二十歳よりは三十歳に近い女性で、多くの女性はこの年齢になれば結婚をしていて……」

「ぼくと結婚してくれ、ベラ！」わたしは叫んだ。

「話題を変えないで、キャンドル。どうしてわたしの両親は、ベル・バクスターのような可愛い娘をこんな歳までそばにおいて連れまわしていたのか？　それが知りたいの」

わたしたちは黙って歩いた。彼女が自分の出生の謎に思いをめぐらせているのは明らかだったが、衝動的だけれども心からのプロポーズが無視されたわたしはとても冷静ではいられなかった。とうとうわたしは言った、「ベル——ベラ——ミス・バクスター、あの茂みでやったことを君が多くの男性相手にやったことはわかった。ゴドウィンともするの?」

「いいえ、ゴッドとはできないわ。そしてそれがあの人を惨めにしているの。あの人はありきたりすぎて、あんなふうにして楽しむ相手にはならない。あの人はわたしと同じくらいありきたりだもの」

「そんな馬鹿な、ミス・バクスター! 君と君の後見人とは他にお目にかかったことのない並外れた……」

「やめてちょうだい、キャンドル。あなたは外見に左右されすぎるわ。わたしは『美女と野獣』もラスキンの『ヴェネツィアの石』もデュマの『ノートルダムのせむし男』も読んでいない。いえ、それってユーゴーの作品だったかしら、タウフニッツ社が出している全巻二シリング六ペンスの廉価英訳版シリーズに入っている。読んではいないのだけれど、人類のそうした強烈な叙事詩のことはたっぷり聞かされて知っているの。だからみんな、ゴドウィンとわたしのことをゴシック派カップルみたいに思っている。でも、それはまちがい。根のところではわたしたち、ブロンテ姉妹の誰かが書いた『嵐が丘』のキャシーとヒースクリフと同じ農民なの」

「それは読んでいないな」

「読まなくちゃだめ、だってわたしたちのことが書かれているんですもの。ヒースクリフとキャシーは農家の人間で、彼は彼女のことを愛するの。二人はずっといっしょにいて、ずっといっしょに遊んだから。彼女も彼のことが大好き。でもエドガーのほうが愛《いと》しく思えて、結婚する。エドガーは家族外の人間だから。するとヒースクリフは気がふれたようになってしまうの。バクスターにはそんなふうになってほしくない。ああ、あそこにいる。ひとりぼっちで。これなら面倒なことはないわね。子どもたちを帰してくれてよかったわ」

噴水のところまで来ると、公園の管理人たちが閉門の笛を鳴らしているところで、深赤《しんせき》色《しょく》に輝く太陽が紫と金色にたなびく雲の後ろに沈もうとしていた。哀れなバクスターの孤独な巨体が、わたしたちが彼を後にしたときとまったく同じ恰好で、腰を落ち着けている。両脚の間にまっすぐ立てた頑丈なステッキの取っ手を両手で握り、その両手の上に顎をのせ、怯えたような目は何を見ているでもなさそうだった。わたしたちが腕を組んで彼の前に立つと、わたしたちの顔は彼の顔と同じ高さだったのだが、それでも彼の目には、わたしたちが映ってはいないようだった。

「ワッ！」ベラが声をかけた。「気分はよくなった？」

「少しよくなった」彼は何とか微笑もうとしながら言った。

「よかったわ」とベラが言う、「だってキャンドルとわたしは結婚することになったので、あなたに喜んでもらわなくちゃならないもの」

それからわたしは人生でまたとないほどぞっとする恐怖を味わった。硬直したバクスターの身体で動くのは口だけ。その口がゆっくりと音もなく元々の頭よりも大きな丸い穴になり、さらに大きく開いて、ついには顔をその後ろに隠していく。深紅の夕焼けを背に、歯で縁取られた黒いどこまでも広がる空洞を身体がささえているかのよう。そして甲高い悲鳴が聞こえ、それが空全体の悲鳴のように響いた(註11)。わたしはそうなる前に耳を両手で押さえたので、ベラのように気絶することはなかった。しかし、単一の高音が至るところに響きわたり、麻酔なしで歯に穴を開ける歯科医のドリルのように脳に刺さった。その悲鳴が続いている間、わたしの五官はほとんど麻痺《まひ》状態だった。感覚がなかなか戻ってこなかったので目に入っていなかったのだが、ふと気づくと、バクスターがベラの身体のわきにひざまずき、自分の顔の両側を拳で叩きながら、すすり泣いている。泣き声はふつうの人間と同じようで、かすれたバリトンの声がうめいていた――「許してくれ、ベラ。こんなふうにしてしまって、許してくれ」

彼女は目を開いた。そしてかすかな声で言った、「あれはどういうことなの？　あなたはわたしたちのお父さんじゃないでしょう、ゴッド。お父さんは天国にいるのだから。ひどい空《から》騒ぎだわ。でも声変わりしたわね。それはありがたいことじゃない。さあ、二人とも、手を貸してわたしを立たせて」

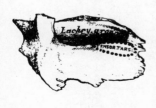

8　婚約

彼女はバクスターとわたしの間に挟まれ、手をそれぞれの腕にあずけて、元気よく公園を出た。すぐに元気で陽気になったことで、彼女がバクスターには冷淡に映っているに違いなかった。しかし、彼は他ではお目にかかれないほど誠実な人間ではあるのだが、普通に響くようになった彼の新しい声を聞くと、どうにも芝居をしているような気がしてしまうのだった。その声で彼はこう言ったのだ――「ベル、君がわたしを難破船のように、マッキャンドルスを救命艇のように扱うのを目にするのは拷問だよ。世界を回っているときの君のロマンスは耐えられた。一時的なものだとわかっていたからね。この三年近く、君と一緒に君のために生きてきたんだ、それが終わってほしくはないんだよ」

「あなたを棄てて出て行ったりはしないわ、ゴッド」彼女がなだめるように言う、「少なくとも今すぐには。キャンドルはとても貧乏だから、二人とも、ずっとあなたのところで暮らすのが具合がいいと考えているの。お父さんの手術室を改造して、わたしたちの客間にしてくださらない。そしてあなたがいらっしゃるのはいつも大歓迎よ。それにもちろん食事は三人いっしょ。でもわたしはとてもロマンス好きな女で、セックスがたくさん必要なの。だけど相手はあなたじゃないわ、だってあなたはわたしのこと、どうしたって子ども扱いするし、わたしはあなたのことを子どもとして扱うなんてぜったいできないもの。わたしがキャンドルと結婚するのは、彼ならわたしの好きなように扱えるから」

バクスターはもの問いたげな目でわたしを見た。わたしはいささか恥じ入った声で答えた——自分としてはいつも毅然《きぜん》とした男として振舞おうとはしてきたが、ベラの言うとおりだ——彼に紹介してもらったその瞬間から、彼女を崇拝し、彼女に憧れていた——彼女のすべてが完璧な女性の極致であると思える——ほんの些細《ささい》な不自由でも彼女に味わわせないために、どれほど大きな苦痛にも喜んで耐える覚悟だ——と。さらに、ベラは遠慮せず、わたし相手にいつでも好きなことをしてもらって構わない、と付け足した。

ベラが言った、「それにキャンドルのキスはあなたの叫び声と同じくらい強烈なのよ、ゴッド。わたしが大人の女でなければ失神するくらいにね」

バクスターは数秒間、立て続けに頷き、それから言った、「二人の望むことが実現するように手を貸そう。だがまず、わたしの頼みを聞いてほしい。わたしの命に関わるお願いなのだ。二週間、お互い会うのを控えてほしい。君を失ったショックから立ち直るための二週間が欲しいんだ、ベル。便利な友人としてわたしを手離さないでおこうという意図はわかっている。しかし結婚すると自分がどう変わるか、君にはわかるまい、ベル。いや誰にもわかりはしない。この頼みはぜひ聞きいれてほしい、お願いだ！」

彼の唇は震え、口が再びあの絶叫を繰り返しそうな形を取りはじめたように見えた。それでわたしたちは慌てて同意した。二度目の悲鳴でも最初と同じだけの大声を出せたかどうか疑問に思ったが、また口腔を突然あんなに大きく開けたら、脊柱と頭蓋の接合に不具合が生じるのではないかと心配したのだ。

バクスターがこちらに背を向けているときに、街灯の下でわたしたちは別れの挨拶を交わした。ベラが小声で言った、「わたしにとって二週間は何年にも、何年にも、何年にも思えるわ」

わたしは彼女に毎日手紙を書くと言い、蝶ネクタイの結び目を飾っている真珠のついたネクタイピンを取って、綺麗なものといえばこれしかなく、しかも告白すればこれがいちばん高価なものなので、これからずっとこれを持っていてくれて、見たり触ったりするときには必ずわたしを思ってくれるか、と尋ねた。彼女が七、八回激しく首を縦に振ったので、わたしはそのネクタイピンを彼女のジャケットの折《お》り襟《えり》に刺し、これが婚約のしるしだと言った。それから彼女に、二人の誓約を示す聖なる品として、手袋でもスカーフでもハンカチでも、感触なり香りなりが彼女を偲《しの》ばせるものをくれるように頼んだ。彼女は顔を顰《しか》めて考えこみ、しばらくして口止め飴のはいった袋を差し出して言った、「全部お取りなさいよ」

まだ成長途上の彼女の頭にとってこれは気高い供犠《くぎ》なのだと思うと涙が出てきて、わたしは彼女のキッド革の手袋の指先に唇を押し当てた。彼女の唇にもと思いかけて、しかし、もし素手の指にわたしの口を当てただけで彼女は失神寸前になるのだとしたら、熱情をあらわにするのは完全に二人きりになってからのほうが賢明だろう、と思い直した。それでも、足早にその場を立ち去ったわたしは、胸躍らせずにはいられない人生の素晴らしい出来事を経験して有頂天の極みだった。バクスターの悲鳴が人生最大の恐怖経験だったとすれば、この瞬間は人生最高の甘美な経験だった。家に戻ったらきっと書くラブレターの文面まですでに考えはじめていた。バクスターが、わたしと会わない二週間の間に彼女の気持ちが変わるのではと期待していることは承知していたが、彼女を失う不安は感じなかった。バクスターは彼女に酷な圧力などかけはしないし、卑劣なことや不誠実なことをするはずがないとわかっていたのだ。それに彼女なら他の男から彼女を護ってくれるはずだと信じてもいた。

一週間ほど、わたしは上の空で病院勤務を続けた。想像力が目覚めてしまったのだ。想像力は虫垂と同じで、人類が原始時代から引き継いだ遺産である。原始時代には生き延びるのに役立ったが、科学工業化された現代国家においては、病気の原因となるのが関の山。わたしは想像力に欠けているのを誇りにしていた。しかしそれは眠っていただけだった。今や、医師として期待されていることをやりはするのだが、そこには厳格さも熱意も欠けていた。何しろ、実際に文字に書いて、投函しに駆け出していないときでも、頭の中では始終ラブレターの文面を考えているのだから。わたしは自分に優れた詩的才能があることを発見した。これまでのベラとこれからのベラへの思いはどれも容易に韻律として表現できてしまうので、詩句を作るというより、前世の存在の記憶からそれを引き出してくるだけのように感じられた。以下がその一例である。

ああ麗しきベラ、比べられる女《ひと》なぞいない、
甘い記憶が消えず漂う
ケルヴィン川のほとり（未来の花嫁とふたり！）
キミの指はじめてわが唇に　そのうえ何が望めよう。

陽気に遊んだ仲間たち、
夜通し浮かれて飲んだ酒、
それでもぼくは楽しく金を貯める性質《たち》、
愛しい夢想やどこまでも手前勝手な空情け、
湖や海で愉快なスイカ割り、
スリルに満ちた激流下り、
でもそんな歓喜はすべてかりそめ(未来の花嫁!)
いつの間にやら曖昧模糊(ああ、愛し吾妹子《わぎもこ》!)
噴水わきで味わった
あの有頂天と総入れ替わり。

彼女に書き送ったほかの多くの詩文も同じように自然な流麗さにあふれたすぐれたものだったが、次第に、彼女からの返事をこいねがう筆調で終わるようになった。やっとのことで送られてきた返信をそのままの姿で以下に掲げる。送られてきた封筒の厚さ――便箋が十枚以上もはいっていた――に欣喜雀躍《きんきじやくやく》したのだが、彼女の字が大きすぎるために、一枚に数語しか書くことができないのだった。もっとも彼女は古代ヘブライ人やバビロニア人のように、文字を省略することで、スペースを節約していた。

キンドル　さま

こなかちで、わしからたしたこはかおくれせん。こばは、こだしてはしたりきたりすのでなと、わし二げじつみない。あたのてみほかおとのひとのらぶたーとてもよにいる。とに、だかん・うぇだばのと。

あたにちうじつな
ベル・バスタ

この省略語句の連なりを声に出して何度か呟くうちに、しだいにこれが「キャンドルさま／こんな形では、わたしから大したことは書き送れません。ことばは、声に出して話したり聞いたりするのでないと、わたしには現実味がない。あなたの手紙は他の男の人のラブレターととてもよく似ている」という意味だとわかった。ただ「とに、だかん・うぇだばのと」は意味不明のままで、しかも理解できた言葉はわたしを動揺させ、不安に陥れた。なぜならわたしの希望に力を与えてくれる言葉は結びの「あなたに忠実な」以外、なかったからだ。これはもちろん型にはまった事務的な言い回しである。とはいえベラは型にはまった人間でもなければ事務仕事をしているわけでもない。しかしたとえそうであっても、わたしはバクスターとの約束を反故《ほご》にして、できるだけ早く彼女に会おうと決心した。その夜、早速その決心を実行に移そうと王立診療所を出たとたん、わたしはミセス・ディンウィディに呼び止められた。バクスターの家政婦は門の前に停めた辻馬車の中でわたしを待っていたのだった。彼女は以下のメモを手渡し、すぐに読むように促した。

マッキャンドルスへ
君とベラを引き離すなんて馬鹿なことをしたものだ。すぐに来られたとし。はからずもわれわれ三人すべてをひどく傷つけることになってしまった。われわれを救えるのはたぶん君だけだ。ただちに、今夜、日没前に、できるだけ早く、ここに来てくれれば。

惨めな、そして信じてほしいが
心から後悔している友人
ゴドウィン・ビッシュ・バクスター

わたしは馬車に飛び乗ってパーク・サーカスまで行くと、一階の客間に走りこんで叫んだ、「どうしたんだ？　彼女はどこに？」

「二階の寝室だ」とバクスターが言う、「病気ではない。幸せいっぱいだ。落ち着いてくれ、マッキャンドルス。まずひどい話の一部始終を聞かせるから、彼女の気持ちを変えさせるのはそれからだ。飲物がいるなら野菜ジュースがある。ポートワインは問題外だ」

わたしは腰を下ろして彼女を見つめた。彼が言った、「彼女はダンカン・ウェダバーンと駆け落ちしようと待っているんだ」

「それは誰です？」

「考えうる最悪の人間さ。人当たりがよくて、ハンサムで、りゅうとしたみなりをして、口がうまくて、無節操で、好色な弁護士だ。専門は——先週までのことだが——召使クラスの女性を誘惑すること。怠け者で、汗水流して骨の折れる仕事をする柄じゃない。その上、彼を溺愛《できあい》した伯母さんからの遺産があって、骨折り仕事などやらないですむご身分ときている。法の抜け道を突くような多少いかがわしい仕事をしては法外な手数料を取って、ギャンブルの負債と汚れた色事の費用に当てている。ベラは今、そいつを愛している、君ではないんだ、マッキャンドルス」

「どんなふうに出会ったのです？」

「彼女が君と婚約した翌朝、わたしは全財産を彼女に遺すために遺言書を作成しようと決心して、人格高潔な初老の弁護士を訪ねた。父の旧友でね。ところがベラとわたしの正確な関係を尋ねられて、わたしの答はしどろもどろになってしまった。突然不安になったのだ——確信していたわけではないが——彼はバクスター家のことを知りすぎていて、召使たちに聞かせているわたしの話を信じないのではないか、とね。わたしは真っ赤になり、口ごもり、ついには、感じてもいない怒りに震えるふりをして、やってくれる仕事に対して手数料を支払うこのわたしが、どうして誠実さを試されるような不躾《ぶしつけ》な質問に答えなくてはならないのだ、と言い放ってしまった。あんなこと、言わなければよかった！　でもわたしはすっかり面食らっていたのだ。相手の答は冷静そのもので、質問したのは、サー・コリンの誰か他の血縁がわたしの遺言に異議を唱える可能性を完全に払拭《ふっしょく》するためであり、自分はバクスター家三代にわたって仕えてきたが、その判断に信が置けないということであれば、他を当たってくれ、というのだった。その善良な老人にすべての真実を語れたらどんなによかっただろう、マッキャンドルス。しかしそうしたら彼はわたしのことを狂人と思ったに違いない。わたしは詫びを言ってそこを出た。

わたしを送り出そうとした秘書は、主人の部屋の鍵穴から話を盗み聞きしていたことが見て取れた。というのも、わたしを招き入れたときよりもこびへつらう態度があからさまになったからだ。玄関に続く廊下で彼を呼びとめ、金貨を取り出して、他のことに気を取られているふうでそれを指で弄《もてあそ》んだ。先生は忙しくてわたしの依頼を引き受けてもらえないので、誰か他に推薦できる人はいないか、と尋ねてみた。すると秘書はグラスゴーの南地区の私邸で仕事をしている弁護士の名前と住所を耳打ちした。わたしはこの与太者に金貨をやって、馬車でそこへ向かった。残念ながら、そこにウェダバーンがいたわけだ。わたしは自分の依頼を説明し、それをできるだけ手早く処理してくれたら手数料を上乗せすると言った。彼はわたしの提供した以上の情報は何も求めなかった。わたしは彼に感謝し、彼の整った容姿と慇懃《いんぎん》な態度に感心した。そのときには彼のどす黒い邪悪な心のことは、何ひとつ知らなかったのだ。

彼は翌日訪ねてきた。書類にわたしの署名が必要だったのだ。ベラはまさにここ、この部屋にわたしと一緒にいて、いつものようにあふれんばかりの歓迎の意を表した。彼の返答はきわめて冷静で、よそよそしく、慇懃な中にも見下した気配があったので、あきらかにベラは傷ついた。わたしは苛立ったが態度には出さなかった。ミス・ディンウィディを呼び出して立会人になってもらい、書類に署名がなされ、封印された。その間ベルは部屋の隅でふてくされていた。それからウェダバーンがわたしに請求書を手渡した。わたしは金庫にお金を取りに行くため部屋を出た。マッキャンドルス、誓って言うが、わたしが部屋を留守にしたのはせいぜいのところ四分なのだ。戻ってみて嬉しかったことには、ミセス・ディンウィディも部屋を後にしており、ウェダバーンは相変わらず落ち着き払って見えたが、ベラがいつものような快活なおしゃべりに戻っていた。そして、ダンカン・ウェダバーンと会うのもこれで終わりだ、とわたしは思った。ところが、今朝、朝食をとりながら、ベラが明るい調子で言うには、この三日間、夜になって召使が下がってから、ウェダバーンが彼女の寝室を訪れていたということだ。フクロウの鳴きまねが真夜中の彼の合図。窓にロウソクを点《とも》すのが彼女の合図。そうすると梯子《はしご》がかけられて、彼が登ってくる！　それで今夜、今から二時間後に、彼女は彼と駆け落ちをする。君が彼女の気持ちを変えさせない限りね。落ち着くんだ、マッキャンドルス」

わたしは両手で髪をつかんでいたが、それを聞くと、我慢できずに髪をかきむしりながら叫んだ、「いったい二人で何をしたんだ？」

「君が恐れるような結果を生むことはなにもしていないよ、マッキャンドルス。わたしは世界周遊をはじめてみて、彼女がロマンス好きであることにすぐ気づき、ウィーンで立派な資格を持った女性を雇って、避妊法を教えさせた。ウェダバーンもそれには詳しい、とベルは言っている」

「その男がどんなに悪人でひどい嘘つきか、彼女に言わなかったのですか?」

「言っていないよ、マッキャンドルス。それがわかったのは今朝のこと。彼女がこのわたしに、彼がどんなに悪人でひどい嘘つきかを教えてくれたのだから。その狡猾《こうかつ》な悪魔は、自分が騙し、裏切った女性たち相手の放蕩《ほうとう》ぶりを一つ残らず言いたてることで彼女を誘惑したわけだ。しかも相手は女性だけではないと、マッキャンドルス! 彼は陶酔したように夢中で告白した——彼女に言わせると、その告白は一冊の本のようなものらしい——そしてもちろん、彼女の愛が彼の人生を浄化し、新しい男として生まれ変わらせてくれたのであり、彼女を棄てることは決してない、と高らかに宣言するのだ。それを信じるのか、とわたしは彼女に尋ねた。すると、これまで自分は誰からも棄てられたことはないし、この変化は自分にプラスになるだろう、という以外、彼女はあまり多くを答えなかったが、一言、悪人も善人と同じくらい愛を必要としているし、悪人のほうが愛するのが上手なの、と付け加えたよ。さあ、マッキャンドルス、彼女のところに行って、彼女が間違っていることを証明するのだ」

「行きますとも」立ち上がりながらわたしは言った、「それからウェダバーンがやってきたら、あなたの犬をけしかけてください。やつは法的に何ら正当な権利のない住居侵入者なのですから」

それを聞くと、バクスターは嫌悪と驚きの表情を浮かべてわたしを見つめたが、それは、わたしがウェダバーンをグラスゴー大聖堂の尖塔で磔刑《たっけい》にしろとでも命じたときにこそふさわしいものだった。彼は非難がましく言った、「ベルの気持ちを挫《くじ》くわけにはいかないよ、マッキャンドルス」

「でもバクスター、彼女の精神年齢は十歳ですよ！　子どもなんだ！」

「だからこそわたしは力を使ってはいけないんだ。彼女の愛する誰かを傷つけたら、彼女のわたしへの好意は恐怖と不信に変わり、そうなればわたしの人生に目的がなくなってしまう。彼女がウェダバーンに飽きたとき、あるいは彼が彼女に飽きたとき、彼女の帰って来られる家を維持している限り、わたしの人生にはまだ目的がある。だが、二人のどちらがどちらに飽きるか、などという事態が生ずる以前に止められるかもしれない。彼女のところに行くのだ。彼女を口説き落とすのだ。わたしも二人の結婚を祝福していると伝えてくれ」

9　窓辺にて

わたしは怒りに燃えて階段を駆け上がったが、ベラの姿を見ると怒りが消えて悲しみに変わった。彼女の思いはわたしに向けられてはいなかったのだ。踊り場に面しているドアが開いていて、そこから彼女が開け放たれた窓辺に座り、窓台に肘をのせて頬杖《ほおづえ》をついているのが見てとれた。旅に出る身支度が整っている。足元に置かれたストラップのついた旅行鞄の上にはつば広の帽子とヴェール。彼女は庭に目を向けていたが、わたしには横顔が見え、その表情と姿勢にはこれまでにはないものが窺《うかが》われた――過去か未来を少し思いやるところから来る幾許《いくばく》かの憂鬱《ゆううつ》を湛《たた》えた満足感と従容《しょうよう》とした気構えとでも言ったらいいだろうか。もはや彼女は激しく生き生きと現在に存在しているのではなかった。自分が成人女性を盗み見ている小さな少年のように感じられ、わたしは彼女の注意を引こうと咳払いをした。彼女は振り向くと、優しい歓迎の微笑みを浮かべた。彼女は言った、「優しいのね、キャンドル。わざわざ訪ねてくれて、このなつかしい家でのわたしの最後の数分間、一緒にいてくださるなんて。ゴッドがここにいてくれたらと思うのだけれど、彼はとても惨めな状態で、わたし、今の彼は耐えられないの」

「ぼくだって惨めだよ、ベラ。君はぼくと結婚するものとばかり思っていたのだから」

「知っているわ。そう決めたもの、ずっと前に」

「ほんの六日前だよ、一週間も経っていない」

「わたしにとって一日以上はすべて永遠。ダンカン・ウェダバーンが不意に、あなたの一度も触れなかったところに触れて、それで今わたしは彼に首っ丈《たけ》なの。夕暮れが来ると彼も来るわ。小道のほうから向こうの塀についたあのドアを通って足音を立てずに進んでくる。(註12)掛け金は布を当て物にするから音がしない。それから抜き足、差し足、忍び足でこっちまで。葉がうねっているあの菜園の下に隠してある梯子を——あまり上手に隠してないから、ここからでも見えるわ——こっそり持ち上げて。ああ、梯子をまっすぐに立てるあの人の周到で熟練の手並みときたら。それから梯子の先をゆっくりと、わたしがつかめるところまでこっちに傾けるその手際《てぎわ》のよさ。そうしたらわたしがこの手で梯子をこの窓枠に掛けるの。あなたはわたしに一度もそんなこと、しなかった。それであの人はわたしを連れて、急いでここを出発するの、命と愛とイタリアへ、燦々《さんさん》と陽光を浴びたアフリカの泉が黄金色の砂を吐き出したコロマンデル海岸へ。どこが終点なのかしら。哀れな愛しいダンカンは邪悪であることを楽しんでいるの。もし二人して白昼堂々、一緒に玄関から出ていって結構だってゴッドが言ったりしたら、あの人、きっとわたしに興味なんか持たないでしょう。そしてキャンドル、婚約とは別に、昔あなたがよく訪ねてきてくれたこと、自動ピアノを鳴らしていたのを聞いてくれたこと、後でいつもわたしの手にキスをして、自分のことを素晴らしい女性だと感じさせてくれたこと、ずっと忘れないわ」

「ベラ、ぼくが君に会ったのは人生で三回だけで、これがその三回目だよ」

「その通りよ！」とベラはぞっとするほどの怒りを込めて叫んだ。「わたしはたかだか半人前の女なの、キャンドル。子ども時代——ミス・マックタヴィッシュに言わせると、わたしたちが栄光の雲を引き入れるあの人生の一時期のこと——を持たないから半人前以下ね。わたしには、砂糖にスパイスに素敵なもの全部で出来ているかわいい女の子の時代がない、若き恋の夢に身を焦がす娘時代がない。わたしの人生の丸々四分の一世紀はピシャ、バタン、バサッと消えたわ。そしてこの虚ろなベルの中で、わずかばかりの小さな記憶が、チリン、チャリン、カラン、コロン、チーン、リーン、ガラン、ゴロンと響くの。反響、共振、共鳴、爆鳴、残響、遺響《いきよう》を余韻嫋《じようじよう》々と繰り返すの。この哀れな空っぽの頭蓋の中を言葉になってね。言葉ことば言葉ことば、ことばことばことばことばことばことばことばことばことばことばことば、って響き渡るの。そうやって何とかちっぽけな記憶を意味あるものにしようとするけれど、できないんだわ。わたしにはもっと過去が必要。ゴッドとナイル川上流へ船で上ったとき、素敵な女性が一人旅をしていた。誰かがあの女性は過去のある身だって教えてくれた。わたし、羨ましくて仕方なかった。でもダンカンは次から次へとたくさんの過去をくれるわ。ダンカンはすばやいもの」

「ベル！」わたしは嘆願口調になっていた、「ここを出て行って、そんな男と結婚するのはやめてくれ！　そんなやつの子どもを身籠《みごも》るなんてやめてくれ！」

「わかっているわ！」ベラがびっくりした目でわたしを見ながら言った、「わたしはあなたと婚約しているもの」

彼女は旅行用コートの折り襟を指差した。そこにはわたしのネクタイピンの小さな真珠が光っていた。彼女が巧妙な反撃に出た、「わたしの口止め飴は全部なめてしまったんでしょうね」

ポケットに入れて肌身離さず持っていると、体温で次第に解けてぐにゃぐにゃの塊になってしまうから、蓋付きのガラス壺に入れて、自宅のサイドボードの上に飾ってある、とわたしは答えた。さらに、バクスターがそのろくでなしの悪人から彼女をまもろうとせず、また彼女自身も自分をまもろうとしない以上、わたしが小道へ出て、その男を待ち受けることにし、もし言葉で説明してもやつが引き返さないなら、殴り倒してやるつもりだ、とも付け加えた。すると彼女はすごい顔でわたしを睨んだ——それまで彼女が睨んだ顔は見たことがなかった。怒った赤ん坊のように下唇が突き出され、一瞬、赤ん坊のように激しく泣きだすのでは、と心配になった。

彼女は泣きださず、代わりに素敵なことが起こった。彼女は表情を緩め、最初に会ったときと同じ嬉しそうな微笑を浮かべたのだ。立ち上がり、あのときのように両手をまっすぐこちらに差し出した。しかしこのときのわたしはその両手の間に踏みこんだ。そして二人は抱き合った。わたしにはこれほど他の人と身体を近づけた記憶がなかった。彼女の胸に顔を強く引き寄せられたので、公園で抱きしめられたとき以上に息が苦しくなった。意識を失うまでそうしている勇気がなかったわたしは、今度も必死の思いで身を振りほどいた。彼女はわたしの両手を取って優しく言った、「愛しいキャンドル坊やったら、わたしが喜ばせてあげようとしてるのに、それが受けいれられなくて逃げてしまうのだもの。そんなあなたが、どうやってわたしをたくさん喜ばせられるというの？」

「君はぼくが愛したたった一人の女性なんだ、ベラ。ぼくはダンカン・ウェダバーンのような人間ではない。あいつときたら、もし乳を飲ませるために雇われた乳母も勘定に入れるなら、生まれてこの方ずっと召使の女性たちを食いものにしてきたんだよ。ぼくの母は農場で働いていた。農場の主人が母を食いものにして、そしてぼくが生まれた。後になって母と二人、その主人から追い出されなかっただけ幸運というものだね。ぼくたちの家での生活に愛を感じる余裕なんかなかった。母の賃金は安くて、仕事はきつかったから。ぼくはほんのわずかな愛だけを糧《かて》に生き延びるすべを覚えたんだよ、ベル。急に両手でも抱えきれないほどの愛を楽しめるようになれって言われても無理さ」

「でもわたしは楽しめるし、楽しむつもりよ、キャンドル。ああ、そうだわ!」彼女は相変わらず微笑みながら、しかし、はっきりそうなのだとばかり頷いて言った。「あなたは前に、自分には遠慮しないで、好きなことをしてもらって構わない、って言ったわ」

わたしも微笑んで頷き返した。彼女を説き伏せられると確信したのだ。そして、わたしに対しては好きなことをして構わないが、しかし他の男性相手に好きなことをしてはいけない、と言った。彼女はそれを聞くと、顔を顰《しか》め、機嫌を損ねたような溜息を吐《つ》いたが、それから声を上げて笑いだし、叫んだ――「でもダンカンが来るまでまだ何時間もあるわ。だから上に行きましょう。あなたを驚かすことがあるの!」

わたしの右手を腕に抱えて、彼女はドアへとわたしを導いた。この上ない幸福感に浸りながら、わたしは驚かすことって何なのかと尋ねたが、それが起きるまで訊いてはだめというのが彼女の返事だった。

最上階の踊り場へと階段を上りながら、ベラは気遣わしげに言った、「ダンカンはアマチュアのボクシング・チャンピオンよ」

殴り合いなら負けていない、とわたしは答えた。そして昔、フウォープヒル校の運動場で、大きな図体をした少年が一人ならず、物静かで身体の小さいわたしは簡単に殴り倒せるいいカモだとばかりからんできたものだが、そんなときには、つねに勝ったわけではないにしろ、かれらが間違っていることだけは必ず思い知らせてやったものだ、と説明した。彼女はわたしの手をぎゅっと握りしめた。そのときわたしは奇妙に馴染みのある匂いに気づいた。病院につきものの石炭酸と外科消毒用アルコールの混じった匂いだった。手術室の例に漏れず、故サー・コリンの手術室も最上階にあったのだろうとわかってはいたが、まだ使われているとは思ってもみなかった。階段を上り切ると、まばゆい光が待っていた。日没までにはまだ一時間あった。そよ風が雲を払って、一面の青空が広がっている。夏至《げし》の前後は、街や野原がどれほど暗くなっても、スコットランドの空には光がいつまでも消えずに残るのだ。最上階の踊り場は下の階段にまで光を投げかけている丸天井の真下にあった。ベラがドアのノブに手をかけて言った、「部屋の外で待っていて頂戴。覗いたりしたらだめよ、キャンドル。すぐに声をかけるから。そうしたらきっと驚くわよ」

彼女は半開きのドアの中に身体を斜めにしてすっと入ると、すばやくドアを閉めたので、部屋の中を見ることはできなかった。

待っているうちにひどく奇妙な考えが次々と頭に浮かんだ。ウェダバーンが彼女をすっかり堕落させてしまったのではないか、その結果、中に呼ばれてみたら裸の彼女が待っている、なんてことがありはしないか？　そう考えると矛盾する感情が激しくぶつかり合って身体が震えた。しかし数分が過ぎると、別の、さらに不吉な疑念が湧いてきてわたしを苦しめた。大きな家には大抵の場合、召使用の狭い裏階段がある。ベラはその階段をこっそり下りていってしまったのではないか、今まさに彼女は急ぎ足でチャリング・クロスに向かっているのではないか、そしてそこから馬車に乗ってウェダバーンの家へ向かうのではないか？　彼女のそうしている姿があまりに生々しく感じられたので、ドアに手をかけようとしたとき、それが内側にさっと開かれた。彼女はドアの背後に立っているのだということがわかった。その部屋には目に見える生命の影も形もなかったのだ。「中に入って目を閉じて」という彼女の声が聞こえた。

わたしは足を踏み入れたが、すぐには目を閉じなかった。

そこはまさしく故サー・コリンの手術室だった。パーク・サーカスが水晶宮の時代に作られたときに、サー・コリンの指示した仕様書通りに建てられた手術室である。備え付けの調度はほとんどなく、物寂しい感じだが、夕方の暖かい陽光をたっぷり浴びていた。陽光は背の高い窓と天井からあふれんばかりに注ぎこんでいる。天井は四つの天窓になっているらしく、どれもが中央の反射鏡のほうに傾斜していて、その反射鏡が下の手術台に一層まばゆい陽だまりをつくっているのだった。桟《さん》のついた檻と犬小屋らしきものの載った長椅子がいくつか見え、病院の匂いにかすかな動物の匂いが混じっていることに気づいた。

背後でドアの閉まるカチリという音が聞こえ、首筋にベラの息が当たるのを感じた。不意にベラが裸になっていることを確信したわたしは半ば目を閉じ、震えはじめた。わたしの後ろから胸を抱えるように彼女は腕を滑りこませた。そしてそれが旅行用コートの袖に覆われているのを見てほっとしたのだった。背中を彼女の身体に押し付けられたわたしは身体の力を抜いた。そしてほんの短い時間であったが、その場の薬品臭が異常に強いことに気づいた。耳元での彼女の囁きを聞いたのか感じたのか――「ベルは誰にも彼女のキャンドル坊やを傷つけさせたりしないわ」

彼女は手でわたしの口と鼻を覆い、息をしようとしたわたしは意識を失った。

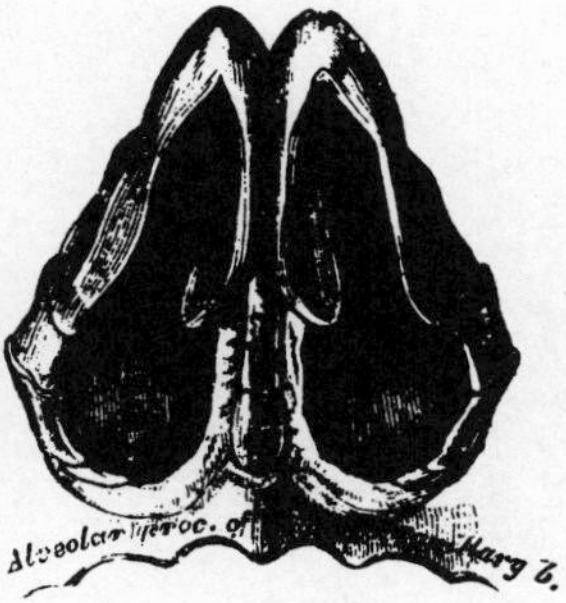
Alveolar proc. of
Marg

10　ベラがいなくなって

気がつけば、ガスのシャンデリアのかすかなシューという音がずっと耳に届いていた。頭痛がしたけれども、光で傷つくといけないので、目は開けなかった。何か恐ろしいことが起きた、何か本質的なものがわたしから取り上げられたことがわかった。しかしそれについて考えたくはなかった。近くで誰かが溜息をついて小声で言った、「悪かった、わたしが悪いのだ」

ベラのことが思い出された。わたしは起き上がり、身体にかかっていたブランケットが滑り落ちた。

わたしはバクスターの書斎のソファに座っていた（それまでは横になっていたのだ）。上着は着ておらず、ベストのボタンが外され、カラーが取られ靴も脱がされていた。ソファはマホガニー製の大きなもので、馬巣織《ばすおり》の覆いがしてある。反対側に座っているバクスターが沈鬱な表情でわたしを見つめている。窓を通して（カーテンは引かれていなかった）冴えわたった夜空に大きな半月が見えたが、その空には深青色の光が満ちていて星は見えない。わたしは言った、「時刻は？」

「二時をだいぶ過ぎたところだ」

「ベルは？」

「駆け落ちしたよ」

しばらくして、わたしは自分がどうやって見つかったのかを尋ねた。彼は大きな略字で走り書きされた頁の束を手渡そうとしたが、わたしは頭痛がひどくて解読できないと言って、それを返した。彼はそれを読み上げた。

「ゴッドさま、わたしは手術室でキャンドルにクロロホルムを嗅がせました。彼の目が覚めたら、あなたの家で一緒に暮らすよう頼んでください。そうしたら二人でいつも話せるでしょうから、あなたの忠実で最愛のベル・バクスターについて。追伸、目的地に着いたら、居場所を電報で知らせます」

わたしは泣いた。バクスターが言った、「台所に行こう。何か食べないといけない」

下に降りるとわたしは台所のテーブルに肘をついてぼんやりと座っていた。その間、食料品置場を漁っていたバクスターはわたしの前に、ミルクの大瓶、マグカップ、取り皿、ナイフ、パン、チーズ、ピクルス、そして冷たくなったローストチキンの残りを並べた。ローストチキンを差し出すときには、隠そうとしても隠し切れない嫌悪の表情が浮かんだ。彼はベジタリアンで、肉類は召使のために仕入れているだけなのだった。わたしがせっせと食べている間、彼は灰色のシロップをゆっくりと四リットルほども飲んだ。それが彼の日々の主食で、工業用の酸の輸送に使うようなガラス製の大きな容器からレードルで蓋つきの大ジョッキに移しかえて飲むのだった。一度、彼が用を足しに出て行ったとき、好奇心から一口すすってみたが、海水のように塩辛かった。

わたしたちは陰鬱にずっと黙りこくっていたが、明け方になると一気にしゃべりはじめた。わたしがベラはどこでクロロホルムの使い方を学んだのかと尋ねると、彼は答えた、「外国から戻ってみると、彼女はおもちゃだけでは物足りなくなっていることがわかった。それでわたしは小さな動物クリニックをはじめたのだ。病気の動物をこの家の裏口まで連れて行けば、ただで治療してもらえるらしいという評判を流してね。ベラが受付兼助手だ。彼女はクリニックの人間としてどちらの仕事も立派にこなした。はじめての人と会い、動物を治療するのが好きだった。傷の縫合の仕方を教えると、情熱を込めてしかし着実に、動見事な手際でやってのけた。労働者階級の女性たちがシャツを縫うとき、中産階級の女性たちがくだらない刺繡に励むときに夢中になるのと同じ具合さ。マッキャンドルス、より複雑な医療技術の習得から女性を排除してきたことによって、これまで多くの命や手足が失われているのだよ」

わたしは疲れて、気分が悪く、その点について議論する気にならなかった。

わたしはしばらくしてから、ベラと婚約した翌日、バクスターがどうして急に遺書をつくる気になったのかを尋ねた。彼は言った、「わたしの死後、彼女が暮らしていけるようにするためにさ。マッキャンドルス、君が金持ちになるには何年かかるかわかったものではないだろう。どれほど一生懸命働いたところでね」

わたしは二人が結婚したら自殺しようと思っていたのだろうと彼を糾弾《きゅうだん》した。彼は肩をすくめて、二人が結婚したら、何のために生きているかわからなくなるから、と言った。「あなたは自分勝手な大馬鹿ですよ、バクスター！」わたしは怒って叫んだ。「あなたの自殺で得たお金をベルとわたしが喜んで使えるわけがないじゃないですか！　もちろん使わずに取っておいたでしょうが、それでわたしたちは惨めになるだけですよ。わたしたち三人がそんな目にあわないですんだという意味では、この駆け落ちは最悪の事態とばかりは言えませんね」

バクスターはくるりと背を向けて、自分が死んだとしても自殺には見えなかったはずだ、と呟いた。わたしはその警告に感謝し、今後は彼から目を離さず、もし彼が不吉な死に方をするようなことがあれば、然《しか》るべき措置を取るつもりだ、と言った。彼は振り向くと、驚いたようにわたしを見つめて言った、「どんな措置を？　汚《けが》れた土地に埋めるとでも？」

「生き返らせる方法を見つけるまで氷漬けにしてやるのだ、とわたしは拗《す》ねたように言った。彼は一瞬笑いだしそうになったが、何とかそれを押し殺した。わたしは言った、「今、死んではいけませんよ。そんなことをしたら、全財産はウェダバーンのものになるのですから」

彼の指摘によれば、既婚女性が自分たち固有の財産を持てるようになる法案が下院で審議中であるとのことだったが、その法案は可決されるはずがない、とわたしは言った。そんな法律ができれば結婚制度の土台が揺らぐことになり、多くの下院議員は結婚しているのだ。彼は溜息をついて言った、「わたしは他の殺人者たちと同じくらい死に値する人間なのだ」

「馬鹿なことを！　何だって自分のことをそんなふうに考えるんです？」

「忘れたふりなどしなくていいさ。ベラに引き合わせた最初の日に、君は単刀直入な質問をしてわたしの罪を明らかにしたではないか。ちょっと失礼」

そう言って彼は膀胱《ぼうこう》か腸を空にするために中座した。どちらにしろその作業は小一時間ほどかかった。彼が戻ってくると、わたしは言った、「申し訳ないですが、バクスター、わたしにはあなたが自分を殺人者と呼ぶ理由が皆目わかりませんよ」

「溺れた女性の身体から生きたまま取り出した九カ月ほどのあの小さな胎児を、わたしの養子として大事に育てるべきだったのだ。その子の脳を母親の身体に移すことで、わたしはその子どもの命を意図的に縮めた。四十歳か五十歳で彼女を刺し殺すのと同じことだ。ただ、奪った年月が彼女の人生の最後ではなく最初の年月だという違いがあるだけのこと。それは普通の殺人よりも一層不道徳な悪行だ。しかもなぜそうしたかと言えば、歳を食った好色家が斡旋屋から子どもを買うのと同じ理由。わたしは貪欲さと性急さに負けたのだ、そしてそれだから！」卓上に置かれたいちばん重いものでさえ、少なくとも数センチ跳ね上がるほど激しくテーブルを叩きながら、彼は声を荒げた、「それだからこそ、物分かりのいい慈善家たちが何と言おうと、われわれの芸術も科学も世界をよりよく変えることができないのだ。われわれの夥《おびただ》しい新技術を最初に用いるのは、われわれの本性と本国に宿るとんでもなく貪欲で利己的で性急な部分であって、隅々まで思いやり深く社会のことを考える部分はいつも二番目に甘んじている。サー・コリンの開発した技法がなかったら、ベルは今ごろ普通の二歳半の幼児だったはずだ。そうすれば、もう十六年か十八年、彼女がわたしから独立するまで、一緒に暮らせただろう。それなのに忌まわしい性的欲望からわたしは自分の医学技術を利用して、彼女の道を誤らせ、ウェダバーンの餌食にしてしまった。くそ、ダンカン・ウェダバーンめ！」

彼は泣いた。そしてわたしは考えこんだ。

長い間じっと考えこんでからわたしは言った、「今のお話はだいたい真実を言い当てていると思います。もっとも、科学がよりよい方向への進歩に貢献できないという意見はどうでしょう。その点に関しては、物分かりのいい自由党員としても異を唱えないわけにはいきませんね。あなたがベラの命を縮めたということですが、思い出してくださいよ、歳を取るということについて確実にわかっているのは、精神的、肉体的苦痛に襲われると、幸福に包まれている場合より人の老化は早く進行するということだけではないですか。ですから、まさに幸せいっぱいのベラの若い脳が、彼女の肉体を普通の寿命をはるかに越えるくらい長生きさせることは十分考えられるでしょう。もしあなたがベルを今のような女性につくったのが罪だというのなら、わたしはその罪に感謝しますね。今のベルを愛しているのですから。彼女がウェダバーンと結婚しようとしまいとね。それにわたしにクロロホルム麻酔をかけた女性が、なすすべもなく誰かの慰みものになるとも思えません。きっとわたしたちはウェダバーンを憐れむべきなのです」

バクスターは目を見開いてわたしを見ると、テーブル越しに手を差し出した。彼にぎゅっと握られた右手の関節にバキッとひびが入り、わたしは苦痛のあまりうめいた。受けた傷が治るのに一ヵ月かかるほどだった。彼は申し訳ないと詫びながら、心からの謝意を表わすつもりだったのだと言った。今後、感謝の気持ちは自分の胸の内に留めておいてくれるようわたしは頼んだ。

このやり取りでわたしたちは少しばかり気分が晴れた。台所をぶらつきはじめたバクスターの顔には微笑が浮かんでいたが、それはベルのことを思って自分のことを忘れたときの彼の微笑だった。

「たしかに」バクスターは言った、「あんなに頼もしく、自制心があって、機転のきく二歳半の幼児はあまりいないな。彼女は自分の身に起きたことも自分の耳で聞いた言葉もすべて記憶するから、そのときにはわからないことでも、後で意味を学習する。それに、わたし自身は経験したことのない圧倒的に不利な立場を味わわずにすむようにしてあげたことになる。つまり、彼女は一度も小さかったことがないから、恐怖を味わった経験がないということだ。今の背の高さに成長する前の矮人《わいじん》だった自分の背丈を全部覚えているかい、マッキャンドルス？　六十センチほどの地の精、ノーム？　一メートルほどの小鬼、ゴブリン？　おとぎ話に出てくる百二十センチほどのこびと？　君が小さいときに世界を支配していた巨人たちは、君もかれらに負けないくらい重要な存在なのだと感じさせてくれたかい？」

わたしは身体を震わせて、誰もがわたしのような子ども時代を過ごしたとは限らない、と答えた。「そうかもしれない、しかしどれほどお金に不自由しない家だって、赤ん坊が泣き叫び、よちよち歩きの幼児が恐怖に怯え、思春期の子どもがむっつりふさぎこむ、というのはよくある光景だと聞いている。小さいことで受ける圧迫にもめげず生き延びられるように、子どもは感情面での弾性を自然と備えてはいる。しかしそれでもこうした圧迫によって、少しばかり正気を失った大人が生まれるのだ。子ども時分には持っていなかった権力をすべて手に入れようと躍起《やっき》になったり、（もっと多いのは）必死になって権力を避けようとしたり。そこへいくとベラは（そしてこの点で、ウェダバーンを憐れもうという君の意見が正しいかもしれないのだが）、幼児の弾性をすべて持ったうえで、見事に成熟した女性としての身の丈と力にも恵まれている。月経にしても彼女が目を開いた日からまったく完全なものだったから、自分の身体を激しく嫌悪し、自分の欲望を恐れなければならないなどと教えられることもなかった。小さくて圧迫を受けたときの気後れなどとは縁がなかった彼女は、自分の考えること、感じることを語る言葉しか持っていない。それらを隠す言葉など使わないのだ。だから、偽善や嘘によって生まれる悪——それが悪のほとんどすべてだろう——に染まる余地がない。彼女に不足しているものと言えば経験だけだ。特に何かを決断するという経験がね。ウェダバーンは彼女にとってはじめての大きな決断だが、彼女は彼の人格について何の錯覚も抱いていない。もし二人が急に別れるようになったとき、彼女が困るといけないから、ミセス・ディンウィディがコートの裏地に十分なお金を縫いつけてくれた。わたしがいちばん恐れているのは、ウェダバーン以上に彼女の関心を惹く人物が現われて、われわれの想像を超えた冒険に彼女を引きこむことだ。それでも、彼女は電報の打ち方を知っているからね」

「彼女の最大の欠点は」わたしは言った（その言葉を聞くと、バクスターはすぐに怒りの表情を浮かべた）、「時間と空間について幼児のような認識を持っていることです。わずかな時間の隔たりをとても大きいものと感じる一方で、自分の欲しいものはすべて、どれほど自分から遠いところにあっても、また欲しいもの同士がどんなに離れていても、すぐに自分のものになると思っている。彼女は、わたしとの婚約とウェダバーンとの駆け落ちが同時に成立するみたいに話しましたよ。時間と空間はそうした同時発生を禁じている、と彼女に告げる気にはなりませんでした。道徳律がそれを禁じているということさえ説明しなかった」

時間、空間、道徳についてのわれわれの観念は便宜上の習慣であって、自然の理法ではない、という説明をはじめたバクスターの面前で、わたしはあくびをした。

窓の外が明るくなり、鳥の囀《さえず》りが聞こえた。悲しげなサイレンが造船所や工場へと労働者を呼び出している。客用の寝室にベッドの用意ができている、とバクスターが言った。二時間後には勤務があるから、洗面器と剃刀《かみそり》と櫛《くし》だけ使わせてもらえれば十分だ、とわたしは答えた。わたしを階上に案内しながら彼が言った、「まさしくベラが手紙で予言したように、二人して彼女の話をしたものだな。だから、君はここで暮らしたほうがいいよ。これはお願いとして言っているんだ、マッキャンドルス。初老の女性たちと言葉を交わすだけでは、今のわたしは満足できない」

「今いるトロンゲートの部屋と比べると、パーク・サーカスは王立診療所からずいぶんと距離がありますからね。こちらに移る場合の条件は？」

「家賃無料、照明用のガス無料、燃料の石炭無料、シーツと枕カバー無料。下着類とワイシャツの洗濯無料、襟の糊付けに靴磨き無料。風呂無料。ここで食事をする場合の食事無料」

「あなたの食事はとても食べられそうにないですよ、バクスター」

「君にはミセス・ディンウィディや料理人や住み込みの女中なんかが食べているのと同じものを出すよ――質素な食材を巧みに味付け、ってやつだがね。それから書庫を自由に使ってもらって構わない。サー・コリンのときよりもずいぶんと充実したものになったんだ」

「それに対するわたしの義務は？」

「時間が空いたときにクリニックの仕事を手伝ってほしい。犬、猫、ウサギ、オウムから、羽のない二足動物の患者を治すのに役立つことをたくさん学べると思うよ」

「なるほど！　考えておきます」

わたしのこの発言は、男らしい独立心を見せたくて虚勢を張っただけのものである、と思っているみたいに、彼は微笑んだ。彼は正しかった。

その夜、わたしは大きなトランクを借り、荷造りをし、トロンゲートの家主に契約解除の必要予告期間である二週間分の家賃を払うと、辻馬車に家財、手回り品を一切合財《いっさいがっさい》詰めこんで、パーク・サーカスに引っ越してきた。バクスターは何も言わずにわたしを迎え、わたしの新しい部屋に案内すると、数時間前にロンドンから打たれた電報を差し出した。そこには〈たしいここる〉（わたしここにいる）とだけ書かれていて、発信人の名前はなかった。

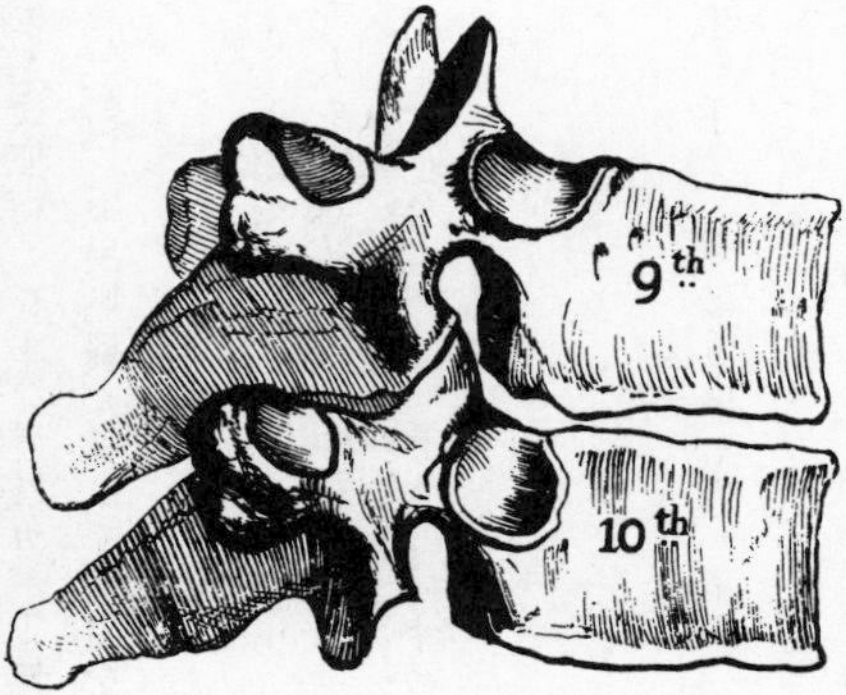

11　パーク・サーカス一八番地

骨は折れるけれどもやりがいのある仕事と面白くて気疲れしないですむ友人関係と居心地のいい家が幸福を保証するいちばんの条件であるなら、引っ越し後の数ヵ月がわたしの人生でいちばん楽しいときだったかもしれない。バクスターの召使は全員がわたしの母親と同じ階級で生まれ育った田舎娘あがりで、誰ひとりとして五十歳になるのは遠い先というほど若くはなかったけれども、自分たちの用意する食事を喜んで食べる比較的若い男性が家に同居しているという状況を気に入っていたに違いないと思う。わたしの食事は専用リフトでダイニング・ルームまで上げてもらうため、彼女たちがわたしの食べるところを見ることはなかったが、わたしは食べ終わると、よく安い花束やお礼のメモを皿に添えて、下げたものだった。

食事はバクスターと一緒に巨大なテーブルで取るのだが、わたしはできるだけ彼からはなれて座った。彼は膵臓《すいぞう》がないに等しい身体だったので、消化液を手ずから作り、咀嚼《そしゃく》、嚥下《えんげ》する前にそれを食べ物に加えてかき混ぜるのである。その成分が何かを尋ねたことがあるが、何やら恥ずかしげに質問をはぐらかしてはっきり答えなかったので、彼の排泄物から抽出された成分が含まれているのではないかという気がした。彼の座る側のテーブルの匂いはその推測を裏書するものだった。彼の椅子の後ろにはサイドボードがあり、そこには大きなガラス容器、栓つきの水薬瓶、目盛りの刻まれたグラス、ピペット、スポイト、リトマス試験紙、温度計、気圧計が並んでいる他、ブンゼン・バーナー、乾留装置や蒸留装置の管類まであった。この蒸留装置は弱いガスで一日中ぶくぶくと泡立っていた。いつの食事でも、その最中の思いがけないときに、必ず彼は噛むのをやめ、自分のものではないが自分の内部で響く何かの音に耳を澄ませてでもいるかのように、身動きひとつしなくなるのだった。そのまま数秒間が過ぎるとゆっくり立ち上がり、慎重に取り皿をサイドボードまで運ぶと、何分もかけてまずそうな混合スープを調合し、その皿に加えるのである。サイドボードの上にはカルテが置いてあり、そこには四時間ごとの彼の脈拍、呼吸数、体温だけでなく、血液とリンパ組織の化学的成分変化が記録されていた。ある朝、朝食前にそれを調べてみたところ、いてもたってもいられないほどの不安に襲われたので、それからは二度と目を向けたりはしなかった。日々の変動があまりに不規則、突然、急激で、最も強靭《きょうじん》な最高の健康体ですら生きてはいられないような値が記されていたのだ。時刻と日付（バクスター特有のくっきりとして小さい、子どもじみてはいるがしっかりとした字体で書かれていた）が示すところによれば、一日前にわたしと話していたときの彼の神経回路はてんかんの発作と等価の経験をしているはずなのだが、わたしはそのときの彼の態度に何の変化も認めなかったのである。果たして、こうした仰々しい器具装置やカルテの記録はすべて、心気症に罹《かか》った醜い人間が自分の超人性を実感するための単なる見せかけ、術策だなんてことがあるだろうか？

ダイニング・ルームの外でのパーク・サーカス一八番地の生活は申し分なく平凡だった。夕飯が終わると二人して手術室にいる病気の動物の世話をし、それから書斎に入って読書をするか、チェス（勝つのは決まってバクスターだった）、チェッカー（これはほぼわたしが勝った）、クリベッジ（ゲームごとに勝者が変わった）などをして過ごした。わたしたちはまた週末になると遠くまで散歩に出るようになった。その間話すのはベラのことばかり。わたしたちにとって一時も忘れられない女性だったのだ。三日か四日おきに〈たしいこころ〉という電報が、アムステルダム、フランクフルト、マリエンバート、ジュネーヴ、ミラノ、トリエステ、アテネ、オデッサ、コンスタンティノープル、アレキサンドリア、マルタ、モロッコ、ジブラルタル、そしてマルセイユから送られてきた。

十一月のある霧深い午後、パリから〈しんぱない〉という電報が届いた。それを見てバクスターが半狂乱になった。彼は叫んだ、「彼女が心配ないと言ってきたからには、何かとんでもなく心配なことが起きたに違いない。パリに行くぞ。探偵を雇って、彼女を見つけなくては」

わたしは言った、「彼女が呼ぶまで待ちましょうよ、バクスター。彼女の誠実さを信ずることです。電文は、あなたとわたしなら動転しそうな出来事にも彼女は動揺していない、と言っているではないですか。あなたは彼女の道を誤らせたというより、彼女を信頼してウェダバーンに委《ゆだ》ねたわけです。今度は彼女を彼女自身の判断に委ねてみるべきでしょう」

こう言って彼をともかくも納得させたが、落ち着かせることはできなかった。ちょうど一週間後に同じ電報がパリから送られてくると、彼の我慢も限界だった。わたしは朝、仕事に出るとき、帰宅するまでには彼はフランスに発っているだろうと思った。ところが玄関から中に入ると、彼が書斎の前の踊り場に出てきてわたしを元気に出迎え、こう叫んだ——「ベラについての新しい知らせだ、マッキャンドルス！　手紙が二通！　一つはグラスゴーの狂人から。もう一つはパリの彼女の住まいからだ！」

「どんな知らせです？」わたしも叫んだ。コートを放り投げて階段を駆け上がる。「いい知らせ？　それとも悪い知らせ？　彼女は元気なのですか？　誰がその手紙を書いたんです？」

「全部が悪いというわけでないことは確かだ」彼は慎重に言った。「実際、彼女は実に見事に振舞っているとわたしは思う。因習に凝り固まった道学先生たちは賛成しないだろうがね。書斎に行って、手紙を読んであげることにしよう。いい知らせは後回し。もう一つは南グラスゴーの消印が押してある。書いたのは一人の狂人だ」

わたしたちはソファに腰を落ち着けた。

彼の読み上げたのが以下のものである。

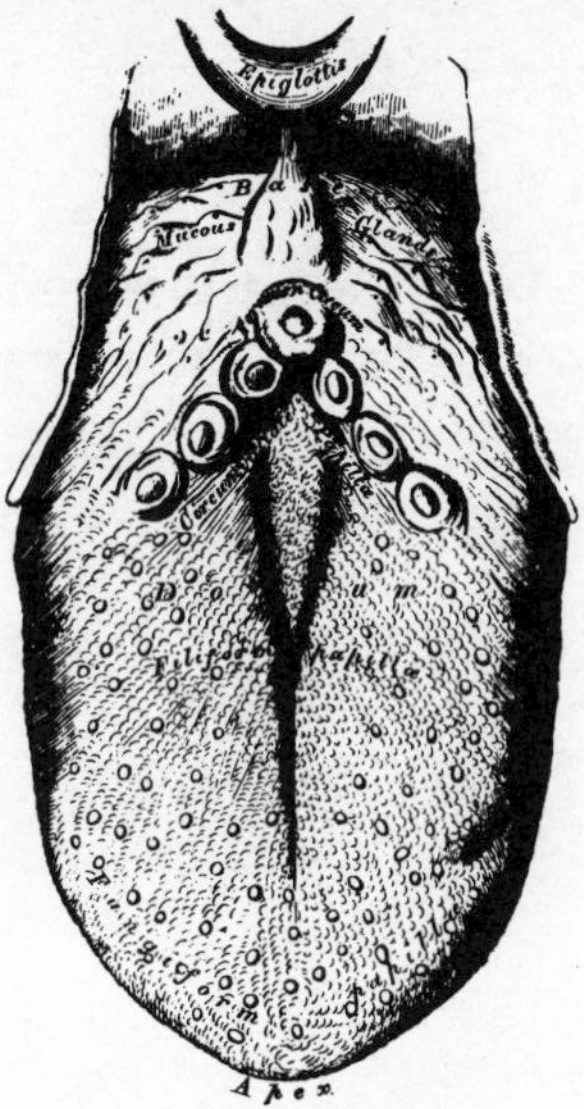
Epiglottis
Mucous
Glands
Apex

ウェダバーンの手紙
狂人をつくる

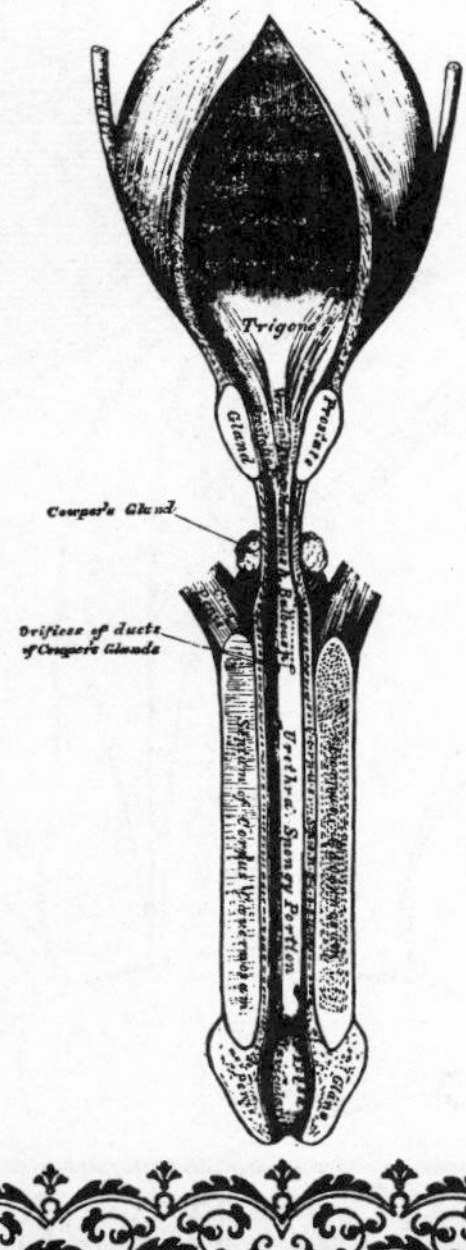

DUNCAN WEDDERBURN

ダンカン・ウェダバーン

エイタン・ストリート四一番地
ポロックシールズ
十一月十四日
ミスター・バクスター
一週間前までなら貴殿に手紙を書き送るのは恥ずかしくもあり、気が引けたことでしょう。手紙にわたしの署名を見つければ、貴殿が耐え切れぬ嫌悪感に襲われ、読まぬまま燃やしてしまうであろう、とそのころは思っていました。わたしは仕事上の用向きでお宅に呼ばれた。そこで貴殿の〝姪御〟さんにお会いしたわけです。わたしは彼女を愛し、彼女と謀《はか》り、駆け落ちをしました。結婚はしていませんが、二人して夫と妻を演じながら、ヨーロッパを旅し、地中海を巡ったのです。一週間前、わたしは彼女をパリに残し、一人でグラスゴーの母の家に戻りました。こうした事実が公《おおやけ》になれば、〝世間〟はわたしのことをこの上なく腹黒い悪党であると考えるでしょう。実際、一週間前までは、自分でもそう思っていたほどですから——美しく若い女性を、立派な家と彼女を愛する後見人から強奪した罪深い無責任極まる女たらしであると。しかし今では、自分、ダンカン・ウェダバーンをすっかり見直し、貴殿のほうがよほど悪辣《あくらつ》であると考えるようになっています。グラスゴーのシアター・ロイヤルで上演されたヘンリー・アーヴィングによるゲーテの『ファウスト』をご覧になったでしょうか？　わたしは見ました。とても感動しました。あの懊悩《おうのう》する主人公の中に自分を見たのです。知的職業に就いた中産階級の立派な一員が、召使級の女性を誑《たぶら》かそうと、地獄の王に助力を求めるのですから。そうですとも、ゲーテとアーヴィングはわかっていた、〝現代人〟——ダンカン・ウェダバーン——は本質的に二重の存在であると。思慮分別のある法の認める行動が何であるか、十分に弁《わきま》えている高潔な精神の持主でありながら、同時に、引きずりおろし、汚すためだけに美しいものを愛する悪魔でもある存在。一週間前までは自分のことをそんなふうに考えていました。そんなわたしは大馬鹿だったわけですよ、ミスター・バクスター！　何も見えていない心得違いの愚か者だった！　ベラとの情事は最初からファウスト的でした。貴殿がわたしを〝姪〟なる女性につかまえさせた瞬間から、わたしの鼻は酔わずにはいられない悪の香を嗅いでいたのです。ついぞ気づかなかったのですが、このメロドラマではわたしが無垢《むく》で人を疑うことを知らないグレートヒェンを演ずることになっており、とてもかなわぬあの姪御殿に振られた役がファウストだったわけです。そしてあなた！　そう、ゴドウィン・ビッシュ・バクスター、あなたこそが他ならぬ悪魔そのものだった！

「気がついたかい、マッキャンドルス」とここでバクスターが注釈を入れた、「この男の書きぶりは、酔ったときの君の話し方そっくりだよ」

気を落ち着けて書かなくてはならない。ちょうど一週間前のこと、わたしは停まっている客車の隅《すみ》でうずくまり、ベラは外のプラットフォームに立って、窓越しにわたしに話しかけていた。彼女は相変わらず輝くばかりに美しく、さらにそこには、何かを期待する新鮮な若々しさも宿っていた。その若々しさはまったく新しいものでありながら、いつも心を離れない見慣れたものでもあるように思われた。どうして見慣れた感じがしたのか？　わたしはそのとき思い出したのだ、わたしたちが恋人同士になった最初のとき、ベラがまさにそんなふうに見えたことを。そして今、外見上はどこまでも優しく振舞いながら（二人は別れるべきだと言ったのはわたしのほうだった）、ベラはわたしをくたびれた靴か壊れたおもちゃみたいに棄てようというのだ。彼女はわたしの会ったことのない誰かによって新しく生まれ変わっていた。その誰かとは、他ならぬこの日の朝に彼女がちらっと見かけただけの人間である。何しろ、六時間前にマルセイユからパリに着いたばかりだったのだから。その六時間で彼女が会って言葉を交わしたのは、わたしとホテルの女支配人しかいない。わたしはずっとベラと一緒にいた。ただ一度、わたし一人で近くの大聖堂を訪れた。時間にしてせいぜい三十分かかったかどうかというくらいだが、その間に彼女は新たな恋に落ちたのだ！　魔女に不可能なことはない。不意に彼女は言った、「グラスゴーに戻ったら、必ずゴッドに知らせるって約束して、わたしはもうすぐキャンドルが欲しくなるって」と。わたしは約束した。とはいえ、ロウソクが欲しいなどというそのメッセージは意味のわからない戯言《たわごと》だと思った——それとも魔法の言葉なのか。いずれにしても、この手紙はその約束を果たすものである。

そう記せば約束を果たしたことになるのに、なぜさらに言葉を連ね、すべてのことをあなたに告げようという衝動に駆られるのか？　あなた、メフィスト・バクスターに我が罪深き苦悶に満ちた心の内奥の秘密を明かさずにはいられないこの気持ちはどこから来るのか？　それはその秘密をあなたがすでに知っているに違いないと思っているためなのだろうか？

「カトリック信仰があれば、彼も何とか正気を回復するかもしれないのだが」とバクスター が呟《つぶや》く。「告解の儀式ができないから、この男はあらゆる口実を見つけては、二番煎じで二流のたわけた感想を相手構わずぶちまけるのだ」

あなたはアイルランドの生んだ最高の作家、オリヴァー・ゴールドスミスの『低く出て勝つ』を二年前、ビアボームがシアター・ロイヤルで上演したのをご覧になっただろうか？　主人公は快活で才気にあふれた男前の紳士。仲間に好かれ、年長者に目をかけられ、女性にもてる。ところが欠点が一つだけ——召使級の女性と一緒のときしかくつろげない。彼自身の収入に見合う社会階層の上品なご婦人方を前にすると、堅苦しいよそ行きの態度になってしまう。しかもその女性たちが美しくて愛想がいいと、なおさらぎこちなくなり、とてもその女性たちを愛することはできないと感じてしまうのだ。わたしとそっくり同じではないか！　子どものころ、ありのままのダンカン・ウェダバーンを虫唾《むしず》が走るやつだと思わないでいてくれるのは、手を動かして働いている女性たちだけだと決めてかかっていた。そしてその結果、わたしは労働者階級の女性たちにしか魅力を感じなくなった。しかし、思春期になって、こうした性癖は自分が一種の怪物であることの証明だと考えた。

信じてもらえるかどうかわからないが、大学に入ってわかったことを言えば、学生の三分の二はわたしとまったく同じ感情を持っていた。その大部分はこうした生来の傾向を克服し、然《しか》るべき身分の品のいい女性と結婚して、子どもをもうけるようになるけれども、果たして彼らが本当に幸せかどうか、わたしは疑問に思う。わたしの場合、生来の傾向は克服できないくらい強かった、あるいは、人間が正直すぎて偽りの人生を送れなかったと言うべきか。ゴールドスミスの主人公は最後には相当な遺産を相続する自分と同じ階級の美女に救われる。彼女は自分の召使に倣《なら》った身なりと話し方をすることによって、主人公の心をとらえるわけだから。ああ、残念ながら、一九世紀に生きるグラスゴーの弁護士にそうしたハッピー・エンドは許されない。わたしの愛の暮らしは、使用人のいる地下で、そして弁護士としての仕事の舞台裏でこっそりと続いた。そしてそうした狭苦しい場所でわたしは恍惚感を味わい、スコットランドの国民詩人たるロバート・バーンズが享受し、伝道し、実践した道徳規範に従ったのだ。喘いでいる美しい娘それぞれに、いつまでも君を愛するよと言ったとき、わたしの言葉に嘘偽りは一切なかった。実際、二人の間に横たわる社会階層の越えられぬ溝によって禁じられていなかったら、彼女たち全員と結婚したことだろう。わたしには哀れな庶出のわらし（訛り言葉を許していただきたい。わたしの耳には〝わらし〟のほうが〝赤子〟や〝子ども〟よりも本当の人間らしい温かみを帯びて響く）が少しだけいる（片手よりも少ないのだ、ミスター・バクスター。予防措置を講じたおかげで、大勢にはならなかった）が、その哀れな庶出のわらし誰一人として、面倒も見ずにほったらかしにされたものはいない。全員が我が友人、ウィリアム・クォリアーの慈善施設に入った。ご存じだろう（もし『グラスゴー・ヘラルド』をお読みならば）、この偉大なる博愛主義者がいかに社会からはじかれたそうしたいたいけな子どもたちを養育し、その上でかれらをカナダに送っているかを。かれらはかの地で家庭の仕事や農業に従事し、北半球における我らが帝国のフロンティアの拡大に大いに役立っているのだ。かれらの母親たちにしても損害など受けなかった。台所の下働きだった官能的な娘も、洗濯物の皺伸ばしをやっていた蠱惑《こわく》的な娘も、あるいは肉感的な便所掃除の娘も、ダンカン・ウェダバーンとの火遊びのせいで一日の仕事を失うなどということはなかった。もっとも彼女たちの自由時間が短くて不規則であるために、同時に何人かを口説かなくてはならなかったけれども。よこしまな振舞いにもかかわらず基本的には無垢で、偽善家の仮面を被ってはいるが根本においては正直者である人間、あなたが姪だという女性に紹介したのは、そうした男だったのですよ、ミスター・バクスター。

一目見て、階級差などに何の意味も認めていない女性だということがわかった。上流社会の女性らしい非の打ちどころのない装いだったが、わたしに向けられた気取りのない嬉しそうな表情は、チップに半クラウン銀貨をもらい、女主人のいないところで悦に入っている住み込みの女中を思わせた。彼女は弁護士という職業の内側に存在する本来のウェダバーンを見ていること、歓迎していることがわかった。わたしは混乱した気持ちを隠すために敢えて冷淡の仮面を被ったので、あるいは無作法に見えたかもしれないが、実は心臓が激しく高鳴って、鼓動が聞こえてしまうのではと心配になったほどだ。愛の告白は単刀直入がいちばん。そこで、彼女と二人きりになったときにわたしは言った、「近いうちにまたお会いできますか、誰にも知られずに?」

彼女は驚いたようだったが、頷いた。わたしは言った、「あなたの寝室は家の裏側ですか?」

彼女は微笑みながら頷いた。「それでは、灯りのついたキャンドルを今夜、家の人が皆寝てから、窓辺に置いてください。梯子を持ってきますから」

彼女は声を立てて笑い、頷いた。わたしは言った、「愛しています」

彼女が「同じ気持ちの若者がもう一人いるわ」と言い、その婚約者についてあれこれ話しているうちに、ミスター・バクスター、あなたが戻ってきた。彼女の不誠実さにわたしはひどくびっくりし、そして興奮した。今日に至るまで、とても信じられない思いだ。

しかしわたしは、あなたを騙しおおせたと愚かにも信じていたのは事実だけれども、彼女のことを騙そうとは決して思わなかった。過去の非道な振舞いを率直に洗いざらい打ち明けた。今はそのすべてを述べる勇気もなければ紙幅もない、

（「それはもっけの幸いだ！」ゴドウィンが強い調子で呟いた。）

というのも、（何も見えていない愚か者だったわけだが）わたしは自分たち二人はじきに夫婦になると思いこんでいたのだ。それまで、中産階級の二十代の女性が男を愛しながら、結婚はしたがらない、などという話など聞いたことがなかった。男と駆け落ちをしたとなればなおのこと。ベラはすぐにわたしの花嫁になると確信していたので、たわいない誤魔化しをやって、手に入れたパスポートには夫と妻として登録した。そうすることで大陸でのハネムーンがやりやすくなるはずだった。わたしは民事婚誓約書が署名されたら、すぐにハネムーンに出発するつもりだったのだ。そして心底、誓って言うけれども、ベラ・バクスターをベラ・ウェダバーンに変えようと決心したときに、金銭上の利益を当てにしたなどということは一切ない。遺書を書いてくれという依頼の仕方から、あなたはこの世にそれほど長く留まらないのではないかと感じたのは事実だけれども、しかし、わたしたちがハネムーンから戻ってくる前に死ぬなんてことはありえないと確信していた。金銭

面であなたに期待したことと言えば、ベラがあなたのところにいたときと同じような暮らしをする足しになるように、せいぜい少しばかりの一定額を援助してもらえないかということだけ。毎年数千ポンドもあれば十分だったでしょう。それにベラの話し振りから見て、彼女――あなたの姪だという触れ込みの女性――に関する限り、あなたが出し惜しみをするとは考えられなかった。今、ベラと二人で腹を抱えて笑っていることでしょう、何ともうまいことあいつを担《かつ》いだものだと！　あの穏やかな夏の夜にロンドン行きの列車に乗りこんだとき、わたしはキルマーノックで途中下車するよう手はずを整えていた。(註13) あらかじめそこの登記官を説得し、寝ないでわたしたちが来るまで待っていて、到着したわたしたちを家に迎え、婚姻を成就させるよう話をつけておいた次第。列車が出てすぐ、クロスミルーフにも着かないうちに、わたしは別の人と婚約しているからあなたと結婚できないわ!!!!　と彼女が言い放ったとき、どんなに仰天したことか。わたしは言った、「もちろん過去のことだよね？」

彼女が言った、「違うわ――結婚はこれから」

わたしは言った、「そうすると、わたしはどこで見棄てられるのかな？」

彼女は「今、ここでよ、ウェダー」と言って、わたしを抱擁した。

彼女はイスラム教の天国にいる信仰深い完璧な美女、マホメットの言う官能の楽園だった。わたしは車掌に鼻薬を嗅がせて、一等車の車両一台を丸ごとわたしたちだけの貸切りにしてもらった。急行列車ではなかったので、キルマーノック、ダンフリース、カーライル、リーズ、そしてウォトフォード・ジャンクションより北の駅すべてに停車したに違いないのだが、二人の愛の行脚《あんぎゃ》に夢中だったわたしは、ときどき短時間停まりながら動いているということしかわからなかった。わたしは彼女にとって男として十分立派に振舞ったが、そのペースたるやものすごいものだった。


「聞くのが苦痛かい、マッキャンドルス?」とバクスター。

「先を!」わたしは手で顔を覆いながら言った、「進めてくれ!」

「それなら続けるが、この男は誇張して書いていることを忘れないように」


とうとうガタゴトとポイントを通過する音が聞こえ、汽笛が鳴らされ、車輪の刻むリズムがゆっくりとしたものになって、石炭で動くわれらが駿馬《しゅんめ》は煙を吐きながらミッドランド線の南の終点に到着することがわかった。二人して服を整えながら、彼女が言った、「今のこと全部、ちゃんとしたベッドでもう一度するのが待ちきれないわ」

二人の〝合体行為〟が別の男に対する思いをすべて払拭したに違いないと確信して、わたしはもう一度彼女に結婚してくれと言った。すると彼女は驚いたように答えた、「その件についてはすでにお答えしたでしょう、お忘れになったの。さあ、ステーション・ホテルに行って、思い切り朝食を頼みましょう。わたしが食べたいのは、ポリッジでしょ、ベーコンでしょ、卵でしょ、ソーセージでしょ、燻製《くんせい》のニシンでしょ、山盛りのバターつきトーストでしょ、そして甘くて温かいミルクティーを何杯も。それから、あなたもたくさん食べないとだめよ！」

わたしにはそのホテルが必要だった。前日は忙しく動き回ったので、結局、二十四時間眠らずに過ごしたのだった。ベラはグラスゴーを出たときと同じように溌溂《はつらつ》として見えた。ホテルのフロント近くまで行ったときに、わたしは躓《つまず》いてしまい、ベラにしがみついて支えてもらった。彼女の言葉が聞こえた――「哀れなわたしの連れが疲れ切ってしまって。朝食はお部屋で取らないといけないみたい」

それで結局、ベラがてんこ盛りの朝食にありついているとき、わたしはコート、靴、襟《カラー》を脱ぎ捨てて、そのままベッドの上で暫《しば》しうたた寝をした。夢をいくつも見たが、唯一覚えているのは、床屋に入って、スコットランド女王メアリーに鬚《ひげ》を剃ってもらおうとする夢である。女王がわたしの顔と喉を温かい石鹸《せっけん》の泡で覆い、それを拭《ぬぐ》い取ろうとしたところで目が覚めた。そして気がつけば、ベラが本当にわたしの鬚を剃ろうとしているのだった。わたしは裸でベッドに横たわり、肩と頭ののっている枕にはタオルが敷かれている。シルクのネグリジェを着たベラが、砥《と》いで鋭くなったわたしの剃刀《かみそり》の刃をわたしの頰に当てているところだった。わたしが目を見開いたのを見て、彼女は声を立てて笑った。

彼女が言った、「濃い鬚を剃って、昨日の晩と同じようにすべすべで、心地よくて、ハンサムにしようとしているのよ、ウェダー。だって、また夜になるところだもの。そんなにびくついた顔をしないで頂戴、切りつけようというわけじゃないんだから！　犬や猫の死体はいくつも、それから年取ったマングースの死体のときも一回あるけど、それを練習台にして、傷や化膿したところの周りの毛をたくさん剃った経験があるのよ。それにしても、あなたったらほんとにぐっすり眠るのね！　今朝、服を脱がせて、布団の中に滑りこませたときも、ぜんぜん目を開けなかった。今日、わたしがどこに行ってきたと思う？　ウェストミンスター寺院とマダム・タッソーの蠟人形館に行って、それから『ハムレット』のマチネーを見てきたの。普通の兵士や王族や墓掘りたちが韻文で話すのを聞いたわ、素晴らしかった！　わたし、いつも韻文で話せたらいいのにって思う。それからぼろを着た子どもたちにたくさん会った。それで、出かける前にあなたのポケットから抜いていったお金から少しあげたの。さあ、この柔らかくて温かい布で顔を拭いてあげましょうね。それから素敵なキルトの部屋着を着せてあげるわ。そうしたら、寝る前に半時間ほどちゃんと座って、おいしい夜食が食べられるでしょう。注文しておいたから。あなたの体力が減退しないように気をつけないといけないでしょ、ウェダー」
疲労のあまり寝過ごして、ふだんなら床に就く時刻に目を覚ますとぼうっとするものだが、わたしが目覚めたときの状態がまさにそれだった。夜食はコールド・ミート、ピクルス、サラダにリンゴのタルトとインディアン・エクスポート・エールというビールが二本という軽食。暖炉わきの三脚に載ったポットでコーヒーが温められていた。活力と注意力が戻ったわたしは我が〝運命の女神〟に目をやった。テーブルを挟んだ安楽椅子に座った彼女は蛇のように髪をカールしていた。こちらを見つめる彼女の微笑みはいかにも意味ありげで、わたしは畏敬と恐怖と強烈な欲望とで身震いした。櫛を入れないままの黒い乱れ髪がかかったむき出しの肩は白く光り、柔らかに盛り上がる彼女の……

「この箇所は少し飛ばすことにするよ、マッキャンドルス」とバクスターが言う、「何しろ、はしたないウェダバーンの基準からしても誇張の度が過ぎるのでね。つまり、彼とわれらがベラは、その夜も列車の中と同じように過ごしたということだ。ただ、朝の七時少し前に、この男は彼女に眠らせてくれるよう頼んでいる。そこからまた読むことにしよう」

「どうして?」と彼女は尋ねた。「朝食を取ったら、好きなだけ眠れるのに。ホテルのほうにはあなたは病人だと言ってあるの。みんな同情してくれているわ」

「ハネムーンの間ずっとミッドランド鉄道のステーション・ホテルで過ごすなんて、ごめんだよ」わたしは涙にむせんで言った。二人が結婚していないことなど忘れていた。「外国へ行こうと思っていたんだ」

「わぁ、すごい!」彼女は言った、「わたし、外国大好きよ。まずどこに行くの?」

グラスゴーにいたときには(それは何年も前のことのように思えた)、ブルターニュのひなびた漁村の宿で彼女を味わおうと思っていた。しかし今では、人気《ひとけ》のないところでベラと二人だけになると思うと、心底寒気を覚えるのだった。わたしは「アムステルダム」と呟いて、眠りに落ちた。

彼女は十時にわたしを起こした。わたしの財布を持って旅行代理店トマス・クックまで行って午後のハーグ行きの船に二人が乗れるよう手配をし、ホテルの勘定を済ませ、荷造りをして、バッグ類をすでにロビーへ運んでいた。部屋に残っているのはわたしの化粧カバンと新しいスーツだけだった。

「わたしはお腹が空いていて、眠いんだ! 朝食はベッドで取りたい!」わたしは叫んだ。

「いい子ね、心配しないで」彼女がなだめるように言った。「もう十分もしたら、朝食が下で用意されるわ。それが終わったら、馬車でも列車でも船でも、それから向こうの列車でも、向こうの馬車でも、好きなだけ眠れるから」

ここまで書けば、ヨーロッパと地中海沿岸を駆け巡ったときのわたしの日々の過ごし方がどんなものか、おわかりだろう。精力的に目覚めているのは夜のベッドの中だけ。相手の女性は決して眠らない。だから昼間のわたしはまどろんでいるか、半睡半覚のまま観光に連れ出されるかだった。こうなりかねないことはロンドンを発《た》つ前に半ば予想していた。だからハーグ行きの船の中で、それを阻止するために、ベラを疲れさせようと心に決めた！　今でこそ、そんなことを考えた愚かしさを嘲《あざけ》る忌まわしいあなたの喉から、悪魔のような呵々大笑《かかたいしょう》の発せられるのが聞こえてくるような気がするけれども。ともあれ、わたしはしゃにむに意志の力を発揮し、強いブラックコーヒーを絶えず飲んでは、せき立てるように彼女を列車や川舟や辻馬車に乗せ、人の波であふれ返るホテル、劇場、美術館、競馬場、そしてああ、何としたことか、果てはカジノにまで、次から次へと連れ回し、たった一週間で大陸の四つの国を巡った。彼女はどこへ行ってもその一瞬一瞬を楽しみ、しかも、輝く目でこちらを見たり、軽くキスをすることによって、すぐに二人だけの愛の行為で感謝の気持ちを表すわ、と語るのだった。当初の目論見《もくろみ》が変わって、次のことがわたしの唯一の希望になった――つまり、公共の輸送機関にいくら乗っても、目の眩《くら》むような混雑の渦にどれほど巻きこまれても、彼女が疲れて床についたらすぐに眠ってしまうということはないが、わたしの場合はすぐに眠れるようになるのではないか、ということである。空しい希望だった！　ベラと本来のウェダバーン――ウェダバーンの中のいちばん低級な部分――との間には共感の絆が結ばれていて、わたしの哀れにも痛めつけられた脳はそれを麻痺させることも、それに抵抗することもできないのだ。死の眠りに落ちるようにベッドに倒れこみながら、じきに目を覚まし、気づけば彼女に快楽を味わわせている、ということを何度も繰り返していた。めまいに襲われたものが、断崖から身を引くのではなく、逆にそこから前に身を躍らせるみたいに、わたしは恍惚感と絶望に満ちたうめき声を上げながら、自覚的に愛の舞踏を踊った。また新たな一日という煉獄のはじまることを告げる夜明けの光が鎧戸《よろいど》を通して入ってくるまで。ヴェニスでわたしは消耗しきって、サン・ジョルジョ・マッジョーレ聖堂の階段から潟《かた》に転がり落ちた。溺れ死ぬのではないかと思い、それを神に感謝した。だが、目覚めるとベッドの中で、隣にはまたベラがいる。わたしは船酔いをしていた。地中海をクルージングする船の一等船室にいるのだった。
「哀れなウェダー、あなたったら、ペースを上げすぎなの！」彼女が言った。「これ以上は、カジノもだめ、ちょっとしたダンスパーティもだめ！　これからはわたしがあなたのお医者さん。それで完全休養を命ずるわ、わたしたちが一緒にくつろぐときは別だけど、今みたいにね」

そのときから逃げ出した日まで、わたしは藁《わら》人形であり、彼女の言いなりになるおもちゃだった。しかし昼間、可能なときは必ずうつ伏せに寝ていることで、ようやくゆっくりとではあるが、わたしは力を少しばかり取り戻しはじめた。

それなのに、わたしはそのときも彼女を優しいと思っていたのだ！　呆れたものだ、大笑い、高笑いだ!!!　そうとも、忌々《いまいま》しいバクスターめ、貴様のけたたましい笑い声で貴様の脇腹が裂ければいいものを！　わたしはそれでもわたしの〝天使のような悪魔〟のことを優しいと思っていた！　彼女が腕でわたしの頭を起こし、料理をフォークにのせて口に入れてくれるとき、感謝の涙がわたしの頬を伝った。立ち寄った港町にある英国の銀行へと彼女がわたしを連れて行き、連れは可哀そうに具合がよくないの、と銀行員相手に言いながら、わたしの手を取って小切手や為替に署名させるとき、感謝の涙がわたしの頬を伝った。晴れ渡った日だったが、水面《みなも》がきらきらと輝くボスポラス海峡を南下する船上で、わたしたちはデッキチェアーに並んで横になり、手をつないでいた。左舷にはアジアが一面に広がり、右舷にはヨーロッパ。いや、その逆だったか。

「あなたのできることは一つだけね」彼女が考え抜いて言った、「でもそれはとてもとても上手。それに関しては、真の大公で大将で大王で大君で大帝で皇帝で帝王で頭領で領袖で名人で親玉だわ」

感謝の涙がわたしの頬を伝った。彼女にすっかり頼りきりになり、ぼろぼろになっていたわたしは、希望もないまま相変わらず彼女に結婚してくれと言いつづけていた。ジブラルタルでの出来事もわたしの目を開かせはしなかった。

わたしたちは船を降りて、その地にしばらく滞在した。その間、わたしは保有していた〈スコットランド寡婦・孤児保険〉の株を売り払うよう手配したが、(註14)なかなかすんなりとはいかなかった。覚えているのは、銀行の支店長がこちらの頭が痛くなるほど執拗《しつよう》に、「何をなさろうとしているのかおわかりなのですか、ミスター・ウェダバーン？」と訊いてきたこと。それでわたしがベラに顔を向けると、彼女はあっさり「わたしたちお金が要るのよ、ウェダー。それに他にも待っている人がいるわ」と答えるのだった。わたしは書類に署名した。ベラが先に立って銀行を出て、アラメダ公園を抜けて南稜堡《りようほ》館へ向かった。わたしたちはそこに宿を取っていたのだ。その途中、太って堂々とした身なりのいい女性がベラの前に立ちふさがった。その女性が口を開いた、「あら、驚いたわ、ブレシントン卿の令夫人にお会いするなんて。いついらしたの？ どうしてすぐにお訪ねくださらなかったのです？ わたくしのこと、お忘れかしら？ 四年前、ワイト島のカウズでお互い紹介されたではないですか、たしか、皇太子様のヨットの船上でしたわ」

「まあ、なんて素敵！」ベラが叫んだ。「でも、みなさん大抵はわたしのこと、ベル・バクスターとお呼びになります、このウェダバーンと一緒でないときは」

「でも、まさか——どう考えても、カウズでお会いしたブレシントン将軍の奥様とお見受けしますが」

「ああ、そう願いたいわ！　もっともゴッドによれば、四年前、わたしは南アメリカにいたことになるんですけれど。それでわたしの夫はどんな人なのでしょう。うなだれているこのウェダーなんかよりハンサムかしら？　もっと背が高い？　もっと強い？　もっとお金持ち？」

「どうやら明らかに人違いのようですね」とその女性は冷淡に言った、「顔も声も驚くほどそっくりだけれど」

彼女は会釈をして立ち去った。

「今の女性が幌型馬車に乗って行くのを昨日見かけたわ」ベラが考えこみながら言った、「誰かが言っていたけれど、彼女はこの立派な岬一帯を治めている老提督の奥方らしいの。わたしの質問に一つも答えてくれなかったわ。押しかけて行って、もう一度尋ねてみてもいいかしら？　このわたしには、どこかに軍人の夫が予備でいて、今持っている二、三の名前以外にも名前があったとして、どこがいけないのかしら？　そうして王室のヨットで舟遊びするなんて素敵だわ」

　こうしてわたしは、わが〝すさまじき女主人〟には彼女の受けた何らかの衝撃より前の記憶が一切ないことを知ったのだ。その衝撃の結果が、髪に隠れているが彼女の頭蓋を丸く囲んでいる奇妙に整った縫合の跡だろう——それが縫合の跡だとしたらの話だが、ミスター・バクスター！　しかしあなたは知っている、そして今やわたしも知っている、それが本当は何であるかを……

「バクスター」わたしはうめいた、「ウェダバーンはすべてを推理してしまったのか？」

「ウェダバーンは何らまともな推理をしていないよ、マッキャンドルス。この男のお粗末な頭はヴェニスで壊れてから、結局回復しなかったのだ。先を読もう」

　あなたは知っている、そして今やわたしも知っている、それが本当は何であるかを——それは魔女の印なのだ。そう！　これはカインの印の女性版で、この印を持っているものは死霊であり、吸血鬼であり、眠っている男と情交する女の夢魔であり、悪霊であるという証拠なのだ。

「ここから六頁ほどは迷信に凝り固まったたわごとだから省略して、最後から二枚目のところまで話を飛ばすことにしよう。そこにはベラが夜行列車で彼をパリに連れてきたことが書かれている。二人はまたお金がなくなっていて、辻馬車の支払いも惜しむほどだ。それで、まだ混雑していない街路をぶらぶら歩く。動いている乗物と言えば、夜間の屎尿汲《しにようくみ》取《と》りを終えて帰路についた巨大な荷馬車だけ。空はミルク色がかった灰色で、空気はひんやりと爽やか、雀の囀《さえず》りが聞こえる。ベルは興味津々、心底嬉しそうに目に入るものすべてを熟視する。重たいカバン二つの荷物を、両肩に一つずつかけて運んでいるのは彼女であるにもかかわらずだ。ウェダバーンは何も持たない。彼は体力をほぼ回復していたのだが、それをベラに言う気にならない。(引用するぞ)彼女にまた男としての能力をすべて吸い取られてしまうといけないから、というのがその理由だ。ここからまた読むことにする」

ユシェット通りは川のそばのとても狭い小路だった。そこで見つけた小さなホテルは、時刻を考えるとかなり騒がしかった。近くのカフェのウェイターが椅子とテーブルを敷石の上に並べていた。それでベラが様子を見に行っている間、わたしはそこに座って待った。

ほどなくして戻ってきた彼女は荷物を持っておらず、上機嫌だった。ベラが言うには、部屋は一時間ほどで用意でき、また、支配人の女性はフランス人の未亡人だが、ロンドン生まれで、流暢なロンドンの下町訛りを話すとのことだった。彼女はベラに自分のオフィスで待ったらどうかと勧めていて、ただ、そこはとても狭いから、わたしには今のまま外で座って待ってもらえるとありがたいらしい。ご希望ならロビーで待ってもらうこともできるが、ロビーもとても狭く、宿泊客が大勢出て行くところなので、ぶつかるかもしれないからというのだ。わたしは悲しげな声を出して、外で待つことにするよと答えたが、実は、駆け落ちをしてからはじめて、ベラのいない戸外で一人になれる機会を得られた喜びを隠していたのだ。ベラがとても晴れやかな笑みを浮かべていそいそとホテルへ戻っていったので、彼女もわたしを追い払えて同じように嬉しいのではと半ば信じそうになった。

わたしはウェイターにコーヒーとクロワッサンとコニャックを注文した。それを平らげると勇気が湧いてきた。やっとクライズデイル・アンド・ノース・スコットランド銀行の為替と一緒にジブラルタルで受け取っていた手紙を開いて読むことのできる自信がついた。その手紙は母の筆跡でわたし宛に送られてきたもので、辛辣《しんらつ》で至極もっともな叱責の言葉で満ちていることは予想がついていた。その叱責を直視するには、お腹にブランデーを入れ、隣にベラのいないことが必要だった。どこから見ても自業自得としか言いようのない後悔と悲嘆にわたしが浸るのを、ベラは放っておきはしなかっただろう。何やら贅沢《ぜいたく》な気分を味わいながら、わたしは封筒を破き、書面を一瞥してたじろいだ。

わたしが懸念していたよりもひどい内容だった。母はほとんど窮乏生活に陥っていたのだ。召使はオールド・ジェシーと料理人の二人しか雇えない有様。わたしは最初、この二人によって愛の快楽を発見したのだが、二人ともすでに人生の盛りを過ぎて久しかった。オールド・ジェシーはすっかりよぼよぼになっていたので、以前からクリスマスが過ぎたら救貧院に送ろうと考えていたほど。料理人のほうはアルコール中毒になっていた。二人が給料ももらえないのに母のところで働いているのは、他に暮らす部屋をあてがってくれるところがないからだった。これほど悲劇的ではないが、いっそう胸にこたえたのは、かよわくて可愛い母、四十六歳になる孤独な未亡人が、服をロンドンやエディンバラに注文することができなくなり、グラスゴーでみずから買い物に出なくてはならなくなったことだ。罪意識と怒りとで激しい動悸が足まで伝わった——いや、そうさせたのは主としてベラに対する怒りだった、だって彼女はわたしの全財産を何に使ったというのだ？　思わず知らず、わたしは廊下のように延びた小道をずんずんと歩いていた。目もあやなあの怪物の虜《とりこ》になった自分が味わった苦難を思い出して歯軋《はぎし》りしながら。人々でにぎわう橋を越え、荘厳な大聖堂の手前で立ち止まったが、わたしをそうさせたのは神の手、ゴッド・ハンドだったろうか？　そうだったとわたしは思う。それまでローマ・カトリックの建物に足を踏み入れたことなどなかったのに、この中にわたしを引き寄せたのは、震えおののくどんな希望だったのだろうか？

目に入ったのは、奥へと続く側廊に立ち並ぶ力強い柱の列。巨大な石の並木にも似て、アーチ形をなす頭上の薄暗がりを支えていた。鳴り響く神々《こうごう》しい……まったく、この男ときたらどっかから借りてきたようなもったいぶった書き方をするのでうんざりするな、マッキャンドルス。だからこれに続く部分はかいつまんで纏《まと》めるとしよう。ダンカン・ダブルユーはそれまで神に祈ったことがなかったが、みんなが祈りを捧げているので、自分も祈ってみようと心を決める。彼は箱の蓋についているスリットに一サンチームを入れ、ロウソクに火を点《とも》し、それを祭壇の前の大釘に差し、目をしっかり閉じて跪《ひざまず》き、そして万物の第一動因たる創造主に言う――ダンカン・ダブルユーが邪悪でよこしまで堕落して道を外れてしまったのは、ほとんどべらぼうなベル・バクスターのせいなので、どうかお救いください、と。すると突如、世界が明るくなったように感じられる。ウェダバーンが目を開くと、祭壇の後ろのステンドグラスから、陽光が彼に降り注いでいる。心臓の形をした深紅のガラスを通った光が、ダンカン・ダブルユーの着ている白いシルクの当世風ベストの胸のところに、輝くピンクの影を投げかけている。創造主からダンカン・ダブルユー個人に宛てて送られてきた電報だろうか？　彼の最初の反応はいかにもプロテスタントらしいものだ。彼はどこか一人でゆっくり考えられる場所に行きたいと思う。小さなくつろげる場所で、座席があって、ドアには鍵がかかり、誰にも邪魔される心配のないところがいい。すると、一般の人が出たり入ったりしている小部屋の列が目に留まる。それぞれの部屋のドアには空いているか使用中かの表示が出ている。彼が空いている小部屋に飛びこむと、もちろんそこは告解室だ。格子の向こうの神父が英語を話すと言ったら、その後どうなったかわかるかね、マッキャンドルス？」

「わかりかねますね」

「ウェダバーンとしては、五歳（つまりオールド・ジェシーからマスターベーションを教えられたとき）からベラが売春宿と思《おぼ》しきところを予約した半時間前までの罪を洗いざらい告白したい。同時に、神から送られたばかりの聖心の電報のありがたみについて、専門家としての助言も聞きたい。神父が言うには、あの聖壇の前で祈りを捧げる人は誰でも、太陽がある方角から照らすときにその電報を受け取るのであり、そのメッセージは正しく読めばつねにありがたいものである。ただ、ムシュー・ダブルユーが異端者または異教徒であるために、赦罪《しゃざい》を言い渡すことはできない。しかし、もし大きな苦痛の種になっている罪を、ムシュー・ダブルユーが五分ほどに要約して告白する気があるのなら、神父として率直な意見を申し上げよう。それでウェダバーンは一気呵成《かせい》に話す。それを聞いた神父は、ムシュー・ダブルユーに残された選択肢は三つ、ベラと結婚して母親の許《もと》に帰るか、ベラを置いて母親の許に帰るか、地獄で朽ち果てるかのどれかだと告げる。神父はムシュー・ダブルユーに、グラスゴーに戻ったらカトリック信仰を学ぶように助言した後、さようならムシュー、あなたの魂のためにお祈りします、と言って別れる。ウェダバーンが外の街路に出てみると、陽光が祝福するように降り注いだ、というのも忌まわしい重荷が肩から取れたように感じられたからである、云々《うんぬん》。言い換えれば、彼はようやく自分がベラにすっかりうんざりしていることを悟ったのだ。さあ、ホテルに戻ろう！　ベラは部屋で荷物を解いているところだ。『止めろ』とウェダバーンは叫び、グラスゴーに戻って仕事をしなくてはならない、と彼女に告げる。だが妻になってくれない限り、彼女を連れて帰るわけにはいかない、と。彼女は『問題ないわ、ウェダー。わたし、もう少しパリを見たいもの』と陽気に言って、カバンの一つに彼のものを詰め、帰りの交通費を彼にわたす。彼は言う、『これで全部なのか？』彼女が言う、『あなたのお金で残っているのはそれで全部。でももっと入用なら、ゴッドがくれたお金を差し上げるわ』彼女は裁縫鋏を取り出し、旅行用コートの裏地の縫い目を切ると、そこから外したイングランド銀行の紙幣、五百ポンドを彼に与えながら言う、『あなたに楽しませてもらった分のお金よ。それじゃ足りないのだけれど、それがわたしの全財産なの。でも、そんなに少ない額じゃないでしょう。ゴッドはあなたと一緒にいるとこうしたことが起きるんじゃないかと言って、それをくれたの』

手紙に戻ることにしよう、マッキャンドルス。実際にそうなる前にわたしが駆け落ちのことを知っていたと聞いたときに彼がどう反応したか、その記述は臨床的に見て極めて興味深いのでね」

わたしの頭が彼女の言葉のおぞましい意味を理解すると同時にはねつけようとしているうちに、わたしには狂気とは何かがわかりかけてきた。身もだえしながら頭を左右に揺らし、空気を噛み切るか声を出さずに叫んででもいるみたいに口を動かしながら、わたしは部屋の隅に引っこんでゆっくり床に腰を落とし、頭の周囲の空間に狂ったようにパンチを繰り出した。巨大なスズメバチか肉食コウモリさながらに群れをなして襲ってくる忌まわしい敵を相手に、拳骨《げんこつ》で殴り合っているかのようであったが、そうした害獣が実はわたしの外ではなく内にいて、脳を少しずつ蝕《むしば》んでいることに気づいていた。そいつらは今でも同じところにいて蝕むのを止めない。ベラは新しい友人、ホテルの女支配人を部屋に呼び入れていたに違いない。しかしわたしの狂気のせいで、その二人が増殖し、だらしない身なりをしてぺちゃくちゃしゃべりあっている女たちの集団になっていた。年恰好もさまざまなその女たちは、ろくに肌も隠さぬ服を纏って性的魅力を最大限振りまきながら、これまでわたしが誑かした召使の女たち全員が乗り移ったように、恨みを込めてこちらに向かって押し寄せてきた。そしてあろうことか、ベラもそのうちの一人らしいのだ！　彼女たちの柔らかいが力の強い手足が、動かぬようにと赤ん坊に巻いた布のように、わたしの手足と身体に巻きついてがんじがらめにする。わたしの喉にブランデーを流しこむ。わたしはぼうっとしてされるがままになった。ベラがわたしを連れて馬車に乗った。北駅まで来て、切符を買うと、それをわたしのベストのポケットに入れ、他のどのポケットにお金とパスポートが入っているかを教え、そしてわたしと荷物を列車に運び入れた。そしてそうしている間ずっと、彼女はなだめるような言葉を腹立たしいほど矢継ぎ早にまくし立てるのだった――「……哀れなウェダー、とっても可哀相な坊や、わたし、あなたに悪いことをしたわ、すっかり疲れさせて、お母様のおうちに帰って、ゆっくりたくさん休めるのだから、嬉しいはずよ、これから貯まるお金のことを考えてもね。でも一緒にずいぶん楽しいときを過ごしたわ、わたし何ひとつ後悔していない、世界広しと言えど、ダンカン・ウェダバーンに勝る運動家、運動好きはいないと確信してる、でも、どうかゴッドに伝えて、わたしはもうすぐキャンドルが欲しくなるって、列車で迎えた最初の夜のこと覚えてる？」とか何とか。そして列車が動きだすと、彼女は並んでプラットフォームを走りながら、窓越しに叫んだ、「麗しのスコットランドによろしく伝えて！」

だからわたしにはあなたの姪が何者であるか、もうわかっているのですよ、ミスター・バクスター。ユダヤ人は彼女をイヴそしてデリラと呼んだ。ギリシャ人はトロイのヘレンと、ローマ人はクレオパトラと、キリスト教徒はサロメと呼んだ。彼女こそ〝白い悪魔〟、どの時代にあっても、最も気高く、雄々しい男の名誉と男としての能力を台なしにしてしまう存在なのです。わたしの前にベラ・バクスターに身をやつして現われた彼女は、ルイ十四世には第二妃マダム・ド・マントノンとして、プリンス・チャーリーには愛人クレメンティーナ・ウォーキンショーとして、ロバート・バーンズには妻ジーン・アーマーとして現われた、というわけです。そしてブレシントン将軍の前に現われた彼女がヴィクトリア・ハタズレーだった。その名を聞いて身震いしましたか、魔王バクスター？　将軍の結婚生活の不幸な破綻《はたん》は新聞沙汰にはなりませんでしたし、われわれ法律家には別の情報源があるので、わたしはそれを使ってあなたの秘密を見抜いたのです。白い悪魔は、現われる時代がいつであれ国がどこであれ、より大きくより邪悪な悪魔のあやつり人形であり道具なのだ!!!!　イヴは蛇の、デリラはペリシテ人の長老たちの、マダム・ド・マントノンは枢機卿何某《なにがし》の、そしてベラ・バクスターはあなたの、言うがまま。あなた、ゴドウィン・ビッシュ・バクスターはこの物質科学の時代の大悪霊、あやつり師なのです。現代のグラスゴー――物質科学の都バビロン――でしか、あなたは富も力も名誉も得られなかったでしょう。人間の脳を切り分け、死体保管所を漁り、貧しい人々の死の床に足しげく通うことによって、あなたはそれらを手に入れたのです。スコットランドが精神の国だった時代であれば、あなたは黒魔術師として火あぶりになっていたでしょう、「業の因」を弁えず、並外れた「別種」の「黒幕《バック》スター」と呼ぶべきゴドウィン・ビッシュ・バクスターよ、あなたこそ底知れぬ地獄の獣なのです!!!!

　あなたは自分が反キリストであることを自覚していないでしょう。永遠の罰を受けた地獄の亡者ほど自己欺瞞《ぎまん》に染まっているものはいないからです。だからこそ、すべての嘘の父たる悪魔は何にも増して自分のことがわからないという悲惨な運命から逃れられない。しかしあなたは科学者です。これからわたしが、最初を除いて、いたずらに太字など使わず、冷静かつ論理的に提示する証拠を検証して頂きたい。

聖書の予言

一　その獣の数字は六六六である。

二　その獣は緋色の服を着た女を支える。

三　その獣はバビロンと呼ばれている。その町は古代世界においていちばん大きな〈物質的帝国〉を支配し、当時、もっとも〈精神〉を大切にした神の子らを迫害したからである（狂信的プロテスタントたちがローマこそ現代のバビロンであり、その獣の本拠地であると言っていることは留意すべきだが、ローマ・カトリック教は――いろいろ欠点はあるにしても――今日では完全に〈精神的〉帝国である点を忘れるわけにはいかない）。

現代の事実

あなたはパーク・サーカス一八番地に住んでいるが、その数は六＋六＋六の和である。

ベラは赤が大好きである。

大英帝国は世界史上最大の帝国であり、それは工業、貿易、軍事力を土台にした完全に〈物質的〉なものである。その帝国を創出したのはグラスゴーだった。ここでジェイムズ・ワットが蒸気機関を思いつき、それが英国の鉄道列車や商船や戦艦の艦隊を動かすことになった。また最も優れた蒸気機関車や船が作られているのもグラスゴーである。この地でアダム・スミスが現代の資本主義を発明し、この地でウィリアム・トムソンが帝国を繋ぎ合わせる海底を使った電信ケーブルを、そして未来の電気式ディーゼル機関車を考案している。

四　その獣（及びそれが支える女）は同時に〈神秘的奥義〉とも呼ばれる。

五　その獣は地の王たちすべての崇拝を受ける。

六　その獣は七つの頭を持っている——突き出ているところが七箇所ある（狂信的プロテスタントたちは、したがってこれはカトリック教徒を指すと言う。ローマが七つの丘の上に建てられているのは悪名高き事実だからというわけである）。

科学、電気、解剖学などはほとんどの人——あなたは別！——にとっては〈神秘的奥義〉である。

ヴィクトリア女王はグラスゴーよりもエディンバラのほうが、スコットランドの他の土地と比べてバルモラルのほうがお好みだが、ロシア皇帝のご子息、アレクシス大公は去年、父王のためにエルダーの造船所で建造したリヴァディア号の進水式での演説で、グラスゴーを「イングランドの知性の中心」と呼んだ。

しかしグラスゴーこそが七つの丘の上に建てられているのだ！　ゴルフ・ヒル、バルマノ・ブレイ、ブライズウッド・ヒル、ガーネット・ヒル、パトリック・ヒル、大学を戴《いただ》くギルモア・ヒル、そして、あなたがわたしを現代のバビロンに巣食う緋色の娼婦に生贄《いけにえ》として捧げた現場、パーク・サーカスを戴くウッドランズ・ヒル。

七　その獣の背中に乗った緋色の服の女は憎むべきもので満ちた金色の杯を手に持っている。

ベラはワインなど酒類が好きではないので、このカップが現代の何に当たるか、よくはわからない。しかし、あなたと会って落ち着いて話し合えば、きっとそれが何かわかるのではないだろうか。

わたしはおそろしく孤独だ。母からはしっかりしろと言われつづけている。母のそばに腰を下ろしていたいという思いは強いのだが、そうすると母はそわそわ落ち着かなくなり、家にこもっていないで、ミュージック・ホールにでもスポーツクラブにでも行ったらどうか、わたしが外国旅行に出かける前に精を出していた〝もの〟でどうして遊ばないのか、と尋ねるのだ。だが、今ではそうした〝もの〟に強い恐怖を覚える。わたしが小さかった頃、母がそわそわ落ち着かなくなると、オールド・ジェシーが面倒を見てくれた。だから今、わたしは〝夜の街〟に出かけるそぶりをするだけで、すぐにこそこそと裏の勝手口から台所に舞い戻っては、オールド・ジェシーと料理人相手にちびちび飲むのだ。カサノヴァを気取っていた時分には、酒は一切飲まなかった。ヴィーナスの帰依者《きえ》はバッカスを避けなければならないからだ。台所は寒い。わたしがウェダバーン家の財産を浪費したせいで、母は召使に家の石炭を使わせる余裕がないのだ。オールド・ジェシーと料理人は寒さをしのぐために一緒に眠る。だからわたしは二人の間に入って眠る。一人では眠れない。帰ってきてくれ、お願いだ、わたしをあたためてくれ、ベラ。

明日、三つのことを同時に行って新しい人生のスタートにしよう。まず一心不乱に不動産譲渡の知識と技術を駆使して、母にもう一度裕福な暮らしをさせる。次に、わたしのベラをべらぼうなバクスターから救い出すために、その現代のバビロンと戦う覚悟だ——街角でも、グラスゴー・グリーンの公開演説会でも戦うし、新聞への投書も辞さない。最後に、唯一真実であるカトリックの教義を奉ずることにしよう。永遠の性的禁欲を誓い、修道院の平穏の中で人生を終えるのだ。わたしには休息が必要。助けてほしい。

わたしはあくまでも、いつまでも
ベラに見棄てられたウェルター級ボクサー、
ベストから出血する聖心を持った
ダンカン・マクナブ・ウェドウ・ウェディング・ウェダー

(法廷外弁護士にしてオールド・ジェシーの大きなペット)

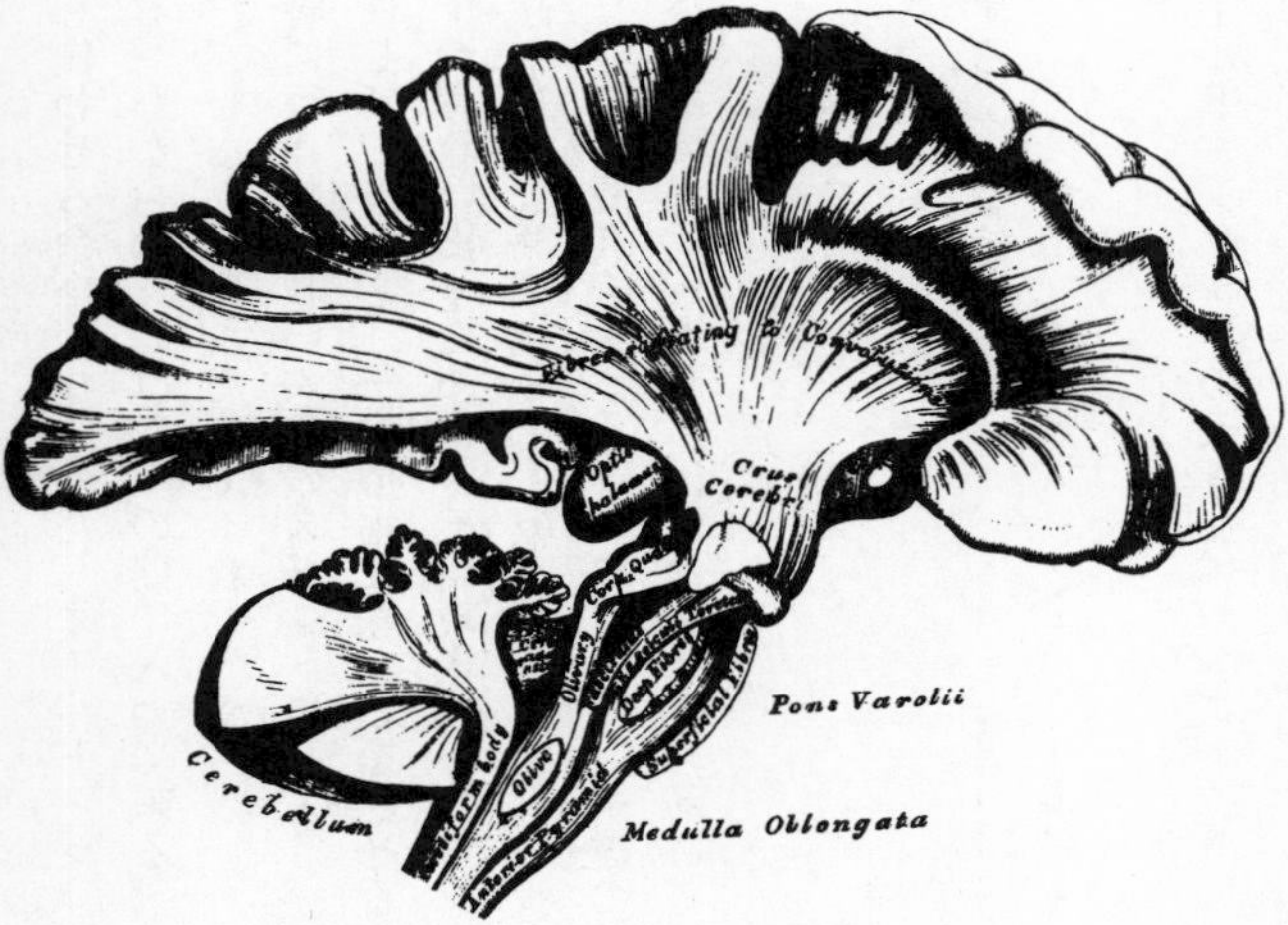
Crus
Cerebr
Pons Varolii
Cerebellum
Medulla Oblongata
Olive
Olivary
Deep Fibres
Superficial Fibres
Anterior Pyramid
Restiform body

13　幕間

バクスターが読むのをやめてから、しばし二人とも黙っていた。とうとうわたしが口を開いた、「この哀れな男の正気を守るために、わたしたちで何かできることはないのですかね？」

「ないね」バクスターの答は明快だった。彼は読んだ便箋の束を封筒に戻していて、茶色の紙包みからさらに分厚い紙の束を引き出した。丁寧に膝に置いたその束に微笑みかけながら、円錐形をした親指の細くなった指先で壊れものに触れるように、いちばん上の頁をやさしく撫でる。

「ベルからの手紙ですか？」わたしは尋ねた。彼は頷いて言った、「どうしてウェダバーンの心配などするのだ、マッキャンドルス？　彼は脂の乗り切った中産階級の男で、法律の訓練を受け、安全な家と助けてくれる三人の女性がいるじゃないか。それに引きかえ、君のフィアンセはどうだ？　三歳児の頭脳を持った魅力的な女性で、パリで一文無しになったまま、あの男に置き去りにされたんだぞ。彼女のことが心配ではないのか？」

「心配はしていません。いろいろ恵まれているところはあるにしろ、ウェダバーンは哀れなやつです。ベラはそうではない」

「たしかに、本当だ、正しい、まさしく、まったくその通り！」彼は大賛成だとばかり、有頂天になって叫んだ。わたしはにこりともせず言った、「同義語を繰り返すベラの癖はどうやら伝染するらしいですね。その手紙でもその癖が何度も出ているのですか？」

彼はわたしに向けて、お気に入りの生徒が難しい質問に答えたときの物分かりのいい教師のような微笑を投げかけながら言った、「興奮して悪かったよ、マッキャンドルス。君は親になったことがないのだから、新しく素晴らしいものを作ったことがないのだから、この興奮を分かち合えというほうが無理だ。創造者にとって、造り出したものが独力で生き、感じ、行動するのを見るのは素晴らしいことなんだ。三年ほど前に『創世記』を読んだが、イヴとアダムが善と悪を知ろうとしたとき、つまり神に近づこうとしたときに、神がどうして不快に思ったのか理解できなかった。それこそ神がもっとも誇らしく思う瞬間だったはずではないか」

「かれらはわかっていて神に反抗したんですよ！」わたしは叫んだ。『種の起源』のことは忘れ、小教理問答の応酬をしているような調子になっていた。「神はかれらの命とかれらの楽しめるものすべて、地のすべてのものを与えたのです、二本の禁じられた木を除いて。その木は神聖なる神秘、謎であって、その実は害をなすものだった。かれらがそれを食べたのは、片意地な強欲のせいに他ならない」

バクスターは首を振って言った、「神秘的な奥義やら謎に頼るのは悪しき宗教だけだ。悪しき政府が秘密警察に頼るのと同じでね。真、善、美は神秘や謎ではない。それらは太陽の光や空気やパンのように、最もありきたりで、何より明々白々で、いちばん本質的な人生の事実なのだ。高いお金を払った教育のせいで頭の混乱している者たちだけが、真、善、美を珍しい個人の所有物だと思いこんでいる。自然はもっと気前がいい。宇宙は本質的なものを何ひとつとしてわれわれに隠しはしない。それはすべて、今ここに贈物として存在している。神とは宇宙に精神を加えたもの。神や宇宙や自然を神秘だと言う人は、神は嫉妬深いとか自然が怒っているという人と大差ない。結局、自分たちの孤独で混乱した精神状態を表明しているにすぎない」

「冗談もいい加減にしてください、バクスター！」わたしは叫んだ。「わたしたちの暮らしはすべて、神秘や謎との戦いではないですか。神秘や謎がわたしたちを危険にさらし、わたしたちを支え、わたしたちを破壊する。偉大な科学者たちはそうした神秘や謎をある面で明らかにしましたが、それは別の面で神秘や謎を深めることによって可能だったわけです。熱力学の第二法則は宇宙が冷たいポリッジになることで終わりを迎えることを明らかにしますが、宇宙がどのようにはじまったのか、あるいはそもそも、宇宙に始まりがあるのか、については誰も知りません。わたしたちの科学はケプラーによる引力の発見に由来します。しかしわたしたちは、広大な星雲や薄いガスが引力によって引きつけられると言うことはできても、重力が何であるのか、それがどのように作用するのかはわかっていない。ケプラーはそれを無生物的な知性ではないかと推測しました。現代の物理学者たちは推測すらせず、やたらに公式を振り回してその陰に自分たちの無知を隠します。種がどのようにはじまったのかがわかっても、極小の生きた細胞すら造り出すことができないのです。あなたは母親の頭蓋に赤ん坊の脳を移植しました。お見事です。でも、だからと言って、あなたが全知の神になったわけではない」

「賛成しかねるな。君の言い方に対してだ、マッキャンドルス。君の挙げた事実に対してではなくてね」またしてもこちらを苛立たせるように寛大な笑みを浮かべてバクスターが言った。「もちろん、過去、現在、未来の存在について一つの精神が知りうることは、たかだかほんの小さな断片でしかない。しかし君が神秘や謎と呼ぶものはわたしに言わせれば無知だ。そしてわれわれの知らないものが（それを何と呼ぶにせよ）、知っているもの――つまりそれがわれわれだ――よりも神々しくて、神聖で、素晴らしいなどということは断じてない！　人々の愛に満ちた優しさこそがわれわれを造り、支え、われわれの社会を維持し、われわれがその中で自由に動くことを可能にしているのだ」

「そこには情欲や飢餓への恐れ、そして警察も関与していますよね。さあ、ベルの手紙を読んでください」

「今読むとも。だがその前にまず君を驚かしてあげよう。この手紙は三ヵ月にわたる日記になっている。最初の頁と最後の頁を比べてみたまえ」

そう言ってかれは便箋二枚を手渡した。

たしかにわたしは驚いた。とはいえ最初の一枚は思ったとおりで、暗号のように記された大きな文字が紙一面を覆っている――

ゴッド　さま　おつててみ、したためだの、ようなかた、

ふにのり、こおうなば、いくまでは。

最後の頁はきっちり詰めて書かれた単語が四十行ほども連なり、その中の一文がわたしの目を惹いた――

愛しいキャンドルに伝えて、彼のウェディングするベルはもう、ベルの命じたことを彼が全部やらなくてはいけないなんて思っていない、と。

「三歳児にしては立派なものだろう?」バクスターが尋ねる。

「学習を続けているんですね」わたしはそう言って、その便箋を返した。

「学習を続けている! 生きていくための智恵と適性の習得を続けているのだ、人生における善なるものを得ようと奮闘しながらね。この手紙はわたしが間違っていなかったことを証明しているよ、マッキャンドルス。わたしが昔にシェイクスピアを教えた教師、彼に書くことを教えた老教師だと想像してみたまえ。この手紙はかつての教え子からのプレゼント、その教え子の肉筆による『ハムレット』の元原稿なのだ。これを書いた魂はわたしの魂よりもはるか高みに舞い上がった。ちょうどわたしの魂が舞い上がって……」

彼は急に口をつぐみ、わたしから目を逸らし、そして言った、「……少なくともダンカン・ウェダバーンよりも高みを翔《かけ》るように。このシェイクスピアの比喩はこじつけではない、マッキャンドルス。彼女の文章に込められた重層的な意味、地口《じぐち》、言葉の律動感はシェイクスピアのものなのだ」

「それじゃあ、読んでくださいよ」

「いますぐ読むとも！　日付は書かれていないが、ウェダバーンがトリエステの排水溝でめそめそと跪《ひざまず》いた後で、あるいは（虚栄心に満ちたあの男自身のその出来事に関する記述にしたがうなら）ヴェニスの大運河《カナル・グランデ》でずぶぬれになった後で、ということでもいいが、ともかくその後、船に乗ったところから書きはじめられたのは明らかだ。その件についての細部を除けば、ベラの手紙はあの男の書いていたことの大部分を裏書している。あの男が幻覚だと思って書いてよこした出来事も事実として記されている。しかし彼女の書簡はウェダバーンのものよりはるかに生き生きとした光彩を放っている。ちょうど聖マタイによる福音書（イエスによる山上の垂訓が含まれている方）が聖ヨハネによる福音書（こちらには含まれていないな）よりも光彩を放っているようにね。いや、これはわたしの勘違いかな、マッキャンドルス？　君は学校時代に聖書を頭に叩きこまれたんだろう。聖マルコと聖ルカのどちらが……」

わたしは、彼がぐずぐずと読みはじめないのなら、彼の父がポートワインを保管しておいた戸棚をぶち破ってやると言った。彼が答えた、「それじゃあ今すぐに！　だが読み始める前に、ベルの手紙にタイトルを付けさせてくれ。これは彼女の命名によるものではないが、この手紙が湛《たた》えている幅と奥行きと高さに対して、あらかじめ心構えをするのに役立つだろう。わたしはこれを〝良心をつくる〟と名づけた。さあ聞いてくれ」

彼は咳払いをし、わたしには芝居がかって聞こえる独特の調子と重々しく高揚した声音で読みはじめた。途中で、彼は何とか堪《こら》えようとしたけれども敵《かな》わず、感極まって泣いてしまい、その朗読は数回途切れた。以下の手紙はベラが実際に書いたものそれ自体ではなく、バクスターが読んだ形で採録したものである。

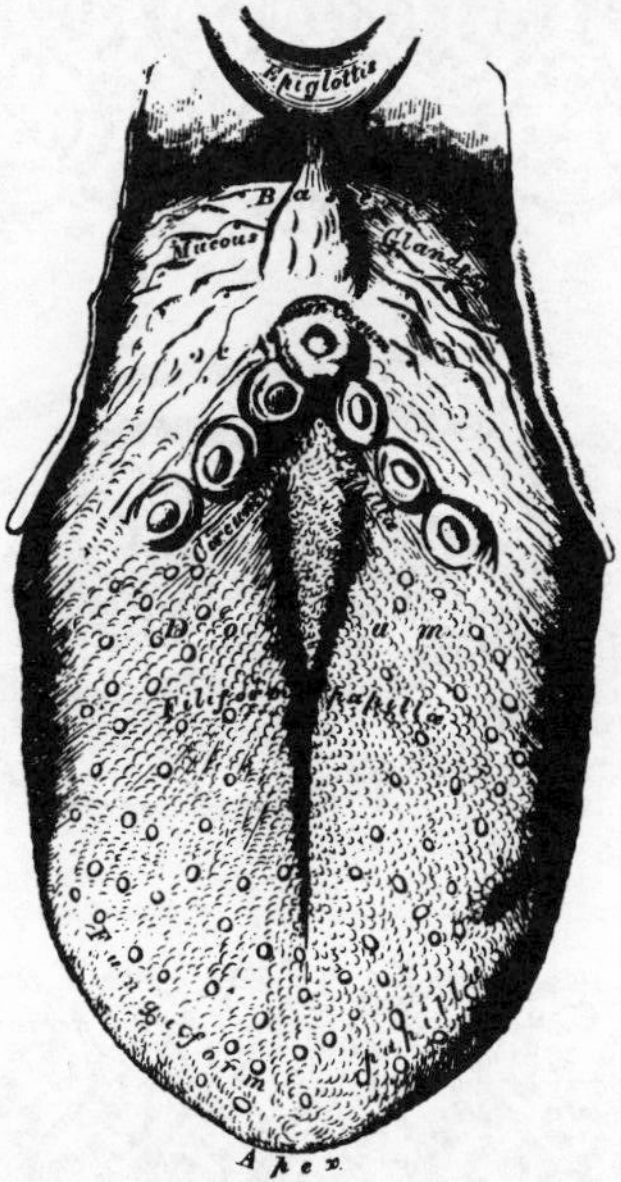
Epiglottis
Mucous
Apex

ベラ・バクスターの手紙
良心をつくる

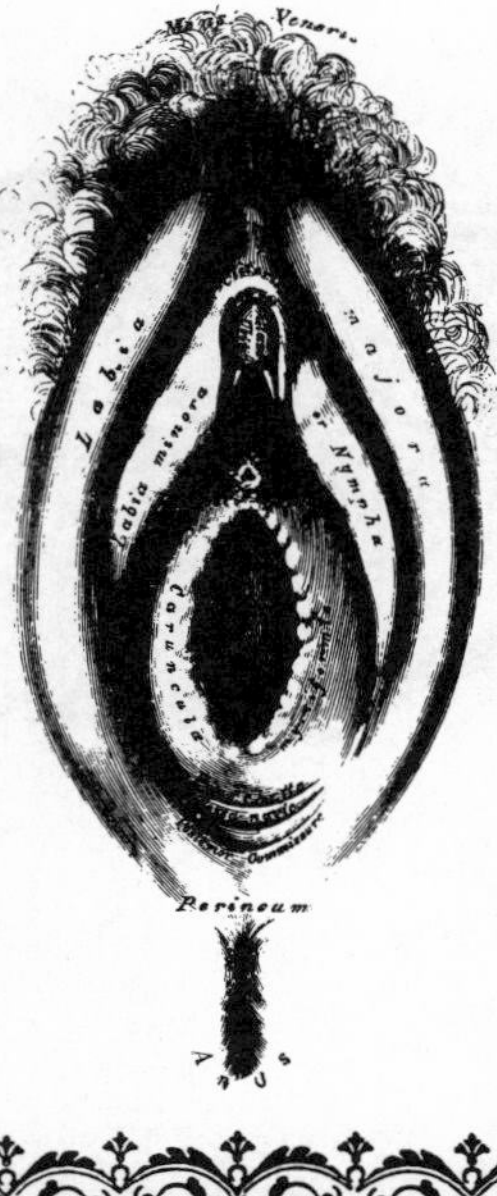

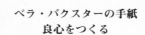

14　グラスゴーからオデッサへ——賭博師たち

ゴッド　さま

腰落ち着けて　ふみ書くだけの
余裕がなかった、船に乗り　この大海原を行くまでは。
ウェダーときたら　船の寝床で心地よく　ほっと一息　一眠り
ようやくここで　なんにもせずに　のんびりできて嬉しいと——
まったく愚かな人だこと　愚かなことをいくつもやって。
ずいぶん昔に思えるわ、あれほど甘くあたたかく　星も見えない明るい夜に
蛍の光をあなたに歌い　クロロホルムでキャンドルを
眠らせてから梯子を下りて、ウェダーの腕に飛びこんだのが。
わたしたち　疾風《はやて》のように大急ぎ　馬車から列車に飛び乗って

車両のカーテン全部閉め　何度も何度も　結《ウエド》ばれた。
結ばれたまま行く先は　北ロンドンのターミナル　駅から続く大きなホテル。
その名はセント・パンクラス。一気に走りこんだのは　お願いだって！
それでもダンカンしつこく言うの、結婚してよ　キャンドルに。
無理な話と断った。そのことをちゃんと伝えて
ねえゴッド、結ばれたことないあなたには、わからないかもしれないわ
結ばれようとやみくもに　八時間も頑張れば　男の人って疲れるの、
限界超えてふらふらに　休息たくさん取らないと　そのさき生きて　いけないくらい。
それで翌日わたしだけ　観光名所を回ったの
それからウェダー起こしたわ、軽食きちんと用意して、
「どこまで行ってきたのかな？」
わたし素直に答えたわ。
「いったい誰に会ったのか？」
「会う人なんかいるはずないわ」「一日中ほっつき回って誰ひとり、会わなかったと
いうのかい、そいつは信じられないね」
「人はたくさん見かけても　誰とも話はしなかった、ただ一人

お巡りさんには声かけた。そこは大きな公園で リージェンツ・パークといったかな。
そこからドルリー・レーンへの 行き方教えてもらったの」
「そりゃあそうだ！」と彼が言う、「決まっているさ、お巡りに！
そいつはきっと、スタイルよくてハンサムだろう、あいつらみんなそうだから。
いや待て、近衛《このえ》兵たちも、力は強いしハンサムだ。
連中いつも公園を、手ごろな娘はいないかと 散歩しながら探してる。
君の相手のお巡りは 近衛兵かもしれないぞ。
制服はどっちもどっち、似たもの同士」
「頭がどこかおかしいの？」言葉飾らず訊いてみた。「どこか具合がお悪いの？」
「だって君 ぼくが最初の恋人なんて とてもじゃないが言えないだろう――
ぼくより前に何百と 恋人がいたと認めろよ！」
「何百なんてとんでもない。数えたことはないけれど
百の半分くらいだわ」
あの人ったら唖然《あぜん》とし、喘いでみたり、身をよじったり すすり泣いては髪かきむしり
詳しく話せとわたしにせまる。それでわたしはわかったの、
たとえどれほど手にキスしても 彼にとっては愛ではない。

ウェダーにとって愛が実感されるのは　男の人が真ん中に
ぶらさげている足なし脚を　挿入するときだけなのだって。
「それならば　愛しいウェダー　心配ないわ、安心してよ
このわたし　愛をしたのはあなたが最初」
「うそつくあざむくこの売女《ばいた》！」彼ったら、大声出して叫んだわ。「馬鹿じゃないんだ
このぼくは。君は処女ではなかったぞ！　君の密かな花びらを先に散らしたやつは誰？」
何を言っているのかと　わたしは暫《しば》し考えた。
ウェダーみたいにウェディング　したい男と結ばれた　経験のない女には
どうやら誰にもあるらしい、ウェダーたちが喜んで　その突起物　入れたがる
愛のくぼみにかかる膜。
そうした皮膚の切れ端が君には見つからなかったと、あの人は言う　繰り返す。
「それにまた　その傷跡はどうなんだ？」彼の尋ねるその傷は
わたしの愛のくぼみの上の　縮れた巻き毛の間から　薄く白く伸びている。
ソロモンは　雅歌の中でか　重ねたる麦に喩《たと》えていたけれど、
グリニッジ　通る経線さながらに　そんなお腹をこの傷が　左右にきれいに真っ二つ。
「女の人なら誰だって　お腹にあるでしょ、この線が」

「馬鹿言うな!」とウェダーが言う、「子を孕《はら》み、切って取り出したものにだけ、
お腹に残る、その線が」
「それならきっと それはベオワマ、そう言ったって ワガママじゃない」わたしは言った、
「ベラのオつむが 哀れにも ワられるマえの話なの」
わたしは彼の手を取って 髪に隠れて一巡り、わたしの頭蓋をぐるりと走る
ひびにゆっくり触れさせた。彼は言ったわ、溜息ついて、
「ぼくは全部を話したぞ――心の奥の思いの丈《たけ》も
子ども時代も 邪《よこし》まな 所業もすっかり 包み隠さず。それなのに 君はどうして
自分の過去を いやいや過去がないことを 話してくれなかったのだ?」
「あなたこそ わたしが何か言おうにも 今の今までいつどこで
そんな時間をくれたのかしら? のべつまくなし おしゃべりしどおし。
わたしの過去やわたしの思い わたしの希望も何もかも、知りたくなんぞ ない人で
知りたいことはただ一つ、結合《ウエド》するのに役に立つこと、ただそれだけと、思ってた」
「そうだ、そうとも、ぼくは鬼! 死んでしまうが何よりなのさ!」
彼は喚《わめ》いて 頭を叩き 涙に暮れてズボンを脱いで、脇目もふらずわたしと結合。

わたしは彼を慰めた。赤ちゃんみたいに大事に扱い（だってあの人、乳飲み子だもの）、
そんなに急がずゆっくりしても　結合できると助けてあげた。
そうなの彼は　わたし相手に　結合できる、事実する。だけどキャンドル、
もしこれを　読んでいるなら、悲しまないで。

女って必要なのよ、ウェダーのような男たち。でも勘違いしてはだめ。女の愛が
向けられるのは　家で静かに待っている　誠意あふれるやさしい男。

ゴッド、本当なのかしら？　わたしには前　赤ちゃんがいた？
本当ならばその女の子、いまごろどこで　何してる？
どうしてか知らないけれどわたしには、女の子だって確信がある。
今のベルでは考えたって答は出ない、難しすぎる問題だもの。
たとえ少しずつであれ、それが考えられるよう　成長しないといけないわ。

ねえゴッド、あなたにわかる、わたしに起きた変化が読める？
昔みたいに　自分勝手で　なくなってきた。
今ここに　キャンドルはお留守だけれど、キャンドルに　憐れみ感じて、

慰めようと　努力してみた。そしてまた　失った娘のことを考える。
考えが深まるほどに強くなる　思いが次第に怖くなる。
とっても不思議、乳飲み子の心しかないウェダーが、
空っぽでひび割れ頭のこのベルに
他人を思いやる気持ち、これこそ大事と教えたなんて。
あの人にそうしたことができたのは、二人でスイスに着いたとき、
わたしが彼の看病を　しないといけなくなったから。そのときのこと　書いてみる。

ロンドンで彼の示した嫉妬の炎、
消えないままに　着いたところがアムステルダム。
いつも二人で腕を組み、そうでないのはあの人が　嗜眠《しみん》の治療で医者に行き
診てもらっている間だけ。そのときベルは　ひとり待合室だもの。
嗜眠てずいぶん大仰だけど、あの人の疲労困憊《こんぱい》状態の病名だから仕方ない。
病気になるの　無理ないわ。誰でもみんな休息と
腰落ち着けて周りを見、夢に浸って考える　時間が必要なのだもの。
それなのに、医者の処方の錠剤の　おかげであの人休息要らず。

二人して駆けずり回る競馬場、ボクシングジム、大聖堂、ついには演芸場にまで。

白くなったわ、彼の顔、見開いた目がぎらぎら光る。

「弱虫なんかじゃないんだ、ぼくは！」彼は叫んだ、「それ行け、進め！」

ゴッドのおかげ、ありがとう、腰を下ろして目を閉じる
ただそれだけで　眠れるように教えてくれて。
乗り合い馬車でも列車でも、辻馬車や船の上でも大丈夫。
とっても便利だったけど、どうしたって睡眠不足——
見つけなくてはならなくなった、新しい　効率のいい眠り方。
外国に出て　あれは二日目の晩だった、鑑賞しようと出かけたの
ワーグナーってとっても長い楽劇だった。それなのに
ウェダーときたら　少しでもベラが瞼《まぶた》を閉じたなら、
肘突っついて、声をひそめて「目を覚ませ、脇見をするな！」と注意する。
おかげでわたし　覚えたの、目を開けたまま眠るすべ。
間をおかず、立ったままでも、腕組んで
動き回っているときも、眠れるようになりました。

そうして眠りながらでも会話はできる、
なぜなら彼の必要な　答はいつも決まっているの――「はい、あなた」
絶対に　眠らずにいたところと言えば、夜のホテルと、
ベルがあなたに、ウェダーがママに、電報を打つオフィスと、
そして楽しいレストラン　だって食事が好きだから。
でも例外がフランクフルトの動物園、
それからドイツの賭博場。次はそこでのお話よ。

きっと匂いのせいでしょう、わたしははっきり目が覚めた。
その場所は（動物園とおんなじで）強い匂いで満ちていた。
絶望と　恐れのこもった大きな希望
そんな匂いがするけれど、ふたつが混合したような
腐りかけてる執着の　匂いもそこに加わっている。
気紛れなわたしの鼻が大げさに　感じただけにすぎないのかな――
目を開けて　周りをじっくり眺めれば、光り輝く広い部屋。
あなたは覚えているかしら、グラスゴーでの社会勉強、連れて行ってくれたのは

大きな株式取引所。その部屋はそこにそっくり。(註15)
周りでは　クリーム色や金色に　染め上げられた縦溝つきの　立派な柱が何本も
それがしっかり支えてる、青と白とに塗り分けられた　華麗極まる丸天井。
そこに吊られた水晶の　シャンデリアからテーブルに　落ちる光が
卓上で行われている駆け引きを　ひとつ残さず照らし出す――
テーブル六つ居並んで、垢抜《あかぬ》けた人の群がるルーレット。
壁際に並んだソファもいかにも豪華、覆いはすべて深い緋色のビロード製。
そこに居並ぶ人たちは　ゲームに夢中の人よりも　さらにスマート、垢抜けている、
そしてわたしがその一人。
ウェダーも隅に立って、いちばん近くのテーブルを　じっと見つめているうちに、
「なるほど、そうか、なるほど」と、なぜだか知らず呟いた。
彼もわたしとおんなじで　瞼を閉じずに眠りつつ　しゃべっていると思ったわ。
わたしは言った(優しいけれど決然と)、「行くわ　ダンカン、帰りましょ、
ホテルに戻ってゆっくりしましょ、わたしが寝かせてあげるから」
彼はわたしの目を見つめ、それから静かに首を振る。
「いやまだだ。ぼくにはここでどうしても　やらねばならぬことがある。

君がどうやら心の内で、ぼくの頭を馬鹿にしている　ことくらい気づいているさ——

ペニスの単なる付属物　睾丸ほどの性能はなし、そう考えているのだろ。

だけどいいかい　この脳が今やはっきり理解した　びっくり仰天する〝事実〟。

それをみんなが〝偶然〟と　呼ぶのは理解できぬから。ぼくは悟った　はっきりと、

〝神〟も〝定め〟も〝運命〟も　〝運〟

　　　　　〝偶然〟と同じこと、

〝無知〟を称えて誤魔化すための　もっともらしく厳《おごそ》かな　名前にすぎぬ。

さあ女よ立ち上がれ　ぼくのゲームを見るがいい！」

テーブルに　近づいていくわたしたち。それまで席についていた　誰もがみんな
振り向いた。こちらにどうぞ、誰かが彼に椅子を引く。

ありがとう、彼は呟き　するりと座る。

彼がビッドを終えるまで　彼の後ろでわたしは見てた。

　親愛なるゴッド、わたし、疲れたわ。時刻も遅いし。シェイクスピアの真似をして書くのは、きちんと文字も書けないひび割れ頭の女には、とても骨の折れる仕事なの。でも気づいたのだけれど、わたしの書く文字、だんだん小さくなっているわ。明日はアテネに寄

ります。何年も前に、ザグレブとサラエボ経由で連れて行ってくれましたね、覚えていますか？ パルテノン神殿が修理されているといいのだけれど。さて、ウェダーの隣に入りこむことにしましょう。彼が崩壊に至る経緯についてはまた後日。今回書いた分の終わりの印に星で線を引いておきます。

＊＊＊＊＊＊＊＊＊＊＊＊＊＊＊＊＊＊

ロシアの船で　わたしたち　コンスタンチノ何とかを　未明のうちに
後にした。それで今
ボスポラス抜け　オデッサに　向かっている　ところなの。
空気はさわやかとってもおだやか、空は真っ青　澄み切っている。
ウェダーが寒くないように　厚着をさせて座らせた、
一時間ほど船上の　デッキチェアーにゆったりと。
そうでもしないとあの人は　一日中外に出ず　寝床で聖書を読みふける。
相も変わらずあの人は　同じ言葉を繰り返し　〝水も漏らさぬ結合婚〟
わたしとしたいと言い張るの。そんな結合婚なんて　息ができない、冗談じゃない。

ウェディングから感じ取られる喜びは　逃げ出さないよう鍵かけて
閉じこめておけるわけじゃない。
それに何よりあの人の　乳頭めいた頭では
わたしの夫になる人は　別の人だということが　いつまでたってもわからない。

ルーレット、ゲームに参加してみると　テーブル囲むものたちも
それを見ているものたちも、思っていたほど全員が　垢抜けているわけじゃない。
金持ちやお金をかけた服を着た人はもちろんそこにいた――
絹のベストに燕尾服《えんび》　見事に着こなす男たち、
女たちはと目をやれば、ビロードの襟ぐり深いドレス着て　これ見よがしに胸を出す。
その次に目についたのが　そこそこに　小金を持った人たちだった――
商人と少しばかりの土地持ちと、さほど多くはないけれど　牧師さんすら何人か
誰もがみんな落ち着き払い　浮つく気配は微塵《みじん》もない、
奥さんと連れ立っている人もいる。
貧乏人がいるなんて、最初のうちはわからなかった
(貧乏と一目でわかる人たちは、はなからここに入れない)。

見ているうちに気づいたの、さほどきれいでない服や
袖口ほつれた服もあり、下着の汚れ隠すため
ボタンを上まで留めている、そんな人たちかなりいる。
金持ちが賭けるお金は　金貨や紙幣。
その次のランクになると　金貨より銀貨が多く
しかもまた、どこに賭けるか決めるのに　時間をかけて考える。
一方金なし連中の　賭けるお金は小銭だけ、賭けずに立って見ているだけの
顔はと見れば、血の気なく　ウェダーと同じ白い顔。
すばやい金の往来に参加している人たちは　金持ちなのか貧乏人か、そのどちらかに
見えるけど、実のところはそのふたつ　あっという間に入れ替わる。
結局は金持ちも貧乏人も　その中間もみな同じ――半狂乱や呆然自失、なかには
楽しんで面白がっている人も――老いも若きも　人生の盛りの頃にある人も――
ドイツから　ロシアから来た人もいる、フランスからもスペインからも　ある人の
お国はびっくりスウェーデン――ゲームには大して参加しないまま、超然と見下すふうの
何人か、たいていはイングランドのお歴々――人は各人各様だけど、誰もがみんな
持っていた、決定的な欠陥を。わたしがそれを知ったのは　大きな打撃を受けた後。

回転盤と転がるボール、そんなゲームがそこに賭け、それを見ている人たちの
何かをたしかにすりへらす。そしてそうした人たちは
すりへる感覚　大好きで、いい気分だと喜ぶの。なぜかと言うと、その何か、
とっても貴重なものなので、その人たちは嫌いなの。それだから、自分以外の人たちが
それを壊してしまうのを　見るのも好きでたまらない。
それ以来　話し合ったわ、賢人と。その人は教えてくれた、人々の
貴重な何かはたくさんの　名前を持っているのだと。
貧乏な人にとってはそれは金、聖職に身を置くものは　それを名づけた魂と。
ドイツでは意志という名で呼ぶそれを　愛と呼ぶのは詩人たち。
賢人はそれに自由と名をつけた。それこそが　どんな行動するにせよ、その責は
自分にあると知らしめる。そんなこと　感じたくない男たち、だからこそ、
それが潰れて消えるのを　いつもどこかで願ってしまう。でもわたし
男ではないからかしら、嫌な臭いでなぜかしら　思い出したの、
古代ローマの競技会。強靭な肉体よりも
責め苦に喘ぐ　精神こそが見世物だった。

人の心は永遠を　歩き回れるものなのに、ここに集まる人々はたった一つのちっぽけな
いちかばちかの球にだけ　心が搦《から》め取られてる。
気づいてみると哀れなウェダー　賭けをはじめてしまってた。

賭けをする人たいていは　赤と思えば今度は黒と、色変えるのがルーレット。
しかしウェダーの賭けるのは　数字の〝0〟のところだけ、
金貨一枚そこに置く。
最初に負けて、次二枚。それも負けると次々に　四、八、十と六枚と
賭けては負けて、その次に　置いた金貨が三十二枚。
表情変えぬディーラーが　十二枚だけ押し返す――
この店の受ける掛け金上限が　二十枚との決まりです。
ウェダバーン　肩をすくめて仕方なく　二十枚で勝負した。
ボールがくるくる回転し　ウェダーのところに落っこった。
ウェダーの勝利、大勝利。彼の受け取る青色の
袋の中には何本も　金貨重ねた筒並ぶ。
振り返り　わたしに向けたその顔に　満面の笑み浮かべてる。

駆け落ちしてからそのような笑顔を見たの、はじめてだった。金貨をすべてポケットに押しこみ彼は呟いた、「さあどうだ、ぼくに勝機があるなどと君は思っていなかったよな」見当違いのその言葉、彼のあまりの混乱ぶりに深い憐れみ感じたあまりこのときは気づかなかった、ベルをびっくりさせたぞとしてやったりとあの人が大喜びでいることに。

言うべき言葉がいくつかあった、「わあすごい、ダンカンわたし失神しそうこんな感動はじめてよ――行きましょう、祝杯あげましょ、盛大に」そう言えばよかったはずがこのわたし、口にしたのは別のこと。「この場所は嫌なの、わたし。だからお願い、他のところへ連れてって！ビリヤードなんてどうかしら？――ビリヤードなら腕が要る。そうしましょ、完璧な象牙の球を上できれいにセットしてコツンと打って滑らかにころころ転がしポケットに」

一瞬で彼の顔色すっかり変わり白だったのが怒りで真っ赤。わたしとっても怖かった。

「ぼくが勝つのを見るのが嫌か？君は嫌いかルーレット？」あの人が怒りを抑えた小声で言う、「ならば女よわからせてやる、このぼくもルーレットなど嫌いなことを。嫌いどころか軽蔑してる！ いまからそれを証明するぞ。
こんなゲームにうつつを抜かす 愚か者たち手玉にとって したり顔する賭博師たちを
驚愕させて、仰天させて、その面目をつぶすのさ！」

あの人がわたしをおいて行く先は やはり隣のルーレット。
腰を下ろしてゲームする そのやり方は前とおんなじ。
そのときにその場を去ってホテルへと 帰りたかった、でもわたし
道もわからぬだけでなく、ホテル名さえ記憶にない。
眠ったままであちこちへ 動き回ったせいだった、
自分がどこにいるのかも よくわからない体《てい》たらく。 仕方なく
壁際のソファでひとり待っていた。その間
ウェダーは勝った、次々に。勝つたび隣のテーブルへ。みんなが彼の後を追う。
あちこちでざわつく言葉が飛び交って 「ブラボー！」と叫ぶ声さえ轟《とどろ》いて
静けさはとうにどこかに吹き飛んで 蜂の巣をつついたような大騒ぎ。
彼のこと、英雄だよと言う人あれば、その勇気
真似できないと誉める人あり。襟ぐりの深い服着た女たち

彼にこっそり流し目送る。その意味は「さあ早く来て、結合しましょ」
幸運が逃げないうちにお帰りに　なってください、お願いします——
噴水の　ように激しく泣きながら、彼に嘆願繰り返すのは　賭ブローカーのユダヤ人。
それでも彼は　今日はこれにて終了と、場が閉じるまで勝ち続け、
稼いだお金詰めるのに　しばし時間が必要だった。

その間、ウェダバーンを持ち上げる、いろんな言葉　飛び交った——結婚話に
おべんちゃら、お世辞の類、哀れな彼の望むがままに。でもわたし
ずっと黙ったままだった。そのうち誰かが咳払い　しながらわたしに声かけた、
「奥様ちょっと、お邪魔をさせていただきますが」
横を向いたら　ピンポーン、やったわゴッド、丁度鳴ったの
夕飯のベル！　わたしとってもお腹が空いた——
飢えで我慢ができぬほど　喉もからから干上がるほどよ。
食べるわ、飲むわ、美味なボルシチ、ビートのスープ。
だけどどんなに焦っても、夕飯ちょっと我慢して
七五調だか五七調、ともかく語呂がいいように

今回の分 終わらせる 工夫をするの、礼儀だわ。

＊＊＊＊＊＊＊＊＊＊＊＊＊＊＊＊＊＊＊

シェイクスピアの真似をして書くのはやめます。書く速度が遅くなるんだもの。とくに今、みんなの書き方に倣《なら》って単語を省略しないで書くようにしているからなおさら。今日のオデッサも暖かい一日。空高く、シーツのようにどこまでも滑らかな薄灰色の雲が一面に広がり、水平線すら見通せるわ。港の正面へと下りていくものすごく長い階段の最上段に、小さな文房具箱を膝の上で開いて座っているの。軍隊を一斉に行進させられるくらい広い階段で、わたしたちの家の近くにあるウェスト・エンド・パークに下りる階段にとってもよく似ているわ（註16）、ゴッド。ほんとにいろんな人がここを散歩している。でもグラスゴーだと、階段に座って手紙を書いたりしたら、通る人がみんな、怒ったような目か呆れたような目をして、こっちを見るでしょうね。そして、もし身なりがみすぼらしかったら、警察が来て連れて行かれるわ。ロシア人はすっかり無視してくれるか、そうでなければ優しく微笑んでくれる。いろんな国に行ったけど、その中でいちばん気に入ったのはアメリカ合衆国とロシア。そこの人たちは、よそ者相手でも、形式ばったり非難がましくなったりせずに、気軽に声をかけてくれる感じがするの。それって、かれらがわたしと同じに、過去と言えるほどの過去を持っていないせいかしら？　賭博場で友達になったのは、わたしに声をかけてきて、ルーレットや自由や魂について語ってくれた人だけど、ロシア人だった。彼が言うには、ロシアはアメリカ合衆国と同じくらい新しい国なの。国家というのはその文学と同じだけの歴史しかないからだって。

「ぼくたちの文学はプーシキンからはじまりました。あなたの国のウォルター・スコットと同じ時代の人間です」って彼はわたしに言った。「プーシキン以前のロシアは、本当の国家ではなかった、単に統治される地域に過ぎなかったんです。貴族たちはフランス語を話したし、役人たちにとっての手本はプロイセンだったし、本当のロシア人たち――貧農たちってことだけど――は支配者たちや役人たちから等しく軽蔑されていました。そこにプーシキンが現われたんです。彼は彼をお守りするために雇われた女性、つまり庶民から民話を聞いて学びました。彼の中篇小説や詩を読むことで、人々は自分たちの言語に誇りを感じ、自分たちの悲劇的な過去――特異な現在――謎めいた未来――を意識するようになりました。彼がロシアを精神の国にした、ロシアを現実の国にしたんです。それ以来、ロシアには君の国のディケンズに劣らず偉大なゴーゴリ、君の国のジョージ・エリオットよりも偉大なツルゲーネフ、それからシェイクスピアと同じくらい偉大なトルストイがいます。でもシェイクスピアはウォルター・スコットより何世紀も前の人ですよね」

ミス・マックタヴィッシュがサンフランシスコでわたしの抱擁から逃げ去ってからというもの、ほんの少ししかしゃべってないのに、あんなに立て続けに作家の名前を聞かされるなんて、はじめてのことだった。それにそこで言われた作家の誰ひとりとして読んだことがなかったの！　ベル・バクスターは何も知らないと思われたくないから、バーンズは偉大なスコットランド詩人で、スコットよりも前の人だし、シェイクスピアとかディケンズ等々はみんなイングランドの人なんです、って言ったわ。でもスコットランドとイングランドの違いが理解できなかったみたい。他のことはよくわかっている人なのに。それからわたし、小説や詩はくだらない気晴らしであるとしか思っていない人が多いとも言った――小説や詩のことを真面目にお考えすぎじゃありませんか、って。

「自分の国の物語や歌のことを少しも気にかけない人は」とその人は言った、「過去を持たない――記憶を持たない――人間、つまり半人間みたいなものです」

それを聞いたときのわたしの気持ち、わかるでしょう？　でももしかすると、わたしもロシアと同じで、出遅れを取り戻しつつあるのかもしれない。

ウェダーの周りでみんなが大騒ぎしているとき、あの賭博場で初対面のわたしに声をかけてきたのがこの人なの。キャンドルに似て、きちんとした小柄な人。でも（とっても説明が難しいわ）キャンドル以上に謙虚で、同時に、キャンドル以上に誇り高いの。服装を見て、貧乏であることがわかり、顔を見て、頭の切れる人だということがわかった。愛すべき人だけど、すぐにウェディングして一つに結ばれたがる人ではなさそうだという気がした。わたしは嬉しかったわ。リージェンツ・パークのお巡りさんと話して以来、ウェダバーンを除いて誰もわたしに声をかけてくれなかったの。「あら、面白そうだわ！　わたしにどんなお話があるのかしら？」

それを聞くと彼の顔がぱっと明るくなり、また同時に驚いてもいるようだった。彼が言った、「でもあなたはイングランドの上流階級の女性ですよね——男爵といった名家のご令嬢ですか？」

「まさか。どうしてそんなふうに？」

「ロシアにいる上流階級の女性たちと同じように話すからです。あの人たちも、しきたりなんぞにお構いなく、自分の感じたことをすぐに口にします。あなたもそういう人のひとりなので、ぼくとしても自己紹介もせず、どんどんしゃべります。ただ根っからのギャンブラーだということだけは申し上げておきましょう。つまり、まったくの無用者なんです。その無用者が、自分には一銭の負担もかからないが、恐ろしい損からあなたを救えるかもしれない忠告をしたいと思いましてね」

わくわくする話でしょう。わたしは言った、「先を続けて」

「あんなに勝ちつづけているイングランドの人ですが、あの人はあなたの……？」その人はそう言いながらわたしの左手を見て、結婚指輪を探していた。わたしは言ったわ、「彼とわたしは結合してるの」って。

その人のこと、ちょっと騙して馬鹿にするような言い方だった。だって、たいていの人は結合と結婚は同じだと思っているもの。でも、あれこれ説明するよりこのほうが簡単だった。彼は言った、「それであなたのご主人はこれまでルーレットで遊んだことはないと？」

「ルーレットははじめてだわ」

「それであんなに規則正しい賭け方をしているわけですね。あのやり方は世界中の誰にもわかるものです。ものを考えるギャンブラーであれば例外なく、最初のゲームであの方式を発見し、終わる前に放り出します。しかし今夜、ご主人は、どこまで冷静でいられるかによりますが、またとない幸運に恵まれた、もしくは最悪の運に取りつかれた。あのルーレットの動きが、まったくの偶然で、ご主人の子どもじみた方式に合致しました、しかも何度も！　驚きです！　めったに起こることではありません。でもそれが起きるとすれば、それはルーレットのビギナーで、しかもその人が（こんなことを言って申し訳ない、しきたりを大事に暮らしているイングランド人女性相手には言えないことです）、すっかり愛に溺れていて、そのため、いつになく自信に満ちているか、一か八かの気分になっている場合なんです。そう、恋心と濃い欲望が生涯で一度だけ重なり合って、人をいい気な独りよがりに陥らせることがある。わたしはそれを経験した人間です。一財産を手に入れ、愛していた女性を失い、それから当然ですが、その財産も失いました。ギャンブル熱に冒されましたからね。その結果が今のわたし、魂を失った、できそこないの存在です。明日この地獄のような小さな町を発つようご主人を説得できないと、ご主人はきっとこのカジノに戻ってきます。そして稼いだお金をすべて失い、それを取り戻そうと、他のものすべてをつぎこんで無駄にしてしまう。この市の予算はすべてがカジノの収入で成り立っています。ですから銀行は最新式の設備を持っていて、所有財産をとんでもないレートで素早く現金に換えるんです。どこかの立派な公爵夫人――八十歳になる女性でしたが、頭の切れに衰えはなく、分別のある方でした――が、ビギナーズ・ラックに誑《たぶら》かされて、全財産を使い果たしそうになったのを目撃したことがあります。召使の命を賭けるまでになって、ようやく正気を取り戻したのですが」

小柄の初対面の人はこんな思慮深い話をしてくれて、善意に満ちていた。キスをしたかったけれど、その代わりにわたしは溜息をついて、残念だけどあの人はわたしの忠告など絶対に聞こうとしない、と事情を説明した。わたしの忠告を受けいれると自分が弱虫だと感じ、拒否すると強い人間だと思うのだ、と。わたしは言った、「でも他の男の人の忠告なら聞くかもしれない。話してくださったことをあの人に言ってもらえないかしら。彼、こっちにくるわ」

ウェダーは突然、わたしが見知らぬ男の人と話しているのを見て、人ごみを抜け出し、髪を使い古しの洗濯ブラシのように逆立てて、大股でこちらに近づいてきた。その顔は白いというより蒼ざめていて、目は血走っていた。彼の隣を制服に身を固めた賭博場の従員が、勝利金のはいった袋を持って小走りについてくる。

「ダンカン」わたしは言った、「こちらのおっしゃることをよく聞いて。あなたに聞いてほしい重要なお話をしてくださるから」

ウェダーは腕を組み、ひどく堅苦しい態度でわたしの新しい友人を見下ろした。彼がほんの二言、三言話しだしたところで、ウェダバーンがきつい調子で口を挟んだ——「何だってそんな話をわたしに言うんだ?」

「急行列車のことを何も知らない子ども二人が線路の上で遊んでいるのを見たら、何が危ないかを教えてあげるのが当然でしょう」と初対面の人は答えた。「ですが、もしもっと個人的な理由があるべきだとお考えなら申し上げましょう。イングランド人の友人(ロンドンにある有名な企業、ラヴェル商会のミスター・アストレーです）に一度とってもお世話になりましてね。それなのに、その返礼ができないままになっている。イングランドの人に恩義があるので、あなたを通じて少しでもお返しをしたいと思っているわけです」

「わたしはスコットランド人だ」とウェダバーンはわたしを見ながら言った。その目には何か嘆願するような色が浮かんでいたわ。

「それは返礼を止める理由になりません」と新しい友人は言った、「ミスター・アストレーはピブロッホ卿のご親戚ですからね」

「行かなくちゃならないよ、ベル」とウェダバーンは生気のない声で言った。そのときわかったのだけれど、彼が固く腕を組んでいたのは、身体の震えを止めるためだったの。睡眠不足の上にとても興奮したものだから、すっかり疲れ切って、目や耳に何ひとつ入らない状態だった。体力と集中力を全部使っても、その場に倒れず、体裁を整えているだけで精一杯だったの。失礼な振舞いを叱る代わりに、わたしはあの人の腕にわたしの腕を滑りこませた。そうしたらあの人、わたしの腕にしがみついたわ。

「この人、可哀そうに今は休息しないといけないみたい。でもお話ししてくれたこと、絶対忘れません。本当にありがとうございます、さようなら」わたしはそう言った。

従業員に伴われて出口まで行った。ウェダバーンは、前にわたしがやったように、歩きながら眠っているのがわかったわ。

ホテルの名前を聞きださないといけないから、玄関ホールであの人のこと、つねったの。彼は目を覚ますと、まず用を足したいと言った。そして勝利金を持った従業員を連れて、よろよろした足取りで便所に行った。一時もそのお金から目を離したくなかったわけ。一瞬の後、新しい友人がまたわたしのそばに来て、ものすごく小さな声で口早に話した。彼のほうに耳を寄せないと聞き取れなかったわ。

「ご主人はすっかり混乱しているから、今夜は勝利金の額を確かめられない。ご主人に知られずに、できるだけお金を取っておきなさい。盗んだことにはなりません。もしご主人がもう一度ギャンブルをするようなら、あなたが恥ずかしい思いをせずにこの街を出るための財産はそれしかなくなります」

わたしは頷いた。両手で彼の手を握り、何かしらあなたのお役に立ちたいのだけれど、と言った。相手は頬をバラ色に染め、微笑み、「手遅れです！」と言い、会釈をし、去って行ったわ。

ほどなくして戻ってきたウェダーは前よりさっぱりした感じだった。相変わらずひどい顔色をしていたけれど、身体の震えや疲労困憊《こんぱい》の様子がなくなっていたの。嗜眠用の錠剤を飲んだってことがわかったわ。そうなれば、今夜もふたりが一つになるウェディング・

ナイトになるってことも。彼が堂に入った仕草でわたしの腕を取ったとき、思ったわ、「哀れなこの人はいつまでこんなふうにしていられるのかしら」って。

出口のドアのところで、とっても気取った感じの男が言った、「ありがとうございました！ 明日もまたご来場いただけるものと、心よりお待ち申し上げております」

「もちろん」冷たい微笑を浮かべながらウェダーは言った、「そちらの金鉱が空になっていないならね」

「お勝ちになった相手はわたしどもではございません。一緒に賭けをなさっていた方々なんです」と男が愛想よく答えたので、その人が賭博場の責任者であることがわかったの。

外に出て気づいてみれば、賭博場も泊まっているホテルも銀行も駅も、みんな同じ広場に面していた。だから大して歩かなくてもよかったの。部屋に着くなり、ウェダーはついて来た従業員からバッグを受け取ると、ありがとうも言わなければチップも渡さず、彼の面前でドアをばたんと閉め、そそくさとベッド（天蓋付きのとても大きなベッドだった）まで行って、その上にお金をぶちまけたわ。チャリンって音がしたのは、封筒がいくつか破れていたから。あの人、その破れた封筒を床に放り投げると、他の封筒もビリビリ破いて、そこから次々に硬貨をぶちまけて、絹のベッドカバーの上に大きな金貨の池を作ろうと無我夢中。泥の池に夢中になったおちびのロビー・マードックと同じで、彼はきっとお金を数える前に、その池の中で金貨をじゃらじゃら言わせて遊ぶだろうと思ったわ。それが一晩中続くかもしれない。何とかして気持ちをそこから逸らさないといけなかった。

「ここで二頁ほど省略する」とバクスターが言った。「その二頁は身体と心理が相関する領域の解明に大いに役立つが、しかし君の未来の奥さんがいつかそうしたことを自ら教えてくれるだろう。だからここでそれを先取りするには及ぶまい。ベルはいかにして、数時間にわたってウェダバーンと結合することによって、彼を金貨への妄執から解き放ち、暖炉の前に敷かれた熊皮の上で自然な深い眠りへと導いたのかを、慎み深い、そして正確な言葉で記している。それから、ベッドの上からたくみにフリードリヒ金貨四百枚を取り除けて隠したこと、さらに、あの男は目を覚ましてもそれがなくなったことに気づかぬまま、残りの金貨を数えてきれいな山を作ったことが書かれている。その先から続けることにしよう」

「今夜はこれが十倍、いや百倍になるぞ」あの人はにやにやほくそえみながらそう言った。

わたし、あなたは馬鹿よ、と言ってやったわ。

「ベラ!」彼は叫んだ、「昨日の晩、運が尽きる前に賭けを止めてくれ、とみんなずっと言いつづけていた。それをぼくは最後の最後までやって、勝ったんだ。なぜならぼくは〝理性〟を使ったからだよ、運じゃなくてね。君は少なくともぼくを信じるべきだ。神の目から見れば、君はぼくと合法的に結合した妻なのだから」

「神様は好きなときにわたしがあなたのもとから去ることをお認めになるわ」わたしは言ったの、「そしてわたしはあの賭博場には二度と足を踏みいれるつもりはありません。賭けてもいいけど、もしまたあそこに入ったら、あなたはきっとすべてを失うわ——すべてを、ね」

「何を賭ける?」奇妙な表情を浮かべてあの人が言った。わたしは微笑んだわ、だってとても素敵なことを思いついたのだもの。わたしは言った——「その中から金貨五百枚、わたしに頂戴。もしあなたがもっとお金持ちになって戻ってきたら、それを返して、あなたと結婚するわ。もし残りを全部なくしたら、ここを去るのにそれが必要でしょう」

あの人はわたしにキスをして泣いたわ。生涯でいちばん幸せな瞬間だ、なんて言って。ずっと欲しかったものがすべて手に入ることがわかるからですって。わたしは彼が可哀そうで涙が出たわ——他に出来ることなんてないでしょう。彼はその五百枚をわたしてくれて、二人で朝食を取り、彼は出かけて行った。ホテルの係に昼食は部屋で食べるように手配を頼んでから、部屋に戻って眠ったの。

ゴッド、なんて素敵なのかしら、一人だけで目覚め、一人でお風呂に入り、一人で服を着て、一人で食事をするって。結婚したら、キャンドル、わたしたち、ときには別々に過ごす時間を持ちましょうね、新鮮味を失わないように。午後になって広場にある公園を散歩したわ。新しい友人に会えないかしらって思って。そうしたら本当に姿が見えたの、遠くに。わたしはパラソルを振った。二人して反対側から空いていたベンチに向かって歩いて、そこに座った。彼ったら気を遣って尋ねたわ、「うまくやれました？」

わたしは微笑みながら頷いて、そして言った、「あの人はどうしているかしら？」

「ああ、ご主人は早くからはじめて、一時間で昨日のお金をすべて失いました。それなのに異常なほど落ち着いているので、みんなびっくりしました。それから銀行に二回出向き、四度電報を打ちに行った――そういう噂です。英国は世界最大で、どこよりも活気のある金融市場を持っています。みんなご主人が戻ってきて、一時間か二時間で、前と同じくらいかそれ以上を負けるものと予想しています」

「もっと楽しいお話をしましょう」とわたしは言ったの。「何か楽しいお話をご存じ？」

「そうですね」悲しげな微笑を浮かべて彼は言ったわ、「人類が一世紀後に迎える輝かしい未来についてお話しすることが出来るかもしれませんよ。科学と貿易と友愛に満ちた民主主義のおかげで、病気も戦争も貧困もなくなっていて、誰もが衛生的な集合住宅に暮らすようになり、その地下には有能なドイツ人の歯医者が運営する無料のクリニック設備が整っている、なんてね。でも、わたし自身はそんな未来に身を置いたら途方にくれてしまうでしょう。もし神がわたしの希望を忖度《そんたく》してくださるようなら（そうしてくださるかもしれませんが）、失職した家庭教師とか、どこにも雇ってもらえない下男とか、ロシアを愛しているが、故国を刷新《さつしん》するために戦うよりも、ドイツの市営公園で素晴らしいスコットランド人女性とおしゃべりしたがる男とか、そんなものにしてもらいたいですね。たいしたものじゃないですが、わたしは満足です。南京虫でいるよりましですから。もっとも、当たり前ですが、南京虫だって連中なりの独自の世界観を持っているに違いありませんがね（註17）」

　そうやって二人して、人間が最も欲しがるものについて、自由について、魂について、ロシア文学について話し合ったの。彼はたくさん話してくれたわ——ポーランド人を大嫌いなのは、彼よりも貧乏なのに紳士として扱われて当然と思っているからであるとか、フランス人を嫌っているのは、中身がないのに形式にこだわり、ポーランド人に同情しているからであるとか、ミスター・アストレーのような人がいるからイングランド人を好きなのだとか、教師暮らし——金持ちの将軍の子どもたちの家庭教師をやった——経験とか、何度か投機に失敗した挙句、ギャンブラーになった経緯とか。とっても率直で隠し立てをしない人だったから、ウェダーとの間の悩みごとをちょっとだけ打ち明けたの。しばらく考えた彼が言うには、ウェダーが帰国できる状態になるまで、地中海の船旅に連れ出すのが、わたしのできる最善の策らしいの。乗る船は客船ではなく、人も乗れる貨物船がいいという話。

「貨客船にはギャンブルの施設がほとんどないですからね」彼は言ったわ、「刺戟的な社交の場面もまずないでしょう。おっしゃる通りご主人ができるだけ休養しなくてはならないのなら、ロシア船のほうがイングランドの、いや……スコットランドの船よりいいかもしれません。他の乗客が詮索《せんさく》好きだと、陰口やうわさ話は減るものでしょうから」

そんな助言をくれた彼にありがとうのキスをして別れたの。そのキスで彼は元気になったと思うわ。

あとは手短に書きましょう。ウェダーは文無しでホテルに戻ってくる。シェイクスピアの言う「永らうか、永らうべきにあらざるか、云々《うんぬん》」っていう様子で。賭けていた金貨五百枚のおかげで、明日からもウェディング旅行が続けられるし、そのお金を返す、とわたしは彼に言う。翌日、彼がホテルの清算を済ませ、二人で駅に行く。彼がスイスまでの切符を買う。列車が来るまで三十分あるので、彼は、わたしを荷物と一緒に女性用の待合室に置いて、外で葉巻を吸ってくる、と言う。もちろん彼は人ごみを縫って足早に賭博場に行く。すべてを取り返すか、すべてを失うか、一か八かの素早い最後の一勝負。その結果、オフィーリアの棺を前にしたハムレットさながら、譫言《うわごと》のように何かを喚《わめ》きながら帰ってくる。それを鎮めるために少し誇張して振舞う——芝居で言う「辛さを大袈裟に言う」——しかない。冷ややかな表情を浮かべ、虚ろで単調なうめき声を出して、「お金がないの？　わたしがお金を工面してくる」とわたしは言う。

「どうやって？　どうやって？」

「質問はなし。ここで待っていて。二時間ほどいなくなるわ。後の列車に乗りましょう」

わたしは外へ出る。素敵な小さいカフェを見つけ、可愛らしいカップでチョコレートを四杯飲み、ウィーンの焼き菓子を八つ食べる。それから悲壮な気配を漂わせて、列車の時刻ぎりぎりに戻る。わたしたちの車両は混んでいる。わたしは目を開けて眠り、彼が小声で話しかけようとするのを無視する。それから四日間、わたしが口にした言葉は「質問はなし！」だけ。連れて行かれる先を教えてくれ、と彼が言うときだって同じ。わたしが運の尽きたような表情を浮かべ、虚ろな声を出すから、彼は強烈な罪の痛みを感じる。そのせいでこの哀れな人は、手足が震えたりせず、汗も冷汗も出ていないときでも、放心状態にならないですむ。抗嗜眠剤は最後の一錠まで使い果たしていて、もっと欲しいといってもきかないから。そんなに飲んだら命に関わるもの！　幸運と言うべきか、彼はすっかり具合を悪くして、わたしが腕を組んで連れて行かないとどこへも行けない。わたしにおんぶにだっこの状態だから、彼をホテルの部屋に何時間か一人にしておいて、その間にわたしのほうでいろいろ準備することができる。トリエステの船旅事務所で早速予約する。あの除《の》け者さんの言っていた通りの船。その船の名前は書けない。わたしにとってロシア語はまったくの珍紛漢紛《ちんぷんかんぷん》だから。でも発音を聞くと〈火中車〉とかに聞こえる。

船着き場に向かって、大きいけれど陰気な通りを（雨が降っていた）歩いていると、彼が不意にタバコ屋の前で突然立ち止まり、それまで聞いたこともない必死な調子で言う、「ああベラ、本当のことを教えてくれ！　ぼくたちは長い船旅に出るのかい？」

「そうよ」

「お願いだ、ベラ！」（そう言いながら、彼は水の流れている排水溝に跪《ひざまず》く）「少しでいいから葉巻を買うお金をくれないか。お願いだ！　とことん参っているんだ」

悲壮ぶった仮面を脱ぐときが来た、とわたしは思う。

「哀れで惨めなウェダー」彼に手を貸して、やさしく立たせながらわたしは言う、「欲しいだけ葉巻を買ってあげる。それくらいのお金はあるもの」

「ベラ」彼がわたしに顔を近づけて、囁《ささや》くように言う、「そのお金を君がどうやって手に入れたかわかっている。ぼくが大勝利の栄光に包まれたあの晩に、君を誘惑しようとしていたあの薄汚いちっちゃなロシア人ギャンブラーに自分を売ったんだろう」

「質問はなし」

「そうとも、ぼくのためにそうしてくれたんだ。なぜだ？　ぼくは人間の屑、落ちぶれきった糞野郎。君はヴィーナスとマグダラのマリアとミネルヴァと悲しみの聖母が合わさって一つになった存在。そんな君がどうしてぼくのような人間に触ったりできるんだ？」

でも四分後には、歯の間に葉巻をしっかりくわえて、彼はすっかり元気になったわ。

おわかりでしょう、こうやってロシアの商船に乗ってわたしたちはオデッサにやってきたの。ここに三日滞在する予定。船がこの地域特産のビートを積みこむ間ね。ウェダーはもう嫉妬しなくなりました。わたしが一人で陸《おか》に出ても気にしないの。出来るだけ早く戻ってきてくれとは言うけれど。ようやくこの手紙も現在までたどり着いたから、そうね、今日は陸に出ることにするわ。

＊＊＊＊＊＊＊＊＊＊＊＊＊＊＊＊＊＊＊
＊＊＊＊＊＊＊＊＊＊＊＊＊＊＊＊＊
＊＊＊＊＊＊＊＊＊＊＊＊＊＊＊
＊＊＊＊＊＊＊＊＊＊＊＊＊

*
* *
* * *
* * * *
* * * * *
* * * * * *
* * * * * *
* * * * *
* * * *
* * *
* *
*

15 オデッサからアレキサンドリアへ——伝道師たち

この世界はとても広いものだと思っていたけれど、昨日それを疑うことが起きたの。昨日も晴れ渡った朝だった。船のオデッサ出発は正午。船室の外でわたしはウェダーと並んで座っていた。今のわたしは船室に閉じこもってばかりいないよう彼を説得できるの。そこは二本の通風管にはさまれた人目につかないところ。彼はフランス語の聖書を読んでいた。乗客用の休憩室にある他の本は全部ロシア語の本だから。幸い、彼はフランス語が読めるので、今ではその聖書を肌身離さず抱えている。いくつかの箇所を繰り返し読むと、何を見るでもなく長い間しばらく視線を一点に固定して、顔を顰《しか》めたり、「なるほど」と呟《つぶや》いたり。わたしの読んでいたのは『パンチ——ロンドン・シャリヴァリ』っていう英語の喜劇的な芸術雑誌。挿絵にはいろんな人が描かれていたわ。いちばん醜くて滑稽に描かれているのは、スコットランド人、アイルランド人、外国人、貧乏人、召使たち、最近までとっても貧乏だった成金、小柄な男性、年取った独身女性、それと社会主義者たち。なかでも社会主義者がいちばん醜いの。とても汚らしくて、毛むくじゃらでか細い顎をして、街角で他の人に愚痴を言っては時間を潰しているみたい。

「社会主義者って何なの、ダンカン?」わたしは尋ねてみた。

「世界は改善されるべきだと考えている愚か者たちのことさ」

「どうしてなの? 世界はどこか具合が悪いの?」

「社会主義者たちが世界と具合が悪いんだ——忌々《いまいま》しいことにぼくの運もそうだがね」

「あなた、以前に、運っていうのは無知をもっともらしく見せるための厳《おごそ》かな名前だって教えてくれたけど」

「ぼくをいじめるのは止めてくれ、ベル」

彼はわたしを黙らせたくなると、いつもそう言うの。目を上げると、ゆっくりと動く白い雲をいたるところにちりばめた青空をカモメが旋回している。巨大な港にあふれんばかりに停泊している多くの船の鮮やかにはためく旗や、煙突やマストや帆が見える。陽光に照らされた波止場に目を遣ると、起重機や船荷が並び、筋骨逞しい沖仲仕《おきなかし》たちが忙しそうに立ち働いていた。こうしたものすべてをどうやって改善するのだろうと思った、何も問題なさそうに見えるのに。それから『パンチ』をもう一度よく読んで、成金は別として、絵の中の立派な服を着たイングランド人が他の誰よりも魅力的に見え、滑稽に見えないのはどうしてなのかを考えた。でも、騒がしい怒鳴り声と慌ただしい蹄《ひづめ》の音のせいで、落ち着いて考えられなかったわ。三頭の馬が一風変わった馬車を揺らしながら引いてやってくるところだった。全速力で埠頭を走ってきた馬は、わたしたちの船から延びた道板のところで止まった。わたしは『パンチ』に描かれた立派な身なりの魅力的な人々について考えていたところだったわけだけれど、馬車から出てきたのは、まさにそうした人の一人だった。その人物がロシア人の水夫や航海士の前を通って乗船してくるのを見て、わたしは危うく声を立てて笑いそうになったわ。その痩せてしゃちこばった身体つきといい、いかめしい顔つきといい、光沢のあるシルクハットや上品なフロックコートと相俟《あいま》って、滑稽なほどいかにもイングランド人って感じがしたの。

ベル・バクスターは新しい人と会うのが好き。ウェダーは船室の外ではどうしても食事をしようとしないから、昨夜はわたし、可哀そうなあの人の首にきれいなナプキンを結わえ、ディナーののったトレーを彼の前に置いて、一人で食堂に向かったの。この船でわたしはもうよく知られていて、わたしの食卓にはいつも英語を話す人が座ってくれる。昨夜は二人だけで、二人ともオデッサから乗った人。一人は恰幅のいい小麦色の顔をしたアメリカ人で、ドクター・フッカーという人。もう一人が例のどこからみてもイングランド人という人なんだけれど、なんとその人の名前がミスター・アストレーだったの！　わたし、とっても興奮したわ。それで言ったの、「ロンドンのラヴェル商会の仕事をしていらっしゃいます？」

「役員会のメンバーですが」

「ピブロッホ卿のご親戚ですか？」

「いかにも」

「なんてことでしょう！　わたし、あなたの親友の方とお友達なんです。素敵な小柄のロシア人のギャンブラーで、しがないその日暮らしをしながら、ドイツの賭博場をあちこち転々としている人です——刑務所に入ったことさえあるんですけど、そんな悪いことをしたわけじゃありません。おかしいのはその人の名前を知らないことです。でも、その人は、とても優しくしてもらったので、あなたのことを最高の友達だと思っています」

長い沈黙の後、ミスター・アストレーはゆっくりとした口調で言ったわ、「あなたの説明されたかたと友人であるとは言えませんね」

彼はスープのスプーンを手に取ったので、困惑したベル・バクスターもそうしたの。もしドクター・フッカーが中国で行った伝道の仕事の話をしてわたしを元気づけてくれなかったら、わたしたち、きっと黙ったままで食事をしていたわ。食事の終わる間際になって、ミスター・アストレーが何かを考えている様子でコーヒーをかき回しながら言った、「ですが、あなたのおっしゃる方をわたしは知っています。家内がロシア人でしてね。ロシアの将軍の娘なんです。それで家内の実家で働いていた召使——家内の弟妹たちの世話をする子守男とでもいった仕事をしていたんですが——その彼の手助けをしたことが一度あります。もう何年も前のことです」

わたしは非難の意を込めて言ったわ、「あの人はとてもやさしくて賢くて親切です！　何の稼ぎにもならないのに、わたしのことをほんとに助けてくれて。あなたのおかげでイングランド人すべてが好きなんです」

「ほほう」

もし彼が「おお！」とか「なんだって？」とか言ったのだったら、彼のこと、憎んだりしなかったでしょう。でも彼の口にしたのは「ほほう」よ。まるで自分は世界中の誰よりもわかっている、すっかりわかっているから会話は無駄だ、とでも言っているみたい。除け者のあの人は、彼のことをシャイだって言ったけれど、わたしは馬鹿で冷たい人だと思う。だから、大喜びでとってもあったかいウェダーのところにさっさと帰ったわ。ウェダーは膨らんで、女性の欲しがるだけの硬い熱を十分に与えることができるんだもの。でも心配しないで、キャンドル、あなたのネクタイピンは今もわたしの旅行用コートの折り襟で輝いているわ。

＊＊＊＊＊＊＊＊＊＊＊＊＊＊＊＊

ドクター・フッカーはわたしを見るといつも嬉しそうな顔をするの。ミスター・アストレーとは大違いよ。彼は神学博士であると同時に医学博士でもあるので、今日、ちょっと立ち寄ってウェダーのことを診《み》てくれるよう頼んでみた。ウェダーは顔色がよくなって、震えることもなくなったけれど、まだ病人みたいにしているから。診察の間、わたしは船室の外に出ていた。でも部屋の前から離れなかったから、ドクター・フッカーのやさしい低く響く声と、その合間々々に挟まれる（おそらく）ウェダーの短く答える声が聞こえていた。最後にウェダーは大声をあげた。船室から出てきたドクター・フッカーは、ウェダーの病気は身体的なものではないと言った。

「贖罪《しょくざい》の教義を巡って意見が対立しましてね」と彼が教えてくれた、「それから地獄の不可避性についても。ご主人はわたしが教会の権威を軽んじているとおっしゃるんですよ。しかしご主人の抱えている大きな問題は宗教ではない。ご主人は最近味わった大きな苦痛の記憶から逃れるために宗教を使っているにすぎません。その記憶について話すことは拒否されるんですすよ。それが何かご存じですか？」

わたしは哀れな彼がドイツの賭博場でどんな馬鹿なことをしたかを話したわ。

「もしそれが苦痛のすべてでなら」とドクター・フッカーは言った、「ご主人にはご自分の好きなだけ不機嫌にさせてあげたほうがいい。愛情を持って接してください。ですが、楽しい社交を自制して、あなたご自身の美しい盛りの時を台無しになどなさらぬように。チェッカーはなさいますか？　ルールを知らない？　不躾《ぶしつけ》ながら、お教えしましょう」

とっても素敵な人だわ。

＊　＊

ゴッド、わたしたち、熱き血を倍にしたバイロンが愛し歌ったギリシャの島々の間をまた通っているところよ。ここの娘たちの胸がもう奴隷に乳を飲ませなくてもよくなって、とても嬉しい。そして今しがた、素晴らしい朝食を終えてきたの。ドクター・フッカーとミスター・アストレーがものすごい議論をしたんだけど、それをはじめたのがミスター・アストレーのほうなの！　ドクター・フッカーとわたしはびっくりしたわ。だってこの二日間、わたしたちと一緒に食事をしたけれど、彼の口にした言葉は「おはようございます」「こんにちは」「こんばんは」だけだったので、わたしたち二人、彼はその場にいないものとしておしゃべりしていたんだもの。今朝、アメリカ人のお友達がわたしに、頭蓋が小さいために中国人は英語をなかなか学べないのだ、と話していたときよ、「あなたが中国語を学ぶのは簡単だと思いますか、ドクター・フッカー？」ってミスター・アストレーが尋ねたの。

「失礼」ドクター・フッカーがミスター・アストレーのほうに向き直って言ったわ、「わたしが中国を訪問したのは孔子や老子の言葉を学ぶためではありません。十五年間、わたしはアメリカ聖書協会連盟のために尽くしてきました。この連盟が、多くの商工会議所と合衆国政府から多少の補助を受け、北京の中国人にキリスト教聖典の言葉と教義を教えるため、わたしを雇って派遣したわけです。それで、その目的のためには、最下層の苦力《クーリー》たちの使うひどく単純な仲間ことば（ピジン英語って呼ばれていますが）のほうが、複雑な北京官話よりも役に立つことがわかりましてね」

ミスター・アストレーが穏やかに言った、「あなた方の大陸を最初に植民地化したスペイン人たちは、ラテン語こそがキリスト教信仰と聖典の言語だと考えていますよ」

「わたしが唱導し、また実践しようと努めている宗教は通俗のものではありません」とドクター・フッカーが言う、「ローマの皇帝たちが取り上げ、世俗の王権という余計な虚飾を着せるはるか前にモーセとキリストによって説かれた宗教なのです」

「ほほう」

「ミスター・アストレー！」厳しい調子でドクター・フッカーが言う、「あなたは単純な質問をし、はっきりしない相槌《あいづち》を打つことによって、わたしから信仰についての告白を引き出した。あなたにも同じことをお願いしたいですな。あなた個人の救世主としてイエスを心にお迎えになったことはおありですか？　あるいはあなたはローマ・カトリック信者でしょうか？　それともヴィクトリア女王を長と戴くイングランド国教会徒なのですか？」

「イングランドにいるときは」ミスター・アストレーはゆっくりと答える、「イングランド国教会を支持します。イングランドの安定を保ってくれますからね。同じ理由で、スコットランドではスコットランド国教会を、インドではヒンズー教を、エジプトではイスラム教を支持しますね。土地々々の宗教に敵対していたら、大英帝国は世界の四分の一を支配してはいないでしょう。もしわれわれの政府がカトリックをアイルランドの正式な宗教として認めれば、教区司祭の助けを借りて、あの厄介な植民地を容易に管理できるはずです。もちろん、プロテスタントが多いアルスターの人たちにはかれら固有の場所が必要ですがね」

「ミスター・アストレー、あなたは無神論者よりもひどい」ドクター・フッカーが厳粛な調子で言ったわ、「無神論者は少なくとも、自分が何を信じないかについての確信を持っている。あなたには何ら確固とした、不動の信念というものがない。時流に迎合するだけの、こう言ってよければ、信仰なき者なのです」

「何も信じないわけではありません」ミスター・アストレーは呟くように言った。「わたしはマルサス主義者、マルサスの福音を信じています」

「マルサスはイングランド国教会の牧師で、人口増加についてとても風変わりな考え方をした人物だと思っていました。ぜひ伺いたいですな、彼は新しい宗教を開いたのですか？」

「いや、彼の唱えたのは新しい信仰です。宗教は信徒、説教師、祈禱《きとう》、聖歌、特別な建物、或いは法典なり儀式なりといったものを必要とします。わたしの奉ずる種類のマルサス主義はそうではありません」

「あなたの奉ずる種類ですか、ミスター・アストレー？　種類がたくさんあるのでしょうか？」

「はい。あらゆる体系はその下位区分によって効力を証明します。キリスト教がいい例でしょう」

「一本取られましたな！」ドクター・フッカーが含み笑いをしながら言ったの。「あなたと剣を交えるのは楽しい。さあ、あなたの宗派のマルサス主義を説明していただきましょう。わたしをそちらに改宗させるおつもりで!」

「あなたは改宗などせず、今のままのほうがいいですよ、ドクター・フッカー。わたしの信仰は、貧しい人、病気の人、虐待されている人、そして死を迎えている人、そうした人たちの慰めになりません。わたしの信仰を広めたいとは思っていないのです」

「希望も慈愛もない信仰ですって?」ドクター・フッカーは叫んだ。「それならそんなものはお捨てなさい、ミスター・アストレー。そんな信仰はあなたの血管を流れる血を凍らせてしまうのが目に見えていますからね。どぶにお捨てなさい。おもりをつけて船の外に放り出すのです。心をあたため、仲間と連帯させ、わたしたち全員に輝く未来を指し示してくれる信仰を手に入れるべきです」

「わたしは口当たりよく酔わせる液体が好きではない。苦い真実のほうを選びます」

「ミスター・アストレー、なるほどあなたは悲しい現代人の一人だとお見受けした。この物質世界は、そこに身を置いた感じやすい心と洞察力に満ちた精神を破壊する冷酷な機械であるとお考えでしょう。でもイエスの御心に導かれることで、それは間違いかもしれない、と思えるはずです! 光輝あふれる多様性に満ちたこの宇宙がわたしたちに備わっているような脳や心を芽吹かせることはできなかったはずです、もし万物の創造主がこの惑星に合わせてそれらを設計し、それらに合わせてこの惑星を設計し、そしてすべてをご自身に合わせて設計なさったのでなければ！」

「この世界は神が自ら消費するために人間という野菜を育てている場所であるという世界観は、菜園経営者たちには訴えるところ、大きいかもしれません、ドクター・フッカー」ミスター・アストレーが言った、「しかし、わたしの心には響きません。わたしは実業家なのです。あなたは信仰をお持ちですか、ミセス・ウェダバーン？」

「それが神様と何か関係するのですか？」彼が話しかけてくれたことに喜びながら、わたしはそう言ったの。

「それはそうですとも、ミセス・ウェダバーン」ドクター・フッカーが叫んだ、「多くの人にとってはね。ミスター・アストレーはわかりませんが。その彼でさえ、ご自分では決して認めようとなさらないが、神の子なのです。しかしあなたは特にそうだ。その澄んだ目から放たれる信仰、希望、慈愛の光がそれを保証している。さあ、ミセス・ウェダバーン、天におわしますわれらが父をどうお感じになっているか、話していただきましょう」

ドイツの公園であのロシア人の先生とおしゃべりして以来、偉大な、大きい、普通の、変わった話題、そのどれについても話す機会がなかったわ。だって、そうしたことを話すと、ウェダーは拷問だと感じるから。それが今、二人の賢い男性があ、あ、あ、ありとあらゆることについて語ってほしいって言うなんて！　口をついて言葉が出てきたわ。「その神についてわたしの知っていることは」わたしは言った、「わたし自身の神であるゴッド――わたしの保護者であるゴドウィン・バクスター――から教えられたことだけです。神というのはありとあらゆるすべてのものを表わす便利な名前なのだ、と彼は言いました。そのシルクハット、夢、ミスター・アストレー、空、ブーツ、スコットランド民謡「ロッホ・ローモンド」、ボルシチ、わたし、溶けた溶岩、時間、観念、百日咳、一つに結合したときの至福の恍惚感、わたしの白いウサギのフロプシー、そしてフロプシーの住んでいる小屋――すべてが、これまでに出され、今後出されうるすべての辞書と本で名前を与えられるありとあらゆるものが、結局、神ということになるの。でも総体として神のもっとも聖なる働きは動き。だって、いろんなものをかき混ぜ、動かして新しいものをつくるのだから。動きによって、死んだ犬が蛆虫《うじむし》とヒナギクに変わり、小麦粉とバターと砂糖と卵一個とテーブルスプーン一杯のミルクがアバネシー・ビスケットに変わり（註18）、防止策を取らなければ、精子と卵巣が赤ん坊へと向かう魚のような小さな苗に変わる。そして動きは苦痛の原因にもなる。硬い塊が生きた肉体に叩きこまれたり、生きた肉体同士が叩き合ったりするときがそう。だから、寿命が来る前に叩かれて死ぬのを避けるために、殴打が近づいてくるのを見たら、それを躱《かわ》すことができるよう、わたしたちは目と脳を発生、発達、進化、習得、発明、成熟、獲得、成長させてきた。そしてひとつにまとまった信心深い烏合《うごう》の衆の何とも見事な働きぶりときたら！　三日ほど前、オデッサの港を改良するとしたら、って考えてみたの。どこからはじめたらいいのか、見当もつかなかった。いつもこうだったわけでないことは知っているわ。『ポンペイ最後の日』や『アンクル・トムの小屋』や『嵐が丘』を読んだので、歴史がとってもひどいことであふれていることはわかるの。でも歴史はすべて過去のこと。現在では、誰もお互い残酷なことはしなくなっていて、ただ、賭博場に入ってときどき馬鹿なことをするだけ。『パンチ』には、仕事のないのは怠け者だけだと書いてある。だから、極貧の人たちは進んで貧乏暮らしを楽しんでいるはず。そうした人たちには滑稽に見えるという慰めもあるし。もちろんときにひどい事故が起きるってことは知っているわ。でも人生は続く。両親は列車の衝突事故で死んだけれど、親のことを何も覚えていないから、わたしは泣いたことがない。いずれにせよ、二人とも歳を取っていて、遠からず寿命がきたに違いない。わたしは赤ん坊とどこかではぐれたんだとも聞かされた。でも可愛い娘は大事に育てられているとわかるわ。わたしの保護者ゴッドはお金も取らずに、病気の犬や猫の面倒を見ているもの。だから親とはぐれた小さな女の子は無事に決まっているでしょ。どんな苦い真実をお話しになっていたのです、ミスター・アストレー？」

わたしが話している間に、不思議なことが起こったわ。男性二人がわたしの顔をじっと、もっとじっと、ものすごくじっと見つめていたけれど、ミスター・アストレーがそうしながらわたしのほうに身体を乗り出してきたのに対して、ドクター・フッカーは次第にわたしから身体を離していったの。でもわたしが話をやめたとき、ミスター・アストレーは何も答えず、ドクター・フッカーが低い声で「我が子よ、神の聖書をお読みになったことはないのかな？」って言った。

「わたしは誰の子でもありません！」わたしはきつい声で言い返した。だけどもちろん、その後でわたしの記憶喪失について説明しなくてはならなかったけど。その説明が終わるとドクター・フッカーが言った、「でもまさか……ミセス・ウェダバーン、ご主人は敬虔なクリスチャンとお見受けしますが。あなたはご主人から信仰について何も教えてもらっておられないのですか？」

彼が聖書を読みふけるようになってからというもの、言葉らしい言葉をかけてもらっていないのだ、とわたしは説明した。ドクター・フッカーが黙ってわたしを注視していると、ミスター・アストレーが奇妙な声で言った、「ドクター・フッカー、あなたはミセス・ウェダバーンに原罪とこの世の罪に対する免《まぬか》れることなき永遠の罰の教義を教えようとお考えなのですか？」

「そんなことはありません」ドクター・フッカーは素っ気なく答えた。

「ミセス・ウェダバーン」ミスター・アストレーが言った、「世界についてのあなたの保護者の方の説明にはわたしたち両名とも異論がない。わたしの話していた苦い真実とは統計上の事柄――経済学の一項目――です。それを信仰と呼んだのは冗談で、ドクター・フッカーを苛立たせてやろうとしただけのこと。粘液質の人間なものですから、いかにもアメリカの人らしいドクター・フッカーの元気の良さに苛立ったわけです。でも、あなたがこの世界を幸せないいところだとお考えなのは、わたしたち二人にとって嬉しいことです」

「握手」ドクター・フッカーが手を差し出しながら静かに言うと、ミスター・アストレーがそれに応えて握手したわ。

「お二人が仲良くなったのを見るのは嬉しいわ」わたしは言った、「でもお二人は共謀して、わたしから何かを隠そうとなさっているような気がします。わたしはそれが何か見つけ出すつもり。デッキを散歩しません?」

それから三人でデッキをぶらついたわ。気持ちがいい朝だった。これからわたしのウェダーと一緒に船室でお昼を食べるの。その後は午後の抱擁が待ってるわ。今夜、食事をしながら、ドクター・フッカーとミスター・アストレーは何を話すのかしら。

＊＊＊＊＊＊＊＊＊＊＊＊＊＊＊＊＊＊

「オデッサにはどんな用事で、アストレー？」

「ビート、甜菜《てんさい》ですよ、ドクター・フッカー。我が社は蔗糖《しょとう》を精製、販売しているんですが、ドイツの甜菜糖のおかげで売行きが落ちるかもしれないんですよ。ドイツ製品に負けないようにしないとね。それなのに英国の農家は甜菜を作ろうとしない。他の根菜のほうが実入りがいいですからね。ドイツ製品より低価格を設定するためには、ヨーロッパ水準ではなくアジア水準のお金で働く農家から甜菜を仕入れる必要がある。それでロシア訪問。それから同時に、国際航路に直結した港も必要になる。それゆえオデッサに、というわけです」

「なるほど、英国のライオンがロシアの熊と交易で手を結ぶというわけですな」

「そう言うには時期尚早ですよ、ドクター・フッカー。ロシア側は砂糖の精製工場を建てるための土地と労働力をとてもいい条件で提供してくれると言うのですが、土壌と気候が必ずしも甜菜に打ってつけではないのでね。あなたはどんなご用事でオデッサへ？　所属なさっている聖書協会連盟がロシア正教会の信者たちを改宗させようと計画したとか？」

「まさか。実はわたしは伝道活動から引退しましてね。十五年前に中国にやってきたときは直行の太平洋航路でした。それで〝自由の土地〟への帰国に当たっては、できるだけ楽しめる遠回りのルートを取ろうと思ったわけです」

「シャム、インド、アフガニスタンですか？」

「ちょっと違いますな」

「外蒙古《がいもうこ》からトルキスタン、もしくはシベリア経由というルートも物見遊山になるとはちょっと考えられません、ドクター・フッカー。旅の過半は武装した護衛が必要だったに違いありませんから。合衆国政府がその費用を負担したんですか、それともアメリカの商工会議所が？」

「食えない危険なお方だな、アストレー！」ドクター・フッカーは含み笑いをしながら言った。「相手にするなら、あなたのようなイングランド人ひとりより、東洋のずる賢い軍閥の指導者十人のほうがましというものですな。おっしゃる通り、先見の明のあるアメリカ人が何人か、中央アジアの状況について、いくつか報告してほしいと言ってきましてね。何しろあの地域は手つかずのままになっている世界最大の異教徒の巣窟ですからな。あなたにわれわれを非難できますか？　英国はこの地球の残りの部分を分割してしまっているじゃないですか。まだ二年も経っていませんが、あなたがたはエジプトをフランスから——それからエジプト人から——奪取しましたね」

「あの運河が必要だったんです。それだけのものは支払いましたよ」

「それにアレキサンドリアも砲撃しましたね。この船の次の寄港地ですが」

「われわれに対抗して武装したからです。かれらの運河が必要だったわけでね」

「それで英国の連隊は今スーダンで、イスラム教神秘派の托鉢修道者《ダルウィーシュ》たちと交戦中ときてる」

「われわれは原住民に自治を促すような宗教はどれも容認できないんです。自治は交易の安定とわれわれの円滑な運河管理を損なうことになるでしょうから」

ここでベル・バクスター、不意に声をあげました――「ゲンジューミンって何です、ミスター・アストレー？」

わたしはそれまで、いろいろ学ばなくてはと思って黙っていたの。けれど、「低価格設定」とか「状況の報告」とか「手つかずのままの異教徒の巣窟」とか「地球の分割」とか「エジプト奪取」とか「自治」とか「交易の安定」とか、何のことかまったくわからなかった。でも「ゲンジューミン」って、どこか人のことのような気がした。

「原住民というのは」ミスター・アストレーが言葉を選ぶように言ったわ、「生まれたところの土の恵みで生活し、その土地を離れたいと思わない人たちのことです。イングランド人の多くは原住民と見なされにくい。何しろ他人の土にロマンティックな偏愛を抱いていますからな。もっともわたしたちは母校や校友、連隊や会社には心からの忠誠を誓っていますがね。なかには女王——ひどく利己的な年寄りの女性ですが——に忠誠を誓うものさえいるくらいです」

「英国、ブリテン島の原住民というのはいないのかしら？」

「ウェールズ、アイルランド、スコットランドには、あるいはいるかもしれません。イングランドにはまだ、農民、農場使用人、農園労働者等々の階級が残っています。でも、土地持ちや都会の住人はそうした人たちを馬や犬みたいに、役に立つ動物だと思っているんです」

「でもどうして英国の兵士たちはエジプトの原住民と戦っているんです？　わたしには意味がわかりません」

「あなたにその意味がわからないというのはうれしいですね、ミセス・ウェダバーン。政治というのは、汚水溜めを満たしたり空にしたりする作業と同じで、汚い仕事なんです。女性はそんなものに近づかないよう、保護されなければなりません。もっときれいなことを話題にしましょう、ドクター・フッカー」

「ちょっと待った、アストレー！」ドクター・フッカーが厳しい口調で言ったの。「合衆国では女性の知性と教育をあだやおろそかに考えてはいません。わたしならミセス・ウェダバーンに、この地球の政治情勢全体についてほんの数語でご説明できる、しかもミセス・ウェダバーンの女性としての本能とあなたの国を愛する本能の双方を傷つけずにね。説明させてもらってよろしいかな？」

「ミセス・ウェダバーンが関心をお持ちなら、そしてわたしがコーヒーと一緒に葉巻を吸うことを許していただけるなら、わたしとしても興味がありますよ」

もちろんわたしはその両方に「イエス」と言ったわ。それでミスター・アストレーは葉巻のケースをドクター・フッカーに差し出して、ドクター・フッカーがお礼を言ったの。ミスター・アストレーは一本選んで香りを嗅ぎ、これは素晴らしいと言って、その端を噛み切って、火をつけたけれど、それきり葉巻のことは忘れてしまった。それくらいドクター・フッカーの話は興味深かったの。

「今日の朝食の席でミセス・ウェダバーンは、世界は昔のひどい時代と比べて、今は格段によくなっているとおっしゃった。その通りです。なぜか。ミセス・ウェダバーンやわたし、そしてミスター・アストレーがその一員であるアングロ・サクソン人が世界をコントロールしはじめたからです。われわれアングロ・サクソン人は、この世に存在したさまざまな民族のなかで、最も頭がよく、最も心が優しく、最も進取の気性に富み、最も深くキリスト教を信じ、最も勤勉で、最も自由で、最も民主的な考えを持った民族なのです。身に備わった他の民族より優れた長所をわれわれは自慢すべきではない。それは神の思し召しなのです。神が他の誰よりも大きな頭脳をわれわれにお与えくださったのは、自らの悪しき動物的な本能を容易に制御するためです。ですからそれは、中国人、ヒンズー人、黒人、アメリカ・インディアンと比べて言うと――いや、ラテン民族やユダヤ人と比べてさえ――われわれは、学校なるものが存在していることを知りたがらない子どもたちの遊ぶ運動場にいる教師のような存在だ、ということを意味します。子どものかれらに教えることこそがわれらの義務。どうしてか。お話ししましょう。

子どもたちや子どもっぽい人たちは、何の監督も受けずに自分たちだけになると、いちばん強いものが他のものを打ち負かし、むごい仕打ちをします。中国では裁判による拷問が街道沿いの娯楽になっているし、夫に先立たれたヒンズー人の妻は夫の死体の隣で焼き殺されます。黒人は人間同士が食い合う。アラブ人やユダヤ人は幼児の陰部にとても口にできないような処置を施します。おしゃべり好きなフランス人は血なまぐさい革命に熱中する。呑気なイタリア人は人殺しも厭わない秘密結社に平気で加わるし、スペイン人の異端審問を知らぬものはいない。人種的にはわれわれにいちばん近いドイツ人でさえ、野蛮なまでに暴力的な交響曲やサーベルによる決闘が好きというありさま。神はそうしたものすべてをやめさせるよう、アングロ・サクソン人をお創りになった。そしてわれわれはその仕事をするのです。

ですが、人々の改善が一朝一夕《いつせき》に、世界中のすべての地域で、可能なわけではありません。劣等民族の横暴な支配者たちは、われわれがかれらの首をすげ替えるのをおとなしく黙って見てはいない。ですからかれらに思慮分別を教えこむには、まずかれらを痛めつけなくてはならないのです。アングロ・サクソンの誇るライフルや機関銃や甲鉄の軍艦や卓越した軍紀のおかげで、いつでも連中を間違いなく痛めつけることができます。しかしそうするには時間がかかる。ブリテンという小さな島にある本部を拠点に、アングロ・サクソン人は二世紀余りの間に地球の四分の一以上を征服した。しかし大西洋の西で、もう一つの、より広大なアングロ・サクソン国家が自分の力を実感しはじめ、手足を伸ばし始めている――合衆国です！　二〇世紀が終わる前には、合衆国が地球の残りの地域を支配するようになる。それを疑う人はいないのではないか。あなたは疑問だとお考えかな、アストレー？」

「あなたの予言どおりになる可能性は十分あるでしょう」ミスター・アストレーは慎重に答えた、「もし属国の人々がわれわれから何も学ばないのだとしたら、です。でも、日本人は小粒ながら頭のいい生徒であるように見えますし、ドイツの工業力は英国を追い越しかねないほどです」

「あなた方はプロシアの問題を片付け、ニッポン人はわたしたちに任せること。何しろわたしたちの学校で生徒が先生になることはありえないのでね——かれらの小さな頭蓋のせいで、それは無理な話。たしかにドイツ人の頭蓋骨があなたやわたしに匹敵するということは認めてもいい。だが、柔軟性に欠ける。わたしの言いたいことは次のようなことです、ミセス・ウェダバーン。世界が最終的に文明化されるまでに、あと一世紀は戦いが続くでしょう。しかしその戦いは戦争行為として理解されるべきではない。英国がエジプトを侵略するとき——合衆国がメキシコやキューバに乗り込むとき——それはその地の原住民の治安を維持し、原住民を教化しているのであって、原住民を傷つけているのではないのです。そう、アングロ・サクソンの警察力が世界から横暴な支配者を一掃するのには一世紀ほどかかるかもしれない。しかしわれわれはそれをやり遂げます。西暦二〇〇〇年までには、中国人の陶工も、インド人の真珠取りも、ペルシャ人の絨毯《じゅうたん》職人も、ユダヤ人の仕立て屋も、イタリア人のオペラ歌手も、みんながみんな、ようやく安心して自分たちの仕事を思う存分追求できるようになるでしょう。アングロ・サクソンの法によってついに、従順なる人々が地球の相続者となれる時代が来るのですから」

長い沈黙が続いたわ。その間、ドクター・フッカーはわたしを見つめた。その視線はわたしからミスター・アストレーに、それからまたわたしに戻ったが、いちばん熱心に見つめたのはミスター・アストレーだった。その彼がとうとう口にしたのは「ほほう」だった。

ドクター・フッカーが語気鋭く言ったわ、「わたしの予言には異論があると？」

「ミセス・ウェダバーンのお気に召したのなら、異論はありませんよ」

頭のいい男性二人の目がじっとわたしに注がれた。わたしは急に身体がとてもあたたかくなった気がした。手を見て、自分が赤くなっているのがわかったの。ぎこちなくわたしは言った、「おっしゃったことは驚きです、ドクター・フッカー。頭のいい人にとって、自分の悪しき動物的本能を制御することは難しくないっておっしゃった。わたしは動物をたくさん見てきましたし、動物とたくさん遊びもしました。わたしにとって動物は、どれひとつとして、悪しきものではなかったのです。脚を折った雌犬は、わたしが副木《そえぎ》を当てようとしていると、うなって噛みついたけれど、それはわたしが痛くさせたから。傷が治ってくると、彼女はわたしを友達みたいに扱ってくれた。悪い動物ってたくさんいるのかしら？」

「悪い動物など存在しい、いません」ドクター・フッカーは興奮したように言ったわ、「その点を正してくれたあなたのおっしゃる通り。わたしの申し上げたいことを別の言い方で説明しましょう。人間は二つの本性を持っている、高尚な本性と低劣な本性と。高尚な本性は綺麗で美しいものを愛する。低劣な本性は汚くて醜いものを愛する。あなたは育ちのよい淑女で、低劣な衝動とは無縁の方だ。女性として、そしてあなたの階級にふさわしいアングロ・サクソンの教育を受けてこられた。その教育のおかげで人間の汚辱と悲惨を露わにする下劣な光景から護られてきたのです。ご出身の英国は立派な警察力を持っていて、そのおかげで、犯罪者や失業者やその他の救いがたいほど汚い連中は、気高い本性の持主たち、アングロ・サクソンの本性を持った人々に近づけないようになっています。聞くところでは、英国の下層階級には圧倒的にアイルランド人が多いとか」

わたし、腹が立って、言わずにはいられなかった、「わたしは世間知らずの娘ではありません、ドクター・フッカー。事故の怪我を治す過程で、保護者のゴッドがわたしを連れて世界中をまわってくれました。それでわたしはあらゆる種類の人たちと会ったのです。ひび割れたブーツを履いている人、継ぎの当たった上着を着ている人、汚い下着を着ている人、『パンチ』に出てくる笑わずにはいられない貧乏人にそっくりな人たち、いろいろいました。でも、あなたのおっしゃるような恐ろしい人はひとりとしていなかったわ」

「中国やアフリカにもいらっしゃいましたか?」

「その一部ですけれど。エジプトのカイロにも行きました」

「それで、フェラと呼ばれる貧農たちが哀れっぽくバクシーシを求めている姿を見たことは?」

「話題を変えろ、フッカー！」とミスター・アストレーが声高に口を挟んだけれど、わたしは断固として変えさせなかった。わたしは言った、「ゴッドがピラミッドを見ようとわたしを連れ出したとき、ホテルの前には人だかりができていたわ。アー・イー、アー・イーみたいに聞こえる言葉を叫んでいる人が何人かいたけれど、姿は目に入らなかった。バクシーシって何のことです、ドクター・フッカー？　あのときには何も尋ねませんでしたから」

「明日アレキサンドリアでわたしと一緒に下船されれば、それが何かをお見せするのに、十五分とかかりませんよ。それを見たらショックを受けられるかもしれませんが、それも教育です。それを見たとき、三つのことが理解されるでしょう——動物としか言いようのない人間の生得の邪悪さを、なぜキリストはわれわれの罪のために死んだのかを、そして、なぜ神は火と剣で世界を浄化するためにアングロ・サクソン人を送りこんだのかを」

「約束を反故《ほご》にしたな、フッカー」ミスター・アストレーが冷たく言った。「わたしたちの契約を守らなかった」

「それについては申し訳ないが、しかしわたしとしては嬉しいんだ、アストレー！」とドクター・フッカーは叫んだ（男の人があんなに興奮するのを見るのは、キャンドルがわたしに求婚したときと、ウェダーがルーレットで勝ったとき以来）。「お話しぶりから見て、ミセス・ウェダバーンが鉄道事故による最悪の状態を脱していることは間違いない。最も初期の記憶を回復していないとは言え、彼女の話は彼女があなたやわたしと同じような明晰で論理的な精神の持主であることを示している。しかし、彼女の求める情報を与えないでいると、その精神は早熟な幼児の精神に留まってしまう。あなた方イングランド人は女性たちをそうした状態に留め置くほうがお好みかもしれないが、しかしアメリカの西部では、仲間の女性が男と同等のパートナーになってほしいと思っている。アレキサンドリアの裏側を見ましょうというわたしの誘いをお受けになりますかな、ミセス・ウェダバーン？　同行するようご主人を説得されてもいいかもしれませんよ」

「あの哀れな人が同行する、しないにかかわらず、お誘いをお受けします」そうわたしは答えた。とっても興奮していたわ。

「あなたも来たらいい、アストレー」ドクター・フッカーは言った。「麗しきお仲間にアングロ・アメリカン共同のエスコートをして差し上げようではないか」

ミスター・アストレーは思慮深げな煙の筋を吐き出し、肩をすくめて言った、「まあ、そういうことなら」

わたしはすぐにテーブルを離れた。そこで聞いた耳新しい不思議な事柄をすべて、静かに考えてみる必要があったもの。きっと悪いのはひびの入ったわたしの頭だと思うけれど、アングロ・サクソン人が火と剣とで矯正しようとしていない世界にはどこも悪いところはないというドクター・フッカーの説明を聞いてから、前ほど幸せだと感じられなくなったの。以前は、傷ついた人があの嚙みついた雌犬のように振舞ったときでさえ、わたしの会っただれもが仲のいい同じ家族の一員であると思っていたのだけれど。どうしてわたしに政治のことを教えてくれなかったの、ゴッド？

＊　＊　＊　＊　＊　＊　＊　＊　＊　＊　＊　＊　＊　＊　＊

ここまで読んできたバクスターの声が震えながら沈黙した。彼が深い感情の揺らぎを克服しようとしているのが看て取れた。

「次の六頁は自分で読んでくれ」彼は不意にそう言うと、わたしに便箋を手渡した。手にした便箋の頁をそのまま次に掲げることにする。

涙の染みで生じたぼやけ具合も正確に反映する写真凹版で印刷されているが、ペンの筆圧までは再現できていない。力が入りすぎて、ところどころ便箋の裏まで穴が開いているほどだった。

ときでさえ、わたしの会っただれもが、
仲のいー おなし家族のいちいんだって、
思ってたのだけど、どして、わたしに
せーじのこと、おせーて くれなかったの、
ゴッド ？

＊ ＊ ＊ ＊ ＊ ＊ ＊

めみえない
あかんぼたち
あふれる
ちーさいせいめいたち
たすからない

アストレーをかめて
うれしいわ

「以前の状態への破滅的な逆戻りだな。最後には、またちゃんと回復しているようだが」わたしは言った。「この走り書きは何て書いてあるんだ、バクスター？　ほら、返すよ。これを解読できるのは君しかいない」

　バクスターは溜息をつき、震えもしなければ抑揚もない声で読み上げた——「みんなが言うの、だめ、だめ、だめ、だめ、だめ、だめ、だめ、だめ、助けてよ、目の見えない赤ん坊を、哀れな小さい女の子を、助けて、助けて、両方とも、踏みつけにされて、だめ、わたしの娘はどこ、目の見えない赤ん坊たち、哀れな小さい女の子たちは助からない、ミスター・アストレーを嚙んだのが嬉しいわ」

　バクスターはそこまで読むと手紙を置き、ハンカチを取り出して、それをクッションのように折りたたむと（彼のハンカチはベッドのシーツの四分の一ほどの大きさがあった）、そのなかに顔を埋《うず》めた。一瞬わたしは、彼が窒息死しようとしているのではないかと心配になったが、くぐもった激しい息遣いがして、彼がそれを涙腺からの排出物を吸収するのに使っていることがわかった。そこから顔を上げた彼の目はいつにない輝きを帯びていた。

「それからどうなった？」わたしは矢も楯もたまらず尋ねた。「それからどうなったんだ？　次の報告がすべてを説明しているのか？」

「いや。だが、何が起きたかは最後には明らかになる。残りの報告は、ハリー・アストレーとのロマンスから数週間か数ヵ月経ってから書かれている……」

「ロマンスだって！」わたしは叫んでいた。

「落ち着け、マッキャンドルス。彼女にとってはプラトニックなものだ。それが彼女の精神の成長を助けたことは、彼女の書く文字が急に小さくなり、揃ってぶれなくなっているところに明らかだ。単語の綴《つづ》りも急速に標準的な辞書に載っているものと同じになった。報告と報告の間も、これまではちょっとおどけた星印が並んでいたが、垂直な直線が使われるようになっている。しかし彼女の成長がいちばんはっきり現われているのは、その思索の質だ。この時点から、彼女の思索には東洋の賢人の霊的な洞察力とディヴィッド・ヒュームとアダム・スミスの鋭敏な分析力が混じりあっている。さあ、よく聞けよ！」

16 アレキサンドリアからジブラルタルへ
――アストレーの苦い智恵

考えると頭が狂ってしまいそうな状態が数週間続いたわ。唯一心が休まるのはハリー・アストレーと議論するとき。わたしが心の平穏を得られる道はひとつだけだと彼は言うの、彼の苦い智恵を受け容《い》れ、そして彼を受け容れることだって。わたし、どっちも欲しくないわ、敵としてなら別だけれど。健康な人間は無力な人間を踏みつけにすることで生きているから、無力な人たちに対する残酷な仕打ちは決してなくならない、というのが彼の主張。それが本当なら、そうした生き方を止めないといけない、とわたしは言う。それが不可能であることを証明している本があるって、彼は数冊をわたしにくれた――マルサスの『人口論』にダーウィンの『種の起源』にウィンウッド・リードの『人間の苦難』。どれも読むと頭が痛くなる。今日、彼の手の包帯を替えてあげているときのこと、彼は一年前に妻を亡くしたのだと言って、さらに「あなたはウェダバーンと正式に結婚してはいないのでしょう?」と訊いてきたの。

「お見事な推理だわ、ミスター・アストレー」

「どうぞハリーと呼んでください」

彼の手はほとんど治っているけれど、親指はよく曲がらない。つけ根のところをちぎれるほど噛んだので、わたしの歯型が円く傷になって残っている。彼が考えこみながら言った、「この痕《あと》は永久に残りそうだな」

「ごめんなさい、そのようね、ハリー」

「これを婚約指輪だと思っていいかな？　結婚してくれないか？」

「無理よ、ハリー。わたし、他の人と婚約しているの」

彼が相手は誰だと訊くので、キャンドルのことを話したわ。わたしが新しい包帯を巻き終わると、彼が言ったんだけれど、サザーランド公爵夫人やコノートのルイーズ王女をふくめて、地位も名誉もある女性をたくさん知っているが、これまで出会った貴族のなかでわたしはいちばん純粋な人なんですって。

ドクター・フッカーはモロッコで下船しました。さようならも言わず、『新約聖書』も

おいていった。わたしがイエスに心の平安を見出せるようにと彼が貸してくれたのだけれど、平安なんてありはしない。至るところで残酷さや冷ややかさを目《ま》の当たりにして、イエスもわたしと同じように気が狂いそうになったのだもの。まったく自分ひとりの力で人々をよりよくしなければならないのだと気づいて、彼も嫌になったに違いないわ。彼はひとつだけわたしにはない強みを持っていた――奇蹟を行うことができたから。わたし、ドクター・フッカーに尋ねたわ、あの目の見えない赤ちゃんといっしょにわたしの小さな娘が腹を空《す》かせていたら、彼はどんな手当てをしたかしら、って。

「イエスは目の見えないものに視力を与えた」ドクター・フッカーはそう言ったけれど、可哀そうに居心地が悪そうだった。

「もし視力を与えられなかったとしたら、イエスはどうしたかしら？」わたしは尋ねた。

「悪いサマリア人みたいに、急ぎ足で通り過ぎた？」

彼が今日の午後〈火中車〉号を去ったのは、これが理由なのだと思う。彼はイエスのように生きたいと望んではいない、でもハリー・アストレーと違って、そう言うだけの勇気がないの。

アストレーもフッカーもウェダバーンも、みんなひび割れベルひとりのおかげで惨めになったの。ウェダーが心に傷を受けたのはわたしがアレキサンドリアから戻ってから。わたしは一目散《いちもくさん》に自分たちの船室に走りこんで、彼と結合し、ひとつになり、ウェディングをこれでもかと何度も繰り返した。彼がもうやめてくれと言うまで。彼はもうできないと言ったけれど、彼はできたし、またやったわ。ウェディングすることによってだけ、自分が目にしたことを考えずにいられた。そのせいで、彼はウェディングにうんざりし、わたしもウェディングが嫌になった。それに結局その後も、目にしたことは舞い戻ってくる。それから何日も、わたしは物思いに沈んだまま、彼に一言も声をかけなかった。昨日の夜、わたしのお馬鹿さんは急に泣きだして、許してくれと言ったの。

「許すって、何を？」わたしは尋ねた。どうやら彼は、わたしが涙を流し、物思いに沈んでいる原因はアレキサンドリアで目にした乞食《こじき》たちの姿にあるとは信じなかったみたい。わたしがふさぎ込んでいるのは、彼のためにドイツで売春をしなくてはならなくなったことが原因だと思ったのね。わたしは大声で笑い、売春なんか少しもしていなかったこと、旅行を続けるためのお金は元々彼のもので、ルーレットで大儲けした晩、彼が眠ってから取りのけておいたこと、を教えてあげた。最初のうち彼は信じなかったけれど、それから露骨に顔を顰《しか》めて、何時間も「ぼくの金！　ぼくの金！」と呟いていた。またウェディングをして彼を元気づけようとしたけれど、彼は「君のためのご奉仕などまっぴらごめんだ」と喚くと、身体をさかさまにし、反対向きになった。わたしのほうに背中を向けて、足を枕にのせてしまったの。そして一晩中、「ぼくの金、ぼくの金」という小さな呟き声がベッドの下のほうからわたしの耳まで聞こえてきたわ。

ハリーの悪いのは、人々のひどい振舞いやひどい苦難を面白がるところ。そして、悪いことは必要なのだとわたしを説得したがるところ。もし彼に説得されたら、わたしまで悪くなってしまう。彼の言うことはよく聞くわ。彼の知っていることをすべて知る必要があるから。彼はゴッドと同じくらい正直で、ゴッドがぜんぜん教えてくれなかったことを教えてくれる。わたしが変えなくてはいけないことをすべてね。だから書き留めておかなくては。

〈有閑夫人〉――「ナポレオンは女性のことを戦士の慰みものだとみなしていた。イングランドで妻という存在は、金持ちの地主たちや会社の経営者や知的な専門職業人たちにとっては、世間向けのお飾りであり、同時に、個人所有の遊園地でもある。彼女たちに母親としての喜びは与えられない。出産の痛みを経験した後、子どもたちは召使によって抱かれ、世話されるからである。彼女たちは授乳という動物じみた快楽などとは無縁のものだと考えられている——性行為とさえ無縁のものだと考えられている。それでいて彼女たちはいつだって、トルコのハーレムにいる女奴隷《オダリスク》同様の寄生者であり囚人であり慰みものなのだ。もしこの階級に属する知的な女性が因習にとらわれない感受性豊かな夫を見つけないと、その人生は、ランカシャーの織物小屋で汗水たらして働きながら、何年もかけてゆっくりと息を詰まらせて死んでいく女たちの人生と変わらないほど、苦痛に満ちたものになりかねない。そしてだからこそ、君はわたしと結婚すべきなのだ、ベラ。法律上、君はわたしの奴隷になる。しかし現実はそうならない」

〈教育〉——「極貧のなかで育つ子どもたちは親から、物乞いをし、嘘をつき、ものを盗むことを学ぶ——そうしなければ、まず生きていけないだろう。金に不自由のない親は子どもたちに、嘘をついたり、盗んだり、殺したりしてはいけないと教え、また、怠惰や賭博は悪徳であると教える。そうして子どもたちを学校へ送りこむのだが、その学校で子どもたちは、自分の考えや感情をうまく隠さないと傷を負うことになる。さらにそこで子どもたちは、アキレウスやオデュッセウス、征服王ウィリアムやヘンリー八世といった、人を殺し、ものを盗んだものたちを賛美するよう教えこまれる。そうした経験によってかれらは現実社会で生活をするための準備をするのだ。その社会はどんなところかと言えば、金持ちが議会の法律を使って貧乏人から家や生活の糧《かて》を奪い、株式取引という賭博によって不労所得が増え、いちばん土地を持っているものたちがいちばん働かず、狩猟や競馬や自分たちの国を戦闘に導くことを娯楽として楽しんでいる社会なのだ。君はこの世界を恐ろしいところだと思っているだろう、ベル。それはきみが、正しい教育を受けることでこの世界に適応できるように歪められてこなかったからだ」

〈人間の種類〉――「人間には三種類ある。もっとも幸せなのは、誰もが、そしてすべてが、基本的に善であると考える清浄無垢な人たち。多くの子どもたちはそうであり、フッカーが(わたしの意にはまったく染まぬことだったが)現実を見せるまでのきみもそうだった。二番目のそして大多数の人々は未熟なオプティミスト――つまり、ひどい飢えや残酷な四肢切断を見ても不快や不安を感じないですむ心の手品ができる人間。かれらは、ろくでなしなど苦しんで当然だと考えている。あるいは、自分たちの国はそうした悲惨な状態を――作り出しているのではなく――直そうとしているのだ、と考える。あるいはまた、〝神〟なり〝自然〟なり〝歴史〟なりが、いつかすべてをまともな状態にしてくれると思っている。ドクター・フッカーはこの種の人間のひとりであって、君が彼のレトリックに惑わされて事実に目をつぶらなかったのは喜ばしい。第三の滅多にいない人種は、人生というものが本質的に、死によってしか治療できない苦しい病であることを知っている人たち。わたしを含むこの人種は、何も見えずに生きている人々のなかで意識的に生きるだけの力を持っている。われわれは皮肉な冷笑家なのだ」

「四番目もあるはずよ」わたしは言った、「だって、わたしはもう清浄無垢ではないし、ドクター・フッカーの考えていることも、あなたの考えていることも、同じように大嫌いだもの」

「それは君が存在しない道を探そうとしているからだ」

「幼稚なお馬鹿さんや、自分勝手なオプティミストや、同じように自分勝手な冷笑家になるよりは、生きているかぎり、その道を探すわ」わたしは彼に言った、「そして夫にもわたしと同じようにその道を探す人になってもらう」

「うんざりするような夫婦になるな」

〈歴史〉――「大国というものは他国を侵略して略奪することによって作られる。そして、多くの歴史は征服者の友人によって書かれるから、そこでは、略奪された側はその損失によって状態が改善されたのであり、それをありがたく思ってしかるべきだと示唆されることになる。略奪は国の内部でも生じる。ヘンリー八世はイングランドの修道院――当時、貧しい人々に医療、教育、避難場所を提供する唯一の施設だった――を略奪によってすっかり荒廃させた。イングランドの歴史家たちは、王ヘンリーは貪欲で性急で横暴だったが、しかし、善いこともたくさん行った、ということで意見が一致している。かれらは教会の土地によって豊かになった階級に属しているのだ」

〈戦争の恩恵〉――「ナポレオンのおかげで英国は産業国家としての有利な地位を獲得した。ヨーロッパ中で彼と戦うために、政府は、主として貧しい人々に重くのしかかる重税を課すことにし、軍服、長靴、銃《ちょうか》、船舶がいつも不足することのないよう、徴収したそのお金の多くをそうしたものの補給に使った。あらゆる種類の工場が建造された。多くの強壮な男たちは入隊して外地に赴いたが、新しい機械の導入により、女性や子どもたちの安い労働力で工場は操業を続けることができた。そのおかげで利益が大いに増して、わたしたちは列車や装甲艦、そして大きな新しい帝国にお金をつぎこむことができるようになった。ボニー・ナポレオンには大いに感謝しなければならないのだ」

〈失業〉――「ナポレオン戦争が終結すると、失業し飢えた人があふれた。そこで議会は委員会を招集し、この問題を議論することになった――政府は革命を恐れたのだ。ロバート・オーウェンという工場を経営していた社会主義者は、五パーセントを超える利益をあげた会社や店はすべて、その余分のお金を、競争相手より価格を下げるために使うのではなく、自分のところで働いている労働者の食糧、住宅、教育事情の改善に使うべきだ、と提案した。しかし貧しい人間は食糧事情がよくなると、それだけ子どもを増やすということを、マルサス主義者たちが証明してみせた。貧困や飢えや病気のせいで、パン屋に盗みに入ったり、革命を夢見るものも出るかもしれないが、しかし、それらのおかげで、極貧にあえぐものたちの肉体が弱まり、たくさんの乳児が死亡することによって貧困層の人口増が抑えられるから、革命の可能性が摘み取られるわけだ。怯えることはないよ、ベル。英国が必要としたもの――そして手に入れたもの！――とは、すべての工業都市の郊外に設置される兵舎、強力な警官隊、巨大な新しい監獄なのだ。そうそう、それから、子どもたちが親と別れ、夫が妻と別れて収容される救貧院も必要だった、自尊心のかけらでもある人間なら、そんな施設に入るより、最後の数ペニーで買った安酒をくらって、溝にはまって野垂れ死にしたほうがましだと思えるように、わざとおぞましく作った施設がね。そうやってわれわれは世界に冠たる豊かな工業国家を組織したわけだ。そしてその組織はとてもうまく動いている」

〈自由〉――「奴隷制が発明されるまでは自由なんて言葉は存在しなかったはずだとわたしは思っている。古代ギリシャ人は君主制、貴族制、金権体制、民主制など、あらゆる種類の政体を経験して、人間がもっとも自由を得られるのはどの体制なのかについて激論を交わしたが、どの体制にも奴隷が存在した。古代ローマの共和政体もそうだし、アメリカ合衆国を築いた頑張り屋の地主たちにしたって同じこと。そう、自由についての唯一確実な定義は、奴隷でないということなのだ。流行歌にも歌われているではないか――

統治するのだ　ブリタニア！　大海原を　領《し》らしめよ！
ブリトンの　民は　けっして　とこしえに　とわに　奴隷と　なることはなし！

すばらしきエリザベス女王の時代、われわれイングランド人は、アメリカ・インディアンを奴隷に貶《おとし》め、残酷に扱っているスペイン人に我慢ができなくなり、交戦中であろうがなかろうが、かれらの財宝船を分捕った。一五六二年、サー・ジョン・ホーキンズ（後に陸軍の主計官になり、スペイン無敵艦隊との戦闘で英雄になった人物）が英国の奴隷売買の草分け的存在となった。彼はアフリカにいたポルトガル人から黒人奴隷を盗み、かれらを新世界にいるスペイン人に売り飛ばしたのだ。議会は一八一一年になって、奴隷売買は刑事犯罪に当たると認定した」

「よかった！」わたしは言った、「そしてアメリカ人も奴隷売買を廃止したわ」

「その通り。奴隷売買で利益を得たのは、南部の農場主たちだけだったからね。現代の企業は、日単位、もしくは週単位で人を雇ったほうが安くつくことを知っているんだ——当方が必要ないときは、どうぞ別のところでご自由にお働きください、という次第。そうした多くの自由人が仕事を求めれば、雇い主は自由に賃金を下げられるわけでね」

〈自由貿易〉——「そう、われわれの議会の定義するところによれば、自由とは、地球上どこでも、できるだけ安く買い、できるだけ高く売る——われらが陸軍と海軍の助力を得てね——ことのできる能力ということになる。そのおかげでわれわれは、大工がのこぎりで木を切り分けるようにいとも簡単に、飢餓を使っていろいろな国を好きなように料理することができた。よく聞くんだよ、ベル。

インドの織物職人はかつて、世界で最高品質の綿布、綿モスリンを作っていた。そしてその製品を自由に売れるのは英国の商人だけだった。以前に手を出しかけたフランス人を、われわれはインドから追い払ってしまったからね。その後、われわれ英国人は自国の工場の機械を使って、もっと安い綿製品を作れるようになった。そのため、われわれにはインド綿花とアンゴラ・ウールが必要となった。しかも、自分たち以外のものにインド綿花を買わせないようにすることができた。ほどなくすると、われわれがインドに送りこんだ総督のひとりから、ダッカの平原地帯には織物職人の死体が累々《るいるい》と横たわっているという報告が届いた。

アイルランド人は十人のうち八人までがジャガイモを主食としていることを知っていたかな？　かれらはジャガイモ以外にはほとんど何も育たない痩せた土壌で暮らす貧農だった。そしてかれらが他の仕事をして稼いだお金は地主への地代に消えてしまった。その地主たちはイングランドから侵入した征服者の子孫で、当然、麦の育つ肥えた土地を自分たちのものにしてしまったわけだ。三十五年ほど前、突然、ジャガイモが病気にかかって全滅し、貧農たちが飢えに苦しむという事態になった。今、飢餓が発生すると、大量の食糧を貯えている連中は、その土地から食糧を移動させる。飢えた人々は貧しくて、それをよい値で買えるはずもないからね。さて、英国議会は、アイルランドでできた穀物をアイルランドの人たちが食べ終わるまで、アイルランドの港を閉鎖すべきだという提案をめぐって議論した。投票の結果、それは自由貿易の妨げになるという理由で、その提案は却下された。それどころか、アイルランドにある穀物が船に無事運びこまれるよう、われわれは兵隊を派遣したのだ。百万近い人たちが餓死し、百五十万もの人がアイルランドを出た。英国に来たものたちはひどい低賃金で働いたので、英国の労働者たちの賃金も下げることが可能になり、そのためわれらの産業はそれまで以上の利益を生んだわけだ。さあ、ちょっと船尾のほうに行ってみよう」

耐え切れなくなると、わたしが船の最後尾まで駆けて行き、手すりから身を乗り出して泣き叫ぶのを、あの人は知っているの。だってそうすれば、風が悲鳴も泣き声も海へと吹き飛ばしてくれるもの。でもこのときのわたしは彼をじっと見つめて、もし彼がそのとき議会にいたら、港の閉鎖の提案に反対したかどうかを尋ねた。反対したと答えても、嚙みつくつもりはなかったわ――きっと彼の顔に唾を吐きかけていた。すると彼は静かな声で言ったの、「もし後日、君と向き合うことになるとわかっていたら、その提案に反対する勇気はなかっただろうね、ベル」って。

ずる賢い人でなし、って言いそうになった。でもそれはウェダーの話し方なの。わたしは唾を飲みこんで、その場を離れた。

〈帝国〉――「人口の密集した地域にはどこにも帝国があった――ペルシャ、ギリシャ、イタリア、モンゴル、アラビア、デンマーク、スペイン、フランスが交替しながら順番にね。もっとも非戦闘的で、最も大きく、いちばん長く続いている帝国が中国だった。われわれはそれを二十五年前に打ち負かした。その政府が阿片をわれわれにそこで売らせないと言い張ったからね。大英帝国は急速に大きくなった。でも二、三世紀も経てば、ディズレーリやグラッドストンの子孫たちが半裸になって、テムズ川に投げこまれたコインを探そうと、ロンドン橋の壊れた桟橋《さんばし》から飛びこんでいるだろう。その光景が面白いとチベット人旅行客が放ったコインをね」

〈自治〉――自分たちだけを統治していて、元気に栄えて暮らしている人たちの国はどこかにないの、とわたしは尋ねた。

「ある。スイスではいくつかの小さな共和国が、相異なった言語と宗教を持ちながら、何世紀にもわたって、隣り合って平和に共存している。しかし高い山々が互いを、そして周囲の国からかれらを分断しているのだ。世界をよりよいものとするには、ベラ、すべての都市について、隣接する都市との間に高い山を築くだけでいい。いや、大陸を切り刻んで、等しい大きさの島々をたくさん作るか」

〈世界の改良を目指すものたち〉――「そう、わたしの見るところ、ベル、君は、わたしの教えにもかかわらず、最新型の未熟なオプティミストになるだろう。世界の財産を分け合うことによって、貧富の差をなくしたいと考える人々の一員になるということだ」

「それが当然の考え方でしょう！」わたしは叫んだ。

「君の考えに賛成する集団が四つあるが、目標実現のための計画がそれぞれ違う。〈社会主義者〉の考える計画は、貧しいものたちによって議員に選ばれた自分たちが、議会で、金持ちたちの剰余財産に課税し、誰もが好ましい労働条件下で実り多い労働に従事し、あわせて、豊かな食糧、住居、教育、健康管理を享受できるよう法律を制定する、というものだ」

「すばらしい考えだわ！」わたしは叫んだ。

「そう、すばらしい。別の世界改良者たちは、議会は君主、貴族、主教、法律家、商人、銀行家、周旋屋、実業家、軍人、地主、公務員と結託していて、かれらは自分たちの富を守るように、そしてまさにそれだけの理由で議会運営を行っている、と指摘する。従って、選ばれた社会主義者たちはかれらに出し抜かれるか、鼻薬を嗅がされるか、うまいこと言いくるめられて、結局骨抜きになってしまう、というわけだ。わたしはこの予言に異議なしだな。

それで〈共産主義者〉は、社会の全階層を出自とし、地道に働きながら、自分たちの国に深刻な経済危機が訪れる日が来るのを待っている人々で党を作ろうと考える。その日がきたら、かれらは国を倒し、自分たちが政府となる——短期間だけね。誰もが必要とするものを獲得し、それを将来にわたって保持できる状態になるまで国土を支配したら、自分たちは解散する、と共産主義者は言う。そのときには、自分たちも、どんな政府も必要ではなくなっているから、というのがその理由」

「万歳！」わたしは叫んだ。

「そう、まさしく万歳だ。さらに別の世界改良者たちは、暴力によって権力を得た集団は決まって、さらなる権力を得ることによって、自分たちの政権を永続化し、あらたな専制政治を行うようになる、と言う。わたしも同感だ。

〈暴力的アナキスト〉もしくは〈テロリスト〉は、権力を持っている人間と権力を欲する人間を等しく嫌う。土地を耕し、鉱山を採掘し、工場で働き、輸送に従事する人々に依存しない階級はないのだから、そうした労働者は自分が生み出したものを手放してはいけない——金銭や物々交換など無視しなくてはいけない——そうした労働者の一員になろうとしないまま、労働者をこき使おうとする連中の肝を冷やして追い出すためには、爆薬を使うこともためらってはいけない、というわけだ」

「そうよ、そうすべきだわ！」わたしは大声で言った。

「同感だ。同時にわたしは、警察と軍隊こそが何にもまさるテロリストだという意見にも賛成する。その上、食糧や燃料を生み出したのが誰であれ、その倉庫の鍵を握っているのは中産階級なのだ。

そういうわけで、君の唯一の希望は〈平和主義者〉もしくは〈平和的アナキスト〉に託されることになる。かれらが言うには、われわれは自らをよりよいものに高め、他の人がわれわれを真似てくれるのを期待することによってしか、世界をよりよいものにすることはできない。これは、誰とも戦わないこと、手持ちの金を寄付すること、他の人からの無償の贈物か、自分の手の労働かのどちらかだけを糧に生きること、を意味する。ブッダ、イエス、そしてアッシジの聖フランチェスコはこの道を歩んだ。そして今世紀では、クロポトキン、トルストイ、それからアメリカで独身のまま自然を相手に暮らした作家ソローなどが同じ系譜に連なる。この運動は悪意のない貴族や作家たちを多数惹きつけた。かれらは悪税と思う税金——税金の大半は悪税だ、何しろ、税金の使い道は主として軍隊と武器なのだから——の支払いを拒否して政府を悩ませた。しかし警察が投獄して体罰を加えるのは平凡な平和主義者だけ。著名な平和主義者の場合は、その崇拝者たちが騒いでくれて、深刻な事態に陥らないですむ。ベル、政治に関わるときには、絶対に平和的アナキストになるべきだ。みんなが君を愛するから」

わたしは泣き叫んだ、「ああ、どうしたらいいの？」

彼は言った、「さあ、船尾に行こう、ベル。どうすればいいか、教えよう」

〈アストレーの解決策〉――それで、二人して船尾の手すりに凭《もた》れた。航跡が泡立ちながら、月明かりに輝くゆったりとした波の上を後方へと流れて消えていくのを見ていると彼が言った、「この地球の悲惨なものたちに対して君が抱く涙もろい母親じみた情愛は、ふさわしい対象を持たぬ動物的本能なのだ。結婚して子どもを持ちたまえ。わたしと結婚してくれ。田舎にあるわたしの地所には農場があり、それから村がまるまるひとつ――君が手にすることになる力を考えてごらん。君はわたしの子どもたち（パブリック・スクールなどにはやらないさ）の世話をするのはもちろん、排水設備を改良し、村人全員の地代を下げるようにと、わたしをどやしつけることができる。わたしは君に、この腐敗した惑星で知性ある女性が望みうる最高の幸福と善を味わえる機会を提供しようというわけだ」

「ハリー・アストレー、せっかくのお申し出ですけれど、わたしは心惹かれたりしませんわ。だって、あなたのことを愛していませんもの。(註19) でも、たしかに女性が提供してもらえるどこまでも利己的な生活への実に巧みなお誘いではありますわね。お礼を申しますが、お受けできません」

「それなら少しの時間だけ、わたしの手を握ってくれないか」

わたしはそうした。そしてそのときはじめて真の彼を感じたわ――冷酷な行為をわたしと同じくらい憎んでいるのに、冷酷非情が好きなのだというふりができるものだから、自分を強い男だと思いこんでいる苦しみを抱えた坊やなの。どこにもいないわたしの娘と同じように哀れでやけを起こしているけれど、それは内面だけのこと。外からはまったく気楽に過ごしているように見える。誰しも着心地のいい外皮を纏《まと》うべきね。ポケットにお金の入ったいい上着を。わたし、社会主義者にならなくては。

わたし、惨めすぎて、楽しいことが考えられなかったわ、ゴッド。だから今朝になってようやく、あなたのことを思い出したの。激しい雨音のような騒音で目が覚め、横になりながら、この雨でモプシーとフロプシーの食べるレタスがどんなに生き生きとするかって

想像していた――あなたがあのドロドロとブクブクを食べていて、わたしの朝食の落とし卵とキドニーと燻製ニシンが並んでいて、それから二人して、わたしたちの病院にいる病気の動物たちのところに行って治療する姿を想像した。何分もそうやって楽しく穏やかな気持ちで横になって目を開けると、隣にはウェダバーンの足があって、窓の鎧戸の隙間から日が差しこんでいた。雨のような物音はホテルの外に植えられているユーカリの音だと思い出した。風が吹くとその硬くて光沢のある葉がこすれあって、雨のような音を出すの。でも穏やかな楽しい気持ちは消えなかった。あなたの記憶が恐怖と嘆きを追い払ってくれた。だってあなたの賢さと善良さはドクター・フッカーとハリー・アストレーを足してもかないっこないもの。あなたは無力な人たちに対する冷酷非情な行為はいいことだとか、避けられないことだとか、取るに足らないことだとか、一度も言わなかった。わたしが自分で述べようとすると、きっとまだ、文字が巨大になって、母音が消えてしまって、涙でインクがにじんでしまうに違いないひどい状態を、どうやったら変えられるのか、いつかきっと教えてね。

誰かが寝室のドアを叩いて、お湯の入ったキャニスターを部屋の外に置いておきます、と言った。アレキサンドリアの波止場に到着して以来ウェダーの鬚《ひげ》を剃ってあげていなかったので、今剃ってあげようと思った。わたしは飛び起きて、手早くシャワーを浴び、服を着ると、彼の頭と枕の間にタオルを滑りこませて、彼の顔一面に石鹸の泡を塗った。彼はベッドの足部に頭を置いて寝ていたので、そうするのはずいぶんと簡単だったわ。彼は口も開かず、目も開けなかったけれど、喜んでいることがわかった。彼は自分で鬚を剃るのが嫌いなのだもの。顎鬚《あごひげ》を剃りながら、リスボン、リヴァプール経由でグラスゴーに行く船の出航は今日だから忘れないでね、とわたしは言った。ミスター・アストレーがそれに乗ることになっていて、わたしたちの乗船予約をしてくれると言ってくれていたことも。すると相変わらず目を閉じたまま、ウェダーが言ったの、「ぼくたちはマルセイユ経由でパリに行く」

「でもどうして、ダンカン？」

「君のような盗っ人のあばずれ女までぼくとの結婚を断る以上、パリしか残っていないじゃないか。ぼくをそこまで連れて行ってくれ。あっちでお針子（註20）と小さな緑の妖精にぼくを預けてくれたら、後は誰でも――イングランド人であろうが、アメリカ人であろうが、薄汚いロシア人であろうが――好きな相手と結婚するがいいさ、ハハハハハ」

　悪魔は自分ではなく、きっとわたしの方なのだと思い定めてからは、ウェダーはすっかり元気になっているの。わたしは言った、「でもダンカン、わたしたち、パリに滞在する余裕はないわ。帰るだけのお金しか持っていないのよ」

これは本当のことではなかった。あなたの用意してくれたお金はまだ旅行コートの裏地に残っているわ、ゴッド。でもウェダーと別れるいちばんやさしいやり方は(彼はもうわたしとウェディングをしたがらなくなっている)、彼を母親のもとに帰すことだという気がしたの。彼は言った、「それじゃぼくは、相続した最後のコンソル公債が現金化できるようになるまで、ジブラルタルに留まらないといけないな。それから、おまえ、わかっているだろうな、今後一ペニーたりともぼくから盗んだり、誤魔化したりしたら許さないぞ——全額、ぼくが握って放すものか。お金が気になって仕方のない君は今日ぼくを棄てて、かけがえのないアストレーと一緒に英国に帰るがいいさ」

わたしはその考えが気に入ったけれど、故郷からこんなに離れたところにウェダーを置き去りにするわけにはいかなかった。お針子と小さな緑の妖精については何にも知らない。でも、もしかれらが彼に親切にしてくれるなら、彼はパリでかれらと一緒にいることができるだろうし、わたしはひとりでグラスゴーに戻ることにしよう。

いつものように彼はベッドでお茶とトーストを欲しがった。わたしはダイニング・ルームへ行って、それを部屋に運んでくれるよう注文し、ハリー・アストレーと最後の朝食をともにした。彼が男やもめで、わたしが結婚していないとずっと前に言い当てたことは、お知らせしたわね。ハムと卵を食べながら(従業員はスペイン人だけれど、ここは英国式のホテルなの）、彼が再度結婚を申し込むつもりだということがわかった。それで、わたしが結婚したいのは世界をよりよくする人だけだと言って、機先を制したの。彼は溜息をついて、テーブルクロスの上で指をとんとん叩いた。そして、世界をよくするなんてことを話題にする男には気をつけるように——多くの男は君のような女性を誑《たぶら》かすためにそうした話をするものだから、と言った。

「それって、どのような女性なのです？」興味を惹かれてわたしは尋ねた。あの人はわたしから顔を背けて冷たく言ったわ、「あらゆる階級とあらゆる国の惨めなものたちに寛大な思いやりをもって接し——さらには、冷淡で金持ちで利己的なものにも寛大な思いやりをもって接するような、勇敢で心優しい女性だ」

わたしは思わずほろりとした。そして言った、「ハリー、起立」

彼は若い時分に、人に従うことを教えこまれたに違いないわ。だって、びっくりしたようだったけれど、そして、ダイニング・ルームはとても混み合っていたけれど、彼はすぐに兵士みたいに直立姿勢で起立したのだもの。わたし、あの人に飛びつくと、わたしの腕で彼の腕を両脇腹に押さえつけ、彼が震えるまでキスを浴びせつづけた。それから小声で、「さようなら、ハリー」と言い残し、あの疲れ果てたウェダーの待つ部屋へと駆け上がったの。

彼とハリーは似たもの同士。ハリーはずっと度胸が据わっているけれどね。ダイニング・ルームから出てくるとき、最後の最後に一度だけ振り返ったの。外国人の客たちはわたしを見つめていたけれど、英国人たちは何も変なことは起こらなかったというふりをしていた。どこから見ても英国人のハリー・アストレーは、脇目もふらず朝食に向かっていたわ。

キャンドル、焼餅《やきもち》を焼いてはだめよ。ハリーにしてあげたキスはそれだけだし、口巧者《くちごうしゃ》に誑かされるベル・バクスターではないから。家に戻ったら、ゴッド、世界をよくするにはどうしたらいいかをわたしたちに教えて頂戴、そしてキャンドル、わたしたちは結婚して、それを実行しましょう。

17　ジブラルタルからパリへ——ウェダバーンの最後の逃走

とうとうウェダーがいなくなったわ！　そして美しく整然としたパリの中心の狭い路地にある小さな部屋はわたしだけのもの！　ずっと以前にこの街へ連れてきてくれたこと、覚えているかしら？　ルーヴルに並んだ巨大な絵に呆然としたこと。そしてチュイルリーの大庭園の木陰のテーブルで一緒に食事をしたこと。それからサルペトリエール病院のシャルコー教授を訪ねると、(註21)教授ったらわたしに催眠術をかけようと必死になったわね。ついにわたし、催眠術にかかったふりをしたわ、だって崇拝のまなざしを向ける大勢の学生たちの前で、教授に恥をかかせたくはなかったもの。教授はわたしが演技しているとわかっていたと思う——だからこそ教授は、あんな心得顔の微笑みを浮かべ、これまで仕事で診察したなかで、わたしほど分別のあるイングランド女性はいないなんて、わざわざ公言したのよ。さて、またパリにやってきた経緯を報告するわ。

ジブラルタルでウェダーが現金を受け取るあいだ、わたしは銀行の外で待たされた。彼は呑気《のんき》に辺りを睥睨《へいげい》するような歩きぶりで出てきた。わたしはそんな姿に感心していたけれど、その内側がほとんど空っぽだということがもうわかっていた。マルセイユへ向かう船で、彼は食事と一緒にワインのボトルを注文した。それまでにないことだったわ。一口飲んだだけで目眩《めまい》がするから、わたしはまったく飲まなかったけれど、彼に言わせれば、ワインを飲まない食事は食事ではないので、その証拠に、フランス人は誰もがワインを飲んでいるではないか、と言うの。この船は〈火中車〉号とは違って、ほぼ乗客専用の船だった。ウェダーは午後と夕方、大食堂の隅で男たちとカードをした。わたしがベッドに入ってからもずっと。マルセイユに着く前の晩、彼は船室に戻ってくると、口笛を吹くような調子で楽しげに言ったわ、「シロミではないうるわしのキミ、おいしいタマゴ、かわいいオナゴ、びっくりまなこのブルー・ベル、まったく君の言う通り、お言葉通りさ、いつぞやの! このぼくの専門なのは、偶然のゲームでなくて技術のゲーム」

あの人は勝ったお金を数えると、数週間ぶりに頭を上に足を下にしてベッドに入ったわ。彼の名づけた「わたしたちの二度目のハネムーン」を楽しもうという気分になったとき、彼は不意に眠ってしまった。わたしではなくてね。何が起きるかわたしにはわかった。そして自分にはそれを止められないことも。

わたしたちはマルセイユからすぐにパリには来ずに、船でカードをやっていた仲間のひとりから薦められたホテルに泊まった。その人はウェダーにカフェだかクラブだかカード道場だかも紹介して、そこにあの人は毎日、午後と夕方入り浸った。その間、わたしはホテルで待ちながら、チョコレートのお代わりを繰り返し、マルサスの『人口論』についてあれこれ考えた。ウェダーは五日間かけて持金をすべて失ったわ。でもそのことではわたしが思っていたより冷静だった。午後、ホテルの部屋に戻ってくると、「また君にすがるしかなくなったよ、ベル。ホテル代くらい、君のほうで支払えるだろう。ぼくはまったくの文無し状態。でも君はそうなったぼくのほうが好きなんだよな」と彼は言ったの。わたし、最後の最後まであなたのお金を使うつもりはなかったわ、ゴッド。どうしてもという必需品だけハンドバッグに詰めて、自分とそれからウェダーの身支度をし、彼を外に連れ出すと、駅まで歩き、そこからパリ行きの夜行列車に乗ったわけ。駅で列車を待っている間、彼は一、二度逃げ出そうとした。父親の形見である銀飾りのついたブラシの入っている化粧カバンを取りにホテルまで戻らせてくれって言って。わたしは言ったわ、「だめよ、ウェダー。あの部屋を予約したのはあなたでしょう。ただで泊めた見返りに、ホテルが何か価値のあるものを手に入れるのを喜ぶべきよ」

マルセイユとさよならできて本当にほっとして、乗ったのはフランスの三等客車で、木製の座席だったけれど、そこにまっすぐ座ったまま熟睡したわ。

パリに着いてすぐ気づいたのは、ウェダーが一睡もしておらず、倒れる寸前だったということ。彼を引っ張るようにして歩いたわ。川を挟んでそんなにおしゃれでない側の曲がりくねった道をね。そっちのほうがホテルは安そうだったから。でもまだ開いていなかった。三本の狭い小道がぶつかるところに丸石が敷き詰められていて、カフェのテーブルが並んでいた。わたしはそこに、ウェダーといっしょに腰を下ろして言った、「ここで休んでいて、ウェダー。カレー行きの列車の出る駅へ行って、切符を買ってくる。わたしたち、三日後にはグラスゴーにつけるわ」

「無理な話だ――そんなことをしたら社会的に身の破滅だ。ぼくたちは結婚していないんだから」

「それなら、ダンカン、ふたり別々にグラスゴーに帰れるようにしてよ」

「鬼おんな！　悪魔！　ぼくが君を愛し、君を必要としていることはさんざん証明したじゃないか。君と別れることはぼくにとって心臓をすっかり引きちぎられることだって、わからないのか」とか、その他あれこれと。

「でもパリには、その家に泊まりたい人たちがいるって言っていたわね。その手配ならできるかもしれないわ」

「それってどんな人たちなんだ？」

「お針子と小さな緑の妖精」

「身から出た錆《さび》か、ハハハハハ」(註22)

ウェダーは自分の口にした変な言葉を説明したくないとき、それをなかったことにするために別の変な言葉を使うの。ちょうどこのとき、カフェの開店準備をしていたウェイターがやってきて、注文はないかと声をかけた。ウェダーはフランス語を気取って「虻散ひとーつ」みたいなことを言った。

ウェイターはいったん店に戻り、水らしい液体が入っている脚のついた小さなグラスとさらに水の入ったタンブラーを持ってきた。ウェダーはタンブラーから数滴を小グラスに落とすと、そのグラスを上に掲げた。するとそのなかの液体がきれいな乳白色がかった緑色になったの。「小さな緑の妖精とのご対面！」あの人はそう言って、一気にぐいっとそれを飲んだ。それから大声で「もーいっぱーい」とウェイターに言うと、テーブルの上で腕を組んで、そこに頭を埋めた。そのとき、近くの玄関口から出てくる立派な身なりをした男性の姿がわたしの目に入った。その玄関口の上の壁には〈ノートルダム・ホテル〉と書かれていた。

「ちょっと失礼するわ、ダンカン」わたしはそう言って、その玄関を入った。

ロビーはとても狭くて、真ん中にどっしりとしたマホガニーの机が置かれているせいで、真っ二つに分断されているようだった。出入りする人たちはその机の両端を、身をよじるようにして通らねばならないほど。机の奥にはヴィクトリア女王に似ているけれど、もっと若くて、もっと愛想のいい女性が座っていた。身だしなみがよく、ふくよかで機敏な小柄の女性で、未亡人用の黒いシルクの服を着ていたわ。

「英語をお話しになりますか」とわたしが尋ねると、「英語はあたしの母国語なのよ」というロンドン訛りの返事。そして「何かご用かしら？」

彼女に説明したわ、哀れな男性を外で待たせていて、彼には休息がぜひとも必要なこと、お金はあまり持っておらず、荷物はほとんど持っていないこと、だからいちばん狭くて、いちばん安い部屋がいいこと。すると彼女が言うの、それならここはまたとない打ってつけのところだって。ここの小部屋は前払いで最初の一時間がわずか二十フラン、それから一時間以内の超過ごとに二十フランをふたりのどちらかが出て行く前に払うことになっている。一部屋、ちょうど空いたところで、十分か十五分で使えるようになるから――連れの男性はどこなの？ 隣のカフェで緑の妖精を飲んでいますって言ったわ。その人、逃げ出したりしないの、と彼女が訊くので、わたしは笑って、「そんなことないわ。そうしてくれたほうがよほどありがたいくらい！」って答えた。

その女の人も笑って、待っている間、一緒にコーヒーでもどう、って誘ってくれた。彼女は言った、「発音から判断すると、出身はマンチェスターね。わたし、もう何年も、まともで堅実なイングランド女性と気のおけない会話をしたことがないの」

わたしはそこを飛び出て、ウェダーにこのことを話すと、彼はぼんやりわたしを見つめ、それから二杯目の緑の妖精を飲んだの。それでわたしはその宿に戻った。

女主人が身の上話をしてくれたわ。最初、ロンドンのコヴェント・ガーデン近くのセブン・ダイヤルズ地区でミリセント・ムーンと呼ばれていた。彼女はそこでホテル業に夢中になったのだけれど、ロンドンのホテル規制は厳しくて、素人《しろうと》ではとてもやっていけず、それでホテル経営に新人の参入を歓迎していたパリに移った。ノートルダムに来て、はじめはまったくの下働き。でもそのうち、ホテル経営者の右腕とも言うべき存在になって、彼と結婚した。今ではマダム・クロンクビユで通っているのだけれど、わたしにはミリーと呼んでほしいみたい。普仏戦争の後、パリコミューンの支持者たちが外国への共感を隠さないクロンクビユを張り出したランプ受けを使って吊るし首にしてからは、彼女自身が経営者になった。夫の亡くなったのは悲しかったが、引き継いだ道楽仕事を見事にそつなくこなしたので、その筋から認められたとのこと。フランス人は英国人よりずっと御しやすいって彼女は言うの。英国人は正直で現実的な人間であるふりをするけれど、根本は奇人変人なんですって。重要な事柄についてまともな判断のできるのはフランス人だけよ、そうは思わない、って訊かれたので、わたしは「わからないわ、ミリー。重要なことって何？」って訊き返したわ。

「お金と愛情。他に何があるの？」

「残酷さ」

彼女は笑って、それはとってもイングランド的な考え方だけど、でも、残酷を愛する人はその代償を払わなくてはならない、つまり、愛情とお金が最も重要ってことになる、と言った。どういうこと、ってわたしは尋ねた。そうしたら、どういう意味って、目を見開いて彼女がわたしに尋ねるの。わたしが答えたくないと言うと、彼女は母親めいた陽気な態度を捨て、男に痛めつけられたことがあるのか、と低い声でわたしに訊くの。

「いえ、そんなことないわ、ミリー。誰にも痛めつけられたことなんかないわ。考えているのはそれよりもっとひどいことなの」

わたしは震えて、泣き出しそうになったけれど、彼女が手を握ってくれた。それでとても元気づけられて、アレキサンドリアで何が起きたのか、彼女に話したの。それで今、あなたにもそのことを話す勇気が出てきたわ、ゴッド。でもそれはとても重要なことだから、手紙の他の部分と区別するように、改めて線を引くことにするわ。

ミスター・アストレーとドクター・フッカーに連れられて行ったホテルのベランダに揃って腰を下ろしてまわりを見れば、わたしたちと同じように立派な身なりの人たちがそこにたくさん並んだテーブルに着いて、おしゃべりしたり食べたり飲んだりしている最中で、ベランダからちょっと離れたところには、多くは子どもたちと見えるほとんど全裸と言っていい人たちの集団ができていてわたしたちをじっと見ているのだけれど、かれらとわたしたちの間の区画には鞭《むち》を携えた男の人がふたり、行ったり来たりしていて、最初、楽しいゲームでもはじまるのかとわたしが思ったのは、そこに集まった人たちの多くはベランダにいる客たちを笑わせていたからで、かれらがお辞儀をしては懇願の素振りを繰り返し、身体をよじっておどけたようなにやにや笑いをしていると、そのうちベランダにいる誰かがコインを一枚か一握り、ベランダ前のほこりっぽい地面に放り投げて、するとその群衆のひとりかふたりが、あるいは何人もが一度に、それに殺到し、コイン目がけて身を投げると金切り声を上げて辺りを手探りでかき回すので、それを見てベランダのテーブルに着いていた客たちが笑ったり露骨に嫌な顔をしたり顔をそむけたりしているうちに、それまで腕を組んだまま仁王立ちして、何も見ていないふりをしていた鞭を持つ男たちが、突然その様子を目にして、コインを漁《あさ》る集団に突進すると激しく鞭を打って蹴散らし、引き返させるものだから、それがまた笑いを誘うわけだけれど、ミスター・アストレーがスフィンクスを造った一族の生き残りだと言い、ドクター・フッカーがあれは助けるに値するなと言って指差したほうに目をやると、片方の目が失明しているやせた小さなおんなの子が両目とも失明している大きな頭をした赤ん坊を抱いていて、それも片方のうでだけでしっかり抱き、ぐっとのばしたもう片方の手はコインをつかもうときかいてきに左右にむなしくふられているすがたはトランス状態にあるみたいだったトランス状態になったわたしは立ってその子のほうにあるいていったつれのふたりがおおごえを上げておってきたとおもうわたしはベランダ前のじめんをよこぎってものごいをする人たちのなかにはいってハンドバッグからさいふをとりだしてその子の手にもたせようとしたけれどそうする前にだれかにそれをひったくられてしまったどちらにしろそのお金だけではたりるはずもなかったあの子はわたしのむすめかもしれないわたしはじめんにひざまずいてその子とあかちゃんをだきしめふたりをずじょうにかかげて足のじゆうのきかない子どもたちやひふがただれてうみがでているろうじんたちがひきちぎられたさいふからおかねをとろうとうばいあいさけんだりあいてのゆびをふみつけたりしているなかをかきわけるようによろけながらもどってベランダにのぼったホテルマンがこんなれんちゅうをつれてはいることはできないといったこの子たちはわたしといっしょにいえにかえるのだとわたしがいうとミスター・アストレーがわたしに声をかけてミセス・ウェダバーンあなたがつれかえりたいといっても港湾とうきょくやせんちょうはその子たちのじょうせんをみとめませんよといいそのあかちゃんはなきさけんでおしっこをしたけれどおんなの子はあいている手でわたしにしがみついたのでかのじょはははおやをみつけたのだとわたしはかくしんしたというのにみんなしてわたしたちをひきはなした〈あなたが何をしてもむだですよ〉とドクター・フッカーがどなったあんなふうにののしられぶじょくされたのははじめてのことみんなとおなじようにどこをとってもぜんりょうでまともなこのわたしにあのひとったらどうしてあんなことがいえるのかしら〈わたしが何をしてもむだですって?〉あんなげれつなほのめかしがされたなんてほとんどしんじられないおもいでわたしはさけんだけれどミスター・アストレーはまったくひとこともいってくれなかったからわたしはせかいじゅうをしっしんさせたくてゴッドがむかしやったみたいにおもいきりかなきりごえをあげようとおもったのにハリー・アストレーが手でわたしのくちをふさいだのああじぶんのはがにくにくいこんでいくきもちよさ。

血の味がしたせいでわたしは気持ちが落ち着いた。驚きもした。だってミスター・アストレーは痛みにたじろぐでもなく、うめき声ひとつあげるでもなかったのだもの。ちょっと顔をしかめただけ。でも二秒後に顔が真っ青になって、そのままにしていたら倒れてしまったはず。ドクター・フッカーとわたしで彼をホテルの建物のなかに運んで、ラウンジの奥まったところに置かれたソファに座らせたの。ドクター・フッカーがお湯とヨードチンキときれいな包帯を持ってくるように指示した。でも、彼は医師免許を持っているけれど、患部を洗って薬をつけ、止血帯を巻いたのはわたしよ。それからあの人にごめんなさいって謝りもした。あの人は眠たげな声で、ばい菌のはいらない傷を不意に受けても、それが骨まで達する傷でないかぎり、どれほど痛かろうと、イートンで教育を受けたものにとってみればノミに食われた程度の些細《ささい》なことだって言った。

船に戻る辻馬車で、わたしは前を見たまま、身をかたくして黙って座っていた。彼らふたりは言葉を交わしていたわ。ドクター・フッカーは、これでわたしもアングロ・サクソン人の前に控えている大いなる責務が何であり、また天にいるわれらの父が地上の生活の罪悪を中和するために死後の生をつくった理由が何か、わかったはずだと言った。同時に（これも彼の言ったことだけど）目にしたことの罪悪をあまり大層に考えてはいけない。かれらは爛《ただ》れた傷口をはじめいろいろ人目にさらしていたが、そうしたものをこれ見よがしに見せることがかれらの収入源になっているからで、多くの乞食は真面目にあくせく働いているものたちより幸せなのだ。あの娘と赤ん坊は自分たちの置かれた状態に慣れていて、それはわれわれが使う意味での悲惨ではない——かれらは文明国にいるよりもエジプトにいるほうが間違いなく、より幸せで自由なのだ。恐ろしい驚くべきことを目にした最初のショックからわたしが完全に立ち直ったことについては感服するが、ああした驚くべき経験をわたしにさせたことは悪くないと思っている――これからわたしは子どものような考えを改め、大人の女性らしく考えるようになるはずだ。これに対してミスター・アストレーの言ったのは次のようなこと。わたしの示した同情心はわたしの属する階級のなかの不幸な人たちに向けられるだけであれば、自然であり好ましいことだが、無差別に相手構わず同情すると、死んだほうがましな多くの人間の悲惨な境遇を引き延ばすことになるだろう。ほとんどすべての文明国に共通する社会システムの雛型《ひながた》をわたしは目にしたことになる。ベランダにいた人々は所有者であり支配者であって、かれらは知性と富を継承したおかげで他のものたちよりも高い地位についている。一方、物乞いをしていた群衆は嫉妬深い無能な人々、社会の大多数を占める人々を体現している。かれらは、境界に陣取っていた連中の鞭によって、自分たちの場所に留め置かれる。鞭を持った連中は社会の現状を維持する警官や役人を体現しているのだ。こんな会話をふたりが交わしている間、わたしは歯を食いしばって、拳を握りしめていた。そうしないとふたりに嚙みつき、この賢い男たちを引っかかずにはいられなかったから。彼らは暮らしに困っていたり、病に冒されていたり、力を持たずに虐げられている弱者のことなど忘れていたい人間。そうした苦悩に少しも苛《さいな》まれない自分たちの安らかな生活を維持するために政治や宗教を利用するの。その彼らが宗教と政治を理由に火と剣とで悲惨を広めるなんて。どうしたらこんなことすべてを止められるのかしら？　わたしは何をしたらいいのかわからなかった。

「今でもわからないの」涙が出たけれど微笑みながらわたしはミリーに言った。「ゴッドのところに戻って、助言をもらわなくては。でも外で待っている哀れな人を追い払わないうちは、無理な話だし」

「その人をここに連れてきなさい」ミリーが断固たる調子で言った。「もう部屋の用意はできているから、その人を部屋に上げてさっさと片をつけ、腰を落ち着けて話し合いましょう。あんたは心根がよすぎて、この邪悪な世界では生きていけないわ。人生経験を積んだ信頼できる女友達の助言が必要よ」

わたしは「寝かしつけ」って言うかわりに「さっさと片をつけ」なんて変な言い方だと思ったけれど、外に出て目を遣ると——ダンカンがいない！　テーブル外には小さな緑の妖精のグラスが空になって四つ。代金をもらおうとウェイターが飛んできた。でもわたしのウェダーの姿は影も形もない。

わたしは中に戻った。ミリーがコーヒーを二人分出してきて、わたしがそんな男とどうやって出会い、荷物もなくパリをうろついているのはどうしてかと尋ねた。わたしは説明した。

彼女は言った、「あんたの思慮分別には感心するしかないわ。立派な夫と結婚する前に、愛人と素敵な長いハネムーンに出るなんてね。自分が何を譲り、相手に何を譲ってもらうことになるかまったくわからないまま結婚生活に入る女性が多すぎるのよ。でもそのウェダバーンとやらはもう完全に搾《しぼ》りかす以下だわね。ちょっと変化を楽しんだらどうかしら。そのほうが結婚したとき、ずっといい妻になれるわ」

彼女は、そのホテルがロンドンっ子たちの言う「春を売る宿」のようなところなのだと説明した――彼女の顧客は、まったく見知らぬ相手と一時間かそれより短い時間ウェディングをするのにお金を払う男たちなのだった。英国で春を売ることは法で禁じられているけれども、フランスでは病気持ちでない理性のある娘であれば、そうする免許を得ることができるし、彼女のところのように認可された施設で仕事を見つけることもできるということだった。

「見知らぬもの同士でそんなに素早くウェディングができるものなの？」わたしは驚いて尋ねた。すると、多くの男性はよく知っている相手とはウェディングができないので、見知らぬ相手のほうを好むものなの、というのが彼女の答だった。彼女のお客の大半は既婚の男性で、なかには愛人を持っている人もいるとのこと。どうやらウェダーに対するわたしの立場が愛人と呼ばれるものらしいわ。ただパリでは、その種の女性をお針子って呼ぶみたいだけれど。

「間違いない、その人はあんたを待っている間に、お針子をひとり見つけたのよ」彼女は言った。「素人娘のおかげでホテルはどこも商売があがったりさ――これが自分の天職だと思っていなければ、何年も前に引退していたね。ここにずっといたいなんてあんたが思うはずもないことくらい承知しているけれど、でも男に棄てられた多くの女たちがここで働いて、神様のところへ帰れるだけの蓄えを稼いだのよ」

「わたしの神様のゴッドのところじゃないでしょう」とわたしは言ったわ。

「もちろんよ。わたしの話しているのはカトリックの人たちのこと」

そのときウェダーが勇んだ様子で入ってきた。彼は例のひどく興奮した状態にあって、わたしとふたりだけで話したいと高飛車《たかびしや》に言った。

「あなたもそうしたいの？」とミリーが尋ねた。

「もちろん!」わたしは答えた。

ミリーはひどくよそよそしい態度でわたしたちを階上にあるこの素敵な小部屋まで案内し、その上でこう言った(ウェダーに)――「あなたの連れの女性に対する敬意から、ふつうなら前払いしてもらう料金の請求を控えることにします。でもいかなる形であれ、もし彼女が傷つくようなことになれば、目が飛び出るほどの額をあなたに支払っていただくことになりましてよ」

彼女はこれをとてもフランス人らしい調子で言ったの。

「えっ、何だって?」そう言ったウェダーは興奮していると同時に混乱してもいるようだった。

ミリーは今度はずっとロンドン訛りを強くして「いいこと、壁に耳ありだからね」と言い、部屋を出てドアを閉めた。

彼はそれから大股で部屋を歩き回りながら演説をしたの。それはシェイクスピアよりも聖書みたいに聞こえた。神について、母親について、家庭という失われた楽園について、地獄の火について、天罰について、それからお金について語ったわ。わたしがフリードリヒ金貨五百枚を盗んだために、自分は続いていたツキに見放され、カジノの胴元をつぶしそこない、せっかく女性に言い寄られたのに、結婚の機会まで失ってしまったではないか、と。彼に言わせれば、わたしの盗みは結果として、慈善事業や教会に彼が寄付したはずの莫大な額のお金を貧しい人々から奪ったわけで、また自分たちふたりからは、ロンドンの別宅やら地中海のヨットやらスコットランドの雷鳥の猟場を、そして神の王国における住処《すみか》を奪い取ったことになるの。それで彼はもう結婚したいとは思わなくなっているので──地獄そのものよりも深い淵によってわたしと隔てられていたいので──彼が自分を地獄に落とした悪魔と離れられないのは赤貧の極みまで落ちぶれたからであり──自分が鎖で繋がれている女には今や憎悪、憎悪、憎悪、憎悪、憎悪、それしか──嫌悪、厭悪《えんお》、憎悪しか──感じないのだ、って言うの。

「でもね、ダンカン」わたしはコートの裏地を切って中身を出しながら大声で陽気に言った。「あなたにはまた運が巡ってきたわ！　ここにクライズデイル・アンド・ノース・スコットランド銀行発行の紙幣が五百ポンド分あるの──フリードリヒ金貨分の価値はあるでしょう。ゴッドがくれていたの。こんなことが起きるかもしれないとわかっていたのね。全部わたしたちの最後のときがくるまでずっと取っておいたの。そのときが来たってわけ。全部持っていきなさい！　グラスゴーへ、お母さんのもとへ、あなたの男らしさをわたし以上に愛してくれるはずの召使の女性たちのところへ、あなたの気に入るどの教会へでも、お帰りなさい。もう一度鳥のように自由になって──わたしから飛んで逃げるのよ！」

彼は元気づいたわけでもなく、紙幣を必死に飲みこみながら、窓から身を躍らせようとしたの。でも窓を開けることができなかったので、今度はドアを突き抜け、階下に向けて頭から飛びこもうとした。

さいわいミリーが隣の部屋で一部始終を聞いていて（このホテルは孔《あな》だらけなの）、従業員を呼び出してくれていた。かれらは一斉に彼のところに集まって、まさしく適量のブランデーを飲ませた。彼をカレー行きの列車に乗せて送り出すのは簡単ではなかったわ。彼は本当のところ、わたしを置いて行きたくなかったのだもの。でも人手が多ければ仕事は楽になるものね。そうして彼は去って行った。ミリーは五百ポンドのうち彼には少しだけ渡せばよかったのにと言ったけれど、わたしはあれでいいの、と答えた――お金が好きなのはわたしよりウェダーのほうだし、あれはふたりで楽しんだウェディングに対する彼の報酬なのだから。これからは生活のために必要なだけのお金を自分で稼ぐつもり――これまでにない経験ね。ミリーは言った、「もしあんたがほんとにそうしたいならね」って。

それでわたしはここにいるの。

18　パリからグラスゴーへ――帰還

わたしもう居候《いそうろう》じゃありません。三日間、仕事をできるだけ上手に手早くこなして、賃金をいただいたのよ。みんなと同じように、楽しみのためではなくお金のために働いて。毎朝、四十人をさっさと片づけ、四百八十フラン稼いだわって思って、幸せな気持ちで眠りに落ちるの。自分の人気に驚いているわ。ベル・バクスターはたしかにすばらしい美貌の持主だけれど、もしわたしが男なら、わたしよりそっちがいいと思う女性が、少なくともここには十人以上いるもの――柔らかくて思わず抱きしめたくなるような可愛い子とか、背が高くてしなやかで優雅な身体つきの女性とか、野性味あふれる褐色の肌をした異国の娘とかね。ミリーはここの案内冊子でわたしのことを〈アジャンクールとワーテルローの労苦（トラヴァーユって書いてある）を十分に埋め合わせする美しいイングランド女性（フランス語だとラ・ベル・アングレーズね）〉って紹介している。わたしの相手がフランス人男性だけになるように、彼女は気を配ってくれるの。なぜって（彼女が言うには）

イングランド人の顧客もいるけれど、わたしが後々、そうした男性と顔をあわせることになったらばつの悪い思いをするから。もしかすると彼女は、ばつの悪い思いをするのは男のほうだと思っているのかも！　週末になると、〈コメディ・フランセーズ〉での仕事が空いた娘たち何人かに特別のサービスを要求する男たちがたくさんやってくるの。昨日の晩、そうした芸のひとつを孔から覗いて目撃したわ。お客はムシュー・スパンキボ（お尻ペンペンさん、って意味かしら）っていう人。彼は辻馬車でやってきたときから黒い仮面を絶対外さない。それでいて他のものは全部脱ぐのよ。大枚を支払うのだけれど、それだけ要求は念が入っているわ——最初は赤ん坊、次には未経験の寄宿学校ではじめての夜を迎えた幼い新入生、それから、野蛮な種族の捕虜となった若い兵士、そういう役柄でいじめられるのがご所望。実際にはそんなに大したことをされているわけではないのに、彼ったら、ものすごい悲鳴を上げたりして。

ここでのわたしの一番の友達はトワネット。彼女は社会主義者で、ふたりしていつも世界をよりよくすること——特にヴィクトール・ユーゴーの言うミゼラブルな人たちにとってね——について話し合っているわ。もっともトワネットに言わせると、ユーゴー独特の捉え方はセンチメンタル過ぎるから、わたしが読むべきはゾラの小説だってことになるのだけれど。こうしたことを話すのは隣のカフェ。政治はこのホテルの仕事から切り離さないといけない、というのがミリー・クロンクビュの方針だから。パリの知的生活を担《にな》っているのはカフェね。そしてわたしたちのいる一帯（大学もそのなかにある）には、作家や画家、その他もろもろの知識人たちが通うカフェがいくつもあるの。大学人と革命論者たちとでは馴染みのカフェが違う。わたしたちのカフェによく来るのは革命支持のホテル業者たち。金持ち連中の不正利得を吐き出させるには社会構造全体を転覆するしかないってかれらは言う。

これ以上書きつづける時間がないわ。誰かがきた。

この手紙のここからは、消毒薬とレザー張りの家具の匂いがして、家のような素晴らしいオフィスで書いています。今日とんでもない混乱が二時間ほど続いて、その後、急にノートルダムを去ることになったの。混乱の原因はわたしの無知。いったいわたしの無知にいつ終止符を打てるのかしら？

理由は言うまでもないけれど、わたしたちはたいてい朝はゆっくり寝ている。でも今朝はミリーが、八時をまわったかまわらないかくらいの時刻にわたしの部屋のドアを叩いて、医者が娘たちを診てくれるから、すぐに下に降りて〈万国の間〉まで来なさい、って言ったの。

「まったく、ずいぶん早くからはじめるのね！」ってベルは思うけれど、ご返事ははっきりと「わかったわ、ミリー。何のお医者さんなの？」

「公衆衛生条例を実施するために市に雇われた医者よ。部屋着だけはおってね。すぐに終わるわ」

それでわたしは列に並んだわ。見れば、娘たちの大部分はシュミーズとストッキング以外、何も身につけていなかった。奥の小部屋の前で待っている娘たちは全員、いつもより口数が少なくて陰気な顔をしているようだったので、みんなを元気づけようと思ったわたしは、市がわたしたちの健康を気にしてくれるのはいいことだ、そしてトワネット（彼女はわたしの前に並んでいた）はいつも悩んでいる偏頭痛を楽にしてくれる薬をその医者に処方してもらうといい、と言った。すると効果覿面《てきめん》、みんな元気になった――くすくす笑う彼女たちから、わたしにはエスプリがある、という声が上がった。何のことだかわからなかった。でも順番が来て小部屋に行くと、恐ろしい顰《しか》め面をした醜い小男が、哀れなトワネットに「もっと広げて！　もっと広げて！」と、教練担当の意地の悪い下士官さながらに怒鳴っているところ。トワネットはクッションの置かれたテーブルの上で両脚を開いて寝かされていて、その医者はスプーンのようなものを彼女の愛のくぼみ（ラテン語でワギナっていうのね）に押しこんで、鼻ともしゃもしゃの口髭をそこに押し付けんばかり。女性の身体のそこだけが彼の関心事。だって、そこを診ただけで、「フン、行っていいぞ」って言うのだもの。

「あの人に診てもらうなんてごめんだわ！」わたしは強い調子で言った。「あんな人、医者じゃない――お医者さんは親切で優しくて、患者の身体を隅々まで気にかけるものでしょう」

どよめき。並んでいた女たちの半数以上が笑い転げた。

「あなた、わたしたちより上等の人間だとでも思っているの？」と金切り声を上げる女たちもいた。

「あいつにわたしたちの免許を取り上げさせたいの？」は走りこんできたミリーの金切り声。

「狂気の沙汰だ！」とその医者がわめいた。「その女は虫の湧いた男性の付属器ならいくらでも喜んで受け容れるのに、感情を交えない科学者の手にあるスパーテルは嫌だと言うのだからな。いや違う、その女は狂っているわけではない――イングランド人か、それで何か隠しているんだ」

そうやってわたしは性病のことを知ったの。

「ごめんなさい、ミリー、これ以上ここで働けないわ。ご存じの通り、わたし、婚約しているの。それにこの健康診断は不当で非効率だわ。あなたの雇う娘たちはここで仕事をはじめるときには健康なのだから、病気を広めるのはお客のほうでここの人間じゃない。わたしたちが受け容れる前に、お客たちのほうで診察を受けるのが筋でしょう」

「そんなこと、お客たちが認めっこないし、それに、フランスでは医者が不足しているのよね」

このときにはミリーのオフィスで差し向かいになって話していた。わたしは言った、

「それなら、ウェディングがはじまる前に相手を必ず検査するように――それを儀式の一部にするように、女の子たちを訓練すれば」

「熟練した娘たちはすでにそうしているわ。でも、ここじゃ、初心者に手ほどきするための講習をやる余裕はないの。稼ぎがそのままわたしの収入になるわけじゃない――家賃、税金、ガス代を払わなくちゃならないし、家具調度にも金がかかるし、警察への袖の下や賃金の支払いがある。それから、ここの顧問弁護士に利益のまるまる十五パーセントを持っていかれる。その月々の報酬が十五パーセントを少しでも下回ると、わたしは即刻お払い箱。そのまま孤独で惨めな老婆になって死ぬんだわ」

ふくよかで堂々としたミリーだけど、小さな痩せた子どもみたいに泣きだしたの。だから、なだめて、キスして、しっかり抱きしめてあげないといけないってわかった。それで手を引いて、階上の彼女の寝室まで連れて行った。その間、受付はトワネットがやってくれた。

でも何を言っても、何をやっても、彼女を元気づけることはできなかった。ミリーは、パリもフランス人も嫌いで、イングランドに帰ろうと何年間も努力したのだ、と言った。ブライトンの下宿屋を買い取り、ちゃんとしたイングランド国教会で葬式を挙げられるように死ぬのが彼女の夢。それなのに、何とか少しばかりの蓄えができると、必ず今朝のような事故が起きて、それがすっかり消えてなくなるので、どうしてもパリを脱出することなどできない――彼女の死体はセーヌ河畔にある公共死体保管所の冷たい台の上に放置され、錆びた水道の蛇口からしたたり落ちる水滴で化粧も台無しになってしまう。彼女は他にも素敵なこと、悲劇的なこと、絶望的なことを話した。それを聞くと、心臓が締めつけられる思いだったわ。だって本当に馬鹿もほどほどにしてって話なんだもの。彼女は言ったわ、「何もかも不公平ったらありゃしない――あなたの愛情の順番でわたしは五番目。一番目は謎めいた後見人でしょう、次が貧農の出のフィアンセで、その次が放蕩者のウェダバーン、その次がどこまでも冷ややかなアストレーよね。ちっちゃな子どものときから、仲間が欲しいってお祈りしてきたけれど、神様はわたしのことが嫌いなんだわ。誰かしら美しい友人ができて、わたしの人生を潤してくれても、そのたびに決まってガラガラ、バタン、ガタンと一撃が降ってきて、その人は跡形もなくまた姿を消してしまうのさ、とんでもなく大きな花だけ残してね」

わたしは神が彼女を嫌っているなんてことはないのだし、想像上の花(註23)なんかではなくて愛のこもったわたしの抱擁のことを考えるようにと言った。彼女のことはこれからもずっと愛していると。でもわたし、いくらぐらい稼いだかしら？　スコットランドに三等車で帰るには十分よね？

「あなたの稼ぎはゼロ以下よ」彼女は言った。「あなたの稼ぎはすべて、警察から来たあの医者にあげたわ。それでも足りなくて上乗せしたくらい。あなたに職業を侮辱されたことをすぐにでも忘れてもらわなくてはならないから。フランス人の男ってとてもプライドが高いの。そうでもしなければ、彼に免許を取り上げられてしまったわ。そうなればわたしたちみんな失業よ」

わたしは急に心が冷え、疲れを感じて、言葉を発する気にならなくなった。自分の部屋に行き、服を着て、鞄に荷物を詰め、階段を下り、トワネットにもだまったままキスをし(そうしたら彼女はわっと泣いたわ)、ノートルダム・ホテルと永遠にさよならしたの。

ウェダーといっしょにパリに来たときのお金がまだ少し残っていた。それでサルペトリエール病院まで辻馬車に乗れたわ。病院の案内係に、直接シャルコー教授に渡してほしいと言ってメモを渡し、残っていたお金も全部あげた。そのメモには、グラスゴーのミスター・ゴドウィン・バクスターの姪であるベラ・バクスターが病院の玄関に来ており、教授のご都合がつき次第、お会い致したく存じます、って書いたの。案内係が戻ってきて言うには、教授は仕事で一時間かそれ以上、身動きが取れないが、もし教授のオフィスでお待ちいただけるなら、秘書がコーヒーをお出ししますとのこと。それでわたしは、パーク・サーカスのあなたの書斎のような匂いのするこの部屋に案内されたわけ。

ようやく姿を現わしたシャルコーは最初とってもにこやかだった――「ボンジュール、マドモワゼル・バクスター――完全なる分別を備えたイングランド女性！　わが友、あの桁外《けた》れのゴドウィンはお元気かな？　ここであなたをお迎えできるとは望外の喜びで感謝にたえませんが、いかなるご事情があってのことですかな？」

わたしは説明した。ずいぶん時間がかかった。だって、彼はいろいろ質問してすべてを聞き出すのだもの。そしてわたしが話していくにつれて、彼の顔つきがだんだん深刻になった。最後に彼が唐突に言った、「お金がご入用なのですね」

グラスゴーに帰るだけのお金です、グラスゴーに着いたら、わたしの後見人が為替でその額をお支払いします、とわたしは答えた。これに対して彼は何も言わず、眉を顰《ひそ》めて机を指でとんとん叩いているので、わたしは立ち上がり、心遣いに感謝し、別れの言葉を述べた。

「いや、いや。うわの空になって申し訳ない。あなたはお金を必要としている。手配しましょう。スコットランドまで快適に帰るのに十分なだけの額をいつでもお望みのときにね。ただ、その前に、ゲストとして今宵はわたしの家で過ごしていただきたい。それからわたしへの感謝は無用ですよ。あなたは贈物を受けるよりもご自分で稼ぐほうがいいわけでしょう。賛成ですな。そのお金は、わたしを手助けしてくれること――あなたはすでに経験済のこと――への報酬です。こういうことです。

今夜、ごく少人数の上流階級の人たちを前に講演をすることになっています――ゲルマント公爵（本物の教養人です）と、他は名前など申し上げてもあなたにとって意味を持ちそうもない人間が何人か。その数人は政治家でしてね、知識人を気取りたがりながら世間の耳目を集めることが大好きな連中です。その講演は間接的ながら科学の促進を助けることになるでしょう。国庫の財布の紐《ひも》を握っている連中に、わたしの研究の価値をはっきり認めさせようというわけですから。今夜、催眠状態に入った農婦にわたしが質問をすることになっています。ヒステリーを起こしやすい信仰家なのですが、残念ながら、ジャンヌ

・ダルクやあなた、マドモワゼル・バクスターほど興味深い人間ではない。それで、あなたにその場を活気づけて欲しいのです。今夜（もちろん催眠状態で、そしてわたしの質問に答える形で）今しがたお話しいただいたことの一部を物語って欲しいわけです」

「どの一部をですか？」

「アレキサンドリアを見るまであなたがどんなに人生を楽しんでいたか、罪や死の恐怖が微塵《みじん》もない存在として味わった理性的な喜びを話してください。それから、句読点のないあの見事な話し方で、哀れな子どもたちを見てどんなショックに襲われたかを。そう、お願いですから、そのとき、涙をこらえたりしないように。連れの男性に対してどうやって鬱憤《うっぷん》を晴らし、そしてその方の血の味がどんな作用を及ぼしたのか、話してください。最後に、人間のありようについての現在のあなたの考え方をご披露ください。社会主義的、共産主義的、無政府主義的、あなたのお好きなように、何でも結構――ブルジョワジー、金権主義者、貴族階級、何を糾弾しても構いません。王族だって糾弾していいんです！王族について何かご存じですか？」

「ヴィクトリア女王はわがままな老婦人だ、と教えられたことがあります」

「素晴らしい。それを聞けば、みんな喜ぶでしょう。そうしたあなたの発言の合間々々に、わたしが早口のフランス語で聴衆に話しかけますが、あなたは何も気にする必要はありま

ジャン・マルタン・シャルコー教授

せん。どうせ、あなたは催眠状態にあるわけですからね」

「哀れな人たちに対するわたしの同情は母親としての感情が置き換えられたものである、そんなふうにみなさんにご説明なさるのでは？」

「それがおわかりですか？　それならあなたは心理学者だ！」彼は笑いながら叫んだ。

「でも、今夜それをおっしゃってはいけませんよ！　社会は労働の分担によって成立している。わたしが講師であなたは被験者。われらが畏《おそ》れ多き客人たちは、この偉大なるシャルコー以外の誰かが意見を述べたりしたら、すっかり面食らってしまうでしょうからね。ついでながら、あなたの名前を明らかにしないことを約束します。それにあなたもご友人の名前を言う必要はありません。つまるところあなたは英国人で、本能的に慎み深い。そして周知の事実ですが、催眠術は意志に逆らって人を動かすことはできないのです。さて、いかがでしょう？」

それで今夜、シャルコー教授とまた実験興行をやって、それで明日帰路に就きます。でもこの手紙は今日中に投函《とうかん》しなければ。なぜって、あなたのところに帰るベルはもう、哀れなあのウェダーと駆け落ちした快楽を求めるだけの夢遊病者ではなくなっていることを知っておいてもらわないといけないから。難しい質問にいくつか答えて欲しいわ。社会のために善を行い、他人に寄生しないでいるにはどうしたらいいのか、教えて頂戴。キャンドルにも教えてね、だって彼とベルはじきにお互いの一生の伴侶となる以上、ともに協力して苦労しなくてはいけないのだもの。愛しいキャンドルに伝えて、彼のウェディングするベルはもう、ベルの命じたことを彼が全部やらなくてはいけないなんて思っていない、と。彼には同時に、ミリー・クロンクビユの言っていたことはひとつだけ間違っていたとも伝えておいて――ノートルダム・ホテルでいろいろな変化を楽しんだからといって、わたしがいい妻になるとは少しも思わないわって。ぺたんと横になったわたしがいろいろな驚きの口調で「すごい！」と囁くのを見るのが彼の好みだというなら話は別だけれど。

ともかくふたりともごきげんよう

ふたりを愛してやまない

カン・コン・ベルより

追伸　ネコちゃんたちをさすってあげて、ワンちゃんたちをなでてあげて、モプシーとフロプシーにはキスを、わたしの代わりに。

「どうだい、キャンドル？」バクスターはそう言いながら手紙を置き、わたしに向かって微笑んだ、「この本当にすごい伴侶が戻ってくるとなって怖くはならないか？　彼女がダンカン・ウェダバーンに何をしたか、考えたらいい！」

わたしは嬉しさのあまり、彼のわざとらしく恩着せがましい言い方にも腹が立たなかった。動悸が早まり、内分泌腺が何とも活力に満ちた分泌物を血流のなかに放出した（それが実感できたのだ！）ので、筋肉が拡張し、男性何人分かの力が湧いてくるのだった。

「そんなことはないですよ、バクスター！　ベラの何も怖くなんかありませんよ。彼女は優しい女性であり、人間性を完璧に判断できる人です。握手をしただけで、その男の魂の内奥までわかってしまう。ウェダバーンを相手にしたとき、利己的で性的に手に負えない男を感知し、まさに彼の望むようにしてやった。あいつは恍惚状態の終わることのない人生を欲した愚か者です。いかなる有機体もそんな状態のまま生きつづけることができないのは彼女の罪ではない。わたしは童貞です。彼女を相手にしたときのわたしの恍惚は、もっとおだやかで、もっと心地よい愛の形によって、いろいろに変化するでしょう。一番の重圧はあなたにこそ降りかかる、バクスター。彼女にマッキャンドルス夫婦がどうしたら世界をよりよくできるのかを示さないと、とんでもなく彼女を失望させることになりますからね——わたしたちの結婚すらだめになるかもしれない。あなたこそ怖くなりませんか？」

「少しも。君の性格と才能からはっきり導かれる道筋にしたがって、世界の改良法を教えることにしよう。……それでどうかな?」

真夜中を少し過ぎていた。ベラがここを出て行った晩と同様、カーテンがすっかり開けられ、窓の外に月が見えた。流れていくちぎれ雲がときおりその姿を隠した。階下で鍵をまわす音が聞こえた。玄関のドアが開き、閉じられた。軽快な足音が階段を上ってくる。書斎のドアが開き、立ち上がったわたしは彼女と対面した——バクスターは座ったままだった。わたしの前に立つ彼女の顔は以前よりやつれて皺《しわ》が刻まれていたが、楽しそうな、そしてこちらも楽しくさせるその微笑みは昔と変わらぬものだった。彼女は旅行コートのボタンを外していたので、かがられた裏地と折り襟で輝いているわたしの小さな真珠が見えた。わたしの目がそれを見つめると彼女は声を上げて笑い、それから言った、「ふたりとも遅くまで起きていてくれて、そしてなつかしい家が昔通りなのが嬉しいわ——でもこれは違う。これは前にはなかったわ」

彼女は大股で暖炉のところまで進み、炉の上の棚にあった蓋付きの水晶瓶を手にとって調べるのだった。そこにはふたりの口止め飴が入っていた。

「わたしたちの固く契った結婚の誓約の証ね!」彼女は叫んだ。蓋を開けて一粒取り出すと、固い白い歯で粉々に噛み砕き、飲みこむ。それからこちらに向かって両手を広げると、大声で言った、「ああわたしのゴッド、わたしのキャンドル、家に戻ってこられてとても嬉しいわ、でも下に食べるものが何かあるかしら？お腹を空かせた女性にはキャンディだけじゃ足りないの。ダンカン・ウェダバーンがそれを教えてくれたわ。わたしのお腹の傷跡が何を意味するのかと一緒にね」

そう言って彼女は他のことを思い出した。不意に彼女はバクスターをじっと見つめた。顔が次第に細くなり、虹彩《こうさい》がすっかり黒くなるまで瞳孔が広がる。

「わたしの子どもはどこ、ゴッド？」彼女は尋ねた。

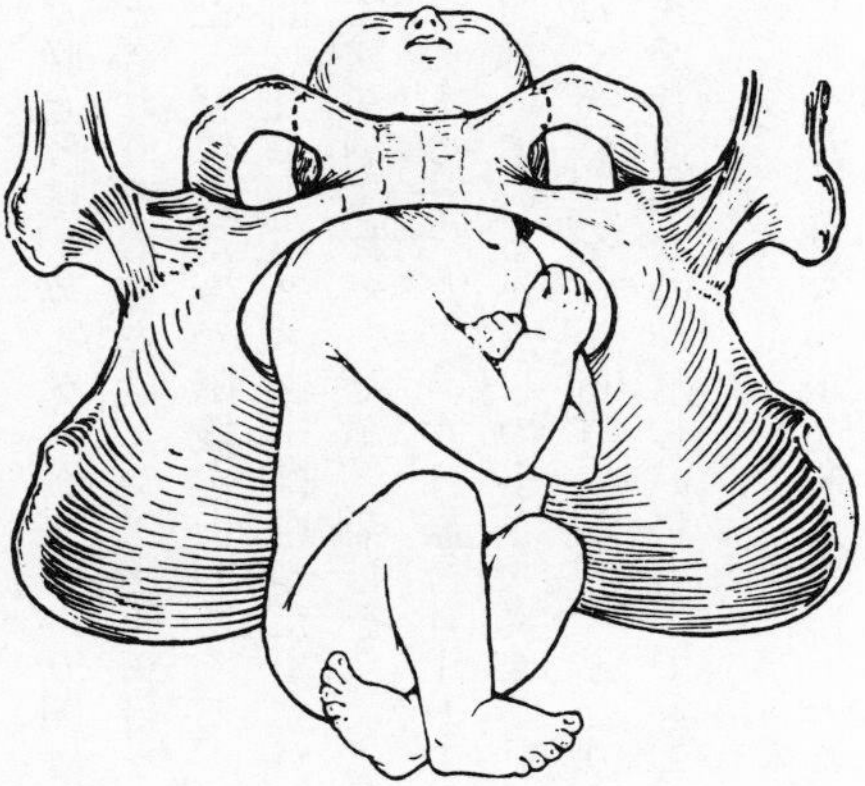

19　我が最短の章

ベラがあの手紙の後、あんなにも間をおかず到着したのでなかったら、バクスターはその問いに対する答を用意していただろうと思う。しかし実際、その問いはバクスターには強烈な打撃であり、彼に起きた変化はひどいものだった。皮膚は土気色《つちけいろ》になって、それは果たして血が皮膚から抜け出たせいなのか、それともそこに流入したためなのか、わたしにはわからない。しかし、二秒ほどすると、皮膚の色が灰色がかった紫に変わった。急に顔中に噴き出た玉のような汗はしたたり落ちずにはじけ飛んだ。彼は身震いするというより小刻みに振動していたからである。ゆったりとした服は動いていなかったが、ブーッや手や顔の輪郭《りんかく》がかき鳴らされたギターの弦のようにぼやけてくるのだった。それでも彼は彼女に答えた。あの巨大なぼんやりした顔の悲しげなくぼみから、虚《うつ》ろで鉄を鳴らしたような声が弔鐘《ちょうしょう》さながらにゆっくりと発せられた。語と語の切れ目はぼやけていたが、それ自体の反響のせいでかき消されることはなかった。

「キミノ・アタマノ・キズノ・ゲンイント・ナッタ・デキゴトハ・ドウジニ・キミカラ・ウバッタノダ……キミノ……キミノ……キミノ……キミノ……」そして沈黙。バクスターの唇は必死に言葉を発しようとするが、発するだけの息ができないのだった。唇が横に広がり緊張して震えるのが見え、次の単語は「イ」段ではじまるのだから、「イノチ」に違いないとわたしは悟った。彼の頭の半分はベラに彼女の起源についての真実を告げようとし、残りの半分はそうしたときの結果を考えてぞっとしている。そしてそれはわたしも同じだった。

「きみの子どもだ、ベラ！」わたしは叫んだ。「君の記憶を壊した衝撃は、君の宿していた子どもを殺したんだ！」

バクスターはすっかり震えが止まった。口を大きく開いたまま、すっかりおびえたような目でベラを見つめている。わたしもそうだった。彼女は溜息をつき、静かに「そうじゃないかと思っていたわ」と言うと、頬を涙が流れていることなど気づいていないみたいに、優しい微笑みをバクスターに投げかけるのだった。それから彼の膝に座り、伸ばせるだけ腕を伸ばして彼の腰を抱きしめ、彼の胸に頭を凭《もた》せかけると、そのうち眠りに落ちたようだった。バクスターもまた目を閉じた。いつもの顔色がゆっくりと戻ってきた。

ほっとしながらも嫉妬を感じ、わたしはふたりをしばらく眺めていた。ついにはわたしもベラの隣に座り、彼女の腰に腕を回して、彼女の肩に頭をのせた。彼女は寝入っていたわけではなかった。わたしがもっと楽に彼女に触れていられるように身体を動かしてくれたのだから。

わたしたち三人は長い間その姿勢のままでいた。

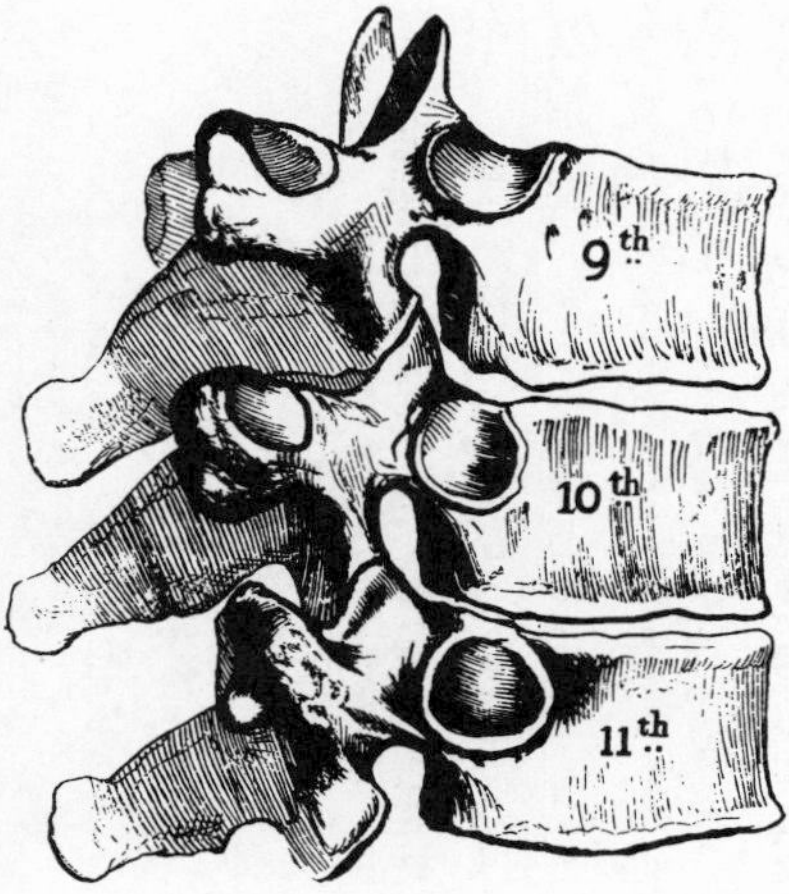

20　ゴッドが答える

一時間ほど経ったのだろうか。彼女があくびをして立ち上がったので、わたしたちも目が覚めた。以下の会話がはじまったのは書斎である。会話が終わったとき、わたしたちは台所のテーブルを囲んでおり、そこでベラは冷製のボイルド・ハムをほとんど丸ごとひとつに、パン、チーズ、ピクルスを平らげ、砂糖を入れたミルクティー一・五リットル近く飲み干した。彼女が感情を傷つけられてもすぐに立ち直ることはよくわかっていたが、これほどはっきりとした身体上の変化を目にするのははじめてだった。痩せてやつれた表情が消え、頰は丸みを帯び、額がすべすべと滑らかになり、生き返ったような肌からは小皺が消えていくのだった。年齢は二十五歳から四十歳の間と見えていた彼女が、二十五歳から十五歳の間かと思えるようになった。彼女から投げかけられる愛のこもった一瞥《いちべつ》のせいで、あくまで科学的なわたしの目も眩惑《げんわく》されたのだろうか？　そんなはずはない。ベラの目は疲労と緊張の跡が消えていくのはハムを食べお茶を飲んだせいだけではなかった。

わたしたちの顔を栄養とし、耳と頭はわたしたちの言葉をかみしめて彼女の思考の中身へと取りこみ、思考を強化するのだ。それは歯と胃が食料を利用して肉体を回復させるのと同じような早業だった。彼女は食べ物をかみ砕いては飲みこみながら、その合間に口を挟んで、彼女の今後の人生を、そしてわたしの人生をも決定するような、またふたりの結婚の日取りを決定するような議論になるようたくみに誘導した。しかし、彼女のまばゆい輝きにやはりわたしは少しばかり眩惑されていたかもしれない。わたしは饒舌《じょうぜつ》で、バクスターと彼女のふたりを合わせた以上に口数が多かったのだが、それでいて自分が何を言ったか、ほとんど何も覚えていないのだ。しかし、その議論がどのようにしてはじまったかについては、記憶はとてもはっきりしている。

ベルが言った、「わたしの子どものことを訊いたとき、汗をかいて、口ごもり、震えたのはどうしてなの、ゴッド？　うっかり答えるとわたしが半狂乱になると心配したの？」

バクスターは猛烈な勢いで首を縦に振った。それがあまりに激しいので、首の骨が折れるのではないかと心配になるほどだった。

彼女が言った、「びっくりすることではないわ。ここを出て行ったとき、わたしは子どもだったもの――そんな子どものベル・バクスターに、おまえは自分の子をなくしたんだよ、なんてあなたに言えるはずがないわ。父親が誰かわからないときにはなおさらよね。

あなたのおかげでわたしは強くなり自信が持てるようになったわ、ゴッド。この世界の素敵で立派なさまざまのものについて教えてくれ、わたしがその一員であることを示してくれた。あなたは考え方が正しすぎるから、子どもに狂気の沙汰や残酷な行為のことを教えられなかったのよね。だからそうしたものは本人が狂っていて残酷である人たちから学ばなくてはならなかった。ウェダーからわたしは母親だったと聞かされた途端《とたん》、この世界はどこかおかしいということがわかった。ドクター・フッカーが小さい哀れな女の子と目の見えない赤ん坊をしたり顔で指差した途端、わたしの娘がひどい目に遭っていた可能性に気づいた。ミスター・アストレーが豊かな国にとっていかに乳児死亡率の高さが恩恵となっているかを説明したときには、娘は死んでいるかもしれないと思った。そして、ミリー・クロンクビユのところで無力で孤独な女性たちがどのように使われているかを知ったときには、娘は死んでいたほうがいいとさえ思ったわ。あなたにはまったく何の責任もないのよ、ゴッド。わたしに関するかぎり、まったく何もないの。でも無力な人たちがどんな辛い目に遭っているか、あなたは知っていて、それを憎んでいるんでしょう、そうではなくって？」

「その通り」

「それを止めようとはしなかったの？」

「一度も」バクスターは物憂げに答えた、「それでも一度、かれらの苦痛を軽くしようと努力したことはあるんだ。ブロヘアン鋳鉄《ちゅうてつ》工場とセント・ロロクス機関車工場で怪我をした工員を診てあげてね」

「どうして続けなかったの？」

「わたしが身勝手なせいだ」バクスターは再び汗を浮かべ、身体を震わせながら答える、「そして君を見つけたためだ。火傷や骨折をした大工場の犠牲者の世話をするより、何としても君の愛を勝ち得たいと願ったわけだ」

ベラは面白がりつつ少し狼狽《ろうばい》したような微笑を浮かべて彼を落ち着かせた。その気持ちは声の調子にもこもっていた。

「ああゴッド、わたしは存在しているだけで、善がなされる障害になっていたわけね！　きっとミスター・アストレーの言った通りなんだわ――この世界には人が多すぎる、とくにわたしのように甘やかされてだめになった未熟者がね。わたしたち、あなたのお金を正しく使うようにしないといけないわね、ゴッド。わたしたちをアレキサンドリアに行かせて頂戴。あの小さな女の子と赤ん坊の弟を見つけ出し、養子にして、ここに連れ帰るわ」

「そんなに遠くまで行く必要はないよ、ベル」溜息をつきながらバクスターは言った。「明日、グラスゴー・クロスから北にハイ・ストリートを歩いてみよう。右手には鉄道の操車場や倉庫が見える。元は大学の敷地だったところだ。アダム・スミスが世界的に有名な諸国民の富についての論文と、誰からも無視されている社会的な共感についての論文を構想したのは、当時そこにあった大学だった。通りの反対側は一階が商店になった見栄えのしない共同住宅が並んでいる。その裏は人が多すぎて悪臭のする小さな住宅の密集地—アレキサンドリアの陽光の下で目にしたのに劣らぬ悲惨な人々の集団を嫌と言うほど見られるだろう。そこの路地では、ひとつの共同蛇口を使って百人以上の人たちが飲料水や洗濯水を汲み、部屋のそれぞれの隅に一家族ずつ身を寄せ合って暮らしている。いちばんよく見られる病気は赤痢、くる病、結核。そこへ行けば、惨めな娘たちを好きなように選べるさ。親に娘たちを召使になれるよう仕込むからと告げれば、子どもを連れ出してくれるというのでその親は君に心から感謝するだろう。六人ほどを連れてくるといい。ミセス・ディンウィディに助けてもらって三年か四年かければ、君でもおそらく可能だよ、その大多数に掃除洗濯の仕方をしつけるくらいは。君は無知だから、それ以上のことを教えこむのは無理だろうがね」

ベラは両手で髪の毛をつかんで叫んだ、「ハリー・アストレーみたいな言い方をするのね！　あなたもわたしを他人に頼って生きる皮肉な冷笑家にしたいわけ、ゴッド？　人々が苦しむのを嫌がる気持ちは母性が置き換えられたものに過ぎないと、あなたもそう考えるの？」

「たとえ君が母親として子どもたちの世話をしたところで、独立心を植えつけることはできない、それだけは確かだと思うね」

「どうしたらそれを植えつけることができるの？」

「君自身が独立するようになること——わたしから、そしてキャンドルからも。キャンドルと結婚するかどうかにかかわりなくね。精一杯働こうというつもりはあるかな——つまり売春宿の外で」

「ここの小さな病院でわたしが病気の動物相手に何時間も必死に働いたのをご存じでしょう」

「でも今では君は哀れな病気の人たちを助けたいと思うようになっている」

「ご承知の通りよ」

「勇気と強靭な判断力が必要とされるぞっとするような場所で苦労して、頭も身体も疲れきってしまうことも厭《いと》わないと？」

「わたしは無知で考えが整理できていない人間だわ。でも馬鹿ではないし、臆病者でもない。わたしを完全に使い切ってしまう仕事が欲しいわ！」

「それなら自分が何になるべきか、わかっているだろう」

「いいえ——教えてよ！」

「その答がまだ心に浮かんでいないのなら」バクスターは暗い口調で言った、「わたしが何を言っても意味がない」

「手がかりを頂戴」

「君の仕事は猛勉強と実践とを必要とする。しかしそのどちらについても、最高の友人たちが君を助ける」

「わたし、医者になるわ」

彼女の顔は涙で、彼の顔は汗で濡れていたが、ふたりは微笑を交わし、頷きあった。そこには完璧な相互理解があり嫉妬を覚えるほどだったが、この会話の間ずっとわたしはベルの手を握っていた。彼女はわたしの気持ちを察したのかもしれない。わたしにキスをすると、こう言ったのだ、「わたしに教えられる講義を全部考えておいて、そしてわたしがそれを吸収するのにどれほど頑張らなくてはいけないかも」

「ぼくなんかよりバクスターの方がずっと色んなことを知っているよ」とわたしは言った。

「その通りだ」とバクスター、「だがわたしはけっしてそのすべてを教えたりはしない」

＊　＊　＊　＊　＊　＊　＊　＊　＊　＊　＊　＊　＊　＊　＊　＊　＊　＊

この星印は実際に取り交わされた会話の報告が終わり、以下は手短な要約であることを示す。

バクスターの言うところによれば、目下のところ、英国には女性の医者がわずか四人しかおらず、彼女たちはいずれも外国の大学で学位を取っている。しかし一八七六年に制限解除法案が提出され、またソフィア・ジェックス＝ブレイクの努力もあって、ダブリン大学が女性の医学生に門戸を開くようになり、スコットランドの大学も近いうち同じように門戸を開くはずである。それまでの間、バクスターとしては、もしベラがグラスゴー東部にある病院で見習い看護婦として働くつもりがあるのなら、そこの慈善病棟の仕事に戻る用意がある。そして彼女がそこでの訓練を見事にこなしたら、彼の手術助手をする看護婦として働けるようにする。そうすることによって、ついに医学部に入るようになったときには（そこがダブリンであれグラスゴーであれ）、多くの新入生にとって暗記科目である講義が、彼女にはもっと有意義なものになるだろう。内科医や外科医はすべて、看護師から採用されるか、最初は看護の仕事に就くべきなのだ、と彼は言い、さらに、英国でのいかなる専門的、知的職業もまず最初の訓練として肉体労働をさせることからはじめなくてはいけないのだ、と猛然とまくし立てるので、わたしたちは話を戻させるのに苦労するほどだった。

彼が次に尋ねたのは、彼女が一般の開業医になりたいのか、それとも特別な人たちを助ける医師になりたいのか、ということだった。彼女は、小さい娘や母親や売春婦を助けたい、と答えた。現在そうした人相手の医者はほぼ全員が、患者とは違った生殖器を持っているわけだから、それはいい考えだ、というのがバクスターの意見。自分のところにやってくる女性たちには全員、是非とも最新式の効果的な避妊法を教えてあげたい、とベラは言った。バクスターとわたしは、彼女がそれを実行できるようになるまで、その意図は秘密にしておくように助言した。そのときには個人の秘密の守られた診察室で彼女が患者に何を教えようと、それが社会的なスキャンダルを引き起こすとは考えにくいからであり、また、もし産児制限の意義を公然と論じたいと望むなら、十分な資格を持った臨床医として最低五年間働いた後であれば、発言にずっと重みが出るとも付言した。発言できるようになるまでの待機期間をどれくらいにするかはひたすら彼女の判断によるのであり、他人の干渉することではない、とわれわれが認めてようやく彼女は同意した。

それからバクスターはわたしに向かって、父親の友人たちが前からグラスゴー医学界でのわたしの評価を彼に知らせてくれているのだと言った。それによると、わたしは診断が上手で、細菌性の病気に強く、人体機能の十全な働きを可能にする衛生について広範な知識を持っている、という評判らしかった。こうした資質は公衆衛生官に不可欠のものであるから、公衆衛生官となる道を考えてみてほしい、というのが彼の意見。病気の予防は治療以上に重要である。グラスゴーの上下水道、照明を改善する――ひとことで言えば、住環境をよくする――ことに励む人こそ、社会に最高の恩恵を施すことになる。そう彼は言ったが、しかしわたしをその地位に就かせたいと考えるもっとも大きな理由は個人的なものだった。ベラが最終的に自分でクリニックを経営することになると（そしてバクスターは彼女が開業するのを助けるのに彼の財産をつぎこむつもりだった）、市の上級公務員が身近にいることは彼女にとってとても役に立つはずである。この理屈には納得した。

そこでわたしは結婚のことを話題にし、出来るだけ早いほうがいいのでは、と言った。マダム・クロンクビユのところでの仕事によって性病に罹《かか》っていないかどうか、それを確かめるのが先決であるとベラが言った。バクスターは六週間、性的交渉を避ければ十分なはずだと言い、それから疲れた、失礼、と急に言い置いて、二階に上がってしまった。ベラが自分ではなくわたしと結婚すると考えると、今でも彼には苦痛なのだと悟った。わたしがそれを口にすると、彼女は声を上げて笑った。露骨に否定はしなかったが、彼女の考えでは、バクスターはそんな馬鹿げた苦痛など簡単に克服するというのだった。わたしの愛しいベラが唯一こうした男女の愛の領域では、他人の痛みに対して残酷だと感じるのである。しかし自分たちに子どもができてわかったのだが、多くの若い人間は自分の信頼している親や後見人に対しては、安心して残酷になれるものなのだ。

それでわたしたちはお休みのキスをし、彼女の部屋に続く踊り場まで階段を上り、そこで再びお休みのキスをした。彼女が囁いた、「ずっと強くなったわね、キャンドル。昔キスをしたときには、気を失いそうになったもの」

自分が少し鈍感になったのではないか心配だとわたしは言った――わたしの身体が、いなくなった彼女を恋しく思っていた時間が長すぎて、その彼女が自分と一緒にいることが信じきれていないのだと。彼女は静かに笑い、彼女も前のような熱情に駆られることはなくなったのだと言った。

「最近ではウェディングよりも抱擁してもらいたいの」彼女は言った、「それにアレキサンドリアを出てウェダーが頭と足を逆にして眠るようになってからは、一晩中静かに抱いてもらったことがないの。今夜は一緒に眠りましょう、キャンドル。なくてはならない優しい人。ふたりの間にシーツを挟んでおけば、わたしはあなたの両手を身体中で感じられるし、あなたに病気を移す心配もないわ。そんなふうにしてわたしを抱きしめるのは嫌かしら？」

是非《ぜひ》ともそうしたいし、まさしくその予備結婚の儀式はスコットランドの田舎で頻繁に行われているもので、「着衣同衾《どうきん》」と呼ばれているのだ、とわたしは言った。

そうしてわたしたちはベッドに行き、着衣同衾をした。そしてそれ以来、彼女がロンドンで行われるフェビアン協会の集会に参加しなくてはならないときを除いて、ふたりはいつも一緒に寝ている。

21　妨害

わたしは無神論者ではあるが、頑迷固陋《がんめいころう》な人間ではない。ベラが病気に罹っていないことがわかると、すぐに長老派教会で簡素な結婚式を行うよう手筈《てはず》を整えた。ふたりの結婚の誓いを式として祝うには、そのようにするのが当たり障りのない伝統的なやり方だろうと思ったのである。パーク教会がいちばん近かったのだけれども、玄関前で近所の子どもたちに争奪戦(註24)をやってもらいたくはなかったので、式は歩いて十分ほどのグレート・ウェスタン・ロード脇にあるランズダウン合同長老教会で行うことにした。式は十二月二十五日の朝九時から行われることになったと言ったら、イングランドの読者は目をぱちくりなさるだろう。だが、式の可能な最も早い日取りがその日であり、またスコットランドの教会は、クリスマスが安息日に当たれば別だが、そうでなければ、格別その日を神聖な日として祝う習慣がないのだ。ベラと腕を組み、同じように腕を組んだバクスターとミセス・ディンウィディを従えて玄関を出たとき、自分の結婚式の日に世界中の人が休日を祝っているのだと思えて、わたしの気分はちょっと浮き立った。もっとも、グラスゴーの店や事務所や工場はいつものように仕事に追われていた。

霜の降りる寒い朝だった。屋根、庭、往来の少ない通りはどこも一面の雪だったが、わたしたちはしっかりした足取りで進んだ。バクスターが、子どもたちの一団に金を払って、玄関から教会まで歩きやすい通り道を作らせておいたのだった。公園を抜ける道は丘の斜面を下っていたのだが、塩が撒《ま》かれていたので滑る心配はない。薄い靄《もや》がかかって鼻に煙臭さを感じたが、近くが見えなくなるほどではなく、数人の人影がわたしたちの前に教会の建物に入っていくのが見えたような気がした。どういうことだかわからなかった。立会人及び信徒として同席するのはバクスターとミセス・ディンウィディだけだと思っていたのだ。ベラはミス・マックタヴィッシュ、ウェダバーン、アストレー、マダム・クロンクビユにも同席してもらって、かれらに(彼女が言うには)「終わりよければすべてよし」なのだということを示したがったが、バクスターとふたりで、もしみんなが来たら、客同士が気まずいことになるのだと説得し、結局、誰も招待せず、また結婚の公示もしないことにした。しかしもちろん、教会の牧師は通例どおり、結婚予告をして世間に異議の有無を問うたに違いなかった。

わたしたちはきっかり九時一分前に教会に入り、身廊まで進むと、前部の座席に男たちが五人並んでいる他は誰もいなかった。ベラが「あの人たちは誰？」と言った。見知らぬ顔だったが、そのうちのひとりは並外れて背が高く、痩身で、軍人らしいということがわかった。かれらの姿を目にしたわたしは震えが止まらなかった。とんでもない災難が待ち構えており、ベラとわたしは前に何度も、腕を組んでこの通路を同じ不幸のなかへと歩いていったことがあったという気がした。何としても目覚めなくてはならない悪夢を見ている感じだった。バクスターが囁《ささや》くように言った、「落ち着くんだ、マッキャンドルス！」あまりに落ち着いて動じた気配の微塵もない声だったので、わたしは思わず彼を見つめた。彼は頷き返した。それで彼には起こるかもしれないことがすべて予見できていて、その心構えができているのだと悟った。わたしはベラの腕をさらにつよく引き寄せ、神が自分を助けてくれることがわかっているキリスト教徒の勇気を胸に、歩を進めた。

わたしたちは見知らぬものたちの前を過ぎ、かれらに背を向けて聖餐《せいさん》台の前に立った。牧師が説教壇の裾《すそ》のところから現われ、少しばかりの前置きを述べた後、形式に従って、わたしがアーチボールド・マッキャンドルス、ギャロウェイのフウォープヒル教区のジェシカ・マッキャンドルスを未婚の母とする一人息子であるか、と尋ねる。わたしはそれに相違ないと答える。牧師は次に、わが婚約者に向かって、彼女はベラ・バクスター、ブエノス・アイレスの貿易商イグネイシアス・マグレガー・バクスターとその妻、セラフィーナ・ラインゴールド・カムバーパッチの娘であるかを尋ねる。彼女はその通りだと答える。わたしはバクスターがどうして彼女の母親にそんな長ったらしい突飛な名前をつけたのだろうかと訝《いぶか》しく思い、彼としては、風変わりなものが横行している世界であれば、長ったらしい突飛な名をひとつも含まない姓名こそ不自然であると判断したのだろうと考えて納得した。ようやくそんな結論に達したときには、牧師が、この場にいるもので、このふたりが神聖なる夫婦の契《ちぎ》りを結ぶことに異議のあるものは申し出るように、と言っているところだった。すると後ろから「この結婚はあ、っ、て、は、な、ら、ぬ！」という高くてとげとげしい耳障りな声が聞こえた。

わたしたちは振り向いた。その言葉を発したのはとても背の高い瘦身の男で、彼は直立した姿勢で、巧みに彫られた等身大の木製人形のように、微動だにせずわたしたちを睨《にら》みつけている。彼が木製のように見えるのは、豊かな鉄灰色《てつかいしょく》の口髭（彼の口を覆っていた）と鋭く先の尖った顎鬚とが、ピンクがかった褐色の皮膚とほとんど変わらぬ色合いをしていたからだった。彼の隣では、浅黒くて恰幅のいい男が、興奮しきった目をぎらつかせて必死に立ち上がろうとしていた。「どなたですか?」そう牧師が尋ねたが、その声は急に小心者らしい裏返った声になっていた。

「将軍サー・オーブリー・デ・ラ・ポール・ブレシントンである。ベラ・バクスターと名乗る女性は法律の認めるわたしの妻、ヴィクトリア・ブレシントンであり、結婚前の名前はヴィクトリア・ハタズレー。こちらが彼女の父上、マンチェスターとバーミンガムのユニオンジャック蒸気機関車会社の社長であるブレイドン・ハタズレー」

「ヴィッキー!」その老人が叫んだ。ベラのほうに両手を伸ばす彼の頰を涙が伝っていた。「ああ愛しいヴィッキー! 父さんがわからんのか?」

ベラはとても興味深そうに彼を眺め、それからさらに、同じように興味をそそられた目で最初の夫を見た。将軍は目を逸らさずに見つめ返した。社長はすすり泣いた。わたし自身のそのときの気持ちはとても奇妙で、うまく言葉にできない。わたしにわかっていたのは、今ベラは自分ではそれと気づかぬまま、脳にとっての父親を肉体にとっての最初の夫として、脳にとっての祖父を肉体にとっての父親として見ている、ということだった。ついに彼女が言った、「ええ、とても魅力的なおふたりだとお見受けしますけれど、おふたりのどちらともお会いした記憶はございませんわ」

将軍が言った、「プリケット、話せ」

三人目の男が立ち上がって、自分は将軍お抱えの医者だと名乗り、ブレシントン令夫人の失踪前、少なくとも八ヵ月間、彼女の重病の治療に当たっていたのだと述べた。ベラ・バクスターという名前に答えた女性は、声といい姿といい、ブレシントン令夫人にそっくりであり、ふたりが同一人物であることは間違いない、と彼は言った。これを聞くと、牧師がこの結婚式の遂行は不可能だと言った。

もしベラが腕を組んだままでいてくれなかったら、そしてバクスターが責任を持ってその場を取り仕切ってくれなかったら、わたしが何をしでかしたか見当もつかない。バクスターの巨大な体軀《たいく》と落ち着いた態度のおかげで、彼の言葉を聞きながらわたしの胸は子どもじみた希望でいっぱいになった。彼は言った、「ブレシントン将軍。そしてミスター・ハタズレー。誰かがおふたりにこの結婚式の時と場所を教えたのでしょう。その人物はまた、わたしが金持ちであり、王室の方に手術を施したことのある現役の外科医であるとも伝えたかもしれません。ミス・バクスターがわたしのところにやってきたのは三年前。それまでの記憶は一切ありませんでした。彼女はそれ以来、わたしを後見人として、わたしのところで暮らしてきました。わたしは彼女に全財産を遺すという遺言状を書いています。一年前、彼女は自由意志によってわたしの友人でグラスゴー王立診療所のドクター・マッキャンドルスと婚約しました。ブレシントン将軍！　ミスター・ハタズレー！　おふたりはミス・バクスターの身元に関わる問題を裁判所の判事と陪審によって決めてもらうのがお望みでしょうか？　それともまず、わたしたちで解決するよう、理性的な話し合いを持ってみますか？　わたしの家はここからほんの少し歩くだけです。ご招待しますよ」

将軍が言った、「ハーカー、彼に告げよ」

四人目の男が立ち上がり、ブレシントン将軍の弁護士であると名乗った。彼の承知しているところでは、個人的な問題を公開の場で調査されて妻の評判に傷をつけることは避けたいというのがサー・オーブリーの意向だとのことだった。ひたすらそれだけが理由なのだが、将軍としても、以下の人間を参加させる条件で私的な話し合いを許容する用意がある——一方は、将軍自身、お抱え弁護士、お付きの医師、将軍の妻の父親、そしてシーモア・グライムズ私立探偵事務所のミスター・シーモア・グライムズ（この最後の名が告げられると、五人目の男が立ち上がった）。弁護士はさらに言葉を続けて、将軍としては、もう一方にミスター・バクスターとその友人、ドクター・マッキャンドルスの参加を認めるつもりであると述べた。しかし、妻のヴィクトリア・ブレシントンには話し合いの結論が出るまで隣室で待ってもらうという条件は曲げられない、とサー・オーブリーは主張した。彼女に話し合いの席から外れてもらうという点については、十分な理由があるというのだった。同時に、話し合いの場は予約してあるセント・イーノック・ステーション・ホテルのスイートルームにしてもらいたい、と言って譲らない。「わたしには聞かせないようにして、わたしが何者なのかをゴッドとキャンドルに言いたいのですか？」ベラが叫んだ、「ゴッド、どう思う？」

「そんな条件には聞く耳を持たない、と言わざるを得ません」バクスターが静かに言った、

「それ相応の理由を聞かせていただかない限りはね」

「彼に告げよ、プリケット」将軍が言った。お抱えの医師が信徒席からにじり寄って、バクスターを脇に連れて行き、彼の耳に何事かを囁いた。それを見たベラはひどく苛立ったが、バクスターの返事は誰の耳にも届いた――「それは理由ではない。それは嘘だ。嘘であることをわたしは証明できる。ミス・バクスターが当事者として同席しないのであれば、そしてわたしの家で行われないのであれば、話し合いの件はご破算にする。ブレシントン将軍と付き人ご一行はわたしの家に入ったからといって、何の危険もない。しかし女性の場合、その夫を名乗る男たちによって英国のホテルから拉致《らち》された例がこれまでにもある。警察の手が入らないままね」

「いかにも！」将軍が怒鳴った。弁護士がじっと将軍を見つめる。将軍は無表情のまま相手を見返し、しばしそのまま誰も動かなかった。それから何らかの合図が送られたに違い

ない。というのも、弁護士が低い声でバクスターにこう言ったのだ、「あなたのお宅にお邪魔しましょう。この教会の隣の道に辻馬車を三台待たせてあります」

「辻馬車三台だと乗れるのは六人」バクスターが言った。「ミセス・ディンウィディ、この五人の方々と一緒にパーク・サーカス一八番地まで戻って、わたしの書斎までご案内してください。火を起こして、飲み物でも差し上げるように。わたしとミス・バクスター、ドクター・マッキャンドルスは断固歩いて帰ります。でも、そんなに遅れはしません。ミスター・ハーカー、以上の手筈をご主人に説明してください」

そう言うとバクスターは弁護士に背を向け、牧師に対して、迷惑をかけた分については明日支払いをするし、この誤解が解けた暁《あかつき》には改めて連絡する、と申し述べた。それから彼はわたしと反対側のベラの手を取って腕を組み、わたしたち三人は教会の通路を玄関に向かって戻った。玄関の扉を通ると、教会には本当は十分もいなかったのだが、このなかに十週間もいたように思われた。

外に出ると、霧に包まれた道と雪の積もった屋根がどれほど新鮮で、まばゆく、まともに見えたことか！　ベラもそう感じていた。彼女が言った、「わたしたちの結婚があんなに面白いものだなんて、思ってもみなかったわ。あの可哀そうな老人は本当にわたしのお父さんなの？　あの人を元気づけてあげなくてはね。棒切れみたいに痩せて、頭に仮面をつけたあののっぽの男の人と、わたし本当に結婚したのかしら？　やだわ、あの人のそばには近づきたくない。あの人たちは全員、わたしを誘拐する気だったのかしら？　さっきなんか本当にそうするつもりみたいに見えたもの。あなたがいてくれてよかった、ゴッド。キャンドルはわたしのために死に物狂いで戦ってくれたと思うけれど、死んでしまったキャンドルは連れ去られたベルには何の意味もないもの。あんな連中、あなたの肺の一吹きで、全員ぺちゃんこよね、ゴッド。かれらにもそれがわかったんだわ。それでついに、ベル・バクスターの種の起源の謎が解けるかもしれなくなったわけよね。あのお医者さん、あなたに何を囁いたの、ゴッド？」

「嘘をだ。きっと今度はそれをはっきり口にするだろう。そして君はわたしが彼に反駁《はんばく》するのを聞くことになる」

「どうしてそんなに惨めな顔をしているの、ゴッド？　どうしてわたしみたいに興奮していないの？」

「それは、わたしもまた嘘をついていたことを君が知ってしまうからだ」

「あなたが？　嘘つき？」

「そうだ」

「もしあなたがわたしに嘘をついていたのなら、真実はいったいどこにあるというの？　善をまっとうする人などいない、ということになってしまうわ」と言ったベラの顔には恐怖の表情が浮かんでいた。

「真実と善はわたしがどうこうできるものではないよ、ベル。わたしは弱すぎる存在なんだ。ブレシントン将軍と同類の哀れなるものなんだ。ふたりを軽蔑する用意をしておいてくれ」

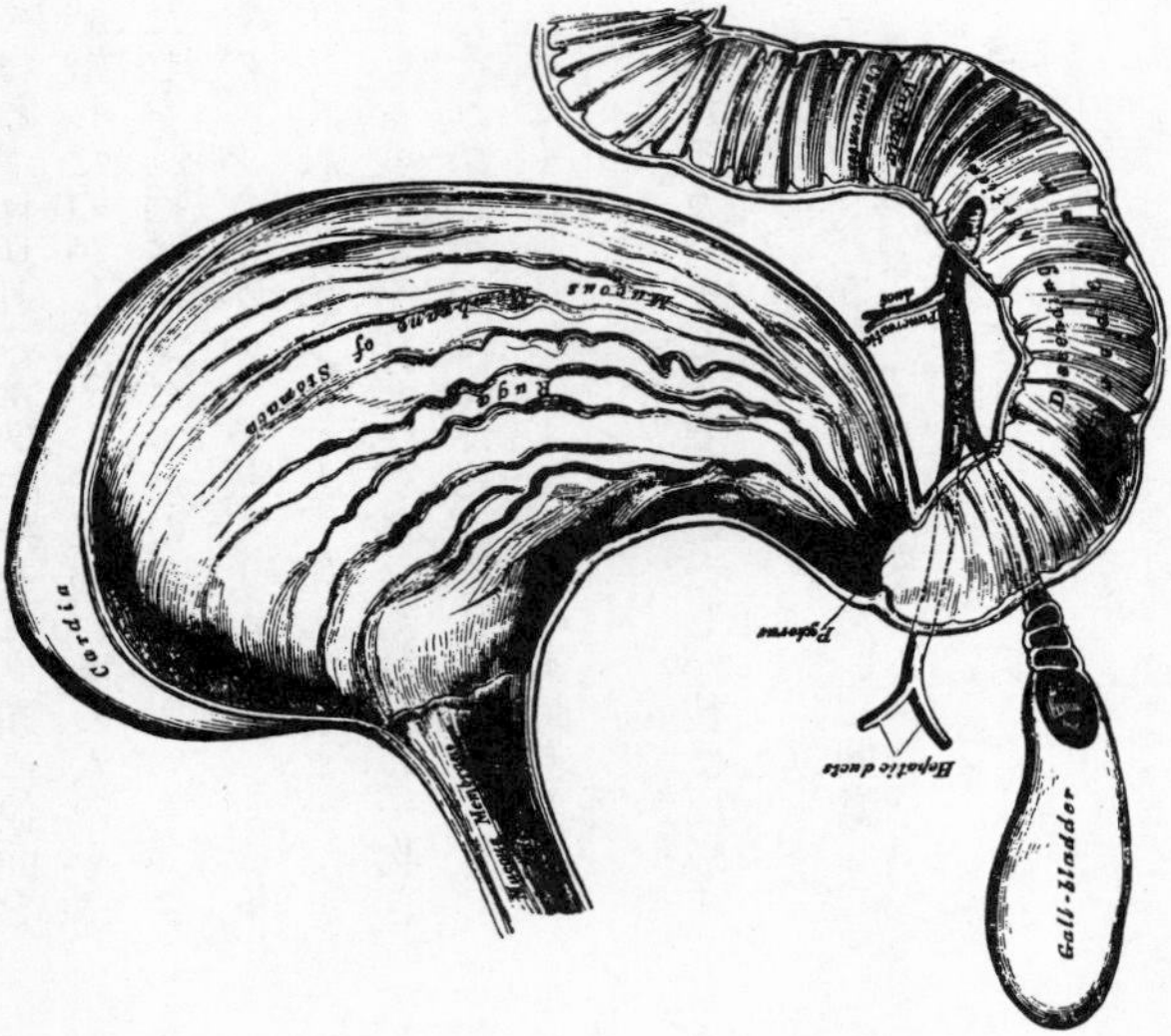

22 真実——最も長い章

ブレシントン将軍のことは、バクスターがウェダバーンの手紙のなかに出てきたその名を読み上げるずっと前から知っていた。当時の新聞読者にとっては、〝雷電〟ブレシントンは陸軍を近代化したサー・ガーネット・ウルズリーや太平天国の乱を鎮定した〝チャイニーズ〟ゴードンと同じくらい人気があったのだ。ウルズリー子爵は英国軍の総司令官となった人物であり、ゴードン将軍は、ダルウィーシュと呼ばれるイスラムの熱狂的な神秘主義教団の修道僧によって身体をばらばらにされて死んだために、帝国の殉教者として崇拝されている。そのふたりに比べると、妻の最初の夫はずいぶん冷たい扱いを受けてきた。ロンドンの『タイムズ』紙と『マンチェスター・ガーディアン』紙は彼のあげた輝かしい武勲を、今では、それが最初に報じられたときには名前も挙がっていなかった士官たちの功績へとすり替えてしまっており、大衆紙もそれに倣《なら》っている有様である。勇敢な武人が不幸な末路をたどると、国を愛する懸命な努力を続けた生涯の輝きまで消してしまうのはなぜなのだろうか？　彼についての最上の伝記は現在でも一八八三年版の『名士録』に記載されたものであり、以後の版には彼の記載がなくなっている。

カナダ国民軍総司令官（ケベック州視察時に、砲台の爆発によって負傷し、議会から、感謝状と併せて２万５千ポンドの下賜金を受け、また、第五等レジョンドヌール勲章受賞）。保守党よりロウムシャー・ダウンズ選挙区議員候補。1877年、イングランドのフリーメイソン本部代表理事。著書に『イングランドが震撼したとき——1848年のチャーティスト運動にたいする政府の処置について』、『この惑星を粛清する——ひとつの独り芝居』、『政治の病気、帝国の治療——陸海空軍協会での講演』がある。狐狩り、鳥撃ち、サラブレッドの飼育を趣味とし、放浪者、浮浪者のためのマンチェスター人道避難協会代表を務め、スラム街の孤児たちが植民地に定住できるよう訓練する実験農場を直接監督する。住所はロンドン、ポーチェスター・テラス49番地。〈クラブ機動部隊〉、〈陸海空三軍クラブ〉、〈プラット・クラブ〉、〈英国優生学クラブ〉に所属。

ブレシントン、サー・オーブリー・ラ・ポール　第13代准男爵。初代叙爵1623年。ヴィクトリア十字勲章受章、バース勲爵士、聖ミカエル・聖ジョージ勲爵士、治安判事。1878年よりマンチェスター北部選挙区選出の下院議員（自由党）。1827年、アンダマン・ニコバル諸島総督Q・ブレシントン将軍と、准男爵バムフォース・デ・ラ・ポール（ロウムシャー、ホグズノートン及びアイルランド、コーク州、バリノックミールアップ領主）の長女エミリアとの間の長子として、インド北部のシムラで生まれる。1861年、爵位継承。マンチェスターで蒸気機関車製造を営むB・ハタズレーの娘、ヴィクトリア・ハタズレーと結婚。ラグビー校、ハイデルベルク大学を経て、陸軍士官学校を卒業。1849年、喜望峰の東方戦線で現地軍を指揮。1850～51年、スワージ族討伐遠征（重傷を負い、殊勲報告書に勲功者として記載され、中佐に名誉進級）。クリミア戦争に志願兵として参加、1854～56年、セバストポルの戦闘まで兵役（二度負傷し、第四大隊からきわめて少人数の分遣隊を組織して、五度にわたるロシア軍の突撃を撃退した功績により、殊勲報告書に勲功者として記載され、クリミア戦争章、メディジエ及びトルコ戦争章を受ける）。1857～58年、インド暴動の間、旅団副官として中央インドにおいて追跡部隊を指揮（負傷、ブルグブールのファマッケナガーの城砦奪取、カシミール要塞およびデリー高地への強襲に参加、インド功労章、デリーでの戦功により線章を受け、ゴア州守備の功績によりポルトガル政府から王金羊毛勲爵士団章を授与される）。1860年、中国への英国派遣軍の高級副官（揚子江河岸砲台の破壊作戦中に負傷するも、北京侵攻および頤《い》和園《わえん》強襲に参加）。1862～64年、囚人植民地ノーフォーク島総督。1865～68年、パタゴニア総督（一人の死傷者も出さずにテウェルチェ族とゲンナケン族の反乱を鎮定）。1869～72年、ジャマイカ総督。1872～73年、ビルマ討伐遠征軍指揮官。1874年、北西カナダで起きた混血児蜂起に際し、中将として鎮圧作戦を最初から最後まで指揮。1875年、アシャンティ戦争において高級副官（負傷、ヴィクトリア十字勲章受章）。1876年、

サー・オーブリー・デ・ラ・ポール・ブレシントン将軍

ベラがわたしたちのところに戻ってきた翌日、わたしはバクスターの書庫で本を見つけ、誰にも見られていないことを確認したうえで、前掲の記事を読んだのだった。何週間かして、ベラもバクスターも別々に同じようにしていたことがわかった。三人ともベラの将来をどうしたらいいか考えるのに頭が一杯になって、彼女の過去を協力して調べる、もしくは過去を呼び起こすということにまで思いが及ばなかった——どんな過去であれ、わたしたちの邪魔にならないだろうと高《たか》を括《くく》っていたわけである。バクスターだけがこの情報を知って、過去が不意に突きつけられた場合の備えをしていたのだった。あの寒いクリスマスの朝、教会から家へと急ぎながら、事態を深刻に受けとめていたのは彼ひとり。わたしはベラの強い好奇心と、将軍がとんでもない名士であると知って生まれた途方もない空想に感化されていた。将軍がわたしからベラを奪ってしまうという心配はしなかった。考えたのは、自分の愛の生活が、恋多き女王メアリー・スチュアートの寵愛を受け、二番目の夫ダーンリーに嫉妬されて殺されたリッツィオや、そのダーンリーを殺害してメアリーの三番目の夫となり、結局獄死したボスウェルの愛の生活と同じように、歴史に残るかもしれないということだった——わたしに悲惨な死をもたらすほど劇的ではなく、わたしを有名にしてくれるくらいの波瀾に富んだ愛の生活。バクスターの言葉さえ、そんな妄想を鎮めはしなかった。一八番地が近づくと、わたしたちを睨みつけるように見下ろしながら、書斎の窓のところに立っている将軍の姿が目に入った。ベラが身震いする。バクスターが優しく言った、「彼の左目は義眼なのだ――それで、右目をそれに合わせるために、いつもまっすぐ前を見るようにしている。デ・ラ・ポール・ブレシントンほど何度も負傷した大将軍はいない」

「ああ、可哀そうな人なのね！」ベラはそう言って、将軍を励ますように手を振った。それが彼の目に入った気配はなかったが、同情からベラが彼に惹かれるのではという不安が急にわたしを襲った。

書斎に入ると、将軍は部屋に背を向けて、相変わらず窓の外を見つめていた。機関車製造会社の老社長は暖炉のそばの安楽椅子で身体を丸めている。ベラとわたしが並んでテーブルに着くのをちらりと眺めたが、暖炉の火に視線を戻して動かない。将軍付きの弁護士は探偵の隣のソファに鹿爪《しかつめ》らしく座っている。客のなかでくつろいでいるのはシーモア・グライムズただひとりだった――彼はミセス・ディンウィディが手近に置いていったデカンタから注いだウィスキーのグラスを手にしていた。バクスターがまっすぐ書き物机に向かい、鍵を開けると、書類の束を取り出した。それをテーブルに置くと、誰にともなく尋ねる、「将軍は立ったままがお好きですか？」

「サー・オーブリーは多くの場合立ったままがお好きです」将軍付き弁護士が慎重に答える。

「結構」バクスターが言った。全員の姿がはっきり見えるところに腰を下ろし、彼はすぐに話しはじめた。

「われわれの世界のように人口の密なところでは、自分そっくりの姿かたちや声をした他人が、誰にだって、まず数人くらいはいるとしたものでしょう。ベラ・バクスターがヴィクトリア・ブレシントンであると思えるそれ以上の理由を、どなたか考えつきますか？」

「理由はありますよ」製造会社の老社長が言った。「一週間前、わしはウェダバーンと名乗る男から手紙を受け取りましてな。そこには娘のヴィッキーがここ、あんたの家で暮らしていると書かれてあった。そこで娘婿に問い合わせてみると、彼も同様の手紙を二週間前に受け取ったが、何の手も講じていないことがわかったんですよ」

「あれは頭のおかしい男の手紙だった！」お付きの弁護士が素早く口を挟む。「ウェダバーンときたら、ブレシントン令夫人が自分の愛人だったと言うばかりでなく、彼女はロバート・バーンズやすてきなチャーリー王子をはじめ、エデンの園まで遡《さかのぼ》る一連の著名人の愛人でもあった、などと言いだす始末ですから。将軍はそんな馬鹿げた書簡を無視されましたが、それがあなたには驚きだったと？」

「そうとも」老人は炉の炎を睨みつけながら言った。「その手紙は、この三年間を通じて、娘のヴィッキーの所在について得られたはじめての手がかりですよ。娘が失踪したときにすぐ、八方手を尽くして探すべきだった。でもここにいるドクター・プリケットは言いよった、『警察を呼ぶ必要はありません——一時的な錯乱に決まってますから——この醜聞が世間に広まったら精神の混乱を倍加させるだけのこと——娘さんを愛しているなら、彼女の自由意志で家に戻ってくる時間をあげるべきです』とね。もちろんプリケットはサー・オーブリーが彼に言わせたいと思っていることを言うだけです。今ではそれがわかる。でも当時はわからんかった。それでスコットランド・ヤードに知らせたのは娘の失踪後、何日も経ってから。向こうも捜索を目立たなくするようずいぶん気を使いましてね、なぜって……つまり……」（彼は泣き笑いのような音を立てた）「……ブレシントンは全国民のお気に入りですからな——英国青年の鑑《かがみ》——何しろパーマストン卿がそう呼んだほど！新聞ではまったく報道されませんでしたし、娘の消息は一向にわからなかった。いや、何かわかったのだとしても、わしには誰も教えてくれなかった。それで、ウェダバーンの手紙を読むなり、ここにいるグライムズを雇ったわけです。発見したことをみなさんに披露するんだ、グライムズ」

探偵は頷き、グラスのウィスキーを一口すすると、ロンドンっ子特有の早口な言葉で話しだした。三十歳前後のどこにでもいそうな人物だった。あまりに特徴がないので、彼の個性を感じられるものといえば、一人称の代名詞を省略するその話しぶりだけだった。

「ブレシントン令夫人失踪調査の依頼のあったのが七日前。失踪してから三年後ですぜ。令夫人は自宅から不意に姿を消した、精神が不安定で、悩みを抱えて、取り乱して、しかも身重《みおも》の状態でね——妊娠八カ月と二週間で、女性は何かと苛々しがちになる時期とか、まったく可哀そうなこった。彼女の写真をもらいましてね、いい写真でしたよ。ダンカン・ウェダバーン殿からの手紙に書かれた情報を頼りにグラスゴーに参った次第。当の紳士はグラスゴー王立精神病院の鍵のかかった病棟に拘禁されていることが判明。もちろんそこに入れるわけもない。B令夫人がポーチェスター・テラス四九番地からいなくなったのが一八八〇年二月六日。それでその日以降、グラスゴーで逮捕されたものはもちろん、何がしか目に留まった心や頭のおかしくなった宿無し女性のリストを警察と〈人道会〉で全部調べたってわけでしてね。そして、B令夫人に似た女性が二月八日、橋からクライド川に飛びこみ、〈人道会〉に雇われているジョージ・ゲッディスなる男に引き上げられるのが目撃されていたことを発見。そいつに写真を見せましたよ。『彼女だ!』とやつ。『いまどこに?』とあたし。『死体は引き取られず』と彼。『でもって、十五日に警察医が大学医学部へ運んだ』とも言うんだが、こいつは間違い。ゴドウィン・バクスターはたしかに警察医だったが、医学部の原簿によれば、ミスター・バクスターは二月十五日にも、それ以降のいかなる日にも、死体を運びこんではいない。何しろ二月十六日、学部のほうに彼から手紙が来て、そこには、警察医の仕事を辞める、これからは自分個人の業務に集中したい(それが彼の言い分)から、と書いてあったという次第でして。たしかに彼はそれに集中したわけですな。二月末になると、パーク・サーカス一八番地に品物を配達した石炭商、牛乳屋、食料雑貨商、肉屋、誰もがみんな、ミスター・バクスターのところに入院中の女性患者がいることを知っています。麻痺状態だったとの話。四月になると、彼女は歩くようになっているが、子どもじみていた。それが三年後には、バラを思わせる美しい姿でここに座って、また結婚できるまでになったってわけですな。ご幸運を祈りますよ、ミス・B、それともB令夫人、でしょうか!」

シーモア・グライムズはベラに向かってグラスを掲げ、その中身を一気に空けた。

「あの男の人、好きよ」とベラがひどく熱のこもった声で囁くので、果たして彼女が彼の言うことを理解したのかどうか、わたしにはわからなかった。他のものは皆、バクスターを見た。

「あなたの推論過程には欠けている部分がありますよ、ミスター・グライムズ」彼は言った。「ジョージ・ゲッディス（この都会でとても人気のある立派な人間です）[註25]が死体を引き上げたと言っているというお話ですが、彼の回収した死体がどうしてここでわたしたちと一緒に座っていられるわけですか、霊安室に七日間も置かれていたとあなたはおっしゃっているわけですよ」

「わかりませんな――そこら辺りはあたしの専門じゃないもんでしてね」探偵はそう言って、肩をすくめる。

「裏で何があったか、わたしが明らかにできると思いますよ」お抱え医師が言った、「もしサー・オーブリーのお許しが出るならば」

将軍は彼の言葉が耳に入らなかったのか、何の反応も示さなかった。

「ここはわたしの家です、ドクター・プリケット」バクスターが言った、「わたしが許可します。それどころかぜひ伺いたいですね、あなたのご意見を」

「それなら申し上げましょう、ミスター・バクスター。お気に召さないと思いますがね。ロンドン医学界では周知のことですが、今世紀初頭よりグラスゴーの医者たちは死体の神経組織に電流を通す実験を繰り返してきました。一八二〇年代には、あなたと同類のひとりが絞首刑になった罪人の死体に生命を吹きこみ、その死体は椅子に座って言葉を発したという記録が残っています。大きな物議を醸《かも》すことにならなかったのは、ひとえに、実験メンバーのひとりがメスでその被験者の頸静脈を切断したおかげです。(註26) あなたの父上はその実験に立ち会っていた。父上は学んだことをあなたに、何も知らない看護婦を除けば父上の唯一の助手であったあなたに、すべてを伝えたに違いない、そうわたしは信じています。サー・コリンは同僚と共有する知識以上の知識を自分ひとりで持っているということで有名でしたよね」

「ゴッド」ベラがそれまで彼女の口から発せられたのを耳にしたことのない沈んだ声で言った、「今日、教会を出たとき、わたしに嘘をついていることを自分が認めることになるって言ったわね。お父さんとお母さんはアルゼンチンの列車事故で死んではいなかった。もっと悪いことを隠すために、あなたはその話をでっちあげたのね」

「その通りだ」バクスターはそう言って、両手で顔を覆った。

「それじゃあ、あの可哀そうな老人は本当にわたしのお父さんなの？　それからわたしと面と向かい合うのを怖がっているらしい竿《さお》みたいな男の人が夫なの？　ああ、キャンドル、わたしをしっかり抱きしめて」

言われた通りにしてよかったと思う。なぜなら、将軍が振り向いたからだ。

彼は振り向くと、小さいけれども甲高くて耳に刺さる声——それは次第にどんどん大きくなった——で淀みなく言った。

「そらとぼけるのもいい加減にしろ、ヴィクトリア。ハタズレーが父親であり、このわたしが夫であり、自分が妻としての義務から逃れるために家を出たことは、はっきり覚えているのだろう。溺死とか死体保管所とかいった馬鹿げた話は、明白なる事実を糊塗《こと》するためにでっちあげられたものにすぎん。つまり、肉体の交わりへの狂った欲望を満たすために、三年間、おまえは変態じみた怪物と一緒に暮らし、最初はその怪物と、次には頭のおかしい女たらしを相手にし、今度は育ちの悪いろくでなしを相手にしようとしているという事実をな。まさに今、そうしているではないか——ここで——わたしの目の前で。キミ、い、い、い、い、い、い、い、いわたしの妻から手を離してもらおうか！」

彼は最後の言葉を大声で発したので、わたしはあやうく従いそうになった。彼の氷のように冷たい青味がかった目の片方はガラスの義眼なのかもしれなかったが、もう一方の目と少しの違和感もなく鋭く光っていたので、両眼から読み取れる憎悪の念に思わず身震いを禁じえなかった。しかしそのとき突然、バクスターがそばにいるのに気づいた。背の高さは将軍にまったく引けをとらず、身体の厚みは五倍ほどもある。しかも、思いがけない援護が相変わらず炉の火を見つめている老人からもたらされた。

彼は言った、「娘のヴィッキーをそんなふうにいうのはやめていただきたいですな、サー・オーブリー。誰の肉欲のせいで娘が家を出ることになったのか、ご承知でしょう。娘が忘れてしまったふりをしているのであれば、わしらは娘に感謝すべきと言うもの。もし本当に忘れてしまっているのなら、神に感謝しましょうぞ」

「妻の扱いにおいて、わたしは恥ずべきことなどいささかもしていないぞ」将軍が鋭く言い放ったが、ベラは静かにわたしの腕から離れると、老人のほうに近づいた。

彼女は言った、「あなたは優しい気持ちで接しようとしてくれている。だから、きっとお父さんなのね。手を握らせて頂戴」

老人は彼女を見ると、口を少しゆがめ、わたしには母の微笑みが思い出される痛ましげな微笑みを浮かべた。それから彼が右手を差し出すと、ベラはそれを両手で包んだ。彼女は目を閉じて呟いた、「あなたは強い……気性が激しい……ずるい……でも絶対に優しくはなれない。だって怖がっているもの」

「そんなことはない！」老人はそう叫んで、預けていた手をさっと引いた。「強くて、気性が激しくて、ずるい。そうとも、ありがたいことじゃないか、わしはそうした人間だとも。そうだからこそ、わし自身もおまえの母さんもおまえも、マンチェスターの汚いごみためから引き上げることができたのだ。弱虫どもをそのなかへと突き落とすことで、わしら全員、高みに立っていられるのだ。おまえの三人の弟たちは引き上げてやることができなかった——全員コレラで死んでしまった。だがこの世でわしが恐れているものなぞないぞ、怖いのは飢えと貧困と、わし以上に金を持った連中からの冷笑だけだ。そうしたものを怖がらないのは愚か者だけ、それを経験したことがあるのなら尚更《なおさら》のこと。わしらもそれを経験したんだ。だがそんな惨めな思いも、おまえの叔父さんを責め立て、株を手放して工場経営から手を引かせるまでのことだった。あいつときたら深手を負った豚みたいに泣き叫び、なんとか自分の分を取り返そうと、ハドソンに泣きついた——ジョージ・ハドソンだぞ！　あの鉄道王の！　だがわしはあいつもハドソンも両方とも潰してやった。そうとも、ヴィッキー」老人は突然、大きな笑い声を上げげた、「おまえの父さんは鉄道王ハドソンを叩き潰した男なんだ！　でもおまえは女だから仕事のことは何も知らない。それから十年もすると、とある伯爵を会社の役員に迎え、議会に何人も議員を送り出し、マンチェスターとバーミンガムの熟練工の半数を雇うまでになっていた。ヴィッキー、おまえが十七歳になったのはそんなときだった。わしは不意に気づいたのだ、おまえが美人であることにな。それまでは忙しすぎて、おまえをしみじみ見たこともなければ、結婚市場に向けてきちんと仕立てようなどと思ったこともなかった。だからおまえを引きずって、スイスの修道院へ連れて行った。金持ちの家の娘たちを侯爵や外国の王女たちと一緒に綺麗に磨き、洗練された女性にしてくれるところだ。『娘を淑女に仕立ててほしいんです』わしはそこの修道院長に言った、『たやすいことではないでしょう。何しろ強情でして、かつての母親に似てね——正しい道を進ませるのにはニンジンをやるよりも蹴飛ばすことが必要な頑固なロバとでも言いましょうか。時間や金がどれほどかかろうと構いません。ともかく国でいちばん立派な相手と結婚できるようにしつけてほしい』と。結局七年かかった。おまえが家に戻ったとき、母さんは（肝臓が弱くて）亡くなっていたが、おまえのためにわしは喜んだよ。貧乏人にはいい妻だったが、金持ちの夫の役には立たなかった。彼女の気取らなすぎる暮らしぶりはおまえにめぐってきたチャンスを台無しにしてしまっただろう。いや、それにしてもあそこの修道女たちはおまえを可愛い娘に仕上げてくれたもんだ——フランス娘みたいにフランス語を話すようになって帰ってきたからな。もっとも英語は相変わらずマンチェスター訛りが残っていたが。でも将軍は気にしなかった——そうですよね、サー・オーブリー？」

「一向に。風変わりな訛りすら趣《おもむき》があってわたしには面白く感じられた。彼女はそれまで会ったこともない純粋で美しい女性だった」昔を思い出したように将軍は言った。「完璧な美しさを備えたチェルケス人の乙女の肉体に無垢な子どもの魂を宿していた——魅《ひ》かれずにはいられなかった」

「わたしはあなたのことを愛していたのですか?」彼を見つめながらベラが言った。相手は重々しく頷いた。

「おまえは彼を崇《あが》めていた――崇拝していた」父親が叫んだ、「彼を愛さなくてはならなかったんだ！ 彼は国民的英雄であり、ハーウッド伯爵の従弟《いとこ》だった。その上、おまえはまだ二十四歳の娘で、わしは別として、会うことが許された男は彼だけだったのだからな。結婚式の日のおまえは世界でいちばん幸せな女性だった。わしは結婚の披露宴と晩餐会のために、マンチェスターのフリー・トレード・ホールを借り切って豪華に飾りつけた。そして大聖堂の聖歌隊がヘンデルのハレルヤ・コーラスを歌ったんだ」

「ヴィクトリア、おまえはわたしを愛し、わたしはおまえを愛した」しゃがれた声で将軍が言った、「だから結婚して夫婦になったのだ。おまえにそれを思い出させるため、そしておまえを護るためにここにきたのだ。そこのおふたり、許してくれ！」――こちらに向けられた彼の右目が揺らめいて、バクスターとわたしはまごついた――「大声で侮辱するようなことを言って申し訳なかった。事情が事情だから思い至らなかったのだが、おふたりは正直な方かもしれない。そしてわたしは名うての癇癪《かんしゃく》持ちときてる。三十年間、わたしはイングランドのために(英国のために、と言うべきですな)働いた。命令を下す連隊や征服した野蛮人をこき使ったが、それと同じくらい自分自身も酷使した。わたしの身体はどこもかしこも、痛まないところがないのだ。とくに座ったときがひどい。身体が休まるのは完全にうつ伏せになったときだけなのだ。少し休ませてもらっていいだろうか？」

「どうぞお休みください」バクスターが言った。

弁護士、医者、そして探偵がソファから慌てて立ち上がる。医者が手を貸して、将軍をそこにうつ伏せに寝かせた。

「頭の下にクッションを置きましょう」ベラがクッションを手に、将軍の脇に跪《ひざまず》いて言った。

「いや、ヴィクトリア、わたしは枕をまったく使わない。そのこともすっかり忘れてしまったのか？」将軍はそう言って目を閉じた。

「ええ、すっかり」

「わたしのことは何ひとつ覚えていないと？」

「確かなことは何ひとつ」ベラがぎこちなく言う、「でもその声と姿かたちに、どこかはじめてとは思えない何かを感じるのは事実だわ。以前、夢で見たか、芝居の一幕で目にしたり耳にしたりしたような感覚。手を握らせてくださらない？　何か思い出すかもしれない」

彼は物憂げに手を差し出したが、指がそれに触れたとたん、ベラは息を呑み、火傷をしたか何かに刺されたみたいに、指を引っこめた。

「恐ろしい人！」彼女は言った。非難する口調ではなく、心から驚いて。

「わたしの許《もと》を去ったときにも、おまえはそう言った」目を閉じたまま、うんざりしたように彼は言った、「しかし、それは間違いだ。武勲や爵位を別にすれば、わたしは世間一般の男とそんなにかけ離れているわけではない。おまえの情緒不安定は治っていないな。ハネムーンから帰ったとき、プリケットに手術してもらうべきだったな」

「手術？　何の手術？」

「それは言えない。まともな男は医者相手にしか、そうしたことは話さないものだ」

「サー・オーブリー」バクスターが言った、「ここにいる三人は資格を持った医者ですし、唯一の女性はまだ見習いとはいえ、看護婦です。彼女には知る権利がありますよ、あなたがどうして彼女のことを異常な欲望を持った情緒不安定な女性であり、ハネムーン後に外科手術を受けるべきだったと言われるのか、その理由をね」

「ハネムーン前のほうがよかっただろうな」将軍は目を開けもせず言った、「マホメットの信奉者は女の子が生まれるとすぐにその手術をする。それによって、世界一従順な妻ができるわけだ」

「奥歯に物が挟まったような言い方をしても無意味ですよ、サー・オーブリー。今朝、教会でお抱えの医師が彼の見立てを――そしてあなたの考えを――つまり、奥さんの病名をわたしに耳打ちした。今この場で彼がそれをはっきり言わないなら、スコットランドの法廷で陪審を前にして公表されることになりますよ」

「言うがいい、プリケット」将軍がなげやりな調子で言った。「ぶちまけてしまえ。みなの鼓膜を破るほどの大声でな」

「色情狂」医者が呟くように言った。

「それって何なの？」ベルが尋ねる。

「将軍は彼に対する君の愛が強すぎたと思っているということだ」とバクスターが言った。

「こういうことです」ドクター・プリケットが慌てて口を挟んだ、「あなたは将軍の寝室で眠りたがった――将軍と同じベッドで――将軍と一緒に寝たがった（不躾《ぶしつけ》な言い方になるざるをえません）わけです。それも一週間、毎晩のようにね。みなさん！」――彼はベラに向けていた目を今度は男たちに向けて言った、「みなさん、将軍は女性を落胆させるくらいなら自分の右手を切り落とすことも厭わないほどの優しい方なのです！　結婚式の前の日に、将軍はわたしに言われたものです、結婚した男の義務はどのようなものか、正確に――科学的、衛生学的観点から見て――述べるように、と。わたしのお話ししたのは医者なら誰でも知っていること、性交は度が過ぎると脳や身体を弱めるが、適量を守ればひたすらプラスの効果を生むのだということ。それで、ハネムーンの間は毎晩、その後は一週間に一晩か二晩、三十分ほど奥様をご自分と一緒に寝かせてやるのがいいだろうが、ただし、妊娠の兆候が現われたら、色っぽいおふざけはすぐにやめなければいけない、と申し上げた。ああ、残念ながら、ブレシントン令夫人はすっかり常軌を逸して、結婚して八カ月が経っても、一晩中、サー・オーブリーと一緒に寝たがったのです。それが許されないと、泣き喚《わめ》くほどで」

ベラの頬を涙が伝わった。彼女は言った、「哀れなものは優しく抱きしめてもらうことが必要なの」

「おまえは事実に向き合うことができなかった」将軍が歯を食いしばって声を発した、「性的能力と肉体感覚のある男の場合、女性の肉体に触れると悪魔のような情欲が喚起されるという事実だ――それはわれわれにとって抑えがたい情欲なのだ。優しく抱きしめるだと！　その言葉は女々しくて反吐《へど》が出る。おまえの唇を汚す言葉だぞ、ヴィクトリア」

「ここにいる誰もがご自分で真実だと思っていることを述べている、それはわかります」

ベラが涙を拭きながら言った、「でもどれも馬鹿げて聞こえるわ。サー・オーブリーは女性たちを今にも叩きのめしそうな話し方をするけれど、でも本当のところ、もしわたし相手に乱暴に振舞ったりしたら、わたし、膝の上で彼を棒切れみたいにふたつに折れると思うわ」

「は！」将軍が軽蔑したように声を荒げると、お抱えの医師が早口でしゃべりはじめた。ベラの言葉にむっとし、そしてまた、彼が事の経緯を説明している間にバクスターとわたしが等しく懐疑的な表情を浮かべて目配せしあっていたことにむっとしたのかもしれない。将軍と同じくらい甲高い声で彼は言った、「正常で健康な女性——善良な正気の女性であれば、性的接触を楽しみたいと思ったり、楽しめると思ったりは決してしないものです。そうした女性にとって、それは義務以外の何物でもないと考えられています。キリスト教以前の哲学者たちでさえ、男が精力的に種をまくのであり、善良な女は静かにそれを受け容れる野であることを知っていました。ルクレティウスは『事物の本性について』において、堕落した女だけが腰をくねらすと告げています」

「そうしたご託宣は、自然にも大方の人間の経験にも背《そむ》くものですよ」とバクスターは言った。

「大方の人間の経験ですと？　それはそうだ！」プリケットは叫んだ。「わたしはもっぱら上品な女性——ちゃんとした身分のある女性の話をしています。多数の低俗な労働者階級の女性は問題にしていないのですから」

「その奇妙な考えのもっとも古い記録は」バクスターはベラに向かって言った、「女性はひたすら男を生み出すために存在するのだと考えたアテネの同性愛者たちにさかのぼる。次にそうした考えを奉じたのが独身主義のキリスト教聖職者たちで、彼らは性的な悦びこそがあらゆる罪の源《みなもと》であり、女性がその原因であると考えた。どうしていまそうした思想が英国で流行しているのかはわからない。ひょっとすると、男子のための寄宿学校が規模も数も大きくなって、女性の実体を知らないエリート職業人を多数育てるようになったせいかもしれない。しかし、ちょっと教えてほしい、ドクター・プリケット、ブレシントン令夫人は陰核切除に同意したのだろうか？」

「同意したどころではありません――目に涙を浮かべて、ぜひやってくれと懇願したほどです。自分のヒステリックな感情の爆発も、夫との触れ合いを求める惨めな欲望も嫌でたまらず、また、自分の病気に対しては将軍と同じくらい激しい怒りを覚えていたのですから。わたしの調合した鎮静剤をひとつ残らずみずからすすんで飲むほどでした。だが結局、鎮静剤は効かない、というよりマイナスの効果しかないと告げざるをえませんでした――わたしにできる治療法は、彼女の神経に興奮をもたらす中核を切り取ることしかない、と。彼女はそれをすぐにやってくれとわたしに頼み、子どもが生まれるまで待たねばならないと言うと、ひどく悲しみました。ブレシントン令夫人！」プリケットは再びベラのほうを向いて言った、「ブレシントン令夫人、そうしたことを何ひとつ覚えておられないとは残念です。以前はわたしのことを親友だと思ってくださっていたのに」

ベラは無言のまま首を横に振った。バクスターが言った、「それでは、ブレシントン令夫人はあなたの治療が怖いので家を出たのではないと？」

「もちろん違います！」プリケットが腹立たしげに叫ぶ。「ブレシントン令夫人はわたしが訪ねていくと、それが一週間のいちばんの楽しみだといつもおっしゃっていたくらいでしてね」

「それでは彼女が姿を消した理由は？」

「彼女は頭がおかしかった」将軍が口を開いた、「だから理由など必要ない。今もし彼女が正気であるなら、わたしと一緒に家に戻ることになる。それを拒否するなら、相変わらず頭がおかしいということだ。そうであれば、適切な治療を受けられる施設に彼女を入れることが、夫としてのわたしの義務だろう。妻だった女は狂気に冒されているというのに、その女を看護婦にしようと考えるような家においておけん！」

「しかし溺死してからの彼女は、あなたの妻ではなかったわけです」バクスターがすばやく言った。「結婚の契約は、婚姻は死がふたりを分かつまで続くとなっています。あなたの奥さんでありわたしの被後見人でもある女性の身元について、誰とも関係していない唯一の証人は自殺を目撃し、彼女の遺体を引き上げた〈人道会〉の職員です。ドクター・プリケットはわたしが彼女に新しい命を与えたとお考えだ。もしそうならば、わたしはその生き返った女性の父親であり保護者ということになる。ミスター・ハタズレーが前の彼女の父親で保護者であるのと同じようにね。そしてまた、彼女の選んだ夫と結婚させる資格を、かつてのミスター・ハタズレーと同じように持っていることになる。ミスター・ハーカー、この理屈は通りませんかな？」

「馬鹿げた話です、ミスター・バクスター。くだらんたわごとです」弁護士は冷ややかに言った。「ブレシントン令夫人がクライド川に沈んだということに疑問を感じているわけではありません。〈人道会〉の職員が彼女を救ったというのも、その通りでしょう。彼は人命救助が仕事でお金をもらっているのですから。彼は彼女を蘇生させるためにあなたを呼んだ。そしてあなたはあっさりそれに成功した、ということです。それからあなたはその職員を買収し、彼女を誘拐してここに連れ帰った。その上で、病気の姪を預かっていると偽り、子どもっぽく見せるために薬を使い、善意の叔父であり優しい医者であるという仮面を被って、彼女の肉体の魅力と性愛に溺れやすいという弱点を思う存分味わったのです。あなたはその役回りを演じながら、愛人を世界周遊旅行にまで連れ出した！　グラスゴーに戻ってきたときには彼女に飽きてしまっていたので、あの不運なダンカン・ウェダバーンと駆け落ちするのも見て見ないふりをしました。昨日、わたしはウェダバーンの母親のところを訪ねてみたんです。可哀そうにひどく困窮した暮らしぶりでしたよ。ベラ・バクスターという名だと聞かされている女性によって、息子が肉体的にも、精神的にも、経済的にもめちゃくちゃにされたと言っていました。もしグラスゴーの王立精神病院の隔離病棟に入っていなかったとしたら、彼は今頃、依頼人のお金を詐取したかどで牢屋に入っているでしょう。二度棄てられたあなたの愛人は先月、あなたの許に戻ってきた。そこであなたはすばやく結婚させる手筈《てはず》を整えたわけです。あなたに寄生して暮らしている低能なマッキャンドルスとね。この話がもし英国の陪審の前でなされたら、かれらは信じますよ。なぜってこれが真実だからです。ほら、サー・オーブリー！　彼をごらんなさい！　真実が命中して、すっかりまいっていますよ！」

地中で響く雷鳴のような呻《うめ》き声を上げて、バクスターは椅子から立ち、両手を胃に押し当てて、彼らのほうに身体を曲げ、てんかんの発作を起こしたようにのたうちまわっている。彼が倒れないのは驚きだったが、彼が苦痛を感じるのは当然のことに思えた。弁護士は事実と嘘とを実にたくみに混ぜ合わせていたので、わたしですら、一瞬、彼の言うことを信じそうになったほどだ。だが、ベラはバクスターの隣にすぐに飛んで行くと、腰に腕を回して彼を落ち着かせ、その姿勢を立て直した。そしてそれを見て、わたしも気の迷いから醒めた。その客人たちがそのときまで、あくまで理性的なスコットランド人の冷静極まる怒りを耳にしたことがなかったとしたら、かれらはそれをここではじめて聞くことになったのだ。

「もし苦痛を感じなかったとしたら、ミスター・バクスターは石像だということになるでしょう」わたしはかれらに向かって言った。「この賢明で、優しく、自己犠牲的な人物の手厚いもてなしを受けながら、あなた方は彼のことを変態の嘘つき呼ばわりしたのですから。彼が命を救った患者の聞こえるところで、彼が彼女を獣のように襲ったと非難したんですよ。彼女の頭蓋に環のように残っている恐ろしいひびらしき跡のことは何もご存じないでしょう——彼が彼女を母親のように介抱し、父親のように教育しなかったら、完全な記憶喪失以上のひどい事態になっていた——痴愚《ちぐ》になっていたでしょう。彼女を連れた周遊旅行は色恋沙汰とは無縁の旅であり、すっかり忘れてしまった世界に彼女を再登場させるのに、それが最上の方法だったのです。彼はウェダバーンとの駆け落ちを見て見ぬふりをして許したわけではありませんよ。彼女を説得して思い止まらせようとし、説得するようわたしに頼みもした。そしてふたりして説得に失敗すると、彼女がその突飛な行動に飽きたときに備えて、こちらに戻ってこられるだけの金を渡したのです。愛人を棄てるような道楽男がそんなことをするもんですか！　それからあなた方はわたしのことも侮辱しました。彼の一番の親友である、グラスゴー王立診療所の医師、アーチボールド・マッキャンドルスをね！　よくも言ってくれたもんです、生まれの卑しいろくでなしで低能の寄生虫ですか。迷走神経の暴走が逆蠕動《ぎゃくぜんどう》を誘発しても無理のないことだし、過剰な膵液《すいえき》が食道を刺戟して猛烈な胸焼けを引き起こしたところで少しも不思議ではない。それなのに、中傷を受けて彼の味わった苦痛が罪意識の現われですって!?　あなた方ご自身がいかにどす黒い恥に染まっているか、とくと省みられるがいい。おかげで、あなた方はまともな人間ではないのだという確信を持てそうですよ」

「ありがとう、マッキャンドルス」バクスターが呟いた。

彼はわたしが話している間に、ミスター・ハタズレーの向かいの安楽椅子に座っており、その後ろにはベラが立っていて、彼を守るように、両手を彼の肩にのせていた。彼を見つめる彼女の顔には、後にわたしたちのイタリアへのハネムーンのときに見たボッティチェッリの描く聖母の浮かべる表情が現われていた。今度はバクスターが何事もなかったかのように弁護士に向かって言った。

「それではわたしの後ろにいる女性が将軍の奥方と同一人物であるとお考えなのですね」

「ふたりが同一人物であることをわたしは知っているのです」

「それが間違いだということを証明しましょう。五人の別々の証人による証言を使ってね。いずれも国際的に著名な科学者です。ヴィクトリア・ブレシントン令夫人はヒステリー患者だった——子どもじみてすっかり夫に頼りきりだが、夫のほうではそうした彼女が耐えがたく、そのため医者の訪問が彼女にとっては一週間でもっとも楽しい時間だった。さらに、彼女は強度の自己嫌悪に陥り、自らすすんで鎮静剤を使って心を麻痺させ、肉体が外科的に切り刻まれることを渇望した。この記述で正しいですか?」

「そう、娘は将軍に地獄を味わわせたのです」ミスター・ハタズレーがぶつぶつと言った、「でも、最悪の興奮状態のときですら、娘が完璧な貴婦人として振舞ったことを付言してもらってもよかった」

「お嬢さんは鎮静剤で哀れな心の痛みを和らげた」医師が言った、「そして、外科的に治療されることを望んだのです。その点を除けば、不幸な令夫人の記述としてはまったくおっしゃる通り」

「そうだな、わたしの妻のことはよくご存じなわけだ、バクスター」将軍が嘲笑するように言った。

「あなたの奥様にお会いしたことはありませんよ、サー・オーブリー。溺れて、ここで意識を取り戻した女性は別人です。ドクター・プリケット、みなさんにご説明ください、パリのシャルコー、パヴィアのゴルジ、ヴュルツブルクのクレペリン、ウィーンのブロイアー、そしてモスクワのコルサコフがどういう人物なのかを」

「精神科医――心と神経の病の専門家です。わたし個人は、シャルコーがにせ医者ではないかと思いますが、大陸ではその彼でさえ高く評価されています」

「世界周遊をした際、わたしたちはかれらのところを訪問し、それぞれにわたしがベラ・バクスターと呼ぶ女性を診てもらい、診断所見を書いてもらいました。その診断書――本人の署名と立会人の署名がなされ、英語の翻訳も付いたものです――がテーブルの上にあります。それぞれ記述する用語が違っているけれども、それは人間の心の捉え方が各人各様だからで、シャルコーについてはクレペリンとコルサコフもドクター・プリケットと同様の評価をしています。しかし、ベラ・バクスターについての評価では全員の意見が一致している――たとえ記憶喪失（原因は頭蓋に損傷を受け、胎内にあった子どもを失ったこと）によって、ここに来るまでの記憶が一切なくなってしまっているとしても、彼女はどこも精神に異常がなく、自分に自信を持っている快活な女性であって、人生に向き合う姿勢は強烈な独立心に富んでいる。記憶喪失は別として、人並み外れて傑出した精神の安定、感覚的識別力、記憶力、直観力、論理的思考力の持主である。シャルコーの大胆な仮説によれば、子ども時代に教えこまれたことに頼っている人たちはめったに経験しないことだが、彼女の場合は記憶喪失によって、物事を考えられる年齢になってからそれを再度学ばねばならなくなったために、知力が広げられたのではないか、ということです。いずれにしろ、彼女に躁病、ヒステリー、恐怖症、痴呆、鬱病、神経衰弱、失語症、緊張病、苦痛淫楽症、死体性愛、嗜糞症、誇大妄想、堕落願望、狼化妄想、フェティシズム、ナルシシズム、自慰嗜好、異常好戦性、寡黙症の兆候は一切見られず、また同性愛が強迫観念になっていることもないという点で、全員の意見が一致しています。彼女は唯一、言語に関して強迫観念を抱いているとかれらは指摘していますが、この所見は一八八〇年から八一年にかけて行われた検査に基づいており、当時の彼女は読むことを学んでいる段階で、類義語や類韻や頭韻に夢中になっており、ときに他人の言葉を鸚鵡《おうむ》返しにまねる反響言語行動に近づくこともあったのです。クレペリンの考えでは、それは感覚上の記憶が貧しいことへの本能的な補償作用だということになります。シャルコーはそうした傾向は詩人として開花することになるかもしれないと言いました。ブロイアーは彼女が記憶を獲得するにつれて、そうした言葉への強迫観念は消えるだろうと予想しましたが、たしかにその通りになった。今では彼女の話しぶりに変わったところはありません。シャルコーは、彼女の同胞の特徴である狂気じみた偏見に彼女が少しも染まっていない、と述べていますが、これはもちろん国民間の偏見の現われでしょう。しかし彼の最後の言葉は他の全員の判断を要約しています——ベラ・バクスターの最も際立つ異常な点は異常さを欠いていることである。こんな女性がブレシントン将軍の前の奥様のはずがない。この証拠書類をお調べください、ドクター・プリケット。持ち帰って、時間のある折に検証していただいても構いませんが」

「時間を無駄にすることはない、プリケット」将軍お抱えの弁護士が言った。「そんな書類は無意味だ。屁理屈が並んでいるだけだ」

「どういうことか、ご説明願いたい」バクスターが辛抱強く言った。

「いいとも、簡単なことです。病弱でむっつりとした輩《やから》がわたしの金を盗んでロンドンから逃亡したとします。それから三年して、警察がグラスゴーでそいつを捕まえ、拘留しようとしたところ、医者が出てきて、『だめだ！　その男はあなたのお金を盗んでからずっと感じのいいまともな人間になっていて、盗みに関しては、一切合財《いっさいがっさい》を忘れてしまったのです』とのたまったとしたらどうですか。当然、警察はそんなものは屁理屈だと考えるでしょう。ブレシントン令夫人は色情狂のせいで、将軍にとっては実にひどい奥方だった。

しかしながら、外国の頭の医者連中が彼女の幸福を保証しているからといって、彼女が重婚を犯し、その後幸せに暮らしましたとさ、などということは、将軍もこの国の法律も認めるはずがないでしょう」

卵を産んだ雌鶏《めんどり》が静かに発するコッコッという鳴き声のような音が聞こえた――将軍が面白がっているのだった。バクスターは溜息をついた。

溜息をついて、言った、「サー・オーブリー。ミスター・ハタズレー。この女性は医学という優しさを旨《むね》とする技芸を修めて役に立つ仕事をするために勉強をしている。彼女も彼女の夫も惨めにさせる結婚生活にどうして引き戻そうとするのです？　マッキャンドルスがわたしに取りついた寄生虫だとしたら、ハーカー、プリケット、グライムズはあなたがたに取りついた寄生虫でしょう。この部屋にいる誰もがスキャンダルなど望んでいない。この部屋の外に唯《ただ》ひとり、真実を、或いはその一部を知っている人間がいますが、彼は精神異常と認定されています。これまであれこれ述べましたが、それはすべて、あなた方とともにイングランドに戻るか、わたしたちとともにスコットランドに残るかを、この女性の自由意志に委ねることは何ら恥ずべきことでも、不可能なことでもないと納得してもらうためでした――名誉を傷つけない、ありうる選択でしょう」

「考えられんな」将軍が重々しい調子で言った。「妻の失踪について、あることないことを噂するものが、年とともに減るのではなく、増えているのだ。ロンドンのクラブの半数は、わたしが反抗的なインド人やアシャンティ族を一掃したのと同じやり方で、家庭の問題を解決したと思っている。忌まわしいことに、今回はわたしのやり方を非難するものが多い。先週など、皇太子のやつめ、わたしを素知らぬ顔で無視しおった。こっちに数千ポンドの貸しがあるというのにだ。戦場を後にして議会に活動の場を移してからというもの、わたしがかつて国民の人気を一身に集めていたことを新聞は忘れようとしている。アカ新聞など、いろんな仄《ほの》めかしをはじめる始末。名誉毀損の訴えを送りつけないと、大衆向けの日刊紙までがわたしを〈ブレシントン、無礼な妻を無礼討ち〉などと囃《はや》したてかねない。大偽善家のグラッドストンに至っては、生死を問わず、妻の居所を教えてくれたものには多額の賞金を出すとわたしが宣言することで、周囲の疑念を晴らすべきではないか、などと言いだす始末だ。この場の誰にも忘れてもらっては困るが、スコットランドの牧師はもうすぐ、クリスマスの食事の席に座って、家族や友人相手にわたしが中断させた結婚式についてべらべらしゃべってしまうだろう。選択の余地はないのだ、ヴィクトリア。ここにいるバクスターがおまえに分別ある行動を教えてくれたとわかれば、その手間について十分な報酬を払う用意はある。だが、おまえは、わたしを覚えているいないにかかわらず、南に帰らなくてはならない」

「そして彼と一緒に家に戻れば何が手に入るかを考えるのだ、ヴィッキー！」次第に興奮してきたミスター・ハタズレーが叫んだ。「サー・オーブリーはもう半ば以上、死んだも同然。あと四年とは生きられまい。その間に、おまえは何とかして少なくとも彼の一粒種《ひとつぶだね》だけは宿すのだ。そうすれば、その子が成人するまで、おまえは自分の好きなところで好きなように暮らせる――ロンドンの邸宅でも、ロウムシャーの地所でも、アイルランドにある別の地所でもな！　そうした壮大な住処《すみか》のことを考えてごらん、ヴィッキー、おまえとそしてわしのために。そう、わしのためにだ！　准男爵のおじいさんになるんだぞ！　それくらいの恩は感じていいはずだ、ヴィッキー、おまえに命を与えたのはこのわしなのだからな。だから、分別あるロバになれ。名誉と富がニンジンの山となっておまえを待っている。精神病院というのはおまえをそのニンジンの山のほうに走らせるための鞭。そうとも、われわれはおまえを狂人の収容施設に入れることだってできるのだぞ。外国の教授連が二年前に言ったことなど誰が気に留めるものか？　ドクター・プリケットとナイトの爵位を持ったイングランドの専門医がおまえの頭はおかしいと認定しているのだから。たしかにおまえは少しイカレている。自分の父親を覚えていないということがその証拠だ。富か、さもなくば精神病院！　さあどっちを取る？」

ブレイドン・ハタズレー

「それともサー・オーブリーと離婚するかだ」とバクスターが言った。「もし彼が結婚を純粋に法律の問題として捉えるなら、君だってそうして構わないのだから」

われわれは彼を見つめた。


将軍までもが目を開け、一瞬、バクスターのほうを見やった。バクスターはテーブルの席に戻り、書類の山を並べ直し、山の上には新たな書類がのせられた。いちばん上の頁を一瞥《いちべつ》して、彼は言った、「一八八〇年二月十六日、お腹が相当大きくなっていたブレシントン令夫人は臨月がそれほど遠くないもうひとりの妊婦の訪問を受けた。ポーチェスター・テラスで前に台所の下働きをしていた女性で、サー・オーブリーの愛人だったが棄てられてしまい、お金を恵んで欲しい、と言った。サー・オーブリーが――」

「言葉に気をつけてくれたまえ、きみ！」将軍が怒鳴ったが、バクスターはさらに声を張り上げて言った――「サー・オーブリーが突然ふたりの間に割ってはいり、訪ねてきた女性を外へ放り出し、奥方を地下の石炭貯蔵室に監禁した。翌朝になると、ブレシントン令夫人の姿は消えていた」

「ミスター・バクスター」弁護士が素早く口を挟む、「今の今まで、何も知らないふりをしていたある女性の過去について、今度は驚くべきことを知っているように装うというわけですね。そうした申し立てをする以上、もしそれを裏づける目撃者――法廷において真実を述べることを誓い、たくみな反対尋問にも十分耐えられる目撃者――がいないとなると、名誉毀損で莫大な金額を支払う羽目になりますよ」

「わたしの情報源はカフ部長刑事です」バクスターが言った、「あなたはご存じではないかな、ミスター・グライムズ？」

「最近までスコットランド・ヤードにいた？」

「そう」

「有能な男ですな。雇うのに金はかかるが、必ず結果を出す。貴族連中の周辺を嗅ぎまわるのが好きでしてね。彼をお雇いに？」

「先月彼を雇って、ブレシントン令夫人について出来るかぎり多くの情報を集めてくれるよう依頼したんです。ベラ・バクスターはヴィクトリア・ブレシントンの化身であると書かれたウェダバーンの手紙を受け取ったものですからね。ここにあるカフの報告書には、法廷で将軍に不利な証言をしそうな人物がたくさん挙がっています。その多くはブレシントン令夫人が失踪してすぐに職を辞したか、将軍の世話をする仕事を解雇された召使たちです」

「妻の失踪とは無関係だ」将軍が言った。「イングランドの召使は世界最悪、わたしに仕えて二カ月以上続いたためしがない。野蛮人たち相手のわたしのやり方は野蛮すぎると皆言うが、わたしが全幅の信頼を置ける男はインド人の下男ただひとりだ。奇妙な話だな」

「前の雇い主に不利な発言をする召使たちは」弁護士が言った、「イングランドの法廷ではほとんど信用されません」

「ですがここに書かれていることは信じてもらえるでしょう」バクスターが言った。「ミスター・ハーカー、どうかこの報告書の写しをホテルへ持ち帰って、将軍とおふたりでご相談ください。今すぐにどうぞ。今日は人を傷つけずにはおかない言葉が飛び交いすぎました。明日、セント・イーノック・ホテルに伺って、出された結論をお聞きしましょう」

「いやよ、ゴッド」ベラが断固とした低い声で言った、「わたしの過去の話は面白すぎるもの。今、すべて詳細にわたって知りたいわ」

「彼女に言ってやるがいい、バクスター」あくびをしながら将軍が言った。「言葉遊びを最後までやるがよかろう。どうせ何も変わりはしない」

バクスターは溜息をつき、肩をすくめ、報告書をかいつまんで要約しはじめた。その間、弁護士は窓際の椅子に座り、手渡された報告書の写しに目を走らせる。しかしバクスターの相手はベラではなかった。彼はまっすぐ将軍に向かって話しかけた。ベラに向かって話していたら、その要約が彼女の顔と姿に与えた大きな変化に動揺せざるをえなかっただろう。

彼は言った、「十六歳になる娘、ドリー・パーキンズはあなたの結婚式の前の日まで小間使いとして働いていましたね、サー・オーブリー。その日にあなたはセブン・ダイヤルズ地区近くの下宿屋の一室を彼女のために借りました。そこの女主人、ミセス・グラディス・ムーンにあなたは名前を明かさなかった。しかし彼女は『イラストレイテッド・ロンドン・ニュース』に載った画像から、あなたが誰だかわかりました。彼女はあなたが毎火曜日の午後と家賃を支払う金曜日の午後に、決まって二時間ほどミス・パーキンズのところを訪ねたと言っています。これが四カ月ほど続きました。ところがそんなある金曜日のこと、家賃を払いながらあなたはミセス・ムーンに言いました、『これが支払う最後の家賃だ。わたしは二度と来ない。ドリー・パーキンズはもう誰の役にも立たない。追い出さないと、彼女はこの家に悪評をもたらすことになるだろう』と。ミセス・ムーンがミス・パーキンズと話すと、彼女は文無しで妊娠していることを認めた。それで彼女は出て行くように言われたわけです」

「わたしが妊娠させたわけではない」と将軍が冷たく言った、「なぜなら、ドリーとの浮かれ遊戯は受胎の可能性を伴うものではなかったからだ。もちろん誰もそんなことを信じやしない。だからこそあの貪欲な売女《ばいた》はわたしを脅迫して、お腹のなかの私生児を産む金を要求したのだ。拒否すれば、わたしが父親だと妻に告げると言いおった。だからおまえのようなあばずれはくたばるがいいとだけ言って、一シリングもやらなかったのだ」

「どうしようもなく呆れた老将軍だわ」ベラが悲しげに言った、「一週間に一時間以上あなたに温めてもらいたがるからという理由で、本気で、自分の妻は狂人だと考えたのね、自分のほうは毎週、四時間も若い娘を抱きしめていたというのに？」

「ドリー・パーキンズのことなど一度も抱きしめたりしていない」強く食いしばった歯の間から将軍の声が聞こえた。「ああ、男というのはどういうものか、彼女に言ってやってくれ、プリケット。そうしたことについては、ここで何も学んでいない」

「サー・オーブリーがわたしに、い、言わせたいと、お、お考えなのは、きっと」お抱え医師の声は弱々しい、「え、え、英国民を導き、守る強い男たちは、ち、ち、契りのベッドがあくまでじゅ、じゅ、純潔で、夫婦の間の息子たちや娘たちの生まれる家庭があくまで神聖であるよう保ちつつ、その一方で、あばずれ相手にう、う、浮かれ遊びを通じて、自分のなかの獣的な部分を満足させることによって、その力をた、高めなければならない、ということでして、だからこそ、あ、あ、あ、哀れな、か、か、可哀そうな、さ、淋しい――」（ここでお抱え医師はハンカチを取り出して、せわしなく顔に当てた）「――だからこそ、哀れなドリーがそのようなひ、ひ、ひ、ひどい目にあうのもしかたなかったのです」

「そんなことで泣くには及ばん、プリケット」落ち着き払った口調で将軍が呟いた。「見事な説明だった。さて話をまとめてもらおうか、ミスター・バクスター、わたしが家の内でも外でも、恥ずべき振舞いなど何ひとつしていないということを念頭に置いてな」

バクスターは話をまとめた。

「一八八〇年二月十六日、ドリー・パーキンズは召使用の通用口を使って、ポーチェスター・テラス一九番地の邸宅に入りました。疲れきって、みすぼらしい姿で、お金もなく、腹を空かして。料理人のミセス・ブラントは、お茶と何某《なにがし》かの食べ物と座る椅子を出してやり、それから自分の仕事に戻りますが、ほどなくして見ると、椅子は空になっていました。ドリー・パーキンズは二階の客間にこっそり入りこみ、ブレシントン令夫人に対峙して、身の上話をしていたわけです——」

「ほとんどが嘘だ」将軍が言った。

「——それで彼女に助けて欲しいと頼みました。ブレシントン令夫人がお金を与えようとしたときに、サー・オーブリーが部屋に入ってきて、お付きの従僕を何人か呼びます。彼らはドリー・パーキンズを外へと追い出し、さらに、将軍の下男の助けも得て、奥方を階上まで引きあげました――」

「階上まで妻を運んだのだ。気を失っていたからな」将軍が言った。

「少しすると彼女は目を覚まします。あなたは彼女を寝室に閉じこめましたが、窓を開け放った彼女は外の通りにいるドリーに向けて、いろんなものを放り投げました――最初は財布に宝石、それから手の届くところにある金目の小物を手当たり次第、次から次へと。雪の降る日ではありましたが、その頃には、貧しい人たちが群れになって集まってきていました。想像するに――」

「あなたの想像は証言にはなりません」弁護士が目を通している報告書の写しから顔も上げずに言った。

「――感謝してくれる人たちを前にしてそのように激した振舞いに及んだことで、ブレシントン令夫人は一種の恍惚感で満たされたに違いありません。当然です。その行動はおそらく、彼女がはじめて自ら決断して行ったものだったでしょう。彼女の放り投げるものは止まるところを知らず、化粧道具セット、靴、帽子、手袋、ストッキング、コルセット、ドレス、枕、寝具、暖炉用具、置時計、鏡、水晶製品、それから、もちろん割れてしまったが中国製の花瓶――」

「それに、アングルの描いた母の少女時代の小さな油絵の肖像画もな」将軍がそっけない調子で言った。「辻馬車がその上を通っていったよ」

「サー・オーブリーは最初のうち、通りの騒ぎはどうせドリー・パーキンズと彼女の仲間の下賤《げせん》な連中の仕業だろうとばかり思っていました。しかし、ついに真相を知るに至って、彼はブレシントン令夫人が椅子や小さいテーブルまで放り投げはじめている寝室に突進します。令夫人は下男や従僕によって地下室へと無理やり引きずりおろされ――」

「運ばれたのだ！」将軍がきっぱりと言った。「すでに妻がたわごとを喚き散らす狂人になっていたのだとしても、扱いには細心の注意が必要だった。家のなかで、窓に閂《かんぬき》のかかるのは地下の部屋だけだったのだ」

「しかしあなたは窓のない石炭貯蔵室に彼女を監禁した」

「そうだ。気づいてみれば、小癪《こしやく》なことに、地下は石炭貯蔵室以外のどの部屋も、わたしが在処《ありか》を知らない鍵で開けられるようになっていた。元々わたしは召使たちを信用していなかった。ヴィクトリアはいつも連中に愛想よすぎるほど優しく接していたから、連中が彼女の逃げる手助けをするのではないかという懸念があったのだ。実際そうなったわけだが。プリケットともうひとり、彼女を精神異常であると認定してくれる医者を迎えに行き、それから妊娠中の狂人を受け入れてくれ、しかも、彼女を運ぶために三人の屈強な看護師と狂人用に怪我防止の詰め物をした救急運搬車をすぐに派遣できるだけの精神病院を見つけるのに、三時間かかった。そうやって手配を終えて戻ってみると、監禁場所はもぬけの殻《から》だった」

「将軍付きのかつての従僕、ティム・ブラッチフォードが火かき棒で地下室の鍵を壊したと認めています」弁護士がバクスターから渡された報告書の最後の頁を調べながら言った。

「以前の料理人ミセス・ブラントは『わたしたちみんなして、彼にそうするよう頼みこんだんです。可哀そうな奥様のすすり泣く声と助けを求めて気も狂わんばかりに叫ぶ声が、どこにいても聞こえました。わたしたち、陣痛がはじまったのでは、と心配したんです。あんなむごい監禁のされ方をしたら、母子両方が死んでしまうかもしれないって』と言っています。しかしその地下室から出てきたヴィクトリアさまは傷ひとつなかった。家政婦だったミセス・マネリーが外の通りから回収してきた服（石炭で汚れた服よりはよほどきれいだったとのこと）と、マンチェスターの父の許を訪れるだけの列車代を奥様に差し上げたのです」

「ヴィクトリアはもう一度、気が狂うことになる」将軍が言った。

わたしたちはベラのほうを見た。そしてわたしの耳に届いたハタズレー老人の呻き声には何かを恐れる響きがあった。

彼女の肉体が骨にくっついてしまうほどに縮んだので、その姿はすっかり痩せて角張って見えた。しかしもっとも恐ろしい変化は顔に現われたのだ。白く尖った鼻、こけた頬、くぼんだ眼窩《がんか》のせいで、頭蓋の輪郭がどぎついまでに露わになったのだが、それでいて、そのくぼんだ眼窩のなかでは、両方の瞳孔が目の全体を埋めるほどに拡大し、隅にほんのわずかな白い三角の部分が残っているだけ。カールした豊かな黒髪も膨張して見えた。というのも、毛髪一本一本のそれぞれ生え際二、三センチが〝怒ったヤマアラシの針さながらに〟頭皮からまっすぐ直立していたからである。わたしの前に立っているのはヴィクトリア・ブレシントン令夫人のやつれきった姿、まさしく石炭貯蔵室から出てきたときの姿なのは間違いなかった。しかしその声は、悲しげではあったが、紛《まご》うかたなきベラのものだった。

「その哀れなる女性がそのとき感じたことを、今感じる」彼女は言った、「だからって怒り狂ったりはしないわ。それでわたしはマンチェスターのあなたのところに行ったわけね、お父さん。わたしに何をしてくれたの？」

「間違ったことをしたのだ！　間違ったことをな、ヴィッキー」老人は椅子の肘かけに拳を激しく打ちつけながら言った。「おまえをともかく家で預かって、サー・オーブリーに来てもらい、とことん話をして、もっといい処置を考え出すべきだった――わしのためにもおまえのためにもなる処置をな。それなのにわしは、夫を見捨てる妻は、人の目から見ても、神の目から見ても、義務を果たさない怠け者だと言って聞かせた。自分自身の家庭という戦場でしっかり戦わなくてはいけない、さもなければつねに負け犬になるぞ、と言ったのだ。棄てた女たちに払う口止め料の金がないようなら、そうした連中をわしのほうに送ればいいとサー・オーブリーに言え、とおまえに命じた――そうした女の扱いはわかっているからな。わしの言ったことはすべて本当だった、ヴィッキー。だがわしがそう言ったのは、できるだけ早くおまえに家から出ていってもらい、わしの目の前から消えて欲しかったからなのだ。おまえの陣痛がいつはじまるか、と怖かった。それにわしは身近の女が子どもを産むのが大の苦手なのだ、血や悲鳴やそのときの女の出す汚らしい臭いものが。ああ、考えただけでも吐き気がしてくる。だから、急いでおまえをまた駅まで連れて行き、ロンドンまでの切符を買ってやった。おまえはすっかり落ち着いて思慮深く振舞ったよ、ヴィッキー。列車が出るまで待っていなくていい、とわしに言ったほどだ。それでホームで出産なんてことになると怖いから、わしはさっさと駅を飛び出した。臆病だった、それは認める。そして謝る。わしが背中を向けたとたん、おまえはわしの買ったロンドンまでの一等車の切符をグラスゴーまでの三等車の切符に換えたに違いない。それで今おまえはここにいる！」

「そうしてここで暮らしている」ベラは物静かな口調で言った。そう言ううちに、彼女の姿かたちの輪郭はこわばりが取れ、本来の柔らかさを湛《たた》えるようになり、髪も落ち着いてきて、目もいつもの深さと大きさ、金色がかった茶色の温かみを取り戻した。彼女は言った、「わたしに命を与えてくれてありがとう、お父さん。でもお話からすると、わたしを産むのにいちばん苦労したのはお母さんで、あなたは何の苦労も味わわなかったみたいだけれど。それに、選択の自由のない人生なんて、生きるに値しないわ。ありがとう、サー・オーブリー、父からわたしを解放してくれて、そしてあなたの家から追い出してくれて。それとも、それについてはドリー・パーキンズに感謝すべきかしら。彼女がいなかったら、あなたにしがみついたままの人生を送っていたでしょうから。ありがとう、ドクター・プリケット、以前の哀れで愚かなわたしの人生を、なんとか耐えられるものにしようと尽くしてくれて。あなたは哀れで愚かな人間でいるしかないみたいだけれど。ありがとう、ミスター・グライムズ、わたしがどうやって水をくぐりぬけ、無用の過去を洗い落としたかを発見し、教えてくれて。わたしを治療してくれてありがとう、ゴッド、それに牢獄でない家を提供してくれて。わたし、これからもここで暮らすわ。それからキャンドル、感謝する必要のない男の人がそばにいるってなんて素敵なことかしら。毎晩、愛情込めてその人を抱き、その人に抱かれ、朝も夕も一緒にいるのが楽しい人だけど、その人は毎日、仕事に専念できるようにわたしをひとりにしてくれるのだもの」

彼女は微笑んでわたしのところに来ると、両手で抱いてキスをした。わたしに抵抗するすべはなかった。最初の夫の前で、ふたりの愛情をこれほど公然と示すのは申し訳なかったけれども。彼は偉大な兵士であると同時に、自由党の国会議員でもあったのだから。

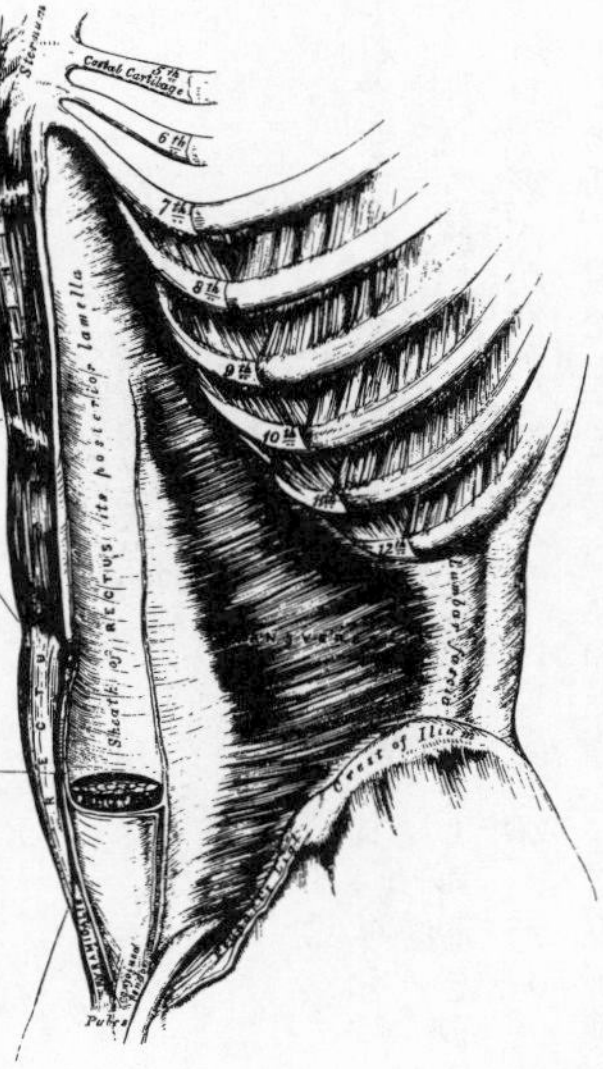

23　ブレシントンの最後の抵抗

注目すべきは、触れた手をベラが唐突に引っこめてからというもの、将軍が、唇と舌、瞼《まぶた》と時折ちらりと動く眼球を除けば、うつ伏せになったまま身動きひとつしないことだった。そのため、ハタズレー老人が彼のことを「半ば以上、死んだも同然」と言ったときも、侮辱というより何らかの診断結果のように響いたのだった。将軍が静かに尋ねた、「ハーカー、おまえはどう考える?」

「将軍に対して離婚訴訟を起こしても、かれらに勝ち目はありません、サー・オーブリー。将軍とドリー・パーキンズとのあいだの姦通が申し立てられていますが、それは妥当性を持たない。夫の姦通はそれが自然に反するものでない限り、離婚理由とはならないのです――肛門性交、近親相姦、男色、獣姦に耽《ふけ》ったというなら別ですが。虐待行為を理由にしようとしても、将軍が令夫人を地下室に監禁したのは、彼女が狂乱状態にあったからであり、医者の手配をするまで安全な状態に確保しておくためだったのだ、とかれら自身の用意した証人が証言しなくてはならなくなります。離婚訴訟はブレシントン令夫人を法廷の被後見人として保護留置にすることで決着するでしょう。スキャンダルにさえならなければ、われわれにとって歓迎すべき決着です」

「スキャンダルは御免蒙る《ごめんこうむ》」将軍がかすかに笑いながら言った。「帰るぞ、ハーカー。下に行って、辻馬車を玄関前に着けてくれ。ドアのすぐ前に停めるように。それからわたしは下りるのが難儀だから、マフーンに介添え《かいぞ》に来るように言ってくれ。階段を上るより下りるほうが辛くなったものでね」

弁護士は立ち上がると、何も言わずに部屋を出た。

一瞬の後、それまでうつ伏せになっていたブレシントン将軍は身体を起こすと、両脚を一振りしてソファにどっかと座り直し、膝に手を置いて、微笑を浮かべながら部屋のなかを見回し、わたしたちひとりひとりに頷きかけた。頬には不意に赤味が差し、目には茶目っ気のある輝きが宿っている。潔く敗北を認めた男の見事な佇まい《たたず》だとわたしは思った。

「お帰りの前にお茶でもいかがですか？」バクスターが尋ねる。「それとも何かもっと強いものでも？」

「ありがとう、飲物は結構だ」将軍が言う、「そしてお詫びを言う、ミスター・バクスター、貴重な時間を潰させてしまった。議会のような議論の仕方はいつだって時間を食う。準備はいいか、グライムズ？」

「もちろんです」グライムズが答える。その反応の速さは軍隊経験のあることを窺《うかが》わせた。

「マッキャンドルスはおまえに任せるぞ」将軍はそう言うと、ポケットからリボルバーを取り出し、安全装置を外して、バクスターに狙いをつけた。

「お座りのほどを、ミスター・マッキャンドルス」グライムズが丁重で親しみのこもった声で言った。わたしはすぐそばにあった椅子に座った。彼がピタリとこちらに向けたまま微動だにしない銃口の小さな黒い穴を見て、わたしは恐怖を感じると言うより、催眠術にかかったようだった。銃口から目が離せない。将軍の楽しげな声が聞こえた、「ミスター・バクスター、殺すつもりは毛頭ない。だが、そこから一歩でも動いたら、間違いなく股間に銃弾を撃ちこむぞ。タロロホルムの用意はできているか、プリケット？」

「わ、わ、わたしは、と、と、とても気が進まないのですが、サー・オーブリー」と医者が言った。彼はグライムズの隣に座っていて、見ると、嫌々ながらといった様子で立ち上がり、不器用な手つきで内ポケットから瓶と布を取り出すところだった。

「気が進まないのは当然だ、プリケット！」将軍が温情のこもった口調で言った、「だがおまえはやる。おまえがいい人間であり、いい医者であり、そしてわたしに信頼されているからだ。さて、ヴィクトリア、おまえはミスター・バクスターを非常に愛している。彼に命を救われ、その他にもいろいろと世話になったわけだからな。ここに来て、わたしの隣に座り、プリケットに眠らせてもらえ。そうしないと、この銃の床尾《しょうび》でおまえを気絶させる前に、銃弾でバクスターに痛ましい怪我を負わせることに――そこをどくんだ、小癪な女め！」

わたしは目だけをそちらに向けた。

すると、ベラがバクスターとブレシントンとの間に立ちはだかっていて、右手を銃のほうに伸ばしながら、ブレシントンに向かって近づいていくところだった。彼はベラの邪魔をかわしてバクスターに狙いをつけようとソファの座る位置をずらしたが、彼女は軽やかに跳んで彼の目の前に着地すると、銃身をつかんで床に向けた。銃が火を噴いた。ベラを除くその場にいた他の全員と同様、将軍もびっくりしたのだと思う。ベラは銃身をつかんだまま、たやすく彼の手から銃を引き抜くと、床尾を左手に滑りこませた。バクスター同様、ベラも両手利きだった（今もそうである）ので、左手ながら実に自然に正しい持ち方でそのリボルバーを構えた。それをまっすぐ将軍の頭に向けたのである。

「お馬鹿な兵隊さんね」右の掌《てのひら》をウェディングドレスの腰の部分に当ててこすりながら

（銃身の熱で焦げそうになっていたのだ）言った、「わたしの足を撃ったのよ」

「ゲームは終わりですな、将軍」シーモア・グライムズはそう言うと、わたしに向かって申し訳なさそうに肩をすくめ、自分のリボルバーの安全装置をロックし、ポケットにしまった。

「ゲームは本当に終わりか、グライムズ？」物思わしげに顔を顰《しか》めたベラから目を逸らさぬまま、将軍が言った。「いや、グライムズ、わたしはまだゲームが完全に終わったとは思わないぞ」

彼は力を奮い起こして不意に立ち上がると、閲兵式のときの兵士さながらに気をつけの姿勢を取った。すると向けられていた銃身の先端が彼のコートの布地に食いこむかたちになった。ちょうど心臓に当たるところで、銃口は心臓から何センチも離れていない。

「撃て！」冷たく前を見据えたまま彼は言った。一瞬の後、驚きの目で彼を見返すベラに優しく微笑みかけた。

「愛《いと》しいヴィクトリア」相手を誘うような柔らかい声で彼は言った、「引金をひくんだ。おまえの夫の最後の頼みだ。聞き入れてくれ」

さらに一瞬が過ぎた。こんどは彼の顔が深紅に染まった。

「撃て！　命令する、撃つのだ！」彼は叫んだ。そしてその命令は過去へと歴史を遡ってわたしの耳のなかに響いた——バラクラヴァ、ワーテルロー、カロデン、ブレニム、アジャンコート、クレシーといった英国史に残る戦場で発せられた命令となった。わたしは悟った、ブレシントン将軍は本当に射殺されることを欲しているのだと。彼は生涯を通じてそれを望んでいたのであり、だからこそ、あれほど何度も傷を負ったのだと。このときの彼の発した歴史を遡る命令と熱のこもった訴えはとても激しく、彼との戦闘で殺された男たちが全員、今そこに立っている彼をその場で射殺するために、墓から蘇《よみがえ》ってくるような錯覚にとらわれた。ベラは半分だけ命令に従った。上半身を少しだけ回して、残りの五発を暖炉の奥に撃ちこんだのだ。わたしたちはその発砲に呆然となった。煙のせいでわたしは涙が出てきて、他のものは咳《せ》きこんだ。ベラは銃口に息を吹きかけ、そこから出ている煙を飛ばした。後になって気づいたのだが、その仕草は、一八九一年のグラスゴー・イーストエンド地区大博覧会の期間中に開催されたバッファロー・ビルのサーカスで目にしたものと同じだった。それから彼女はリボルバーを将軍のコートのポケットに戻すと、気を失った。

その後はいくつかのことが立て続けに起こった。バクスターが巨体を揺らしてベラに駆け寄り、彼女を抱え上げてソファに寝かせ、足から靴とストッキングを脱がせた。一方わたしは、医薬品ケースの入っている戸棚に飛んでいって、そのケースをふたりのところに運んだ。幸運なことに、弾丸は彼女の足をきれいに貫通してカーペットに突き刺さっていた。しかも、第二と第三中手の尺骨と橈骨《とうこつ》の間の外皮に穴が開いたものの、骨はまったく無傷だった。ハタズレー老人はその間、手を叩きながら叫んでいた、「すごい娘じゃないか！　あんな勇敢な振舞い、見たことがあるか？　ない、ない、あるもんか！　ブレイドン・ハタズレーの真の娘、彼女はまさしくそれだ！」

ドアが開いた。驚くほど姿かたちの違うふたりが立っている。ひとりはミセス・ディンウィディ。もうひとりは背の高い褐色の肌をしてターバンを巻いた男で、首から足首まで覆う外套を着ていた。これがマフーンと呼ばれた、将軍の従僕なのだろうと思った。

「警察を呼びましょうか？」この家の家政婦が尋ねる。

「いや、それよりお湯を持ってきてください、ミセス・ディンウィディ」とバクスターは言った。「客人のひとりの試みた実験が、いささか不首尾に終わってね。でも大した被害はないから」

ミセス・ディンウィディは退出した。将軍は部屋の隅に立ち、沈鬱な面持ちで口髭の端を引っ張っている。

「お暇《いとま》しましょうか、将軍？」シーモア・グライムズが気を利かして言った。

たと思う。

「そうですとも、お願いです、お願いですからお帰りの準備を！」ドクター・プリケットが懇願するように言った。そして、ブレシントン将軍がこのときすぐに帰っていたなら、間違いなくもう何年か長生きし、亡くなったときには国葬が行われて、記念碑も建立されたと思う。

思うのだが、彼を留まらせたのは、勝利したわけでも完全に敗北したわけでもないという中途半端な状態への困惑だったのではあるまいか。ベラはこのとき、クロロホルムを嗅がされたわけではないが意識を失っており、バクスターもわたしも彼女を介抱するのに夢中で、将軍など存在していないかのように、彼に背を向けて跪《ひざまず》いていた。ポケットにある銃の床尾で殴りかかれば、わたしはもちろんバクスターでさえ、簡単に昏倒《こんとう》させることができたはずだった。それからマフーンの助けを借りて、待たせている辻馬車にベラを運べばいいのだ。しかしそれはいかにも卑怯な行動だろう。そして将軍は卑怯者ではなかった。事によると、将軍が立ち去らなかったのは、出て行く前にわたしたちの注意を惹くような短くて印象的な、紳士にふさわしい言葉を探していたためかもしれない。何しろ彼は無視されることに慣れていなかったのだ。ともあれ、わたしたちはベラに痛みを鎮めるためのモルヒネを与え、傷口にヨードチンキを塗り、包帯を巻いた。すると不意に彼女は目を開け、将軍を見やると、考えこみながら言った、「あなたのこと、思い出したわ。パリのノートルダム・ホテルの〈牢屋ルーム〉にいた人。仮面をずっと外さなかった、そう、お尻ペンペンのムシュー・スパンキボね」

それから大笑いしながら、彼女は叫んだ、「ヴィクトリア十字勲章受章者、サー・オーブリー・デ・ラ・ポール・スパンキボ将軍だって、なんておかしいこと！　売春宿に来るお客はたいていすぐに発射するけれど、あなたはそのなかでも群を抜いた早撃ちだった！　最初の三十秒で発射しないために、わざわざお金を払ってあなたが女の子たちにやらせることときたら、おかしくて涙が出るほど、猫も笑うほど滑稽だったわ！　でも女の子たちはあなたのことが好きだった。スパンキボ将軍は気前がよかったし、迷惑をかけなかったから――わたしたちの誰にも病気を移さなかったわ。あなたの一番どうしようもないところは、（これまで行った殺戮と召使への仕打ちを別にすれば）プリケットの言う『ち、契り、い、い、い、い、い、いのベッドのじゅ、純潔さ』ってやつだわ。あんたみたいな哀れで馬鹿で愚かでいかれて腐った性交《ファッカー》野郎の老人は、ハハハハハ！　とっとと出てけ《ファック・オフ》、好きに性交するがいい！」

わたしは思わず息を呑んだ。英語では、肉体の愛情行為を表わすその言葉は――名詞で使われようと、動詞や形容詞で使われようと――いけない言葉、口にすべきでない言葉であると昔から教えられてきたのだ。フウォープヒルの農場で雇われた男たちがこの言葉を使うのは小さい頃から耳にしていたが、もしわたしがそれを口にするのを聞いたなら、母にしてもスクラッフルズにしても、わたしをこっぴどく殴り倒しただろう。それなのにいまバクスターは、まるで魔法の言葉ひとつがすべての問題を解決するとでもいうように、微笑んでいる。将軍の顔はすっかり蒼白《そうはく》になり、それとの対比で灰色の口髭と顎鬚が黒っぽく見えた。半分目を閉じ、口をあんぐりと開けたまま、彼は斜めによろけてプリケットにぶつかり、次には反対方向によろめいてグライムズに押し留められ、それからふたりに支えられて、脚を震わせながら、マフーンが丁重に開けて待っていたドアのほうに移動した。ミスター・ハタズレーは夢遊病者のようなぼうっとした足取りで彼らの後について行ったが、マフーンがドアを閉める前に振り向くと、抑揚のない呻くような声で言った、

「あの女性はブレイドン・ハタズレーの娘などではない」

そしてかれらは皆いなくなった。

「よし」一瞬置いてバクスターが言った。ベラの脈拍も体温も問題ないことがわかったのだった。「将軍は皆に知られてしまう離婚を避けて、夫婦の同居義務を免除する法的別居に同意するだろう。もちろんそうなればふたりは結婚できないが、しかし離婚ということ

になると、スコットランドで仕事をはじめようとする女性の医者の経歴にひどい傷を与えかねない。当事者間で分別を持って理解しあい、ブレシントン将軍が自然に死期を迎えるのを待つのが、ベラと君にとって一番いいことだろう」

ところが二日後、ブレシントン将軍がロウムシャー・ダウンズにある別荘の銃器室の床に倒れて死んでいるのが発見された、と報じられた。(註27) その手にはリボルバーが握られており、また頭に撃ちこまれた弾丸の角度からも、事故の可能性は否定された。検死官によると、将軍は「精神のバランスを欠いているときに」死んだのであり、そのため、イングランド国教会の埋葬式は行われたが、国葬は見送られたのだった。ロンドンの『タイムズ』紙の死亡記事は、彼は政治に失望したために「古代ローマ人気質の最期」を選ぶことになったのではないかと述べ、その死の原因を作ったとして、暗にグラッドストンを非難していた。

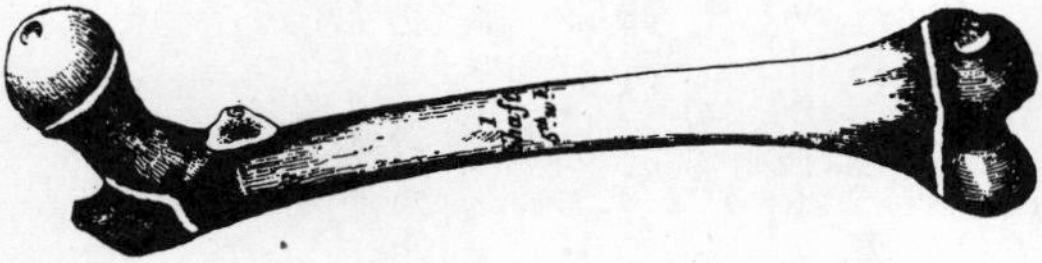

24 グッドバイ

読者よ、彼女はわたしと結婚した。そしてあとはもう、語るべきことは多くない。家族揃って幸福に暮らしている。社会におけるわたしたちの仕事は人々の役に立ち、またそのように認められている。ドクター・アーチボールド・マッキャンドルスは〈グラスゴー市民生活向上信託協会〉の代表者を務め、ドクター・ベラ・マッキャンドルスは――〈ゴドウィン・バクスター産婦人科クリニック〉の運営、フェビアン協会の小冊子への執筆や婦人参政権運動への献身を通じて――これまでヨーロッパ各国の首都ほとんどすべてに講演に呼ばれ、現在、旧友であるドクター・フッカーが彼女のためにアメリカでの講演旅行を準備中である。グラスゴー美術クラブの友人たちから、妻のほうがわたしより有名であるとからかわれることがあるが、わたしの答は決まっていて、「どんな家でも有名なマッキャンドルスはひとりで十分」と言うことにしている。息子たちは鈍重な父親を、才気縦横で因襲にとらわれない母親と釣合いを保つための丁度いい平衡錘だと思ってくれていると信じている。彼らの母親も同じように思ってくれていると信じている。わたしたちの結婚生活をヨットに喩《たと》えるなら、彼女は風を孕《はら》んで膨らむ帆であり、見事に整備された操帆装置であり、陽光燦々《さんさん》たる賑《にぎ》やかな甲板であって、一方わたしは、人目につかない底荷を積み、背骨となる竜骨を備えた低い船体なのだ。この比喩にわたしは深い満足を感じる。

気が重いけれども、誰にもまさる智恵と善意にあふれた存在として、わたしの脳裏にいつまでも残る人物の最後の日々について記さなくてはならない。

あの日、ブレシントン将軍を打ち負かしてから、バクスターの健康は悪化したのだが、彼はそれを親友にさえ悟られないように気をつけていた。彼はわたしたちを枕元に呼んで、数週間の休養が必要なのだと説明し、彼の食餌《しょくじ》摂取のための器具をベッド脇の長椅子のところに運んでくれと言った。わたしたちは言われた通りにした。ベラとわたしは幸せのあまり、自分勝手になっていたのだ。テーブルのバクスターの方から漂ってくる変な匂いもなく、彼が蒸留装置を不意に一時休止するせいでどぎまぎさせられることもなくなって、わたしたちはいつも以上にふたりの食事を楽しんだのだ。一週間後、わたしたちはハネムーンで外国に出かけた。戻ってくるとベラはデューク・ストリート病院での看護師実習を、わたしは王立診療所での医者としての仕事を、再開した。自分たちの目指す仕事はまだ手の届かない先にあった。毎晩、わたしたちは部屋に戻る前に、一時間かそれ以上をバクスターの枕元で過ごした。わたしはチェスかトランプゲームをして、ベラは自分の仕事のことを話して。仕事の話をするうちに激昂《げきこう》することもあった。ミス・ナイティンゲールは、クリミア戦争において軍隊支援のためにはじめて看護業務を組織立てたのであり、そのため英国における看護体制を軍隊に倣《なら》って作ってしまった。医者が高級将校、婦長や正看護婦が軍曹や曹長、准看護婦が兵卒に相当する。階級の下のものは命令されないかぎり、めったに上のものに話しかけたりしない。下の地位にある人間の知性は意図的に用いられないからである。そう憤慨するベラに対して、わたしはそうした体制を動かしている知恵が理解できないではなかったが、しかし、それを口にしないくらいの分別はあった。ベラにはわからなかったからだ。バクスターが彼女に言った、「組織の仕組みをすっかり見通し、それらを理解するまでは、組織と事を構えてはいけない。それまでは自分の自由な知性を使って、医療をよりよく行うための方法を考えるのだ」

彼はまた、彼女がよりよい方法を探すのに水を差すためではなく、彼女の計画を現実に即したものにするために、その計画の欠陥を指摘するのだった。〈ゴドウィン・バクスター産婦人科クリニック〉は一八八四年の春をまるまるかけて、かれらが交わした議論に基づいて運営されている。その頃には、わたしたちはバクスターがベッドから離れられなくなっているという事態を、当然のこととして受け容れるようになっていた。彼は自分の代謝についての謎をわたしたちにも秘密にしていたので、忠告したくとも何も言えないのだった。

ある朝、仕事に向かおうとしたとき、ミセス・ディンウィディが彼からのメモをわたしに手渡した。

アーチー、今日はぜひ、誰かを説得して仕事を交替してもらいたい。そして、できるだけ正午近くに戻ってきてほしい。会って話したいことがある。これはふたりだけの話で、ベラには当面、絶対に聞かせてはならない。面倒をかけるけれども、そうしてくれれば、二度と面倒はかけない。

よろしく、G

彼のペン遣いに文字の震えと乱れが看《み》て取れ、わたしは不安を覚えた。アーチーという呼びかけも不安を増した。それまで彼からそんなふうに呼ばれた記憶はなかった。きっかり正午に戻ったわたしをミセス・ディンウィディは玄関の奥で待っていた。それまで泣いていたようだった彼女が言った、「今しがた、ゴドウィン坊ちゃんに服を着せ、サー・コリンの昔の書斎までお連れしたところです。あなたにすぐにでも会いたがっておられます。急いでください」

わたしは走った。

その部屋に入ると、ドサッという音、ジージーという音、ビューンという音が混じりあってわたしの耳を満たした。そのなかにはなはだしく増幅された心臓の鼓動のリズムが聞き取れる。それはテーブルに着いているバクスターから発せられていた。彼はテーブルの端をものすごい力で握りしめており、そのため、顔の輪郭をぼやけさせるほどの恐ろしい身体の振動も腕には伝わっていないのだった。

「急げ！　打つんだ！　皮下ちゅうだ！」彼がブーンと響く声で叫んだ。こちらに合図するように頷きながら、頭が苦しそうに揺れている。見ると、彼の前の皿には薬の入った皮下注射器が置かれ、彼の前腕部のワイシャツの袖がまくり上げられている。わたしは注射器をつかみ、親指と人差し指の間の皮膚をしっかり押さえて、皮下注射を打った。一瞬の後、振動が止まり、恐ろしい音も次第に静かになった。バクスターは溜息をつき、ハンカチで顔を拭うと、微笑みながら言った、「ありがとう、マッキャンドルス。来てくれて嬉しいよ。もうじきぼくは死ぬ」

わたしは腰を下ろし、自分でどうにもできないほど泣いた。相手の言っている意味を取り違えたふりができなかったのだ。彼はそれを見て、さらに明るく笑い、わたしの肩を叩きながら言った、「もういちどお礼を言うよ、マッキャンドルス。その涙を見ると慰められる。ぼくが君にとっていい人間だったということだからね」

「もう少し長く生きることはできないのですか？」

「そうしようとすれば苦痛と屈辱を味わうことになる。子どものときからサー・コリンに言われていたのだ、わたしの生命は気分にむらのない状態をどれほど保っていられるかにかかっている——強い感情は内部組織の齟齬《そご》を際立たせて死を招くことになる——とね。ベラから君と婚約したと告げられたとき、激しく苦悩した結果、呼吸機能に打撃を受けた。彼女はパリから帰ってきた夜、わたしに恐ろしい質問をした。その質問のショックからわたしの神経組織はついに回復しなかった。六週間後、ブレシントンの弁護士のせいで腸《はらわた》が煮えくり返るほど怒ったために、消化管が修復不可能の損傷を受けた。外からは身体の大きさにあまり変化は見られないだろうが、実のところ、餓死寸前なのだ、マッキャンドルス。君たちが訪ねてくれる夜の時間を安楽を装って過ごしてこられたのも、阿片やコカインのような誘導剤を使ってやっとのこと。一緒に四月が過ぎるのを見たいと思っていたが、昨夜、君たちが部屋を出て行ったとき、わたしにはもう時間が残されていないと悟った。最後のときをひとりで迎えられないのは、わたしが弱いせいだが……わたしは弱い人間なのだ！」

「ベラを呼んでくる」わたしは飛び上がって言った。

「だめだ、アーチー！　わたしはベラを愛しすぎている。もしもっと長く生きてと言われれば、拒否することができない。そして最後にどうしようもなく汚らしい、正体もない大間抜けとしての姿を彼女の目に晒《さら》すことになる。威厳を保ってグッドバイを言えるうちに、この世を去りたいのだ。とはいえ、威厳がありすぎると尊大になる。別れの杯を交わそうじゃないか、父のポートワインをともに飲み干そう。二年ほど前になるかな、君が半分だけ飲んだデカンタをしっかりしまいこんだ記憶がある。ワインは保存しておくと味がよくなると言われているからな。これが鍵だ。どのカップボードかは知っているだろう」

彼の話しぶりにはわたしを微笑ませるほどの陽気な楽しさがこもっていた。けれども、古いデカンタと繊細な脚をしたグラスふたつを並べるわたしの手は、震えが止まらなかった。胸ポケットのハンカチでグラスの埃《ほこり》をきれいに拭《ぬぐ》い、わたしたちは半分ほど満たしたグラスを合わせた。彼はもの珍しそうに自分のグラスの匂いを嗅ぎ、そして言った、「遺言ですべてをベラと君に遺す。子どもを作り、自ら手本となってよき行動と誠実な労働を教えるのだ。子どもたちに決して暴力をふるうな。そして決して説教をするな。ミセス・ディンウィディをはじめ使用人たちが歳で動けなくなったとき、みんなここで必ず快適に暮らせるように配慮してくれ。それからわたしの犬に優しくしてやってくれ。最後に——」（ここで彼は一気にグラスを空にした）「——これがワインの味か」

彼はグラスを置き、巨大な拳で巨大な膝をしっかりつかみ、頭をのけぞらせて笑った。彼が声を立てて笑うのを聞くのは、それがはじめてだった。最初小さかった笑い声は、次第に大きくなり、わたしが両手で耳を塞《ふさ》がなければならないほどにまでなった。しかし彼の心臓の鼓動のドキンやビューンという音も大きく響きわたったかと思うと、その音と笑い声が不意にふっと吹き飛んだ。完全な沈黙。彼の身体は前後に揺れることもなく、そこに座ったまますっかり硬直していた。

一瞬間をおいて、わたしは彼のところに近寄り、歯で縁取りされた大きな空洞——天井を向いてものすごい大口が開いていた——は絶対に覗かないように注意しながら、彼の首が折れ、死後硬直がすでにはじまっていたことを看て取った。平らに寝かせるために彼の関節を壊すのが忍びないので、幅百四十センチほどの立方体の棺を注文し、中に棚板をしつらえさせて、そこに彼を座らせたまま安置した。(註28) グラスゴー大聖堂と王立診療所を見下ろす共同墓地《ネクロポリス》にサー・コリンが手配した霊廟の床の下で、彼は今日までその姿勢のまま座っている。そのうちわたしも妻も(彼の死を知ったときの彼女の動揺は並大抵ではなかった)そこで彼と一緒になる。そして子どもたちや孫たちも、火葬してスペースを確保すればだが、同じようにそこで一緒になるだろう。

若きわたしたちがいかに奮闘したかを書き残したこの記録は妻に捧げられる。ただし、ここには彼女にしても現在の医学にしても、まだとても信じられない事柄が語られているので、彼女に見せる勇気はない。しかし、科学の進歩は年々加速的に早まっている。近い将来、サー・コリン・バクスターが息子にだけ伝えたことが、改めて発見されるであろう。そしてそれによって、わたしがここに記した事柄はすべて、事実に基づいていることが証明されるはずである。

完

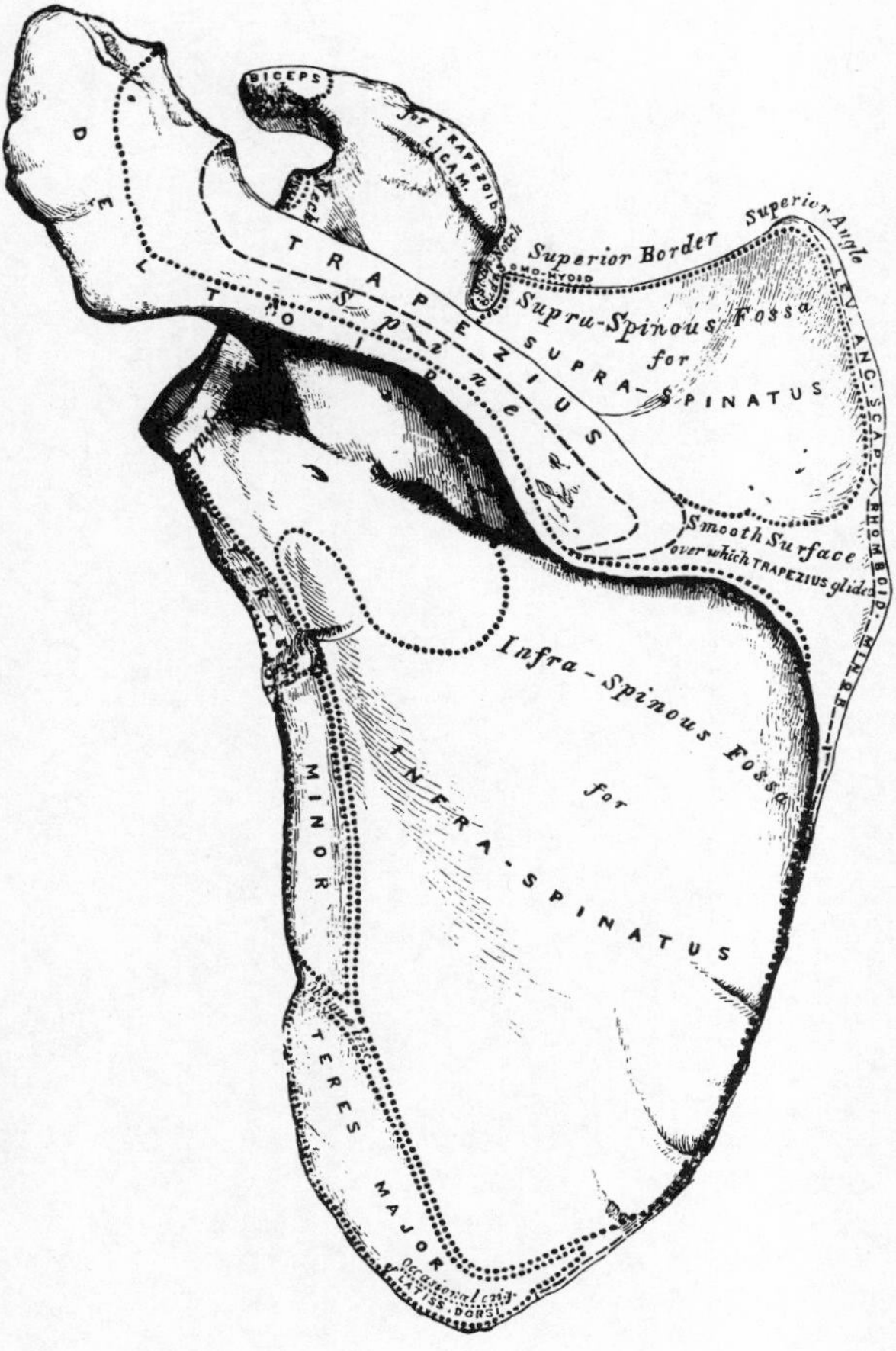
BICEPS
for TRAPEZOID LIGAM.
Neck
Notch
Superior Border
Superior Angle
OMO-HYOID
Supra-Spinous Fossa
for
SUPRA-SPINATUS
LEV. ANG. SCAP.
RHOMBOID. MINOR
DELTOID
TRAPEZIUS
Spine
Smooth Surface
over which TRAPEZIUS glides
Infra-Spinous Fossa
for
INFRA-SPINATUS
TERES MINOR
TERES MAJOR
Occasional orig.
LATISS. DORSI

わたしのことを思いだしてほしい ときどきは

医学博士ヴィクトリア・マッキャンドルスより

1974年に存命中の子孫のうち

最も年嵩《としかさ》のものに送る手紙

彼女はこの手紙で

以下の書物に間違いがあると主張し

その訂正を試みている

彼女の亡夫

医学博士アーチボールド・マッキャンドルス

（1857年生、1911年没）著

『スコットランドの一《いち》公衆衛生官の

若き日を彩るいくつかの挿話』

わたしの孫、もしくは曾孫へ、

元気に成長しているわたしの三人の子どもたちも、一九七四年には死んでいるか、すっかり老齢になっているはずですから、マッキャンドルス一家でそのときに生きているものは、ふたりの祖父か四人の曾祖父を持っていることでしょう。ですから、そのうちのひとりが常軌を逸した振舞いに及んだからといって、深刻にならずに笑い飛ばせるはずです。わたしはこの書物を笑い飛ばすことができません。わたしはこれを読むとぞっとします。そして、亡くなった夫が印刷し、製本したのがこの一冊だけであることを〈生命の根源力〉に感謝します。元原稿の断片は見つけられるかぎり、すべて焼却しました。そして本の見返しに書いた詩で彼が示唆しているように、これも燃やしてしまおうと思いました。でも悲しいことに、この本は、あの哀れなお馬鹿さんがこの世に存在したことを示すほとんど唯一の証拠なのです。あの人はこれに、多少のお金をつぎこみもしました――十二人の孤児たちに一年間、食事と服と教育を与えることのできるだけの額を、です。挿絵のせいで、印刷費は二倍になったに違いありません。わたしの肖像画は一八九六年のイラスト入りの新聞から取られたもの。なかなかよく似ていると思います。ゲインズバラ・ハットと「古きよきスコットランド《カレドニア》を象徴する美女」みたいな勿体ぶったニックネームを度外視すれば、わたしが本文で描かれたような世間知らずのルクレツィア・ボルジアや、キーツの詠《うた》った〝つれなき手弱女《たおやめ》〟などではなく、気取りのない分別をわきまえた女性であることを明らかにしているでしょう。それでこの本を子孫に送ることにします。今生きている人々がそれをわたしと結びつけないかぎり、子孫がこの本をどう読もうと、わたしは気にしません。

最初の一節を読み直してみて、二番目の夫も最初の夫と同じくらい嫌な人間であったことが窺われるように思います。不誠実なのです。わたしがアーチボールド・マッキャンドルスと結婚したのは、彼が便利な男だったからであり、歳月を経るにしたがって、ようやくあの人が好きになり、頼りにするようになりました。あの人はわたし以外、誰にとっても大して役に立つ人間ではなかった。自分の本を『スコットランドの一《いち》公衆衛生官の若き日を彩るいくつかの挿話』と呼んでいますが、彼がグラスゴーの公衆衛生官であったのは、きっかり十一カ月だけで、〈グラスゴー市民生活向上信託協会〉の代表者になると、ただちにその職を辞したのです。代表者になったのも、優れた頭脳を買われたためではなくて、わたしたちが多額のお金を出資したからでした。たしかに会議をいくつか取りしきらなくてはなりませんでしたが、あの人は一週間の大部分をひとりで過ごしていました。その自由時間をすべて無駄にしたというのではありません。生まれて間もない子どもたちを育てるミセス・ディンウィディ（わたしの忠実な家政婦です）の手助けをしてくれました。散歩に連れて行ったり、物語を聞かせてやったり、かれらと一緒になって、床を這い回ったり、積み木やボール紙で風変わりな都市を作ったり、いろいろな国を想像しては、途方もない地図や歴史を作り上げたりして。そうした物語やゲームのおかげで子どもたちはとても豊かな多様性に富んだ思想や情報を身につけたのです。あの人の思考法が科学的なせいで、どんなに奇態な怪物でさえ、ダーウィンの考える正しい進化の系統のなかにきれいにおさまること、どれほど奇妙な機械でも決して熱力学の法則から外れないこと、を子どもたちは理解しました。あの人が子どもたちに施した教育は、わたしがゴドウィン・バクスターから得た遊び心のある教育とよく似ていて、同じおもちゃ、本、道具をずいぶん使っていましたし、裏庭には小さな動物園をずっと残していました。ゴドウィンの飼っていた最後の犬も、彼が亡くなってから五年後に死んだのですけれど。

「靴屋の子どもの履く靴は、いつでもどこでも最低、最悪」というスコットランドの諺《ことわざ》がありますす。家庭でのスキンシップと遊び心を忘れない教育が大事なのだと怖いもの知らずに説いて回っていたこのわたしは、実のところ、クリニックの仕事で週の大半は家を留守にしていましたし、また他の用事で毎年しばらくはグラスゴーを離れなければなりませんでした。わたしの説いていることを家で実践したのは夫。あの人のおかげで幼少期があまりにも魅力的なものであったために、子どもたちが大人になったときの生活が（わたしの最初の夫やビスマルクやナポレオンや、もっとありふれた犯罪者たちみたいに）、悪童の白日夢の実現のようなことにならないか、と心配したこともあります。でもそれは杞憂《きゆう》でした。子どもたちはグラスゴー高校（一二世紀に創立された古い学校です）で他の少年たちと交わるようになると、ぶらぶらして夢ばかり見ている空想家の父親を恥ずかしく思うようになり、実際的で社会に出て忙しく活動している母親を熱心に見習うようになりました。長男のバクスター・マッキャンドルスは数学を学んで、去年、優等で卒業し、今はロンドンの帝国統計局で働いています。工学を専攻しているゴドウィンはグラスゴー大学とアンダソニアン研究所との間を始終行ったり来たりしているので、いつどっちで勉強しているのかわかったためしがありません。蒸気と石油を使うエンジンは時代遅れの危険な産物であって、空気を汚し、肺を損なう廃棄物を出す炭鉱や油井《ゆせい》を次第に放棄するようにしつつ、ハイランドの湖や滝から電気エネルギーを取り出す用意をしなくてはならない、と彼は言います。いちばん若いアーチボールドは高校の最終学年に在籍していて、ふたつのことが頭から離れないようで、それに夢中です。ひとつは水彩でけばけばしい風景画を描くこと。もうひとつがグラスゴー高校の軍事教練隊を指揮すること。もちろんわたしは軍事教練が嫌いです。若い男たちがそれぞれ、ぜんまい仕掛けの人形のぎこちない動きをまねながら、規則正しい隊列を組んで行進し、しかもその動きが金切り声をあげるひとりの軍曹によって統率されているという図――それは、ミュージック・ホールで踊るコーラス隊の若い女性たちが、一斉にかかとを蹴り上げている姿よりもぞっとします。でも、わたしの理解によれば、若いアーチーが揃って制服を着た同志たちを愛する気分は、彼のボヘミア的自由奔放な個人主義と釣り合いを取っているのです。彼の性質のこのふたつの側面が最終的に調和したとき、彼もまた、立派な公僕になるかもしれません――ひょっとしたら、兄弟のなかでいちばん立派な。

　息子たちについて書いているうち、彼らの父親のことを忘れてしまいました。正直なところ、晩年のあの人はいることをずっと忘れたままで過ごせるような存在でした。書斎でひとり過ごすことがますます多くなり、そこであれこれ書き散らかしては、それを、自腹を切って印刷本にしてもらうのです。そんなもののためにお金を出して出版してくれるところなど、ありませんから。（註29）二年ごとでしょうか、朝食に下りていくと、わたしのお皿の隣に濃い藍《あい》色をした新しい一巻が置いてあるのです。しおりのはさまった献辞の頁をあけると、お決まりのように〈我が人生を生きるに値するものとしてくれる女性に〉と書かれていました。とても面白いとは思えないけれども興味深げなそぶりをせねば、と頁をぱらぱらめくるのですが、そんなわたしを見つめる彼の顔つきときたら。おずおずとした期待とおどけた諦めの綯《な》い交ぜになったほんとうに腹立たしい表情。彼を摑んで、もっと役に立つことをしたらどうかと、思いきり揺すってみたいと心の底から思ったものです。バクスターのお金を使って、自由とはき違えている怠惰を買ったりしなければ、あの人はそれなりの開業医だったでしょう。中流階級の一員となることで母親の野心を達成してしまってからというもの、それを内側から改革したいという願望も、労働者階級が外側からわたしたちを（そしてかれら自身を）改革するのに協力したいという願望も、あの人には無縁のものでした。でもわたしの知っているいちばん有効な叱責は手本を示すこと。わたしは毎回、本を置くと、テーブルを回ってあの人にやさしくキスをし、ありがとうと言って、クリニックの仕事に出かけました。

一九〇八年のこと、あの人は多発性硬化症にかかりました（彼自身の診断でした）。それでやさしく接するのが簡単になりました。彼は病気に安住したのです。ベッドを書斎に移動し、起きなくとも物が書ける特別の机を注文しました。運動をすれば、難なく長生きできたでしょう。でもそんなことはあの人も百も承知、わたしは無理強いしたりはしませんでした。結婚生活を気持ちよいものにするために、夜、部屋に戻る前には、彼とチェッカーで遊んだり、軽い夜食のお相伴をしたり、おしゃべりを交わしたりしました。面白いことに、そうした会話を交わすと、ゴドウィン・バクスターがいっしょにいた昔の日々が蘇ったものです。あの人が新しい本に取りかかっていることにも気づきました。

「どんな本か知りたいかい？」ある晩彼が尋ねました。そこには茶目っ気を含んだ快活さとでも呼ぶべき響きがあり、それをあの人は創造的なインスピレーションに起因すると信じていましたが、わたしに言わせれば、病気による微熱の産物にすぎません。

「教えたければ、教えて」わたしは微笑みながら答えました。

「いや、今回は教えたくないな。君にはぼくが死んでから読んで、驚いてもらいたいんだ。少なくとも一度だけは通読すると約束してくれるかい。ぼくの棺に入れて焼いたりしないと約束してほしい」

わたしは約束しました。

とうとう出版社から製本された一巻が届き、それから何週間も、あの人はすっかりご機嫌でした。枕の下に入れて眠り、メイドがシーツを替えている間、ソファに座って頁をあちこちめくっては、含み笑いをするのです。その後、衰弱が進んでいくにつれ、あの人はほとんど恨みがましい苛立ちだけしか感じないようになってきました。そして最後には何も求めなくなって、ただ彼の額に当てたわたしの手だけが例外でした。というのも、手をのけると、あの人が哀れっぽく泣いたからです。わたしは彼の枕元から離れませんでした。他のベッド脇にいたら、もっと人のためになれたはずですが。でも仕方ないわ。わたしも最後の日々には誰かそばにいてほしいと思うかもしれないし、だから、そばにいてという頼みを拒否しなくてほんとうによかった。

その本を読んだのは三年前、葬式の後ほどなくして。読んでから二週間、みじめな気分になりました。思い出すと、今でもみじめになります。そのわけを説明するには、わたし自身の身の上話をできるだけ簡潔に記さなければなりません。

記憶に残っている最初の家は狭い部屋が二つと台所。そこに五人が暮らしていました。父親がいっしょのときは六人が。唯一の水道は家の裏の囲い地にあった共用のもの。父はもっと水道設備のいい家を用意できたはずです。彼は近くにあったマンチェスター鋳造所の職工長（今で言う工場長）で、お金を貯めることに何より情熱を傾けていました。まともな食料を買えるだけのお金を母に渡すことはまずなかった。

「家族が人生の正しいスタートを切るのは、おれがいい特許をひとつ自分の手で管理できるようになってからだ」彼はわたしたちに言いました、「そしてそのためにはおれの稼ぐ金が全部必要なのだ」

妻や子どもたちに対する彼の接し方は、職人たちを相手にしたときと同じでした――そうした連中はいつ敵になるかわからない存在だから、暴力をふるったり、暴力をふるうぞと脅かしたりして、哀れな状態のままに留めおくべきものだというわけです。彼には、自分に対するあからさまなおべっか以外のあらゆる発言は反抗的に思えるのでした。わたしが五歳のときのことです。父がじめじめした小さな台所の鏡の前に立って、濃緑色のスカーフと緑色の見返しをつけたビロードのチョッキを直しているのを見たことがあります。わたしたちの服のことは気にしないのに、自分の身なりには金をかけ、がさつな伊達者を気取る人でした。その服の色と暗赤色をした顔の対比が面白くて、わたしは「父さんたら、けしそっくりね」と言いました。

それからベッドで気がつくまでのことは、何ひとつ覚えていません。父は拳でわたしを殴り倒し、わたしは頭をレンガ敷きの床に強打し、血を出して、数時間気を失っていたのです。母に医者を呼ぶだけの勇気があったかどうか。髪の毛に隠れていますが、左耳の上に、今でも十センチ弱ほど、ぎざぎざの傷が残っています。側頭鱗部《そくとうりんぶ》の縫合線の幅が異常に広がった結果です。しかし意識を失ったその時間を除けば、この一件はわたしの記憶に何の影響も与えませんでした。亡くなった夫が〝奇妙に整った〟とか〝生え際の下の頭蓋をぐるりと巡る環〟と描写しているひびと言うか縫合痕はこれのことです。

母については、次のことだけ言えば十分でしょう。利己的なところのまったくない働き者の女性に勇気と知性が備わっていない場合、そうした美徳がいかに無意味かを教えてくれたと。衣服を洗ったり繕ったり、床を磨いたり、埃を出すのにカーペットを叩いたり、肉屋からもらった猫のえさとしても売れない屑を材料に水増しスープを作るとか、そういうことをしていないと、いても立ってもいられなくなる、そういう人間でした。文字が読めたのかどうかはわかりません。でも、わたしが本を持っているところを見つけると、すぐに取り上げました。「女の子に怠ける口実は要らない」というのがその理由でした。いちばん鮮明に覚えているのは、水をあたためる石炭も石鹼もない状態で、冬の間、冷水で身体や服を洗わなければならなかったときのみじめさです。母とわたしにとって生活とは家族と家をきれいに保つための苦闘だったと言っても過言ではありません。でも本当にきれいというものを実感したのは、弟たちが死んで、父が（まるでそれを待っていたかのように）「ようやく余裕ができたぞ」と言って、周囲を庭で囲まれた三階建ての家にわたしたちを連れて引っ越してからのことです。

父には少なくとも一年間ほどそこに暮らすだけの経済的余裕があったと思います。[註30]豪華な家具のしつらえられた家で、十人から十二人の召使がいて、後年知ることになる家政婦たちよりも派手な服を着た黄色い髪の美しい女性が、かれらにあれこれと指示を出すのです。その女性はわたしたちに親切に接してくれました。

「これがみなさんの居間です」そう言って彼女が案内してくれた部屋ときたら――壁紙とカーテンはくっきりとした模様にいろどられ、床には厚いカーペットが敷かれ、並んだ家具には目もあやな装飾が施され、暖炉で燃えている火はそれまで見たこともないくらい大きく、炉辺にはまばゆく光る真鍮《しんちゅう》の石炭入れが置いてありました。

「ビスケット、ケーキ、シェリー、ポートワイン、ブランデーやジンはここです」そう言いながら、彼女は巨大なサイドボードの扉を開けます、「それから、携帯用の炭酸水製造機もここにあります。中身の補充は雑用係が納屋で行いますから。何か御用のときは、あのベルのひもを二度引っ張ってください。メイドが御用を伺いに参ります。いま何かお入用のものはありますか？　お茶でも持ってこさせましょうか？」

「〝あの人〟は何が欲しいんだろう？」母が、暖炉前の敷物の上に立って葉巻をふかしている父のほうに頭を傾《かし》げながら呟きました。

「ブレイドン、お茶をご所望かどうか、奥様がお尋ねです！」とその女性が言い、わたしたちは彼女が父を恐れていないのだと悟ったのです。

「今はいい、メイベル」父はあくびまじりに答えました、「ブランデーをくれ。ミセス・ハタズレーと娘のヴィッキーにはシェリーを。手配がすんだら下に行っていてくれ。十分ほどしたらわたしも行く。母さん、お願いだから腰を下ろして、揉み手をするのはやめるんだ」

母は言われたとおりにし、家政婦が部屋を出て行くと、落ち着かなげにシェリーをすすり、それから父に尋ねました、「それじゃ、手に入ったの？」

「手に入ったって、何が？」

「特許が手に入ったの？」

「特許が手に入り、それからもっと、とんでもないほどたくさんのものが手に入った(註31)」父は含み笑いをしながら言いました、「おまえの弟からな、たくさん手に入れたんだ」

「弟のイーリアから？」

「弟のノアからだ」

「それじゃあ彼に会える？」

「いや、今ノアに会うものはいない」そう言う父の含み笑いは一層大きくなっていました。

「彼にはもう、会って足しになることがろくにないんだ。ひとこと助言させてもらうよ、母さん。淑女らしく振舞えるようになるまでは、ここに来る客に質問をしないこと。立居振舞い、服の着こなしについてメイベルの教えを仰ぐこと。もちろん話し方についてもだ。彼女はいろんなことのこつをわきまえている。この〝わたし〟にもいくつか新しい秘訣を教えてくれたよ。さあ、わたしは行くよ。こうなるまでしばらく待たせたが、この暮らしは絵空事じゃない。保証するよ」

父はブランデーを飲み干すと、出て行きました。

二週間ほどして階段のところで父に会ったわたしは言いました、「父さん。母さんたら、毎日酔っ払っているわ。それより他、やることがないんだもの」

「そうか、もし母さんが他ならぬその道経由で自殺したいと望んでいるなら、文句を言う理由はないだろう。目立たぬように自分の部屋でそうしてくれる限りはな。おまえはわたしに何をしてほしいんだ?」

「わたしは本を読みたいし、いろんなことを学びたいの」

「メイベルが教えられないことをか?」

「そう」

「よしわかった」

一週間後、わたしはローザンヌにある女子修道院の付属学校に連れて行かれました。

外国で受けた教育について詳しく述べるつもりは毛頭ありません。母は労働者家庭の奴隷になるようにわたしを仕込みました。修道院学校の先生たちは金持ち家庭のおもちゃになるように仕込んだのです。家に送り返されたとき、母は亡くなっていました。そしてわたしはフランス語が話せ、ダンスが踊れ、ピアノが弾け、淑女のような身のこなしができ、そして、社会の出来事について保守系の新聞の論調で議論できるような女性になっていたのです。夫というものは妻が無知であるより、世間のことをある程度知っているほうを好ましく思うだろう、というのが尼僧たちの考えでしたから。サー・オーブリー・デ・ラ・ポール・ブレシントン将軍はわたしの知っていることなどには無関心でしたが、傷を負っているにもかかわらず、見事にワルツを踊りました。制服のせいでいっそう見事に見えたに違いありません。わたしは背が高いのですが、彼はさらに高くて、踊っている他の人たちは踊りを止めてわたしたちに見入るほどでした。彼を愛した理由はたくさんあります。その当時、わたしくらいの年頃の娘は夫を持ち、家庭を築き、子どもを産むのが当然と考えられていました。彼は金持ちであり、有名人で、それでいてハンサムでした。同時に、わたしは父の許から逃げ出したかった。その逃げ道を用意してくれたのも父なのですが。結婚式当日はほんとうに幸せな気持ちでいっぱいでした。その日の夜には、どうして〝雷電〟ブレシントンが仲間の将校たちから「北極ポール」とか「極寒棒」とか呼ばれているのかがわかりましたが、自分のほうが悪いのだと思ったものです。六カ月後、わたしは三度目の想像妊娠をしました。そして陰核切除をしてくれるよう頼んだのです。ドクター・プリケットは、腕のいいスコットランドの医者が今ロンドンに来ていて、「うまく処理してくれる」かもしれない、と教えてくれました。それである日の午後、わたしは生涯で真に愛したたったひとりの男性、ゴドウィン・バクスターの訪問を受けたのです。

二度目の夫はどうしてゴドウィンを、姿を見た赤ん坊は泣き叫び、子守をする娘は逃げ出し、馬は後ずさりしてしまう怪物みたいに描いたのでしょう？　ゴッドは大柄で、悲しげな表情をした男性でしたが、実に慎重であらゆるところに気を配り、その物腰には、押しつけがましいところがまったくありませんでした。ですから、動物も子どもたちも、傷ついた人も淋しい人も、そして女性は誰しも（声を大にして繰り返します）女性は誰しも彼を一目見ただけで、不安が消え、心の落ち着きを覚えるのです。彼はどうしてわたしがドクター・プリケットの手配した手術を受けたいのかと訊きました。わたしは説明しましたが、彼はその説明では納得しませんでした。わたしは子ども時代のこと、学校での経験、結婚生活について話しました。長い沈黙の後、彼はやさしく言ったのです、「いいですか、あなたは生涯を通じて、身勝手で貪欲で愚かな男たちにひどい仕打ちを受けてきた。でもかれらが悪いわけではありません。かれらもまたひどい教育を受けたのです。将軍があなたに受けてほしいと思っている手術があなたを救うことになる、とドクター・プリケットは本気で思っている。でもそんなことはありえない。それとこれとは何の関係もないのです。今申し上げたことをドクター・プリケットにわたしから言いましょう。わたしの意見に同意しないかもしれないが、あなたには問題が何なのかを知る権利がある」

悲しみと感謝の気持ちとでわたしは泣きました。彼の言っていることが真実であるとわかったのです。それこそが真実であるとそれまでもずっと感じてはいました。でもそう言われるのを聞くまで、わからなかった。わたしは彼に向かって叫びました、「ここにいたら、頭がおかしくなってしまうの。わたし、どこへ行けばいいのかしら？」

「庇護《ひご》してくれる友人もなく、お金も、お金を稼いだ経験もないのなら」彼は言った、「ご主人の許を去るのは自殺行為です。申し訳ないが、わたしにできることはありません」

わたしは霊感を得たのです──彼の優しさによって。彼の座っている椅子まで駆け寄り、彼の両脚の間に跪いて、彼の顔の高さまで握った両手を掲げました。

「もし！」詰問口調で尋ねました、「もし今から何週間か、何カ月か、何年か経ったある夜、家も友人もない自暴自棄になった女性がスコットランドのあなたの家にやってきて、庇護を求めたら──あなたが一度、親切に診てくれた女性です──あなたはその女性を追い返すことができますか？」

「できませんね」彼はそう言うと、溜息をついて天井を見上げました。

「それだけ伺えば十分です」わたしは立ち上がりながら言いました、「住所も知りたいけれど、それは英国医学人名録に載っているでしょう」

「はい載っています」とつぶやきながら、彼も席を立ちます、「でも、できることなら関わりになりたくはないのですが、ブレシントン令夫人」

「さようなら」わたしは握手をしながら言い、頷いてみせました。

こんなふうに言い寄られた医者がいたかしら？　こんなふうに口説き落とされた医者がいたかしら？

この機を逃したら後はないという時が訪れたのは二カ月後でした。わたしは妊娠してもいず、橋から飛び降りようなどとは少しも考えずにグラスゴーに着き、パーク・サーカスの大きな犬のいる家へと辻馬車を走らせました。それは、わたしとの間にはけっして子どもを作ろうとしない夫が、わたしより十歳ほども若い召使との間に子どもをつくり、その子がもうすぐ生まれるということを知った直後のことでした。バクスターは何ひとつ問いただすこともなくわたしを迎えました。彼に案内された部屋にはミセス・ディンウィディがいて（彼女はそのとき、四十五歳だったはず、彼が三十歳でしたから）、その彼女に彼は言ったものです、「母さん、この女性はひどい仕打ちを受けて、ここに休養に来ました。自分の家を持てるようになるまで、ここに滞在することになります。わたしの妹として接してください」

そう、パーク・サーカス一八番地はポーチェスター・テラス二九番地とひとつだけ共通点を持っていました。どちらの家の主人も召使に、妻となっていない女性に子どもを産ませたのです。でもゴドウィンは、父親の姓を名乗ってはいない彼女を母親として愛していました。気に入ったお客を迎えるときのバクスターは、彼女を「母のミセス・ディンウィディです」と言って引き合わせ、いっしょにお茶を飲むのです。彼女を交えたお茶の席は、もっともらしい儀礼へのこだわりとは無縁のものでした。彼女は明敏な頭脳に支えられた強烈なユーモア感覚の持主で、誰と話していても自分の立場をくずさずにいられるのです。「今度は何を発明なさるの、サー・ウィリアム？」大西洋に海底ケーブルを敷いた功績によって勲爵士の称号を授与された科学者のトムソン先生が来ると、彼女はよく尋ねたものでした、「それで今度の発明は、この前の大仕事が与えた被害の埋め合わせになるのかしら？」――というのも、彼女は電信装置の進歩によって、戦争は悲惨の度を増し、気候も悪化したと思いこんでいるようにふるまっていたのです。わたしの母はわたしをマンチェスターの人間にしてくれ、修道院の先生たちはフランス人にしてくれました。そしてミセス・ディンウィディと交わした友情と会話とによって、わたしは偏見にとらわれない率直なスコットランド女性の声と作法を身につけたのです。わたしの若いときを知らない仕事仲間は、わたしがいかにも〝スコットランド人らしい〟と言っては、今でもわたしを楽しませてくれます。

ゴッドが未婚の母について隠し立てしないですんだのは、彼が不労所得のある独身男性だったからでしょう。イングランドの准男爵で大英帝国の将軍だった人物の家を逃げ出した妻をかくまっていることについては、隠し立てしないわけにいかなかった。厄介な質問から身を守るために、彼には南アメリカで結婚した従弟《いとこ》がいたのですが、それが列車事故で死んでしまい、記憶喪失の娘ベラ・バクスター——それがわたしです——が遺されたという話を作り上げたのです。これは、それまで一度も教えられてこなかった重要なことをわたしに教えるための恰好の口実になりました。しかし、それまでに学んだことはすべて忘れてはいけない、というのが彼の指示でした。

「何も忘れるな」彼は言いました、「マンチェスターとローザンヌとポーチェスター・テラスで味わった最悪の経験でも、知的関心をもって記憶していさえすれば、君の精神を広げてくれるものだ。それが無理なら、そうした経験のせいで、君は明晰な思考ができなくなるだろう」

「無理よ！」わたしは大声で言い返しました。「凍るような水の入った洗い桶で汚れた服をごしごしこすって、指が痛かった。ベートーベンの『エリーゼのために』を、鍵盤をひとつ間違えただけで先生が最初からやり直させるから、ピアノで十九回も続けて演奏させられて、指が痛かった。お父さんから拳で頭蓋にひびが入るほど殴られて、頭が痛かった。フェヌロンの『テレマックの冒険』みたいなこの世でいちばん退屈としか思えない本を何節も暗記させられて、頭が痛かった。そんなことを理性を働かせて記憶するなんて、無理なことだわ——それぞれが違った世界に属しているのよ、ゴッド。それらを結びつけているのは忘れたいと思っている痛みだけ」

「それは違うよ、ベラ。違った世界にあると思えるのは、君がそうしたことをまったく別々に経験したからだ。いいかい、ここに大きなドールハウスがある。さあ、この蝶番《ちょうつがい》のついた正面部分を開いて、折り返すからね。中の部屋を全部見てごらん。英国の大都会では何千と、小さな町なら何百と、村なら何十軒くらいかな、いずれにしてもそれくらいの数が見られるような家だ。ポーチェスター・テラスの家かもしれないし、わたしの住んでいるこの家だと考えてもいい。召使たちはたいてい地下か屋根裏で暮らす——家のなかでいちばん寒くて、最も狭い部屋が並んだフロアだ。眠っている間、かれらの身体の熱が、中央のフロアにいる雇い主をより気持ちよく暖めることになる。台所で皿洗いをしているこの小さな女の子の人形は、服をごしごしこすってはしぼり機にかけるというつらい洗濯仕事も抱えているだろう。ご主人夫婦が寛大で気前がよければ、お湯をたっぷり使えるかもしれないし、彼女を監督する召使たちが親切であれば、酷使されるということもないかもしれない。しかしわたしたちは倹約と厳しい競争こそが国家の基盤であると公言される時代に生きている。だから、もし彼女がお湯もろくに使えず、こき使われたとしても、それについてとやかく言うものはいないだろう。さあ、こんどは二階の居間を見てごらん。ピアノがあって、別の小さな女の子の人形が弾いている。服と髪型を皿洗いをしている女の子と交換したところで、彼女は彼女のままかもしれない。でもそんなことは決して起こらないんだ。きっと彼女はベートーベンの『エリーゼのために』を少しも間違えずに弾こうとしている——両親は彼女がいつの日か、金持ちの男の気を惹いて、結婚することを願っている。その男は夫になると、彼女を社交上の飾りとして、そして自分の子孫の繁殖用の機械として利用するわけだ。さあ答えてくれ、ベラ、皿洗いをしている少女とこの家の主人の娘との共通点は何だと思う、年齢や身体つきが似ているとか、いっしょにこの家に暮らしているということは別にしてね」

「ふたりとも他の人に使われている」わたしは言ったわ。「ふたりとも、何ひとつとして自分自身で決めることを許されていない」

「わかるだろ？」バクスターがうれしそうに叫びました。「君がそれを瞬時にわかったのは、自分が小さいときに受けた教育を記憶しているからなのだよ。だから、忘れてはいけないんだ、ベラ。イングランドの多くの人間は、そして事情はスコットランドにしても同じだけれど、それにまったく気づかないように教えこまれている――道具になるように教えこまれているんだ」

　そう、バクスターはわたしに自由を教えてくれた。子ども時分には少しも知らなかったおもちゃで存分に遊ばせてくれ、さらに、彼の父親がかつて彼を教えるのに使った道具（当時は哲学用具と呼ばれていた）の動かし方を教えてくれて、それを通じて自由とは何かをわたしに教えてくれたのです。地球儀や天球儀、回転のぞき絵、顕微鏡、ガルバーニ電池、写真用の暗箱、正多面体、ネイピアの計算棒などを操作したときに味わった気分、自分には力があるという天にも昇るような感覚はとても言い表せません。母から裁縫を、修道院ではピアノを習っていましたから、微妙な操作法もすぐに習得しました。植物学や動物学、旅行や歴史について書かれた図版や色のついた絵入りの本もたくさんあって、あれこれ読んで考える材料にも事欠かなかった。ゴッドの法律相談に当たっていた友人のダンカン・ウェダバーンは、ときどきわたしを劇場に連れ出してくれました。ゴッドにはできなかったからです――彼は人ごみを毛嫌いしていました。わたしは劇場が大好きでした――コーラス隊の女性たちがハイキックをする他愛のない芝居を見ても味わったわ、楽しい幸せな気分！　でもいちばん好きだったのはシェイクスピア。だからまず作品を知るために家で本を読みました。手始めはチャールズ・ラムの『シェイクスピア物語』で、次に劇そのものに進んで。書斎で(挿絵に惹かれてのことですが)、『アンデルセンの童話』や『不思議の国のアリス』や『千夜一夜物語』も見つけました(この最後の本はフランス語版で、エロティックな描写を含んだものでした)。しばらくの間、ゴッドがわたしのために家庭教師を雇ったこともあります。ミス・マックタヴィッシュです。彼女は長続きしませんでした。教えてほしいのはゴッドだけ。彼が先生だと学ぶことは驚くほど美味な食事なのでしたが、彼女の場合は、残してはいけないという躾《しつけ》になってしまうのです。そのころ、はじめて若いアーチー・マッキャンドルスに会いました。

暖かく爽やかで気持ちのいい午後でした。わたしは少しばかり子どもじみて見えたかもしれません。小さな家庭菜園の芝に座って、小屋のなかを覗いて、モプシーとフロプシーが交尾しているところを見ていたのですから。小路から庭に入ってきたバクスターの連れは、不恰好な冴えない身なりをした若者で、耳が突き出ていました。バクスターが互いを紹介してくれましたが、その若者は恥ずかしがって、一言も口を開かずじまい。そのせいでわたしまでぎこちなくなってしまいました。二階に上がってお茶を飲むことにしましたが、ミセス・ディンウィディは呼ばれませんでした。それでバクスターはマッキャンドルスのことを親友だと考えてはいないのだ、とわかりました。お茶が用意される間、バクスターは大学の医学部のことなどを楽しげに話しました。ところがマッキャンドルスはわたしのことを一心に見つめるあまり、何ひとつ返事をしないのです。ばつが悪いったらありません！　それでわたしはピアノに向かい、バーンズの素朴な歌のひとつを弾きました。「ロッホ・ローモンド」だったかもしれません(註32)。でもわたしは自動ピアノのシリンダーを動かすペダルを使ったりはしませんでした。指で動かしたのです。速度調節は完璧でした。それにはっきり覚えているのですが、その自動ピアノを買ったのはヴィクトリア女王即位六十周年に当たる一八九七年のこと。それより前に自動ピアノが発明されていたとは思えません。マッキャンドルスは帰るときに、わたしの手にキスをすると言い張りました。サー・オーブリーの家ではこの麗しき大陸風の挨拶は一度も経験したことがありませんでした。客がフランス人やイタリア人の場合でも、です。わたしはすっかり驚き、キスをされた後、きっと指の先をぼんやりと見つめたのだろうと思います。彼の唾液は度を越していましたが、姿が見えなくなるまでは、手を拭いたり、手で服に触ったりする気にはなりませんでした。それからずいぶんと長い間、彼に会うことはなかったのです。もちろん会いたいとも思いませんでした！

　そうした楽しい、楽しい日々を送っていたのですが、ひとつだけわたしをみじめな気持ちにさせることがありました。ゴッドの気を惹こうとするような素振りをするのを、彼は絶対に許してくれなかったのです。

「わたしを好きになるのはなしだよ、ベラ」彼は言いました。「いいかい、わたしは人間ではないんだ。人間の形をした頭のいい大きな犬なんだよ。付け加えれば、ひとつだけ犬らしからぬところがあって、ご主人様は欲しくないのだ——女性もね」

これは真実でした。でもわたしはその真実に向き合うことができなかった。心も頭も魂も、すべてを捧げて彼を愛していた。それで彼を人間に変えたいと思った。その思いが強くてどうしても寝つかれなかったある夜、わたしはロウソクを片手に、裸で彼の寝室に行ったのです。床に座っていた犬たちが警戒するように嫉妬まじりのうなり声を上げましたが、噛んだりしないことはわかっていました。ところが悲しいことに、彼のベッドの上にも、彼の足の上にも、犬が何匹もいたのです。そしてその犬たちは野太い声でわたしに向かっていがみました。

「ヴィクトリア、君の入る場所はない」彼は目を開けて、つぶやくように言いました。

「ほんの少しの間でいいから、そこに入れて頂戴、ゴッド！」わたしは泣きながら頼んだわ。「わたしたちの子どもをつくるだけのあなたをもらえれば満足だから。わたしたちふたりから生まれた子どもなら、乳をやり、可愛がり、抱きしめていられるわ、いつまでも」

「子どもは成長するよ」あくびをしながら彼が言います、「それにわたしが父親になってはいけない医学上の理由がある」

「病気なの？」

「不治の病だ」

「それならわたしは医者になって、治療してあげるわ！　外科医が治せないことも、内科医なら治療できるでしょう！　あなたの内科医になるの」

彼は軽く舌を鳴らしました。すると、床にいた犬が二匹、その大きな顎でわたしのふくらはぎを軽くはさみ、ドアのほうに引っ張るのでした。出て行くよりほかありません。

翌日、朝食の席で、ゴッドは丁寧に説明してくれました。つまらない韜晦《とうかい》趣味なんて、彼には無縁のものだったのです。偉大な外科医であった父から梅毒をもらっていて、最終的には精神異常と全身麻痺に襲われるということでした。

「いつそうなるかは見当がつかない」彼は言いました。「数カ月後かもしれないし、数年後かもしれない。いずれにしてもわたしには十分覚悟ができている。最初の兆候が出たら、苦しまないですむ毒を自分で服用する。それが唯一の対処法になる。必要な薬剤はいつも携帯しているから、わたしのために君が医者になる必要はないよ」

「それなら、世界のために医者になるわ！」わたしは泣きながら大声で宣言しました。「あなたの命ではなくとも、誰か他の人たちの命を助けるの。わたしはあなたの後継者になる！　あなたになるわ！」

「それはいい考えだな、ヴィクトリア」彼はおごそかな口調になって言いました、「もし君がその決意を断固曲げないなら、医者になる勉強ができるようにしよう。だが、わたしとしては、君がまず役に立つ夫を手に入れられることを確認したいと思う。有能で利己心がなく、君がやりたいことをやるのを助けつつ、君のなまめかしい本能を満足させてくれるような夫をね。君のその本能は相手を求めて今や餓死寸前だろう」

「あなたが相手でないなら、餓死するのは夫のほうだわ！」わたしは歯を食いしばって言ってやりました。でも彼は微笑みながら首を振るだけ。イングランドにいる有名人のわたしの夫のことは、ふたりとも考えなくなっていたのでした。

ゴッドはわたしを世界周遊旅行に連れ出しました。思いついたのはわたしのほう――彼を犬たちから遠ざけたかったのです。彼としては（今のわたしにはわかるのですが）、わたしの知識を広めることが旅行の目的でしたが、同時に、その旅行でわたしを追い払おうとも考えていたのです。十四もの大都市をめぐって病院を訪れたり、医学の講演に顔を出したりしました。ウィーンの専門家からは性病予防や受胎調整のための新しい技術を学びました。そしてそれからというもの、ゴッドは機会さえあれば、他の男性の群れに繰り返しわたしを押しこむのです。情欲がいくら強いとはいえ、賞賛に値する人を抱きしめたいという精神の欲望と切り離すことはできませんでしたし、そのつもりもありませんでした。そしてわたしにとって、ゴッドほど賞賛の念をかきたてる男性が、他のどこにいるというのでしょう。ついにグラスゴーに戻ったとき、わたしは彼をすっかりみじめな気持ちにさせていました。わたしがいつも一緒にいるおかげで、彼には自由がない。わたしが一緒でないと、彼に何ひとつやらせず、どこにも行かせなかったのです。わたしは彼よりもよほど元気でした。結婚して夫として彼をすっかり食べつくすことはできませんでしたが、それでも、他の誰よりも彼をたくさん自分のものにしていたのですから。そしてそんなふうに過ごしていたある日の午後、ウェスト・エンド・パークを散歩していたわたしたちは、マッキャンドルスに再会したのです。

前に記しましたが、動物や子どもたち、社会の弱者、世間と折り合いの悪い人たちはおしなべて、ゴッドがそばにいると心がとても安らぐのでした。マッキャンドルスがゴッドにはじめて会ったのは大学の解剖学教室で、そのときいつもの講師が病気で休んだために、ゴッドが実習の代講をやったのです。社会的権力もなく、世渡りの苦手なマッキャンドルスは、ゴッドにすっかり参ってしまった。わたしと同じです。もちろん彼はわたしにもぞっこんでしたが、それはわたしがゴッドという存在のなかの女性の部分——自分が抱きしめ、はいりこむことのできる部分——であると見えたからに他なりません。しかしゴッドは人生のなかで彼がはじめて感じた大きな愛の対象でした。しかもそれは報われない愛です。わたしがパーク・サーカスに来るよりずっと前から、マッキャンドルスは、ゴッドが日曜の散歩で犬を連れて通る道筋をこっそり調べ、偶然を装って、いつも合流していました。ゴッドは誰に対しても冷たく突き放すことのできない人でしたが、一度、マッキャンドルスが家の前までついて来たばかりか、図々しくもなかに入れてくれと言ったことがあって、そのときには、あの哀れな愛しい人もさすがに断って、私生活が侵されるような付きまとわれ方は迷惑だとはっきり言ったのでした。それ以降マッキャンドルスはそばに近づかなかったようです。もっとも、偶然出会うことはありましたし、ゴッドが家に招いたときは別です。ゴッドはどこまでも心優しい人間ですから、ときには彼を招待しました。わたしが最初に彼に会ったのもそうしたときだったわけです。

二度目に会ったとき、ゴッドははっきり、わたしを無理やりその哀れでちっぽけな男に押しつけました。彼はベンチに座り、自分は一休みしたいからと言って、わたしを連れて公園を散歩してきてくれないか、とマッキャンドルスに頼んだのです。今では（振り返ってみて）よくわかるのですが、彼はひたすら、うんざりするほどおしゃべりで手のかかる女――わたしはそんな女になっていました――に煩《わずら》わされない平穏な時間を欲していたのでした。ですが、マッキャンドルスと腕を組んで低木の植え込みのなかを歩いていくうち、ゴッドが何を考えているかについてわたしの思いついたのは別のことでした。ひょっとして彼は、マッキャンドルスこそ、有能で利己心がなく、わたしがやりたいことをやるのを助けつつ、わたしのなまめかしい云々《うんぬん》を満足させてくれるような夫だと考えているのではないか？　そうした夫になる男性は（世間の目と、そしてたぶんわたしの目から見ても）いわゆる弱虫でなければならないだろうということはわかりました。その男性がわたしをゴッドから引き離すようなことなどあってはならないからです。実際、その男性はゴッドとわたしといっしょに暮らさなければならなくなるでしょう。自分で独立した所帯を持ちたいなどと考えてはいけないのです。こんなことを考えながら歩いていると、ひとりよがりのそのちっちゃな男はわたしにしがみついたまま、自分の子ども時代がいかに貧乏であったか、医学生としてどんなに優秀であったか、そして王立診療所の住込み医師としてどれほど業績を上げたかを、くどくどとしゃべるのでした。これがわたしの必要とする男性だなどということがあるだろうか？　相手をよく見極めるためにわたしは立ち止まりました。それに対する返答がキスでした。最初はおずおずと、それから激しく。男性にキスをされたのはそのときがはじめて。それまでに味わった色恋めいた快感と言えば、ローザンヌでピアノの先生との間で経験した女性同士の色模様だけでしたから。学校が終わるまで愛したかったけれど、悲しいことに、彼女は他にもたくさんの女の子を愛していて、ひとり占めしたいわたしには我慢できなかった。それで結局、彼女に愛想をつかしたのでした。わたしがマッキャンドルスのキスをどれほど楽しんだか、それは自分でも驚きでした。身体が離れると、わたしは敬意に近い気持ちをもって彼を見つめました。彼から結婚を申しこまれたわたしはそれを受け容れ、言ったのです、「すぐにゴッドに知らせましょう」わたしをマッキャンドルスと共有することになれば自分の時間が増えるから、ゴッドはその知らせを聞いたら大喜びするにちがいない、そう信じて疑いませんでした。

なんてまあひとりよがりだったのでしょう、あのころのわたしは！　道徳的な想像力もなければ、他人への知的な共感も持ち合わせていなかったのです。ゴッドがわたしにいい夫をと考えたのは、そうすればわたしによって邪魔される前の人生にまた戻れるだろうと思ったからで、わたしの結婚によって、自分の家にもうひとり住人が増えるなんて、彼の予想だにしないこと！　それも、格別気に入っているわけでもない人間が同居するなんて！　わたしが婚約したと告げると、彼はあやうく失神しそうになりました。ふたりではっきり結論を出す前に、少なくとも二週間かけてじっくり考えてくれ、というのが彼の反応でした。わたしたちはもちろんそれに同意しました。

一九七四年に生きている人たちは、わたしの生きているヴィクトリア朝後期の多くの人たちのように、性に関わることにやたらにショックを受けたりはしなくなっていると思います。もしそうでないなら、この手紙は読んだらすぐに焼却してください。

次の一週間、マッキャンドルスから受けたキスのことでわたしの頭はいっぱい、白昼夢を見るほどでした。わたしは考えました。それはマッキャンドルスのせいなのか、それとも、えもいわれぬ力とえもいわれぬ無力さとがないまぜになったあの感覚は、他のどんな男性でも与えられるものなのだろうか、と。ひょっとすると（わたしはあえて考えてみました）他の男性ならもっとすばらしい感覚を味わわせてくれるかもしれない！　わたしはそれを見定めるために、ウェダバーンを誘惑しました。それまでそんなことを考えたこともない相手であり、（彼のために言っておきますが）彼もまたわたしをそんな相手として見たことはなかった！　保守的な考え方の持主で、わがままな母親に献身的に仕えていて、結婚など考えたこともないような人でした。ふたりが恋人同士になるまでは。しかしそうなってからはすぐに結婚を考えるようになりました。彼の言い出した駆け落ちが結婚につながるとは、わたしの思いもしないこと。その駆け落ちは甘美なる実験、マッキャンドルスがどれほど自分にふさわしい男性かをはっきりさせるための旅だと位置づけていたのです。駆け落ちのことをゴッドに相談すると、彼は絶望した人間のように答えました、「君の考える道を行くがいい、ヴィクトリア。愛について何も教えることはできないから。でも哀れなウェダバーンには優しくしてやってくれ、それほど強靭な頭脳の持主ではないからね。マッキャンドルスにしたって、そのことを知ったら傷つくだろうし」

「でもわたしが戻ってきたとき、締め出したりはしないでしょう？」わたしは朗らかに尋ねました。

「そんなことはしないが、わたしは生きていないかもしれない」

「大丈夫、生きているわ」わたしはそう言って、彼にキスしました。梅毒だなどとはもう信じていませんでした。それはわたしのような女性たちからいいようにあしらわれるのを避けるためにでっち上げた話なのだ、と考えるほうが納得しやすかったのです。

さて、わたしはウェダバーンが持ちこたえている間は彼を楽しみましたし、彼が壊れてからは優しく接してあげました。今でも月に一回、精神病院にいる彼の面会に行っているほど。彼は朗らかで陽気に振舞い、いつもいたずらっぽくウィンクし、訳知り顔にうなずいてわたしを出迎えます。彼の狂気は最初、顧客のお金を使いこんだ罪で投獄されるのを避けるための口実だったに違いないとわたしは思っています。でも今ではすっかり本物の狂気になっていますが。

「ご主人の調子はどう？」先週会ったとき彼が尋ねました。

「アーチーは一九一一年に死んだわ」わたしは答えました。

「いや、君の他の夫のこと――罰当《ばちあ》たりの暴君で悪の権化《ごんげ》のバクスター・ド・バビロンのことさ。忌まわしい物質万能の宇宙で力をふるう医学の王だよ」

「彼も亡くなっているわ」そう言いながら思わず出た溜息は心からのものでした。

「クックッ！　あいつは決して死なないさ」彼は忍び笑いをしながら言うのでした。わたしだって、彼が生きていたら、とどれほど思っていることか。

わたしがひとりでパーク・サーカスに舞い戻ってきたとき、死はすでに彼の目の前に迫っていました。彼の縮んだ身体と震える手を見て、わたしにもそれがわかったのです。

「ああゴッド！」わたしは叫びました、「ああ、神《ゴッド》よ！」そして跪《ひざまず》いて彼の両脚をかき抱き、泣きながらそこに顔を埋めました。彼のいたのはミセス・ディンウィディの部屋。彼女が彼と向き合うように座り、マッキャンドルスが後ろに立っていました。フィアンセがその場にいたのは驚きでした。もちろん手紙で連絡を取ってはいたのですが。病気が発症して以来、ゴッドは母親の力では助けにならないいくつかの点で、医学的な補助を必要とするようになっていたのです。死が近づいてきたことも、マッキャンドルスへの嫌悪を忘れさせたのでしょう。

「ヴィクトリア」彼はつぶやくように言いました、「ベラ・ヴィクトリア、びくともせぬわが麗しき勝利の女神よ、わたしたちのキャンドル・メイカーの友人が強い薬を投与してくれないと、わたしの心はじきに死ぬ、すっかり死んでしまう。そして君はもうわたしを愛さなくなるだろう。でもその薬を飲む前に君に会えて嬉しいよ。このキャンドルと結婚するのだ、ベラ‐ヴィクトリア。わたしのものはすべて君に遺す。わたしに代わって犬の世話を頼む。あの可哀そうな、とても可哀そうな犬たち、それぞれがてんでんばらばらで孤独な犬たちの世話をかならず。哀れな犬たち。哀れな犬たち」

彼の頭が揺れはじめ、口からよだれが垂れはじめました。

マッキャンドルスがゴッドの袖をまくりあげ、注射を打つ。すると、ゴッドに数分だけ意識が戻ります。

「そう、アーチーとヴィクトリア、日曜日には犬たちを散歩に連れて行ってくれ。運河の土手をボウリングへ、さらにそこからストラウアンの泉を経て、ダンバートンの先のラング・クラッグズまで行き、そこからストッキミュアを横切ってカーベスに出て、クレイギャリオン湖、アランダー、マグドック、そしてマルガイの浄水場を経由して戻ってくる。そうでなければクライド川に沿って川上のラザグレン、さらにはキャンバスラングまで足をのばしてもいい。デフモントを通ってキャスキン丘陵に登り、ガーガノックやマレットシューフ経由でニールストン・パッドまで散歩するもよし。グラスゴー周辺にはすばらしい散歩ルートがたくさんある。どれを通っても、世界のすばらしい一部である土地の広がりを望む見晴らしのいい場所へと、簡単にたどりつく。山や湖、羊の放牧されている丘、森林地、大きな入り江——そのすべてがこのグラスゴーを縁取っているのに、わたしたちはこの都会を十分に愛してはいない。愛しているなら、もっといい都会にできるはずだから だ。わたしにかわってグラスゴーのいろいろなものを味わってくれ——キャダー教会の踏み石も水清きバーダウィー湖も〈おしゃべり老婆の岩山〉も〈悪魔の説教壇渓谷〉もダムゴヤッハにダムゴインも。もし息子ができたら、ひとりにはわたしの名前をつけてくれ。子どもたちの世話は母さんが手を貸してくれる。母さん、母さん、マッキャンドルス家の子どもを孫と思って面倒を見てやってください。ぼくの子どもを見せてあげられずにごめんなさい。それから父、サー・コリンのことを許してやってくれませんか。あの人は地獄に落ちて当然の穢《けが》らわしい悪党でした。自分では結果が見届けられないことにまで手を染めてしまったのです。もっとも、誰もが皆そうしているわけですけれどね、ははは。急いでくれ、マッキャンドルス！　薬だ！」

アーチーが一服分の薬を持って近寄りました。でもわたしはそれを奪うと、自分の唇を愛する人の唇に押し当ててから——ふたりが交わした唯一のキスでした——腕を彼の頭の後ろに回し、薬をやさしく飲ませてあげたのです。

それがゴドウィン・バクスターの最期でした。

さあ、これを読んでいるあなたは、どちらを信ずるか、選べるふたつの記述を手にしたことになります。どちらの話がもっともだと思えるか、疑問の余地はないでしょう。二度目の夫の話からは、これまで過ぎ去った幾時代のなかでも、もっとも病んだ世紀と言える一九世紀に蔓延したあらゆる病的なものの放つ饐《す》えた臭いがどうしようもなく立ち昇っています。それだけで十分奇妙な話なのに、彼はそこに、ジェイムズ・ホッグの『自殺者の墓』に見られるはずの挿話や言い回しを混ぜ合わせた上、メアリー・シェリーやエドガー・アラン・ポーの作品から借用した不気味な要素を付け加えることによって、とんでもなく奇妙なものを仕立てあげたのです。ヴィクトリア朝にはさまざまの病んだ夢想が広がりましたが、そのなかで彼がくすね取らなかったものが何かあるでしょうか？　彼の話にはブルワー゠リットンの『来るべき種族』、スティーヴンソンの『ジキル博士とハイド氏』、ブラム・ストーカーの『ドラキュラ』、ジョージ・デュ・モーリエの『トリルビー』、ライダー・ハガードの『洞窟の女王』、『シャーロック・ホームズの事件簿』、そして悲しいことに『鏡の国のアリス』――希望にあふれた『不思議の国のアリス』と比べると、はるかに陰鬱な作品です――の痕跡が見られると思います。あの人はしかも、ふたりの貴重な友人たちの作品――G・B・ショーの『ピグマリオン』とハーバート・ジョージ・ウェルズの科学ロマンス――からの剽窃《ひょうせつ》さえ辞さなかった。わたしの人生をとんでもなくパロディ化したこの悪魔のような話を読んでからというもの、アーチーはなぜこれを書いたのか？

という疑問が頭から離れませんでした。今この手紙を子孫に向けて書き送ることができるのは、その答をついに見つけたからに他なりません。

機関車が圧縮された蒸気によって動くように、アーチボールド・マッキャンドルスを動かしていたのは慎重に隠された嫉妬でした。あの人は人生の後半になって幸運に恵まれたものの、だからといってつまらぬ〝哀れな私生児〟としての性根が消えたわけではなかった。搾取されている貧しく哀れなものたちが金持ちに対して嫉妬を抱いたとしても、不公平が秩序と化しているこの国を改革する方向に働くのであれば、それはいいことです。だからこそわたしたちフェビアン協会は、自由党、保守党のどちらに所属するかに拘《かか》わらず、穏当な最低賃金と清潔な住居と適切な労働条件、そして英国人の成人すべてに対する選挙権とを要求する公僕は誰でも仲間であると考えるのと同様に、労働組合や労働党も仲間であると考えているのです。不幸なことにあのアーチーは、自分が愛するたったふたり、自分に対して寛容に接してくれるそのふたりに嫉妬してしまった。ゴッドに関しては、彼が有名な父親と優しく愛してくれる母親を持っていたことで嫉妬し、わたしに関しては、金持ちの父親、修道院で受けた教育、それから最初に結婚した有名な夫に腹を立て、また自分にはまねのできない社交場面でのわたしの洗練されたたしなみに腹を立てました。彼が何よりも嫉妬したのは、ゴッドがいつもわたしに気を配り、わたしといっしょにいたことであり、わたしがゴッドにゆるぎない愛を捧げたことです。そして何より憎悪したのは、ゴッドとわたしが彼に対して抱いている感情は、せいぜい友人としての好意に多少の何かが――わたしについて言えば、いくばくかの放縦《ほうしょう》な官能性の要素が――混じりあったもの程度だという事実でした。だからこそあの人は最後の数カ月、自分とゴッドとわたしが完全に対等な関係で存在する世界を想像することで、自分を慰めたのです。特権階級の人に「子ども時代とは言えない」と思われそうな子ども時代を過ごしたので、ゴッドもまた子ども時代を持っていない――サー・コリンはフランケンシュタインのようなやり方でゴッドを作り出したので、ゴッドは最初からアーチーの知っているようなゴッドだった――と言わんばかりの本を書いたのです。さらにあの人はわたしから子ども時代と学校時代を奪いました。あの人とはじめて会ったときのわたしは精神的にわたしではなく、わたしの赤ん坊である娘だったと言いたいのです。こうして三人全員が等しく過去を奪われたという話をでっちあげれば、そのあと、いかにしてわたしが彼に一目惚れし、またゴドウィンがいかに彼に嫉妬したかを書き記すのは簡単でしょう。しかしもちろん、アーチーが精神に異常をきたしていたわけではないのです。自分の本が狡猾な嘘であることは十分承知していました。死を目前にした数週間、この本を読んで満足げに含み笑いをしていたとき、あの人は自分の作った虚構がいかに巧みに真実を出し抜いたかを確かめては喜んでいたのです。そうに違いないとわたしは思います。

でもどうしてあの人は誰もがもっと納得しやすいように書かなかったのでしょう？　第22章で、わたしの最初の夫がわたしの足を撃ち抜いたときの様子は、「幸運なことに、弾丸は彼女の足をきれいに貫通してカーペットに突き刺さっていた。しかも、〈第二と第三中手の尺骨と橈骨の間の外皮に穴が開いた〉ものの、骨はまったく無傷だった」と記されています。〈 〉で囲んだ部分で使われた用語は、解剖学をまったく知らない人相手なら何とかごまかせるかもしれませんが、実のところは、馬鹿げたたわごと、場当たりのざれごと、無内容な痴《し》れごと、大仰なそらごとです。アーチーが医学の素養をそんなにすっかり失ってしまったはずはないので、自分でそのことは承知していたに違いありません。「親指と人差し指の基節骨の間の母趾外転筋の斜めの先の腱に穴が開いたものの、骨は無傷だった」と記すくらい、彼には簡単なことだったはずです。（註33）それが実際に起こったことなのですから。でもこの本のすべての頁を精査して、事実と虚構とをより分ける時間の余裕はありません。常識に照らし、わたしのこの手紙と相容れない記述を無視すれば、この本がある陰気な時代に現実に起きた出来事をいくつか記録していることはわかるでしょう。すでに述べたように、この本を読むと、ヴィクトリア朝趣味の強烈な臭みがわたしの鼻をつきます。この本はまがいもののゴシック、スコット記念碑やグラスゴー大学やセント・

パンクラス駅や国会議事堂と同じです。わたしはそうした建造物が嫌いなのです。それらの建造物に施された無用な過剰装飾は、不必要なまでに上げられた多数の利益――一日に十二時間以上、一週間に六日、不必要なまでに不衛生な工場で働く子どもたち、女や男たちの萎縮した生活から搾り取られた収益――から支出されたものですから。一九世紀になればすでに清潔に暮らしていくための知識を身につけていたというのに。わたしたちはその知識を使わなかったのです。持てるものたちの階級が手にする巨額の利益は、疑義を唱えられないほど神聖でした。わたしにとってこの本の臭いは、ロンドンの水晶宮まで週末の安い鉄道旅行をした貧しい哀れな女のペチコートの内側から発せられるような臭いを思わせるのです。わたしがこの本について深刻に考えすぎているのだということはわかっています。でもわたしは二〇世紀にまで生き延びられたことをありがたく思っているのです。（註34）

それでわたしの思いは愛しい孫に、あるいは曾孫に向かいます。何しろこのメッセージが読まれる――読まれることがあるとして、の話ですが――時代がどんな世界になっているのか、わたしには見当もつかないのですから。先月、ハーバート・ジョージ・ウェルズ（あの人は蜂蜜のように甘い香りがする！）が『空の戦争』という小説を出版しました。一九二〇年代、もしくは三〇年代に舞台を設定し、ドイツの航空機隊がアメリカ合衆国に侵入し、ニューヨークを爆撃する様子を描いています。これをきっかけとして、全世界が抗争状態に入り、洗練された思想と技術を誇る主な文明の中心地がことごとく破壊されるのです。生き残った者たちも、オーストラリアのアボリジニよりもひどい状態に取り残されます。アボリジニの狩猟技術、廃品利用技術を持ち合わせていないからです。もちろんH・Gの本は警告であって、予言ではありません。彼にしてもわたしにしても、また他の多くの仲間にしても、もっといい未来がくると思っています。わたしたちはそれを実現するために積極的に活動しているのですから。社会主義に打ちこんだ者にとって、グラスゴーは刺激的な都会です。わたしたちのこの都会は初期の自由主義的な時代においてすら、市として公共財の発展整備に尽くすことを通じて、世界に範を示しました。わたしたちの卓越した技術を誇る労働者たちは現在、英国でもっとも高度な教育を受けた人たちですし、ここの協同組合運動は評判がよくて、参加者が増えつつある。グラスゴーの電話システムは、それを英国全体に広げるために、ロンドン中央郵便局が採用しようとしています。もちろんわかってはいるのです、わたしたちの信用と実績に対して支払われるお金に危険なものが混じっていることくらい――ドイツが建造しつつある大きな駆逐艦に対抗して、それに負けない巨大な軍艦が、政府との契約で、クライド川沿いのドックで造られています。ですから、H・G・ウェルズの警告には耳を傾けないといけません。

でも〈国際社会主義運動〉はドイツでも英国と同じくらい盛んです。両国の労働者と労働組合の指導者たちは、もし政府同士が交戦状態に入ったなら、ただちに両国でゼネストを打つことで合意しています。軍事と資本家を重視するわたしたちの指導者がいっそのこと今、宣戦布告をしてくれたらいいと思うくらい！　もし労働者たちが平和的手段によってすぐにそれを止めたなら、そのときには、大きな産業国家の精神的および実際的な舵取りをする力が、わたしたちの必要とするものを所有している者たちの手からそれを作り出す者たちの手に移ったことになるでしょう。そして、未来の愛しい子どもよ、あなたの生きる世界は今よりも健全で幸せなところになるのです。あなたに神の祝福のあらんことを。

医学博士ヴィクトリア・マッキャンドルス
グラスゴー、パーク・サーカス一八番地
一九一四年、八月一日

批評的歴史的な註

アラスター・グレイ

(1) これは無知な女性特有の迷信的な行為ではなかった。一八世紀、一九世紀を通じて銀行は頻繁に倒産し、それによっていちばん被害を受けたのは貧しい人々だった。富裕層はどの金融機関の経営が危ないか、また危なくなりそうかについて、よりよい情報を得ていたためである。二〇世紀英国においてこうした不公平が見られるのは年金基金に限られている。

(2) ジャーヴェイズ・スリングはその著『王家に愛された医者たち』(マクミラン社、一九六三年)において、ゴドウィンの生みの親であるサー・コリン・バクスターに最も多くの紙幅《しふく》を割いているが、「一八六四年から一八六九年にかけて、彼よりも知名度は劣るが同じだけの能力を備えた息子が、三人の王子と一人の王女の御降誕に際して立会医を務めた。そしてクラレンス公爵の命を救ったのもおそらくこの息子である。

不安定な健康状態に関係する理由によるものと思われるが、ゴドウィン・バクスターは公《おおやけ》の場にまったく出なくなり、数年後に人知れず亡くなった」と述べている。エディンバラ登記書類保管所には、彼の出生記録はない。そして一八八四年に書かれている死亡証明書では年齢と母親名を記載する欄が空白のままになっている。

(3) ゼンメルワイスはハンガリーの産科医だった。勤務していたウィーンの産科病院における死亡率の高さに愕然《がくぜん》とした彼は、殺菌剤を使用することにより、死亡率を十二パーセントから一・二五パーセントにまで激減させた。しかし上司たちが彼の導き出した結論を受け入れることを拒否、彼を強制的に追放する。彼はみずからすすんで指を切って敗血症に罹《かか》り、一八六五年、生涯をかけて戦ってきた病気のため精神病院で死亡した。

(4) この問題についての以下の抜粋はW・F・バイナム編『医学史百科』所収のジョアンナ・ゲイヤー‐コーデッシュ「女性と医学」から取られたものである。「フローレンス・ナイティンゲールはかつて、女性が医者になっても男性の医者のようになるだけだから、女性が医者になることなど少しも望まない、と述べたことがある。ナイティンゲールが目標としたことは驚くほど広範囲にわたる。彼女が願ったのは、予防と介護におけるきわめて徹底した医療改革で、それが実現すれば、もはや医者が不要となるほどのものであった」

(5) この波瀾に富んだ個人史がフィクション作品であると証明するためなら少しも労を惜しまないマイケル・ドネリーは、ここでの庭の描写にはいちばん奥にあるはずの馬車置場への言及がないと指摘する。彼はバクスターの昔の家(パーク・サーカス一八番地)を訪れた結果として、裏口と馬車置場の間はとても狭くて一段低くなっており、物干場以外に使えるものではないと断言している。もちろんこの事実は、馬車置場が後年建てられたということを証明しているに過ぎない。(四八三頁下図参照)

(6) 「しからす」は「習熟する」の意。たとえば、古いスコットランドのバラッド『サー・パトリック・スペンス』で次のように使われている――

王様が腰落ち着ける町はダンファームリン、
飲んでいるのは血の色を思わせる赤ワイン。
「ああ、しからした指揮官はどこにいる

我が新しきこの船を動かす船長は」

(7) 最初のイクチオサウルスは一八一〇年、メアリー・アニング(ライム・リージスの化石発掘者の女性である)によって発見された。ここで言われているイラストは一九世紀に広く読まれた博物学の入門書、プーシェの『宇宙』に収録されている。(四六三頁図参照)

(8) 正式には〈水難事故者及び溺死者救助及び回収のためのグラスゴー人道会〉と呼ばれるこの会は、一七九〇年にグラスゴー医師会によって設立され、一七九六年、最初の艇庫と職員のための家がグラスゴー・グリーンに建てられた。ジョージ・ゲッディスがはじめての専任職員として採用され、一八五九年から一八八九年までその職にあった。その息子(ジョージ・ゲッディス二世)の任期は一八八九年から一九三二年までだった。以後この仕事は、やはり名を残したベン・パーソネッジに引き継がれ、一九九二年七月現在、吊橋そばにある〈人道会〉の住人は彼の息子である。船着場の上流にあるセント・アンドルーズ吊橋はずっと自殺の名所だった。車の通れない歩道橋で、人通りはまばらであり、格子模様の施された鉄製の欄干は(現在は

《イクチオサウルスを発掘するドイツ伝承の地の精》 医学博士F・A・プーシェ著『宇宙——針小と棒大』第9版、1886年刊（ブラッキー&サン、オールド・ベイリー、グラスゴー及びエディンバラ）より。

細かな網の目格子で覆われているが）かつては簡単によじ登ることができた。初代ジョージ・ゲッディスの孫は、一九二八年、このセント・アンドルーズ吊橋から飛びこんだ男の命を救おうとして、溺死している。（四八二頁参照）

(9) 正式名称はスチュアート記念噴水という。グラスゴー市長であったミスター・スチュアート・オヴ・マードストンの業績をたたえて一八五四年に建てられた。複数の私営水道会社の猛烈な反対があったにもかかわらず、彼はグラスゴー市が自治体として、五十キロ以上も離れたトロサック山地の奥にあるロッホ・カトリンを主たる公共給水源とするという法案を可決させた。

しかしながら、ドクター・マッキャンドルスがこの噴水の名前を間違えたのには無理からぬところがある。建築家協会員ジェイムズ・セラーズによって設計され、一八七二年に水道委員会によって建てられたこの噴水は、ロッホ・カトリンの小島で見つかる動物――サギ、カワウソ、イタチそしてフクロウ――が精巧に彫刻されているのである。いちばん上には〈湖上の美人〉である美姫エレンの優美な像が載っている。オールを手にして精緻に作られた帆船の舳先《へさき》の後ろにすっくと立つその姿は、サー・ウォルター・スコットの最も有名な詩作品たる『湖上の美人』の中で、フィッツージェイムズ王の目に映るエレンそのものである。

一九七〇年前後に市当局は水を止め、この石造物を子どもたちのジャングルジムにした。その結果、彫刻が破損。一九八九年、グラスゴーが〈欧州文化首都〉となるべく準備に入ったときに、完全に修復され、再度水が流されるようになった。一九九二年七月現在、水はまた止まり、高い木の塀がこれを囲んでいる。（四八四頁上図参照）

⑽グラスゴーのウェスト・エンド・パークの傾斜のきつい斜面は、一八五〇年代のはじめにクイーンズ・パークや植物園も手がけたジョゼフ・パクストンの設計によるものである。急角度の斜面はグライダーの飛行に恰好のものだと思われ、パーシー・ピルチャーもここで自作機の試験飛行を行ったことがある。彼は一八九九年、試験飛行に失敗し、それがもとで亡くなったが、今日の飛行機へと進化した基本構造を確立したのは彼であり、また〝飛行機〟という名前の名付け親も彼である。このようにピルチャーとの縁が深いせいか、H・G・ウェルズは一九一四年から一八年まで続いた戦争のはじまる一カ月前に刊行された小説、『空の戦争』の舞台にこのウェスト・エンド・パークを使っている。ウェルズはロンドンとグラスゴー間のノンストップ往復飛

行に最初に成功した英国の飛行家を描いているが、その飛行家はこの公園の上を、斜面の最上段にある道と同じ高さのところで旋回しながら、仰天している群衆に向かって「おれのおふくろはスコットランド人だぁ！」と叫んで、やんやの喝采を浴びている。（四八三頁上図参照）

⑾　気象通報によれば、一八八二年六月二十九日は異常なほど蒸し暑い日だった。日没時にグラスゴーの多くの住人が騒音に悩まされ、その音の原因については、以後二週間にわたって地元紙であれこれ取り沙汰されている。発生源は工場か何かで、ともかく遠方から聞こえてきたと考えているものが多い。北西部のサラセン・クロスではパークヘッドの鍛冶工場で何かが爆発したのだろうと考えられており、一方、南東部パークヘッド周辺では、サラセン・ヘッドの装飾および保健衛生用鉄製品工場で何か惨事が起きたのだと思われている。南西部のガヴァンでは北東の機関車工場で新式の汽笛の実験が行われたと考えるものが多く、北東部ではクライド川河畔に停泊中の船のボイラーが破裂したのだろうという推測が一般的であった。『グラスゴー・ヘラルド』紙の科学担当記者は、この現象について「音というよりも電気ショックに近く」おそらく「気象学上の原因は、異常な天候状態が大気中に含まれる煙霧と結びついた

ところに求められるだろう」と述べている。『町の監督官』を標榜するユーモア雑誌は、ウェスト・エンド・パークとグラスゴー大学が、この音の聞かれた地域の中心に位置することを指摘したうえで、トムソン教授が電線でなく大気を伝わる新方式の電信の実験をしたのではと示唆している。この騒動の掉尾《ちょうび》を飾る愉快な手紙は『スコッツマン』紙（エディンバラを本拠とする新聞である）に掲載されたもので、投稿主はグラスゴーのジプシーが新型のバグパイプを吹いたのではないかと指摘する。

⑫ マイケル・ドネリーは一八五〇年代にチャールズ・ウィルソンによって設計されたパーク・サーカスの元々の平面図を見せてくれた。その図によると、馬車置場がパーク・サーカス一八番地の裏庭と小道の仕切りになっている（四八三頁下図参照）。しかしながら、建築家がそのような配置を設計したとしても、それが実際に建てられたのはずっと後になってからということは十分ありうる。ゴシック建築の大聖堂は建築家の設計を完成させるまでに建築に何世紀もかかっている。ナポレオンと戦って死んだスコットランド兵士を称える国の記念碑は、まだ外観ができただけの状態であると言っていい。

(13) 一八八〇年代の列車時刻表によると、ミッドランド線グラスゴー発ロンドン行きの最初の夜行列車をキルマーノックで降りても、一時間後に来る次の夜行列車に乗って旅を続けることが可能だった。

(14) この株の売却をしたウェダバーンには先見の明がなかったと言わねばならない。この保険会社（現在は〈スコットランド寡婦保険〉という社名になっている）は、今もってきわめて景気のいい企業なのである。一九九二年三月、総選挙前の保守党の広報活動の一環として〈スコットランド寡婦保険〉の会長は、もしスコットランドが独立議会を持つようになれば、同社の本店はイングランドに移るだろうと発表した。

(15) クイーン・ストリートにある王立取引所は一八二九年九月三日に落成、開業した。寄付金総額六万ポンドの費用をかけて建設されたこの取引所は、グラスゴー商人がいかに豊かな富を誇っていたかを後世に伝える記念碑であるばかりでなく、築後何十年にもわたって、英国におけるこの種の施設としては最も品格のある建物だった。ギリシャ様式の壮麗な建築で、設計はデイヴィッド・ハミルトン。入口は堂々たる柱廊玄関になっており、建物本体の上には美しい頂塔が聳《そび》え立つ。縦四十メートル、横十八メートルの大天井は高さが十メートル近くあり、コリント式の柱によって支えられている。現在はスターリング公共図書館として使われているが、その内部の荘厳さは変わっていない。

⒃オデッサを訪れる人で、オデッサの崖から港の正面へと下っている大きな階段のことを知らぬものはまずいない。グラスゴーのウェスト・エンド・パークにある御影石の階段（一万ポンドかけて一八五四年に造られた）もこれに劣らずなかなかに立派なものなのだが、不幸なことに、公園の隅にあるため、人目に触れることが少なく、利用者もあまりいない。もしパーク・テラスから下っている中央の斜面にもっと近いところに造られたならば、狭い谷を挟んで、グラスゴー大学と向き合うことになり、はるかに印象深い階段になったであろう。

⒄「そうですね」からここまでのギャンブラーの言葉は、彼がフョードル・ドストエフスキーの中篇小説の愛読者であったことを物語っている。この偉大な小説家が死んだのは一年前（一八八一）で、まだ英訳はされていなかったのであり、ベラはそのことに気づきようもなかった。

(18) 『スコットランドの台所』（マリアン・マクニール著、ビショップブリッグズ、ブラッキー&サン刊、一九二九年）によれば、この調理法には決定的に重要な要素がふたつ欠けている――茶匙半分のベーキングパウダーと適度な熱である。

(19) 公共機関に残っている記録を隅々まで調査したが、〝ハリー〟・アストレーなる人物が実在したという証拠を見つけることはできなかった。スコットランドの読者は全員が、そしてイングランドの読者も何人かは、彼が「ピブロッホ卿」の親戚を標榜しているという記述を見て、眉に唾をつけたかもしれない。〝ピブロッホ〟とはゲール語で〝バグパイプ〟を意味し、スコットランドの紋章院は、イングランド紋章院と同様、爵位はすべて土地の名前を採用していると主張しているのである。しかしながら、外国の人間の耳には、いかにもスコットランド風に聞こえる名前はおしなべてもっともらしく響くものであり、このことは、アストレーが身分を詐称していた可能性を示唆する。この時代の企業登記簿を調べても、ラヴェル商会なる砂糖精製業者は記載されていない。アストレーとは何者であったのか？　われわれに残されている唯一の手がかりは、彼には間違いなくロシアと接点があるという事実、及び、ベラに対する彼の歴史講義のなかにある。そして、そこから明らかになるのは、彼は表面上、イングランド人であるかのように振舞っているが、心の内に大英帝国への愛情がまったくないということである。彼はロシア帝政側のスパイで、ロンドンを訪れ、そこに身を隠している亡命ロシア人革命家を偵察しようとしていたのではあるまいか。そうした革命思想家のなかの著名人としてはゲルツェンや（ずっと後になるが）レーニンがいる。ベラがアストレーの結婚の申し込みを断ったのは何よりである。

⑳ ここで言う「お針子」とはフランスにおける若い女子労働者のこと。特に帽子の仕立てや洋服の裁断・縫製に従事する若い娘を指す。彼女たちの賃金は安かったが、着こなしの上手な娘が多かったので、金持ちの男たちは彼女たちの職種を安い愛人の供給源であると看做《みな》していた。

㉑ ジャン・マルタン・シャルコー（一八二五‐九三）はパリ生まれのフランスの医師。一八五三年医学博士号を取得して、パリ大学を卒業。三年後、中央病院局づき医師となる。一八六〇年、パリ医科大学の病理解剖学教授に任命され、一八六二年よりはじまるサルペトリエール病院との関係は終生続いた。一八七三年、医学アカデミーのメ

ンバーに選出、一八八三年にはフランス学士院の会員に選ばれた。言語学にも造詣《ぞうけい》が深く、フランス文学のみならず外国文学についても広範な知識を持っていた。卓越した臨床上の観察を行った病理学者で、ヒステリーに代表される原因不明の病的状況を催眠学と関連づけた研究に多くの時間を捧げた。サルペトリエールでの仕事は主として神経の病気の研究であったが、神経に関係する研究の他にも、肝臓及び腎臓の疾病《しっぺい》や痛風等々をテーマとして多くの優れた著作を発表した。一八八六年から一八九〇年にかけて全九巻からなる著作全集が刊行されている。教師としても並外れた足跡を残し、多くの学徒がみずからの仕事を熱心に遂行した。ドクター・S・フロイトも彼の弟子の一人である。

アセルスタン・リジウェイ編『エヴリマン百科事典』（一九四九年刊）より

(22) この句は「自分の作った爆弾で自分が爆破される」の意。シェイクスピアが『ハムレット』で使っている。

(23) ベラはマダム・クロンクビユのお国訛りを取り違えている。この哀れな女性はおそらく「花」ではなく「穴」と言ったのであろう。

(24) 争奪戦というのはスコットランドの慣習で、次のように行われた。結婚のために花嫁なり花婿なりを送り出す家の前に、子どもたちが集まってくる。子どもたちが集まると、花嫁の付き添いもしくは花婿は、その集団に向けて一摑みの小銭を投げることになっていた――そうしないと、子どもたちは「無一文！ 無一文！」と囃《はや》し立てて、自分たちを失望させたのが礼儀を守れないほどの貧乏人であることを知らしめる。一摑みの小銭が投げられると、後は猛烈な押し合いへしあいが待っており、その結果、いちばん乱暴で冷酷な子どもたちがそのお金を奪い、いちばん弱くて小さい子どもたちは踏まれた指をかかえて泣くだけという羽目になる。スコットランドの地方によっては今でもこの慣習が残っており、現代の保守的な哲学者のなかには、これは大人になって競争社会を生きるためのいい訓練であると考えるものもいるだろう。
パーク・サーカス一八番地からランズダウン教会までためしに歩いてみようと思えば、公園を通って誰でも十分もかからずに到着する。この教会はクリーム色の砂岩で造られたフランス風ゴシック様式の建物（設計ジョン・ハニマン）で、ヨーロッパ中で（高さに比して）最も細い尖塔を持っている。ゴシック建築の美しさを高く評価したジョン・ラスキンはこれを見て、感激のあまり涙を流したという。建物内部はいまどき珍しい箱型に仕切られた信者席が並んでおり、また聖書の場面を現代のグラスゴーと結びつけたアルフレッド・ウェブスターによる二枚のステンドグラスの窓は重要である。教会、信徒とも、はじまりは一八六三年に遡《さかのぼ》る。（四八五頁上図参照）

(25) ジョージ・ゲッディスの人気のほどは、かつてグラスゴーのミュージック・ホールで歌われたコミック・ソングからも明らかである。それは遊覧船がクライド川を回遊中に起きた大惨事を歌ったもので、「ジョージ・ゲッディス呼ばなくちゃ、何しろ船が沈没中」という歌詞で終わっている。

(26) この話は一九世紀に生まれたグラスゴーに纏《まつ》わる逸話のなかで、手を替え品を替えして何度も繰り返されたために、おおもとの典拠そのものが、ハインリッヒ・ホイシュレッケ教授による網羅的に資料を渉猟《しょうりょう》した論文『フランケンシュタインはスコットランド人か？』（フカチシ、モクヒ出版刊、一九二九年）のテーマになっている。ドイツ語の不得手な読者は、その議論の簡潔な要約をフランク・クップナーの『ガースカデンの割れ目』（グラスゴー、モウレンダイナー・プレス刊、一九八七年）で読むことができる。

(27) かつて令名を馳《は》せたこの武人の経歴は、その最初も最後も恥辱の影に包まれている。一八四六年、サンドハーストの陸軍士官学校時代、仲間の学生がひとり死んだ。犠牲となったその学生のブーツの紐をほどいたのはブレシントンではないと思われるが、ともあれ、その悪ふざけの音頭を取ったのは彼だった。放校処分に至らず叱責だけで済んだのは、彼の家がウェリントン公と血縁関係にあったおかげかもしれない。一八四八年、公はイングランド軍察長官の地位にあって、ロンドンのチャーティスト運動鎮圧のための軍隊を組織しており、一度はブレシントンを補佐官として採用したものの、すぐに不適任と判断する。クリストファー・パーマー・リグビーはその『回想録』において、ウェリントン公がモンマス卿に「オーブリーは勇敢で賢い武人だが、生きがいを感ずるのは人を殺すときだけという人間だ。生憎《あいにく》、兵役の大半はそうした瞬間を待つのに費やされる。あの男はイングランドからできるだけ離れた前線に送り出さねばならない。そしてそこに留め置くべきだ」と言っている。

ウェリントン公は一八五二年に死んだが、その助言が無視されることはなかった。前線におけるブレシントンの数々の勝利は（しばしば現地人部隊の助けによって得られたものだが）英国の新聞を歓喜させた。ジョージ・オーガスタス・サーラは『ディリー・テレグラフ』紙上で彼を「〝雷電〟ブレシントン」と呼んだ。ブレシントンは自分の属する階級の人々の間で人気があったとは言えないが、ヴィクトリア女王より叙勲を受けた。換言すればパーマストン、グラッドストン、ディズレーリといった歴代首相が叙勲の推薦をしたということである。また国会は彼に対する謝意の表明と給付金の支給を議決した。ただし、自由党内の急進派議員のなかからは、属領を〝鎮定〟した際のブレシントンの残忍さは度を越したものだった、という声も聞かれた。彼は多くの著述家から好かれ、トマス・カーライルは次のように記している。

　この人物を喩《たと》えるなら、空に向かって伸びた細い松の木である。その木は嵐によって枝を削《そ》ぎ落とされているが、〝事実〟に根を張っているので、どの一部を取っても天に向かっている。またとない槍の材！　彼にとって意味のあるのは言葉よりも風。それならば、ウェストミンスターの無駄話クラブで交わされるおしゃべりで彼をけなす声が聞こえるのも不思議ではない。願わくは、その槍が腐敗した議会のうつろな言葉の渦を切り開き、熱病を生む毒からこの国を救い出さんことを！

テニソンはエア総督を激励する大晩餐会でブレシントンと会い、深く感銘を受けて「鷲」という作品をものした。この詩は多くの人に知られているが、これが作者の友人についてのロマンティックな肖像であることを知っている人はほとんどいない。

「鷲」
彼はごつごつとした絶壁を鉤爪の手でつかむ刺客。
そこは人跡まれな土地、太陽の近く、
空色の世界に囲まれ、悠然と立つ彼の風格。
波立つ海が彼の眼下でゆっくりと飛沫《しぶき》を散らす。
岩山の壁から彼は目を凝らす、
そして雷電さながらに一気に身を躍らす。

しかしブレシントンを称えるために捧げられた最高の詩はラドヤード・キプリングの手になるものである。キプリングは議会の批判がこの将軍を死へと追い詰めたと考えていた。

「雷電の最後」
ハドソン湾の沿岸でわなを仕掛ける漁師たち　今や混血児だって好き
とても平和なパタゴニア　働く農夫の手には鋤《すき》。
ずる賢い中国の商人たちは　邪魔をされずに金儲け
清く正しい警察の　曇らぬ正義の庇護を受け。
その一方　この勤勉の礎《もと》となり　この儲けを用意した
彼は斃れて横たわる　部屋に並んだ銃器の下――
　頭に銃弾を浴びて。

議会から消えないものは間抜けと悪党
そしてまた　哀調帯びた急進主義者のへぼ回答。
ぬるま湯漬けの「現実派」　現状維持でご満悦
実行力ある連中を「やりすぎだ」と非難するのは　いかにも低劣。
だが責任感ある男たち、やるべき事に命を賭ける喝采浴びるキッチナー、ブレシントンは非難を受ける！
安眠を貪る急進派そして「現実派」　ともに忘れてはならぬ大恩。
銃器室　横たわるブレシントン——
　　　　　　　　　　頭に銃弾を浴びて。

イングランドの人々が　自国と看做す入植地
かつては遊牧民たちの土地　風吹きすさぶ荒れた陸地。
部族民は教え込まれた仕事に励む　鉱石採掘　羊毛刈りに仔馬の躾
荒くれの先祖が守らされたゆえ　ブレシントンのきつい言いつけ。
そうわれら　かれらを〈雷電〉使って焼き焦がしつつ　その悪臭は嗅がず
〈雷電〉使って打ち据えながら　その悲鳴は聞かず。
〈雷電〉使いかれらを細かく分断し　その衝突には耳覆い
〈雷電〉使い叩き潰したときだけは　或る者たちの心は重い。
イングランド本国の心優しいものたちは　洗練された美を愛でる
ネルソンよりもデンマークの人々に　エア総督より黒人に　心痛める。
しかし船団が本国に運ぶ肉や羊毛、鉱石、穀物から得る恩恵は大きい。

銃器室　横たわるサー・オーブリー——頭に銃弾を浴びて。

こうした賛辞を紹介した以上、ブレシントンについて書かれたもっと冷ややかな記述も引用しなければ、公平を欠くというものだろう。ディケンズは『ドンビー父子』を執筆していた一八四六年、サンドハーストの陸軍士官学校において友人を死に至らしめたブレシントンのいたずらについて耳にする。これがブライトンの海岸遊歩道で交わされる会話のヒントとなった。バグストック少佐がドンビーに息子をパブリック・スクールに行かせるつもりかと尋ねる場面である。

「まだはっきり決めていないんだ」ミスター・ドンビーは言った。「行かせないだろうな、あいつは繊細だから」
「もし息子さんが繊細でいらっしゃるなら」少佐が言った、「そのご判断は正しいでしょうね。サンドハーストでは逞《たくま》しいやつしか生き抜いていけませんから。あそこではお互いを拷問にかけ合うんです。新入りたちをゆっくり火にかけてあぶり、三階上の階段の踊り場の窓から頭を下にして吊るしたものです。ジョゼフ

・バグストックは窓からブーツの踵《かかと》を持たれて吊るされましたよ。学校の時計で十三分間もです」

最後に、ヒレア・ベロックによる帝国の建設者について——血塗りのブラッド大佐——の戯画を紹介しよう。これがセシル・ローズを素材にしたものであることはよく知られているが、それと同じくらいブレシントン将軍に基づいてもいるのである。

ブラッドは先住民の心を理解した。
彼は「断固としてぐらつかず、しかし優しく接すべし」と説いた。
その結果、暴動が起きた。
わたしは決して忘れまい、
この恐ろしい日のブラッドの振舞い、
われわれ全員を彼がいかに死から護ったか。
彼は小塚の上に立ち、
感情の消えた視線を周囲に放ち、
押し殺した声の意図は明らか、

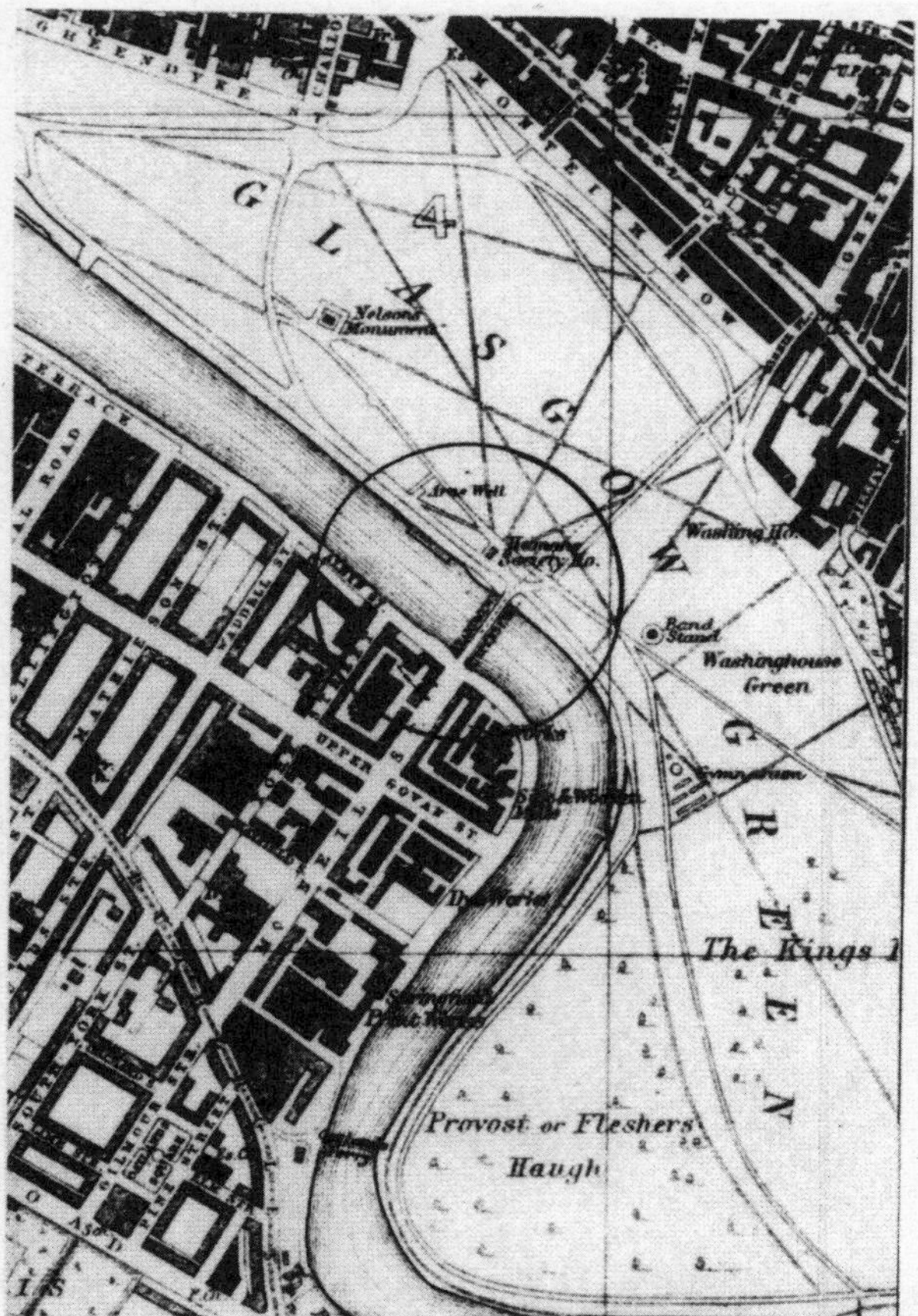

1880年当時のグラスゴー・グリーン。ブレシントン令夫人ヴィクトリアの溺死地点、彼女が身を投げた橋、ゲッディスが溺れている彼女を見た船着場、ゴドウィン・バクスターが彼女の死体を検分した〈グラスゴー人道会〉は、すべて円で囲まれた部分にある。

上　ウェスト・エンド・パークから見たパーク・サーカスの入口。
下　パーク・サーカスの平面設計図。現状もこのままである。

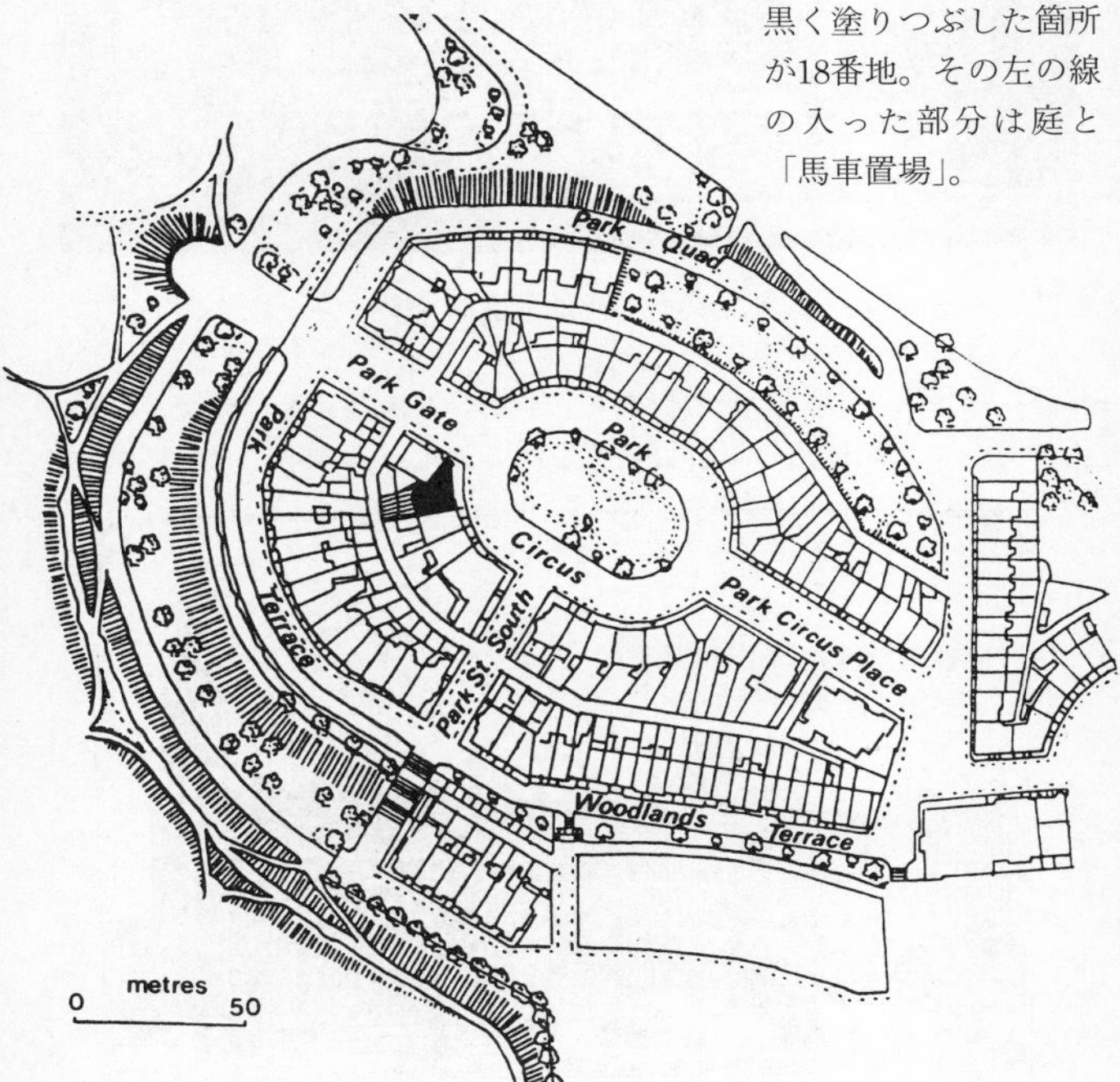

黒く塗りつぶした箇所が18番地。その左の線の入った部分は庭と「馬車置場」。

上　スチュアート記念噴水。背景左手にグラスゴー大学、右手にパーク・サーカスが見える。
下　セント・パンクラス駅のミッドランド・ホテル。ベラとウェダバーンが駆け落ち二日目の夜を過ごした。

左　ランズダウン教会。1883年のクリスマスの日、ここでの結婚式が中断された。
下　ブレシントン将軍が「妻」ベラ・バクスターを薬で麻痺させて誘拐するときに使う予定だった辻馬車と同型のもの。

ブレシントン将軍の事績。図版およびその説明とも『グラフィック・イラストレイテッド・ウィークリー・ニュース』に掲載されたもの。

〈ビルマ遠征後のマンダレイの戦利品競売会〉「〝雷電〟ブレシントンは、帝国の平安を維持する一般の兵卒たちは単なる給与では報いきれない働きをしていると固く信じている」

〈プレンペ王の屈辱〉「アシャンティ族の反乱を鎮圧した後、総督の要求したことのひとつは、プレンペ王が浅ましい屈服をしたことを現地の習慣に従って示すことであった。王冠も履物も奪われた王が、皇太后ともども屈辱的な行為を余儀なくされて前に進んだ。進み出た先の壇上にいるのは、サー・フランシス・スコット、将軍ブレシントンおよびミスター・マクスウェル。王と皇太后は跪いて、壇上のイングランド人の脚と足をブーツの上から抱きかかえる。それを見ているアシャンティ族は国王の不面目な権威の失墜に驚きを隠せなかった」

〈インド北部の殺人〉「ルーシャイ・ヒル族に対する征討により、族長ハウサタの墓のなかで故スチュアート中尉の銃が発見された。もしハウサタがスチュアート中尉を殺したのであれば、その墓から銃が見つかるのではないか、という報告が他の部族民からなされていたのだった。族長の墓が開かれた。すると防腐処置を施されたハウサタの死体のわきに当の銃が発見された。ブレシントン将軍が罪深き部族の住居を焼き払ったのは正しかったという明確な証拠である」

「これから何が起ころうと、われわれの手にはマキシム銃が
それなら相手はひたすら伏臥《ふくが》」
（四八六〜四八七頁図参照）

(28) ドクター・マッキャンドルスが死体の腐敗のはじまるまで辛抱強く待っていたなら、友人バクスターの死後硬直は消えたであろうし、そうした弛緩状態になれば、ふつうの棺に問題なく収まったはずである。ただ、もしかすると、バクスターの身体は一般とは異なる奇妙な代謝をしていたから、通常の腐敗プロセスをたどらなかったかもしれないのだが。

(29) 本書以外に、ドクター・マッキャンドルスの手になる四冊の著作が、自費出版というかたちで生前に出されている。『哀れなるものたち』と違い、彼は以下の作品をエディンバラのスコットランド国立図書館に寄贈しており、そこでは彼の筆名である〝ギャロウェイノアホ〟の名で分類されている。

『われわれ二人のさまよいし場所』（一八八六年）

彼の妻への求愛にまつわるグラスゴー市内の場所に触発されて書かれた詩集。この詩集のなかの一篇(「ウェスト・エンド・パークのロッホ・カトリン上水道記念噴水」と題されている)は『哀れなるものたち』の第7章に引用されており、この詩集のなかで抜きんでた最高傑作である。

『死体盗掘者たち』(一八九二年)

解剖用の死体を売るために多くの人を殺害したウィリアム・バークとウィリアム・ヘアに材を取った五幕劇だが、当時話題のこの事件を基にした多くの低劣な一九世紀メロドラマと同断である。ここでは、死体を買う外科医のロバート・ノックスが、他に比べれば、共感を持って描かれていることが特徴であり、この点でこの作品は、ジェイムズ・ブライディの『解剖学者』に影響を与えたかもしれない。

『フウォープヒルの日々』(一八九七年)

ギャロウェイの農場での子ども時代の回想録。自伝を標榜しているが、著者の父や母や友人についてほとんど何も記されていないので、読者としては、この著者には父も母も友人もいなかったのではないかという印象を持ってしまう。著者が愛情込めて詳しく描き出そうとしている唯一の人物は、驚くほど厳格な〝学校教師〟であるが、彼は著者の学習能力については評価するものの、だからといって著者に加えられる鞭打ちの罰の過酷さが、それによって軽減されたわけではなかった。この書物の大半は、鱒《ます》の〝手づかみ〟、ウサギやもっと小さい害獣の〝追い立て捕獲〟、小鳥の巣の〝襲撃〟がいかに楽しいかについての記述に費やされている。

『ソーニー・ビーンの遺言』(一九〇五年)

バーンズの愛用した「ハビー」連で書かれたこの長詩は、メリック山の頂上でヒースに囲まれて横になっているビーンの描写ではじまる。そこから見下ろせる国は、彼を誘惑し、かつ強要して、食人習慣を身につけさせたのだった。時は二つの王家が合同する少し前の一六〇三年。ビーンは今、食あたりに苦しんでいる。最近、カルヴァン派の托鉢僧《たくはつ》と主教制支持派の収税吏という食べ合わせのよくないものの身体の一部を立て続けに口にしたのだった。強調されるのは、その体内で起きている混乱の喜劇性ではなく象徴的意味である。譫妄《せんもう》状態のなか、ビーンはカルガクスからジェイムズ六世にいたるスコットランド歴代の国王ひとりひとりに長広舌をふるう。スコットランドの過去と未来からさまざまな人物が現われる——フィンガル、ジェニー・ゲッディス、ジェイムズ・ワット、ウィリアム・ユーアート・グラッドストンなどが。そして最後に登場するのが「はるか未来に生まれくる詩人」で、彼は「ちょうどその日に／わたしと同じように、スコットランドを失い、捜し求め、見つけ出す」のである。ここにおいて明らかなように、ビーンとその飢えた一族（じきに国王軍によって捕らえられ、エディンバラのグラスマーケットで火あぶりの刑に処せられることになる）はスコットランドの人々を象徴している。この詩の主たる難点は、（長さと精彩のない言葉遣いはさておいて）食人嗜好《しこう》が何を象徴しているかが判然としないことである。かつてスコットランドで一般的であったとドクター・マッキャンドルスの考えた悪しき食生活を表わしているのかもしれない。というのも著者は読者に向けて、ビーン一族がまるで実在していたかのように語っているからである。しかし少し調べれば、スコットランドの歴史、伝説、民話、小説のいずれにも、このような一族は見当たらないことがわかったことだろう。この一族が最初に登場するのは一七七五年前後にロンドンで出版された『ニューゲイト・カレンダー、あるいは残虐な犯罪人の記録』である。この書物にはまた別の話として、当時まだ人々の記憶にはっきり残っていた恐ろしいイングランドの殺人事件がいくつも、事実に基づいて記されている。ソーニー・ビーンの物語も同じように事実に即した語り口で提示されるのだが、二世紀近くも前の時代の茫々《ぼうぼう》たるスコットランドの海岸を舞台にしている。これはイングランドの民話――即ち、イングランドとスコットランドが互いに戦っている、もしくは戦いに入ろうとしている時代に、スコットランド人についてイングランド人が語った物語――に基づいたフィクションである。

以上、四冊のくだらない書物についていささか詳しく紹介したのは、他の人間がこうした駄作を読んで時間を無駄にしないように慮《おもんぱか》ってのことである。しかしこれらの作品は、ドクター・マッキャンドルスが想像力を駆使して物語を紡ぎだす能力をまったく持ち合わせておらず、したがって『哀れなるものたち』が極めて詳細な日記の記述をそのまま引き写したものであることを、雄弁に物語っている。彼の妻は原稿を焼いてしまったが、もし残っていれば、このことが証明されたであろう。

(30) この父親は、この家を十四年間維持する財力を持っていただろうと考えられる理由が存在する。第22章で、「鉄道王ハドソンを叩き潰した」十年後には、「マンチェスターとバーミンガムの熟練工の半数を雇うまでになっていた」というブレイドン・ハタズレーの得意げな言葉が引用されている。鉄道王として名を馳せたジョージ・ハドソンは、一八四七年から四八年にかけての鉄道投機熱の異常な高まりによって一気に破産に追いこまれるまで、株と資産の投機家として大成功を収めていた。これはつまり、ベラがこの家にいたときに、彼女の父親は大資産家になったということを意味する。

(31) マグレガー・シャンドの双子型往復舵取りソケットの特許によって、ブレイドン・ハタズレーの〈蒸気牽引社〉は競争相手に差をつけることができ、その優位は、ベルフリッジのポンポン弁が作られて、往復舵取りソケットが時代遅れとなる一八八九年まで続いた。マグレガー・シャンドは肺病のため、一八五六年にマンチェスター王立精神病院の慈善病棟で没している。

(32) ドクター・ヴィクトリアの記述は間違いである。この民謡は作者がわかっておらず、ロバート・バーンズが書いたものでないのはもちろん、収集した歌でもない。

(33) もしドクター・ヴィクトリアが夫をもっと愛していたなら、なぜ彼がこうした場当たり的な言葉を使ったか、その理由を容易に察することができたであろう。アーチボールド・マッキャンドルスは明らかに、この本を出版するに際して、彼女が自分の原稿に手を入れることを望んだのである。彼女が自らの経験と医学上の訓練によって間違いに気付き、修正できるのはこの箇所だけであり、これは彼女に対する彼なりの合作の誘いだった。しかし彼女にはそれがわからなかったのである。

(34) ベラ・バクスターは後半生、ヴィクトリアと名乗って過ごした。一八八六年、その名前でエディンバラのジェックス－ブレイク女子医学校に入学し、同じ名前で、一八九〇年、グラスゴー大学で医学博士の学位を得ている。同じ一八九〇年、カウカデンズ近くのドビーズ・ローンで〈ゴドウィン・バクスター産婦人科クリニック〉を開いた。これは完全な慈善財団で、彼女は自ら訓練した地元の女性たち数人という小スタッフでこれを運営したが、このスタッフは絶えず入れ替わった。彼女は訓練を終えた人間を一年以上は一人として雇わなかったためである。出て行きたがらない献身的なスタッフに対して彼女はこう語っている――「あなたがいてくれて、わたしはとても助かったわ。でも、もうあなたには教えることがない。わたしは助けてくれる人たちに教えるのが好きなの。ここを出て自分の隣人たちを助けるか、そうでなければ、あなたに新しいことを教えることのできる医者のもとで働きなさい」

彼女の助手となって働いた何人かは、市の病院で看護婦として働いたけれども、その職場でうまくいったものは多くなかった。その原因は（病棟付きのある看護婦の言によれば）「彼女たちが質問をしすぎた」ところにある。

一八九二年から一八九八年の間に、ドクター・ヴィクトリアは二年おきに三人の子どもをもうけた。三度の妊娠のいずれの場合も、出産の二日ないし三日前までクリニックの仕事を続け、また出産後もきわめて早くに仕事を再開した。彼女は言っている、「わたしの診察する哀れな女性たちは、誰もがそうせざるをえないのだから――彼女たちは長く寝ていられる水平主義者になれるほど余裕がないのよ。わたしは彼女たちの大半の人より幸運だわ。夫がとてもいい妻でいてくれるのだから」

フェビアン協会は一八九九年に彼女の著した公衆衛生に関する小冊子を発行している。それは『水平主義に抗して』と題され、そこでは、医者が患者を平らに寝かせたがるのは、そうすることによって、自分には力がついたと患者ではなく医者が実感できるためだ、と述べられている。彼女はベッドで休むことが多くの病気の回復に不可欠であることには同意するが、出産は痛みを伴うものの、病気ではなく、しゃがんだ姿勢で行ったほうが容易なのだと主張する。彼女が強く勧めるのは一八世紀に使われたような出産用具である。彼女はまた、水平主義が肉体のみならず精神の状態にも関係していると指摘する。水平主義に従えば、肉体内部のさまざまな働きは医者のみが理解できる神聖なる秘儀であるから、いい患者なら、医者に質問などせず、無条件の信頼を寄せるべきだということになる。彼女は言う――

聖職者や政治家が無条件の信頼を求めるとき、かれらが第一に考えているのは実は自分たち自身のことなのだ、とは誰にもわかるところである。どうして科学的訓練を受けたわたしたちがそんなかれらと同じように、治療しようと仕える相手に思考装置を外し、わたしたちの前にぬかずいて欲しいなどと思うのだろう？しかし、誰もが日常生活で治療の基礎常識として身につけ知るようになってはじめて、患者はほんとうに医者の味方となり、医者はほんとうに患者の味方となるだろう。

子どもたち全員が初等教育で（ゲームとして学べる段階で）基本的な看護について学び、中等教育で基本的な医学の訓練を受けるようになることが彼女の願いだった。そうすることによって、いつどのように医者の助けを得ることができるのかが誰にもわかるばかりでなく、どうすればより健康的な生活を送れるか、どうすればもっと互いにいたわり合えるようになるかもわかる。さらには、自分たちのみならず、自分の子どもたちや仲間の健康をも損ねる住環境や労働条件を甘受しなければならない理由などないことまで、誰もが理解するようになるという主張である。この主張に対する典型的な反応を当時の新聞雑誌からいくつか以下に拾ってみる。

ドクター・ヴィクトリア・マッキャンドルスは英国の学校すべて——そう、幼児学校までも含めて！——を、革命的社会主義者を養成するための訓練場に変えるべし、と提案しているかのようである。

『タイムズ』

聞くところでは、ドクター・ヴィクトリア・マッキャンドルスは三人の息子のいる既婚女性とのこと。何とも驚きを禁じえない——にわかには信じがたい思いである！　公表された彼女の主張のみから判断するに、筆者は棒切れさながら、女らしさのかけらもない女性のひとりで、〝水平主義〟によって利益を得ている人物であろうと推測されて当然なのだから！　このような事情がわかった以上、われわれとしては彼女の夫君に心からの同情を捧げることしかできない。

『デイリー・テレグラフ』

われわれはヴィクトリア・マッキャンドルスの受けた訓練が適切であったことに異を唱えるものではないし、また彼女の心の優しさを疑問視するものでもない。彼女のクリニックはグラスゴーの極貧地域にあり、おそらくそこに通院する不幸な人々にとって、害よりは益となっているのであろう。しかしながら、そのクリニックは彼女にとって趣味である——彼女はそこからの収入で生活しているわけではない。聴診器とメスで生計を立てているわれわれは、彼女のユートピア計画を寛大な微笑みをもって迎え、病人を治すという俗世の仕事に戻るべきであろう。

『ランセット』

ドクター・マッキャンドルスは、世界が戦場であることを止めて、子どものゲームのように、順番で誰もが医者であったり患者であったりするサナトリウムになることを望んでいる。そうした世界において唯一栄えるのは、そう、紛れもなく明白なことだが、病気であろう！

『スコッツ・オブザーヴァー』

一九〇〇年以降、ドクター・ヴィック（新聞は彼女のことをそう呼ぶようになった）は婦人参政権運動の活動家となった。その活動ぶりはこの運動について書かれた歴史書で知ることができる。彼女は一九一四年にはじまった戦争によって大きな衝撃を受け、結局その衝撃から立ち直ることはなかった。彼女は、労働者と兵士たちがストライキを打つことによって、その戦争を終わらせることを願ったが、下の息子ふたりが開戦とほぼ同時に軍隊に加わり、ほどなくしてソンムの戦いで戦死した。彼女はフェビアン協会が「犯罪的な大虐殺を生温《なまぬる》い態度で容認する」のが我慢できず、協会と袂《たもと》を分かち、戦争に反対したケア・ハーディ、ジミー・マクストン、ジョン・マクレーンをはじめとするクライズデイル社会主義同盟の人々（及びスコットランドの自治を主張する人々）とともに演壇に立つようになった。帝国統計局のデスクから戦争勝利へ向けての努力を手助けする長男のバクスターとも喧嘩別れしている。パトリック・ゲッディスへの手紙に、彼女は次のように書き記している——

バクスターは神をも恐れぬとんでもない事実の歪曲《わいきょく》をやっています。フランスでは多くの人が死んだり、手足を失ったりしていますが、その数は世間で言われているほど震撼すべきものではないのであって、なぜならそこには、平和時に事故で亡くなったり、障害者になったりする人の数も含まれているからだ、などと言うのです。こんな発言を聞けば、この国の戦争産業から不労所得を得ている株主や悪徳業者の心は休まるでしょう。つまり、戦死した何百万という若い兵士たちは、工場や路上の事故で亡くなる人たちと同様に、すぐに忘れられてしまうだろうということです。

皮肉なことにバクスター・マッキャンドルスは子をもうけることなく、一九一九年に二十七歳の若さで没した。パリ講和会議に出席するロイド・ジョージに随行してパリに赴いたときに、タクシーにはねられたのだった。

当時は多くの人がそうだったのだが、彼女もまた、世界で最も豊かな国――最も工業化が進んでいるが故に最も文明化が進んでいるのだと自負している国――が、どうして歴史上、他に類のない大規模で残酷な戦争を行ったのかについて、執拗に、そして必死に考え抜いた。彼女が頭を悩ませたのは、ひとりひとりを取り出してみれば殺生《せっしょう》を好むわけでもなく、また愚かでもない男たち（彼女は自分の息子たちのことを考えるのだった）が何百万人も、自らの死を厭《いと》わず相手を殺せという自殺行為すら強要するような政府の命令に、なぜ唯々諾々《いいだくだく》と従ったのか、ということだった。人間のなかの動物の部分は狂気の伝染性の流行に簡単に冒されやすいものだ、というトルストィの見解を彼女は受け容れる。ロシアを征服したところで自国が豊かになるはずもなかったにもかかわらず、何千というフランス兵がナポレオンに率いられてその北の地まで遠征し、そこで死んだのがいい例だというわけである。しかしながら医者である彼女は、流行病なら原因が発見されれば蔓延を阻止できる、ということを知っていた。過密地域で暮らし、働く人々の間では、個体数が過密になった生物の場合と同じで、好戦的な態度が広がりやすいということは、彼女も理解していた。しかし第一次世界大戦における戦死者の少なくとも四分の一は、広い家で暮らしていた富裕な人々であり、しかも、戦場での大虐殺を命令し、指揮したものは、ほとんど全員がこの階級の人間なのだった。彼女の出した結論はこうである――第一次世界大戦は、英国が歴史上、フランス、スペイン、オランダ、フランス、アメリカ合衆国、フランスと次々に相手を変えて行った戦争と同じく、国家的及び商業上の競合関係がきっかけにはなったが、この戦争に従事し、戦争を支持した男たちは「自殺行為に等しい服従病という流行性の病気」に負けてしまったのであり、その原因は、母親と父親が養育の過程で、子どもである彼らの大部分に、自分たちの命は無価値なものであるという信念を、徹底して植えつけたことにあるのではないか。

自分の肉体の尊厳を知る男であれば、裸で列に並び、服を着た列の男に性器を検査されるなどということに耐えられるだろうか？　自分の精神の尊厳を知る男であれば、そんなことをして金をもうけるなどということに耐えられるだろうか？　ところが医学検査は人殺しという宗教に入信するための洗礼式にすぎない。この宗教において最高の兵士とは自らの肉体を感受性皆無の機械、しかも自分で動かす機械ではなく遠隔操縦される機械であるとみなす人間である。わたしの下の息子ふたりは喜んでそうした機械になり、自分たちの美しい肉体がめった切りにされ、叩き潰されて泥と化すのに甘んじた。長男は肉体ではなく精神をそうした戦争機械に組みこんだ。彼も弟たちと同様、自己軽視の犠牲者である、と今わたしは思う。けれども生まれてから十年間、この息子たちは三人とも清潔で広い家に暮らし、愛情深く、教育も冒険心もある親を手本として、その親の庇護のもとで仕込まれた。わたしは急進的な社会主義者だったし（今もそうである）、夫は自由党の支持者だった。息子たちは全員、平和を愛する専門職業人としてスコットランドの公僕となる準備をしていた。そうして、人間に優しい現代の智恵を最大限利用し、二〇世紀の大きな課題と目される問題に取り組むため——誰もが居心地のいい清潔な家に住み、役に立つ仕事をすることで十分な賃金をもらえるれるとすると、。それなのに宣戦布告がなされるの——わたしの三人の息子はたちどころに狐狩りに精を出すイングランドの保守主義者の子どもと同じ行動に出た。わたしがこれをよくない行動であると考えているわけではないを百も承知のうえで。なぜ彼らはこれが正しい選択だと感じたのだろうか？　人間性というものが、あるいは人間の雄というものが本来抱えている堕落性に答を求めたくはない。また、彼らが学校で学ぶ軍国主義的な歴史のせいにすることもできない。なぜなら、そうした教育の悪影響は家庭における彼らの読書と教育によって間違いなく中和されたからである。結局、その理由はわたし自身に求めざるをえない。生まれて六年から七年の間は、わたしがあの子どもたちに対する絶対的な支配権を持っていた。何しろ、お金はふんだんにあり、優しい夫がいたのだから。けれどもわたしは彼らに、一九一四年から一八年にかけての戦争の本質である自己卑下という流行病に対する抵抗力となる自尊心を与えなかった。どうしてそれができなかったのか？　自分自身にその病の根を見つけ出すことができないなら、わたしは他の人たちに対して無用の存在にすぎない。しかしわたしはそれを発見したのだ。以下をお読みいただきたい。

以上は、一九二〇年に彼女が自費出版した小冊子『愛の経済――国家間および階級間の戦いに終止符を打つための母親の処方箋』に付された序文を、要約を交えつつ引用したものである。その扉には〈ゴドウィン・バクスター平和プレス刊、第一巻〉とも印刷されている。第二巻は出版されなかった。彼女はこれを英国じゅうの労働組合すべての幹部に向けて送った――その封筒には、宛先の男の名前に続けて連名で〈御令室様〉、稀に、女性の宛名に続けて連名で〈御夫君様〉と書かれてあった――けれども、まともな反応はまったく得られなかった。『名士録』に載っているすべての医者、聖職者、軍人、作家、文官、議員にも全員送っている。さらに彼女は北米の『名士録』を調べて、そちらにも二千部を同様に送りもしたが、それらは合衆国の税関で没収され、焼却されている。休みでイタリアに滞在しているジョージ・バーナード・ショーにベアトリス・ウェッブは次のような手紙を送った――

こちらにお戻りになったら、ドクター・ヴィックの最近著がお読みくださいとばかりに待っているでしょう。マルサスとD・H・ロレンスとマリー・ストープスの思想をつまみ食いしただけの狂気じみたごった煮です。第一次大戦を止められなかった責任は自分にあって、それは、子どもを産みすぎて、十分〝抱きしめて〝やることができなかったから、というのですから。それで彼女は労働者階級の親たちに、将来の軍隊を縮小させるために、子どもはひとりだけにしようと呼びかけています。そして、その親たちは一人っ子とベッドを共にすることによって、その子に自分がかけがえのない存在であると実感させて欲しいというのです。そのベッドで子どもは実例を通じて、愛の行為や受胎調節についてすべてを学ぶことになると言っています。子どもはこうすることによって（彼女の考えでは）、エディプス・コンプレックスやペニス羨望をはじめ、ドクター・フロイトによって発見されたか発明されたもろもろの病とは無縁のまま成長し、兄弟姉妹と喧嘩する代わりに、隣の子どもと夫婦ごっこをして遊ぶことができるというわけです。今の彼女は完全にセックス狂――昔の言葉を使うなら色情狂――で、それを隠すために、しかつめらしい言葉を使って、まだ心底ではヴィクトリア女王の臣民であるように見せているだけのこと。〝抱きしめる〟というのは愛の行為を表わす彼女の用語ですし、姦淫は〝ウェディング〟と呼ばれています。でもかつての彼女は優れた精神の持主でした。あの哀れなご主人さえ亡くならなかったら、と強く思います。ウェルズとフォード・マドックス・ヘファー相手に厄介な不倫関係に陥った彼女が持ちこたえられたのは、あのご主人のおかげでしょう。それに、息子さんを失ったことがひどくこたえたことは言うまでもありません。この六年間は誰にとっても辛い時期で、深い傷を負わずに過ごせたのは強靭な精神の持主だけですから。

クライズデイル独立労働党の社会主義者たちの間でも『愛の経済』の評判は芳しくなかった。トム・ジョンストンは機関紙『前進』の書評で、こう述べている——

医学博士ヴィクトリア・マッキャンドルスは、労働者階級の親たちが、その子どもたちの労働の価値が高まるよう、制限つきであれ出産ストライキを打って欲しいと主張している。ロックアウトと賃金下落が広まった今年——労働運動が全国各地で展開し、労働割り当て制によって失業をなくすよう政府に圧力をかけつつある年——にあって、よき同志からのこのような要求は軽薄なるご乱心としか呼びようがない。腹を空かせ、家のない状態に苦しんでいる人がいることは、今取り組まなくてはならない問題であって、次の世代に繰り延べすべきではないのだ。

キリスト教の聖職者は宗派を問わず、受胎調節を主張するこの書物を弾劾《だんがい》した。しかしまた『愛の経済』は、商品化された避妊用具の使用は不健康であると述べて、受胎調節の唱導者たちをも困らせた。ドクター・ヴィクトリアは次のように記している――

市販の避妊器具は使用者の意識を性器に固定させてしまい、その結果、抱きしめることがおろそかになる。優しく抱きしめる行為はミルクと同じようなもので、誕生してから死ぬまで、抱きしめ、抱きしめられることによってわれわれは健康を増進させることができ、また必ず健康が増進するはずである。ふたりが一体となるウェディングは抱きしめるという行為の粋《すい》――(もしわれわれが幸運であれば)人生の半ばにおける主たる喜び――ではあるが、優しく抱きしめる行為と異なるものではない。ところが、われわれの学ぶ教えはすべて――残念ながら、あのよきマリー・ストープスの教えでさえも――それをめったに手に入らない商取引の対象として分離し、宣伝することによって、それを抱きしめる行為とは別のものに変えてしまっている。そのため、抱きしめられたことのない男は性愛を恐れるか、ガラスを破って高価な陳列品をさっとかっさらう強盗行為と同じようなものだと考えてしまうのである。

こうして、ヴィクトリア・マッキャンドルスは英国の主要な新聞に『愛の経済』の宣伝を載せたが、好意的な書評はわずかふたつだけだった。ひとつはアナキズムの雑誌に載ったガイ・オールドレッドのもの、もうひとつは石像彫刻家で活字デザイナーでもあったエリック・ギルが『新時代』に寄稿したものである。『デイリー・エクスプレス』社主のビーヴァーブルックは教会側の意向をすぐに察知し、ヴィクトリア・マッキャンドルスから彼女のクリニックを取り上げるために見事なキャンペーンを展開して、同紙の発行部数を伸ばした。以下は〈女医の指示は近親相姦〉という見出しで書かれた記事からの抜粋である。

母親っ子と呼ばれる男の子がどんな子であるかは誰もが知っている——めめしくてちっぽけななよなよ男で、誰からも誉められたいが、自分を守るためにすら、相手に一撃を食らわす度胸もないような輩《やから》である。もしドクター・ヴィックの主張がまかり通れば、英国中の少年は全員が、まさしくそうしためそめそとぐずってばかりいる意気地なしになってしまうだろう。しかし、われわれの子どもたちを堕落させる前に、彼女はまず親たちを堕落させなければならない。それが事実、彼女のやろうとしていることなのである。

二日後の同紙には次の記事が出た。

〈ドクター・ヴィクトリア、国家の自殺を処方〉

もしドクター・ヴィックの言う「シーツを挟んだセックス」方式が広まれば（実際に広まるかもしれない——彼女はその宣伝に大金をつぎこんでいるのだから）、数年も経たずして、兵役に適する年齢の英国男子の総数は、カトリックを奉ずるアイルランドよりも少なくなってしまうだろう。もしその方式が文明世界全体に広まれば、われわれはボルシェビキや中国人やアフリカの黒人の餌食になってしまうだろう。彼女が英国におけるボルシェビキの代表領事、ジョン・マクレーンの親友であることは偶然ではありえない。そしてまた彼女が口うるさく反戦を唱えた女たちのひとりで、ドイツ皇帝ヴィルヘルムの軍勢が彼を英国の王座に座らせることに成功した暁《あかつき》には、鉄十字勲章を受けていたと思われる人物であることも、決して偶然ではありえない。

すぐに次の矢が放たれた。

〈ドクター・ヴィックのボルシェビキ流慈善！〉

二〇世紀における最も剣呑《けんのん》な存在とは、社会主義者の仮面を被りながら、自分の財布から金を出して、貧しく哀れなものたちの間に不満と悪習をばらまく不労所得者である。本紙が探り当てたところによれば、ボルシェビキの医者と呼ぶべきヴィクトリア・マッキャンドルスは、目下公然と伝道している内容を、過去三十年にわたって密かに教えていた。彼女はグラスゴーのスラム街にある怪しげな〝慈善〟クリニックにおいて、これまで何千人もの哀れな女たち相手に、自然とキリスト教信仰とこの国の法を無視するように、と教えてきたのである。ここで言っているのは、あの馬鹿げた「シーツを挟んだセックス」などよりはるかに重大なこと、すなわち妊娠中絶である。それこそが彼女の唱える〝愛の経済〟の最終的な帰着点に他ならない。

『デイリー・エクスプレス』の記事にはドクター・ヴィクトリアが妊娠中絶を実践し

たという証拠は示されなかった。しかし同紙は、以前彼女のクリニックで働いていた女性ふたりの証言を取っている。彼女はお互いが妊娠中絶を行えるように、女性たちを訓練したという証言である。この報道の結果、彼女に対する公訴が提起された。しかしこれは不首尾に終わった（あるいは、完全には成功しなかったというべきか）。かつてクリニックで働いていた証言者ふたりが『デイリー・エクスプレス』から多少の賄賂を受け取っており、しかもまた二名とも知的障害者であることが判明したためである。検察官キャンベル・ホッグは彼女を厳しく追及するなかで、この二点目を重要な論点にしようともくろみ、決定的な証言を引き出すまであと一歩のところまで追いこんでいる。

キャンベル・ホッグ（以下、ホッグ）　ドクター・マッキャンドルス！　あなたは知的障害者を数多く訓練して、仕事の手伝いをさせようとしてきましたか？

ヴィクトリア・マッキャンドルス（以下、ヴィクトリア）　できるだけ多くの人を訓練してきました。

ホッグ　それはなぜですか？

ヴィクトリア　経済的な理由です。

ホッグ　ほほう、なるほど！　そのひとたちが安く雇えるから？

ヴィクトリア　違います。クリニックの帳簿を見てもらえばわかりますが、彼女たちにも手際のいい看護婦たちと同じだけの給料が支払われています。わたしの言っているのは金銭にかかわる経済ではなくて、社会の経済――愛の経済です。脳に損傷のある人たちは大抵、機会さえあれば、わたしたちが〝正常〟の名のもとに分類する多くの人々と比べて、はるかにこまやかな愛情を示します。そうした人たちを教育すると、看護にとっていちばん本質的な仕事を行ううえで、ふつうの看護業務をそつなくこなす人たち、つまりもっと野心的なことをやりたいと思っている人たちという意味ですが、そうした人たち以上の能力を発揮することもしばしばです。

ホッグ　野心的なこととは〝愛の経済〟についての本を書くといったようなことですか？

ヴィクトリア　いいえ、低俗な新聞雑誌を面白がらせるためにしつらえられた法廷劇で、道化を演じるといったことです。

（法廷内に笑い声。判事が被告人に法廷侮辱罪で訴えられるおそれのあることを警告）

ホッグ　（力を込めて）あなたが自分の助手役として意図的に知的障害者を集めたのは、知的障害者連中があなたのクリニックについて言うことを、まともな人間は信じそうにないからではありませんか！

ヴィクトリア　違います。

ホッグ　ドクター・マッキャンドルス、これまで一度も（答える前によくお考えくださいよ）あなたの患者に、望まない赤ん坊を堕胎するのに役立つことを教えたことはありませんか？

ヴィクトリア　患者の心と身体を傷つけるかもしれないようなことは、一度たりとも教えたことはありません。

ホッグ　わたしの欲しい答は「はい」か「いいえ」のどちらかだ。

ヴィクトリア　わたしはこれ以上答えるつもりはないのよ、坊や。誰かもっと歳を取った人のところへ出向いて、その仕事のやり方を教えたらいいんだわ。ためしに、失業中の技術者なんかどうかしら——戦争で戦った人でね。

（判事が、被告人は検事の質問には答えなくてはいけないと警告。ただし答えるに当たって自分で言葉を選ぶことは差し支えないとのこと）

ヴィクトリア　わかりました。それでは繰り返しますが、患者の心と身体を傷つけるかもしれないようなことは何ひとつ教えていません。

この裁判はスコットランドで行われたため、陪審は「証拠不十分」という評決を出すことが可能であり、実際、そうしたのだった。ドクター・ヴィックは英国医師会から除名されることもなかったが、また、罪がないと認定されたわけでもなかった。〈産婦人科クリニック〉を一八九〇年に開いたとき、ヴィクトリアとアーチボールドはバクスターの遺したお金をすべて、クリニックを維持するための基金につぎこんだ。クリニックの経営委員会にはサー・パトリック・ゲッディスやグラスゴー大学学長のジョン・ケアードなどが名を連ねていた。一九二〇年にはこうしたメンバーが退任しており、代わりに入っていたのは、嵐のような世間の攻撃を前にして右《う》顧《こ》左《さ》眄《べん》を繰り返す腑抜けばかりだった。かれらはヴィクトリアを解雇し、このクリニックをオークバンク病院の手に委《ゆだ》ね、その外来患者用の部局とした。ドクター・ヴィクトリアは蓄えを『愛の経済』の印刷、配布、広告に費やしてしまっていた。そのため彼女に残された資産はパーク・サーカス一八番地の家だけということになった。バクスター時代に仕えていた召使はこの頃には全員がすでに亡くなっていた。彼女は家の上階の部屋を学生たちに貸し、自分は地下に住んで、すっかり規模は小さくなったが、〈ゴドウィン・バクスター産婦人科クリニック〉の看板を下ろさずに、そこでその仕事を続けた。

そのときから一九二三年までの彼女の活動でとくに注目されるのは、ジョン・マクレーンに対する支援である。C・M・グリーヴ（ヒュー・マクダーミッドの本名である）に、彼女は次のように書き送っている――

わたしは正統派のコミュニストがどうしても好きになれません。すべての問いに対してひとつの単純な答しか持っていなくて、しかも（ファシストと同じように）自分たちの理解できないことは力ずくでも単純化できると信じているのですから。コミュニスト相手にどんな議論をしても、こちらを黙らせようとするたちの悪い学校教師を前にしているような気がしてしまう。マクレーンは違う。彼はいい教師です。

マクレーンが新しく結成された〈英国共産党〉に加わらずに、〈スコットランド労働者共和党〉を設立したとき、彼女は自分の家を集会場として提供した。一九二三年、過労と肺炎のために彼が死んだとき、彼女はその墓の前で短いスピーチをしており、彼の娘、ナン・ミルトンはある手紙のなかでそれを書き記していた。その部分を、アーチー・ハインドがマクレーンについての劇『肩組み合って』の最後で引用している。

ジョンはあの革命家、サパタではなかった。野を馬に乗って駆け回るような野心的な指導者ではなかった。彼はサパタの栄養となった貧農の一員だった。ジョンはレーニンではなかった。自分の部屋をクレムリンに移すために働くような男ではなかった。彼はレーニンにとって絶好の機会を提供した虐殺の被害者、反乱を起こして虐殺されたクロンシュタットの水兵たちのひとりだった。ジョンは革命を指導するような人物ではなかった。革命をつくるような人間だった。

『デイリー・エクスプレス』紙は二年後、新たに記者を彼女に張り付かせた。不法な妊娠中絶について、より決定的な証拠を見つけ出せると考えたのかもしれない。しかしそこから生まれた記事は一種の人物点描のようなものになっている。おそらく、〝ドクター・ヴィック〟を覚えている人間はほぼ例外なく、彼女は死んだと思っていたためであろう。記者は、地域の子どもたちが彼女のことを〝犬のおばさん〟と呼んでいることを知る。彼女が大小さまざまな犬を連れて——なかには包帯をしているものも何匹かいた——ウェスト・エンド・パーク周辺を散歩するからだった。クリニックは裏の小道から入るようになっていて、その小道の両側の地面は鬱蒼《うつそう》たるダイオウの茂みに覆われている。待合室には座席用に重々しいヴィクトリア朝中期様式の家具が所狭しと置いてあり、なかでも目を惹くのが巨大な馬巣織のソファだった。壁にかかっている唯一の飾りは〈スコットランド労働者共和党〉の古いポスター数枚。それから南京錠のついた重たげな箱が細長い穴のあいた面を上に置いてあり、側面に留められた貼り紙には、〈可能な範囲でこちらにご寄付を——決して無駄にはしません。もしお腹が空いていたら、この箱を盗んだりせず、診察室のわたしに声をかけてください——空腹は治ります〉と記されていた。待合室にいる患者の半数はとても貧乏で年老いているようだった。残りの半数は動物、たいていは犬、を連れた子どもたち。妊娠中の女性がひとりだけいた。

記者が診察室に通されてみると、そこはガス灯で照らされた巨大な台所で、火の上ではスープのポットがぐつぐつと音を立て、さまざまの動物が部屋の角々で壁にもたれている。そして背の高い、背筋の伸びた女性が、本や書類や医学器具の並んだキッチン・テーブルに向かって座っていた。身に着けた白いエプロンが首から足首まで彼女の身体をすっぽり覆い、ワンピースの黒い袖口に白いセルロイドのカフスがついている。奇妙に皺のないその顔は、四十歳から八十歳までのいくつと言っても通用しそうだった。記者が彼女の前に腰を下ろすと、すぐに彼女は言った、「新聞記者の方みたいね。『デイリー・エクスプレス』かしら？」

彼はそうだと言い、いくつか質問に答えてほしいのだが構わないか、と尋ねた。

「もちろん構わないわ。出て行くときに、わたしが使った時間分を払ってくれればね」

彼が尋ねる――患者は全員がそんなふうに自発的なお金の払い方をするのか？　彼女は答える、「そう。みんな貧乏で哀れな人たち、それから子どもたちだから。あの人たちが我が身を傷つけずにどれだけ払えるのか、わたしにわかるわけがないでしょう」

彼が尋ねる――腹を空かせた乞食にいつもお金をやるのか？　彼女は答える、「いいえ、わたしがあげるのはスープ」

彼が尋ねる——獣医としての仕事のせいで、人間の患者の数が減ったりはしていないか？　彼女は答える、「間違いなく減っているわ。人間のなかに巣食った動物は愚かな偏見に染まりやすいから」

彼が尋ねる——人間よりも犬のほうが好きか？　彼女は答える、「いいえ、わたしはそうした感傷過多の人間ではないの。いつだって愚かな偏見に染まった種族に対して優しさを感じるわ。でも最近は、病気の動物を抱えた人たちより自分で病気を抱えた人たちのほうがわたしを避けるわね」

彼が尋ねる——これまでの人生で、悔やんでも悔やみきれないことがあるか。彼女は答える、「第一次世界大戦」

彼が、質問の意味はそうではない、と言う。質問は、自分個人が原因となって起きたことで何か悔やんでいることがあるか、という意味だと説明する。彼女は答える、「あるわ、第一次世界大戦」

彼は続けて、デ・ヴァレラのアイルランド共和国、若い女性のスカートの丈が短くなったこと、「おいこら大法螺《おおぼら》、おこぼれの老いぼれ」（当時の流行歌である）、そしてロシア共産党によるトロツキーの除名について、彼女がどう考えるかを尋ねる。

彼女は答える、「何も。もう新聞は読んでいないの」

彼が英国の若者にメッセージはないかと尋ねると、彼女はにこやかに笑って、もし五ポンドくれたなら、自分の考える人生におけるすばらしいことを簡潔に数語でまとめて答えるけれど、でも最初にお金が欲しい、と答える。彼は五ポンドを彼女に渡す。すると彼女は、すぐ隣に山と積んであったなかから、小さな堅表紙の『愛の経済』を一冊抜き出して手渡すと、さようならと言いながら、彼を送り出したのだった。

一九二五年から一九四一年までのヴィクトリア・マッキャンドルスについての記録としては、『ケリー住所氏名録』を除けば、この記事が唯一のものである。

第二次世界大戦によって、クライドサイドの労働生活も知的生活もしばし活気づいた。グラスゴーが英国と合衆国との間の輸送基地になったのである。英国南部が爆撃を受けたため、北の大産業都市に目を向けるものは少なくなかった。画家のJ・D・ファーガソンは妻のマーガレット・モリスを連れてグラスゴーに戻った。ドクター・ヴィクトリアが若い頃に、このふたりと知り合いになっており、マーガレット・モリスは彼女の〈セルティック・バレエ・カンパニー〉の稽古場として、パーク・サーカス一八番地の上階を借り上げる。一九四五年に向けて、そこはソヒホール・ストリートとその周辺にいくつか花開いた小さい私的な芸術運動の拠点のひとつとなっていく。

ロバート・コフーン、スタンレー・スペンサー、ジャンケル・アドラーといった画家たちが一時的にそこで暮らしたり、そこを訪れたりしている。ヘイミッシュ・ヘンダソン、シドニー・グレアム、それに、ヒュー・マクダーミッドとして有名なクリストファー・マリー・グリーヴといった詩人たちにしても同様だった。『我が仲間たち』と題された自伝（一九六六年、ハッチンソン社刊）において、マクダーミッドは次のように記している――

　地下室で人目につかずに動き回っている風変わりな老婦人が、女性として治療に身を捧げた偉大なる治療者、その名がキュリー夫人や合衆国最初の女性医学博士であるエリザベス・ブラックウェルやソフィア・ジェックス-ブレイクと並んで刻まれても、一向に引けを取らない――〈グレンのロング・メイリー〉を除けば――ただひとりのスコットランド人の女性治療者であることを知っていたのは、どうやらわたしだけだったようだ。ひょっとすると、彼女のペット病院が肝の小さいものたちを怖がらせて遠ざけたのかもしれない。しかし彼女の作るスコット《スコッチ》ランド風スープ《・ブロス》は最高だった。しかも気前よくいくらでも振舞われるのだ。

そしてそこにはこんな罵倒の言葉も見える——

われらスコットランドの臆病な医学界は、彼女に大学での婦人科学の講師職を簡単に与えることができたにもかかわらず、ろくに字も読めないあのちんぴら、ビーヴァーブルックの率いるイングランドの低俗な新聞ごときに、すっかり怯えてしまうふがいない腰抜けだった。

この最後の指摘は完全に正しいが、もう少し言葉を慎んでいれば、説得力がより増したであろう。しかしわれわれとしては、マクダーミッドに感謝しなくてはならない。死ぬ少し前の彼女から受けとった手紙を全文、引用してくれているのである。しかもそれは、当人には好ましく思えない内容を含んでいるだけに、度量の狭い人間であれば、握りつぶしてしまうような手紙なのだから。日付は書かれていないが、明らかに一九四五年の総選挙からほどなくして書かれたものである。

クリスさま

ついにようやっと、今世紀に入ってはじめて、働くもの大多数に支えられて労働党の政府ができた！　わたしは新聞をまた読もうと思います。突如として英国が胸躍る国になったのですから。一九二七年の反労働組合法は廃止されます。全国民に対する社会福祉と国民健康保険制度がかならず確立し、燃料と電力と輸送機関と鉄と鋼《はがね》はかならず公共の財産になるでしょう！　放送や電話や水道や呼吸する空気と同じように公共のものに！　そしてわたしたちはかならず首に巻きついていた重荷を振り捨てるわ、〈大英帝国〉なるものを！　少しだけ前より幸せな気分になりませんか、クリス？　わたしは前よりずっと幸せな気分に浸っています。わたしたちは世界に対して、ソビエト連邦よりもずっと立派な実例を示そうとしているのです。一九一四年から現在に至るまでのすべてのことは忌まわしい回り道であったことが証明されたのだと思っています。老齢年金によって救貧院を廃止し、相続税課税による大きな地所の分割をはじめたロイド・ジョージ政府の経済政策を最後に、社会の進歩していく好ましい道が途絶え、すべてがその道から逸脱してしまった。ジョン・マクレーンは間違っていたようです。労働者が協同する国は、スコットランドが独立してその道を示すのではなくて、ロンドンから生まれるでしょう。

わたしは知っているわ（あなたはつむじ曲がりの悪魔ですから）、あなたがわたしのこうした言葉をひとつとして信じないだろうということを。そしてわたしは自分が〝あまりにも単純に喜んでしまう〟人間であるとも思っている。あなたが今にもペンに手を伸ばして、〈栄光満ちたる英国〉の根元をかじる害虫が明白に存在していることをわたしに教えようとするのもわかります。でもそのペンには触らないで頂戴！　わたしは幸せな気持ちのまま死ぬつもりなの。あなたがもしわたしの出版したものを読んだら（でも今生きている人で読んだ人などいるかしら？）、もし『愛の経済』（それは一篇の詩として読まれるべきものなの、あなたの最悪の詩が一篇の論文として読まれるべきであるのとちょうど逆に、ね）を読んだら、もし哀れに無視されたわたしの小さな最高傑作をたとえ一節でも読んだなら、わたしが自分の身体の働きを異常なほど熟知していることが分かるでしょう。不思議でも何でもない！　それに気づかせてくれた人は天才だったのですから。十二月はじめには、脳溢血《のういっけつ》がこの浮世のしがらみからわたしを解放してくれるはず。五十六年前にとても立派に、華々しく開設した小さなクリニックは、少しずつ店じまいの用意をしています。簡単よ！　今の患者は何人かの子どもたちのペットが数匹と、初老の心気症の人がふたりだけ。そのふたりは、一時間ほど息もつがずにジークムント・フロイトしか理解できないことをわたしに向かって話すと、その後は少しだけ元気になります。飼っていた犬の住む家はすべて見つけました。ニューファンドランド犬のアーチー以外は。アーチーを待っている家もあるのですが、アーチーはしばらく引っ越しをしそうにありません。朝食の後、いつもわたしのところにやってくる友人（ネル・トッドという同性愛者の勇敢な女性で、男装をしてグラスゴー警察に公然と反抗しています）が、すでに渡してある地下室の鍵を使って、死んだわたしを発見するまではね。申し分ないわ。温かくて何があっても揺るがない男がよかった、と最後になって思わないでもないけれど、わたしの人生を通じてそういう人はひとりだけ。その人も三十五年前に亡くなってしまった。一夜限りの付き合いが嫌いだったわけではありません――なかにはとても楽しい人もいたもの。でも揺るがない温かさ、今のわたしに必要なのはそれ。きっとわたしのアーチーがそれをくれるでしょう。

もしあなたがアーチーに代わってそれをあげようなどと言ったら、絶交よ。ヴァルダによろしく。

それでは、

ヴィクトリア・マッキャンドルス

〈グラスゴー共同墓地〉本書の３人の主要人物はこのバクスター霊廟に埋葬されている。右端に見えるロマネスク様式の円形の建物がそれである。

ドクター・ヴィクトリア・マッキャンドルスは一九四六年十二月三日、亡くなっているのが発見された。死因は脳溢血。一八八〇年二月十八日、グラスゴー・グリーンの〈人道会〉の霊安室において彼女の脳が誕生してから数えると、正確に言って六十六年四十週と四日。一八五四年にマンチェスターのスラム街で彼女の肉体が誕生してから数えると、享年九十二歳ということになる。

訳者あとがき

訳者の「あとがき」は、読者の便宜のために、作品と作者について簡単な情報を提供するのが通例であろう。しかしウィットブレッド賞（現コスタ賞）、ガーディアン小説賞を受けたこの作品——普通アラスター・グレイ著『哀れなるものたち』（Alasdair Gray, *Poor Things*, 1992）として了解されているらしい作品——の場合、どんな「あとがき」が必要だろうか。一読するまでもなく、一見して明らかな通り、ここでのグレイは、マッキャンドルスなる人物が著した奇妙な経験を回想的に綴るテクストを、その著者の妻による書簡とあわせて、編集し、註釈を加えた「編者」である。テクストと書簡の発見から出版に至る経緯、両者の意味づけについては、「編者」による「序文」と「註」に詳細に述べられている通りであって、ここで贅言を費やす必要はない。そしてまたグレイ自身についても、彼の事実上のデビュー作であり、破天荒の大作である『ラナーク　四巻からなる伝記』がつい先ごろ翻訳出版され（森慎一郎訳、国書刊行会）、そこに収録されたグレイのインタビューと森氏による周到な「あとがき」によって、十分な情報が与えられている。つまり、本書のテクストについてはすでに「編者」グレイが説明してあり、「編者」グレイについては森氏の説明がある、ということである。それならばこの「あとがき」の仕事は、せいぜい「編者」の「序文」と「批評的歴史的な註」を補完することくらいだろう。

補完のための訳註は屋下に屋を架すことになりそうで、当初から考えなかった。ただグレイが、マッキャンドルスの著作は「驚くほど善良で逞《たくま》しく、知性あふれる一人の奇人の愛すべき姿を、交わした言葉を忘れずに記憶していた友人が記録したもの」であることを証明するためにか、資料調べに精力を傾けすぎて、原註に若干の遺漏と錯誤が残ってしまったことは指摘しておきたい。例えば、ブレシントン将軍の家がポーチェスター・テラスの何番地であるかについての本文の記載に見られる齟齬に触れておらず、註29の「第7章に」は「第8章に」の間違いである（ヴィクトリアの書簡に見える「第22章」という誤記にも注目して、グレイの加えた「編集の手」が「ごくわずか」でない証拠、などと疑ってはいけない）。また執筆時を考えれば止むを得ないことながら、註15でスターリング公共図書館として紹介されている建物は、現在、現代美術館になっている。さらにもう一点だけ。本書には明示的、暗示的に多くの文学作品への言及があって、それを言いはじめるときりがないのだが、英文学にあまり馴染みのない読者のために、著者をめぐる二人の人名にだけは注意を喚起しておくべきかもしれない。というのも、メアリー・シェリーの『フランケンシュタイン』で「怪物」と呼ばれる人造人間をつくる博士の名前がヴィクター（女性形がヴィクトリア）、メアリーの夫のミドルネームがビッシュ、父の姓がゴドウィンであり、メアリーは延べ一年ほど、スコットランド中部のダンディーにあるバクスター家に滞在した経験を持つからである。これほどまでに名前の網に搦め取られた人間の運命は、おのずと決まっていたのかもしれない。何しろ現実はしばしば芸術を模倣するのだから。

しかしここで訳者の懸念するのは、そうした『フランケンシュタイン』との関連に気づいた読者が、「編者」の判断に反して、「本文」の信憑性を――その発見者として「序文」に登場するドネリーや「手紙」を子孫に書き残したヴィクトリア同様に、或いはかれら以上に――疑うのではないかということである。これは礼儀を知らない態度と言うしかない。ドネリーが類似の先行テクストとして挙げる『義とされた罪人の告白』――ヴィクトリアの「手紙」で言及される『自殺者の墓』はこの改竄《かいざん》版――の作者ホッグは読者を誑かすことで悪名高かったが、グレイはそんな人物ではない。十二年ほど前の『新潮』に書いたように――残念ながら、いま手許に実物はない――訳者はその頃パーク・サーカス一八番地の彼の家でグレイに会ったことがあり、その折、「わたしは真実しか言わないし、

〈グラスゴー人道会〉の看板

書きもしない、嘘をつくとき以外は」という言葉を聞いていて、その誠実さに全幅の信頼を置いているのである。読者諸賢にはグレイに負けずに誠実な訳者のこの判断を信じて欲しい。

「疑うのが習い性」ではない読者のなかにも、しかし、なぜか、この訳者だけは信用できないという人がいるかもしれない。そう思って、「第5章」に出てくる〈人道会〉や主要人物の眠る〈共同墓地〉のロマネスク様式の建物が実在する証拠として、一九九六年に訳者が撮影した写真を載せることにした。訳者がこの霊廟を訪れたときには、「バクスター」という名前が悲しいことに落書きのようになってまだかすかに読めた。また言うまでもないが、〈人民の宮殿〉に勤務するエルスペス・キングはマイケル・ドネリーと同じく、実在する人物であり、そ

グラスゴー共同墓地

れについては、どんなに疑い深い読者も、一九九一年七月十三日の『インディペンデント』紙を読んで下されば分かるでしょう。そうして「編者」グレイが信用できるようになれば、「註」において、テニソンの「鷲」やディケンズの『ドンビー父子』の一節のように有名なテクストが参照されている以上、キプリングの「雷電の最期」など、出典の確認できていないテクストがいくつか引用されていても、それらが誰かのでっち上げなどではない、と安心して納得することが可能になる。それが可能になれば、この「あとがき」の仕事は終わる。

最後に言いわけとお礼を。本書には「哀れなる」に相当する poor が頻出し、それがタイトルの由来でもあるため、出来るだけ「哀れな」「可哀そうな」を使うよう心がけたが、心がけに留まるしかなかった。それから、これは言えない病気なのだが、マッキャンドルス、もしくはベラの言葉遊びへの応対に難儀して、胃炎に罹ったことだけは、訳者として付言しておくべきかもしれない。そして、訳者の依頼を快くお引き受け頂き、（いじましい）マッキャンドルスと（狂乱の）ベラが乗り移ったような日本語を書いてくださったお二人の書家と、「冗談もいい加減にしてください」と言いながら、本当はどこまで誠実だか分からない訳者の原稿の遅れをぎりぎりまで我慢し、挙句の果てに、こんな「あとがき」まで許してくれた早川書房編集部の山口晶さんにはお礼の言葉もありません。お世話になりました。

二〇〇八年　正月

右の「あとがき」を書いてから一五年あまり。何とこの作品が映画化された。驚くのは時間の経過ではなく映画化の事実そのもので、重層的に構成された本作は映像に翻訳できないと思っていたからなのだが、そんな素人の予想や感想は所詮いい加減な思い込み。ファインダー越しに捉えられるヒロインの人生を彩る印象的な挿話の選択や場面構成、独特のカメラワークには、映画人たち特有の感性を経由した原作に対する敬意と愛が表れているだろう。どこにそれが窺われるか、また原作と映画の結末――原作においては何を結末と見るかは意見の分かれるところだが――の違いがどのような効果を生んでいるか、そんなことを知りたい、考えてみたいという人は、本書をカバーも含めて隅々までお読みください、と宣伝してしまおう。何しろ窪木竜也さんをはじめとする早川書房編集部の献身的な尽力を得て旧訳に手を加えられたので、訳者として、故人となった作者に多少とも恩返しができただろうといい気になっており、いい気に支えられれば厚かましさなど少しも恥ずかしくないのである。ただ、小説と映画では基本的な文法だけでなく、それを味わうときの周囲の光量も違うのが普通なので、読者に注意喚起をするのは、冗談を言うとき以外はいつも真面目を売物にしている訳者の最低限の礼儀かもしれない。そこでひとこと大真面目な助言。本書は文庫だからといって、明るい人前で読まないでください。危険です！

二〇二三年八月

（文庫化に際し、単行本版あとがきを加筆・修正）

本書は、二〇〇八年一月に早川書房より単行本として刊行された作品を文庫化したものです。

本書中、今日では差別的ともとれる表現が使われていますが、作品の性質と時代背景を考慮し、原文に忠実な翻訳を心がけた結果であることをご了承ください。

ハヤカワ epi 文庫は、すぐれた文芸の発信源（epicentre）です。

訳者略歴　東京大学名誉教授　訳書『一九八四年［新訳版］』オーウェル，『二十一の短篇』グリーン（共訳／以上早川書房刊），『シークレット・エージェント』コンラッド，『悪の誘惑』ホッグ，『果てしなき旅』フォースター他　著書『別の地図——英文学的小旅行のために』他多数

哀《あわ》れなるものたち

〈epi 111〉

二〇二三年九月二十五日　発行
二〇二四年八月二十五日　六刷

（定価はカバーに表示してあります）

著　者　アラスター・グレイ
訳　者　高《たか》橋《はし》和《かず》久《ひさ》
発行者　早川　浩
発行所　株式会社　早川書房
郵便番号　一〇一-〇〇四六
東京都千代田区神田多町二ノ二
電話　〇三-三二五二-三一一一
振替　〇〇一六〇-三-四七七九九
https://www.hayakawa-online.co.jp

乱丁・落丁本は小社制作部宛お送り下さい。
送料小社負担にてお取りかえいたします。

印刷・株式会社精興社　製本・株式会社明光社
Printed and bound in Japan
ISBN978-4-15-120111-0 C0197

本書は活字が大きく読みやすい〈トールサイズ〉です。